新世纪高校经济学·管理学系列教材

XINSHIJIGAOXIAOJINGJIXUE · GUANLIXUEXILIEJIAOCAI

证券投资学

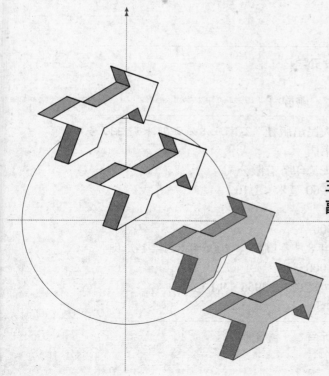

主　编　董正信

副主编　刘静暖　鲍静海

河北人民出版社

图书在版编目(CIP)数据

证券投资学/董正信主编. —石家庄：河北人民出版
社，2005.8
（新世纪高校经济学·管理学系列教材）
ISBN 7－202－03955－9

Ⅰ.证… Ⅱ.董… Ⅲ.证券投资－高等学校－教
材 Ⅳ.F830.91

中国版本图书馆 CIP 数据核字（2005）第 091626 号

书　　名	证券投资学	
主　　编	董正信	
副 主 编	刘静暖　鲍静海	
出版发行	河北人民出版社（石家庄市友谊北大街 330 号）	
经　　销	新华书店	
印　　刷	保定天德印务有限公司	
开　　本	720×960 毫米　1/16	
印　　张	21.25	
字　　数	383,000	
版　　次	2005 年 8 月第 1 版　　2005 年 8 月第 1 次印刷	
印　　数	1－5,000	
书　　号	ISBN 7－202－03955－9/F·431	
定　　价	27.00 元	

总　序

　　高校教材是各门科学中人类所取得的既有成果的集中体现，是一门学科教学内容和知识体系的载体，是展开教学的基本依据。所以，教材建设是学科建设的基础工程。在人类已经进入 21 世纪的背景下，科学技术发展突飞猛进，知识更新速度加快。中国社会主义市场经济体制的确立，中国加入"WTO"所带来的冲击，对中国高校的教育教学改革提出了更高的要求，也对中国高校的教材建设提出了更高的要求。基于发展河北高等教育、推动河北高校教材建设的历史责任感，河北人民出版社组织河北各高校经济学、管理学各学科的学术带头人和教学骨干，共同编写了这套"新世纪高校经济学·管理学系列教材"。参加的院校有河北大学、燕山大学、河北师范大学、河北农业大学、河北经贸大学、石家庄铁道学院、河北科技大学、河北理工学院、石家庄经济学院等。

　　本套教材第一批以高校经济类、管理类的核心课程为主体，包括：《政治经济学（资本主义部分）》、《政治经济学（社会主义部分）》、《微观经济学》、《宏观经济学》、《管理学》、《统计学》、《财政学》、《货币银行学》、《基础会计学》、《国际贸易》、《市场营销学》、《管理信息系统》、《运筹学》等，已于 2003 年 8 月出版。

　　第二批以高校经济类、管理类基础课程为主体，包括《金融市场学》、《产业经济学》、《经济法》、《国家税收》、《财务管理》、《证券投资学》、《国际经济学》、《经济应用数学：概率论与数理统计》、《经济应用数学：微积分》、《数据库原理及应用》、《风险管理》共计 11 本。

本套教材编委会组织编委、各教材主编和部分作者在石家庄多次就本套教材编写的指导思想、编写体例及主编、副主编、作者的入选资格等进行研究，力图从主编负责制、作者筛选、统一编写体例与编写要求等方面，确保本套教材的编写质量，力图使本套教材能充分地体现近年来相关学科科学研究、教学内容和课程体系改革研究的新成果，使之适应新世纪高校厚基础、宽口径、高素质的培养要求。本套教材曾送经济学家、河北大学博士生导师刘永瑞教授等专家审阅，他们都给予高度评价。

本套教材主要是按照高校经济学类、管理学类本科学生的教学要求规划设计的，也可供各类继续教育的教学使用。

新世纪高校经济学·管理学系列教材编委会

2005.6

前　言

　　如果说，我国的证券市场以 1990 年底相继在上海、深圳设立证券交易所为诞生标志，经过风风雨雨，至今已经走过 15 年的历程。在这 15 年的时间里，我国的证券市场逐步建立和健全了业务规则，采用了现代化的通讯手段，实现了无纸化交易，形成了比较规范的证券交易市场；投资者队伍和市场容量不断扩大，投资工具日益增多，市场网络基本形成；证券市场法制建设不断加强，基本形成了全国统一的证券市场法规体系和证券监管体系。尽管近几年来市场低迷，出现了这样或那样的一些问题，但不可否认，我国的证券市场在促进社会主义市场经济的发展，建立完善的市场体系，优化资源配置，促进生产要素的重新组合，转换企业的经营机制和建立现代企业制度等方面都发挥了积极作用。

　　今天，证券投资已成为人们熟知的概念，并深入人心，其活动也成为很大一部分社会成员经济生活的重要组成部分。证券投资学作为证券投资活动的理论抽象和概括也成为高校经济学、管理学等学科的重要课程之一。

　　了解、学习和掌握证券投资知识，已成为人们的一种渴望。

　　本教材是专为高校经济类和管理类学生编写的。为适应新世纪对人才的要求和本课程的教学目的，本教材在编写过程中力求紧密联系我国证券投资的具体实践，按照系统化、规范化的原则，将有关证券的基本知识、基本理论和基本技术融为一体，循序渐进地进行介绍和阐述，内容力求全面、实用，文字力求精练、通俗。

本教材由董正信任主编，刘静暖、鲍静海任副主编，各章的编写人员为：冯莉（第一章~第五章）、刘洋（第六章~第八章）、张玉梅（第九章~第十一章）、董正信（第十二章）、刘静暖（第十三章）、鲍静海（第十四章）、梅媛（第十五章）。全书由主编修改定稿。

　　本教材在编写过程中，参考了国内外已经出版的相关著作和教材，在此，向有关作者表示诚挚的谢意。

　　由于编者水平有限，本教材中不当之处在所难免，恳请同行专家、学者以及读者不吝赐教，批评指正。

编　　者

2005.8

目　录

新世纪

高校经济学·管理学系列教材

第一章

新世纪

高校经济学·管理学系列教材

证券与证券市场

本章学习目的和要求

进行证券投资，必须有投资对象（或称投资工具）和投资场所。而投资的对象就是证券，投资场所就是证券市场。

通过本章的学习，要了解证券和证券市场的产生，证券市场在金融市场中的地位以及主要功能，证券市场的参与主体和管理主体等，要掌握证券和证券市场的含义、基本特征和主要类型。

第一节 证　券

一、证券的定义

证券几乎渗透到社会经济生活的各个方面。那么，什么是证券呢？所谓证券，是用以表明各类财产所有权或债权的凭证或证书的统称。证券上记载着一定的财产或权益内容，持有证券即可依据券面所载内容取得相应的权益。

从总体上讲，证券可分为有价证券和无价证券。通常所说的证券是指有价证券，即代表一定财产所有权或权益的、可自由让渡的证券。所谓"有价"，即赋有价值，是指其表明的权益可以用一定的货币额来衡量。有价证券的规定性主要在于：一是表明一定的财产权，二是可以参与流通；因而客观上具有交易价格。如：股票、公司债券、公债券、不动产抵押债券等。

二、证券的产生

证券首先是一种信用凭证或金融工具，它是商品经济和信用经济发展的产物。例如：债券就是一种信用凭证，无论是企业债券、金融债券，还是国库券，都是经济主体为筹措资金而向投资者出具的承诺到期还本付息的债权债务凭证。再如股票，它就是股份有限公司发行的用以证明股东的身份和权益，并据以获取股息的凭证。从筹资的角度看，股份制是一种特殊的信用形式，即通过信用将分散的资金集中起来有效地使用。没有信用的发展，就难有大规模的集资，也不会有股票的发行与交易，股份制就难以确立。基金证券是同时具有股票和债券某些特征的证券。投资基金本身就是集资的一种形式，是将分散的资金集中起来创设一个基金，然后委托专门的投资机构从事能保证投资人收益的组合投资，证券持有人则对基金拥有财产所有权、收益分配权和剩余财产分配权。这些作为资本信用手段的证券能定期领取利息或到期收回本金，且具有买卖价格，可以在证券市场上进行转让和流通。

另外，还有作为货币证券的商业票据。在商品经济和生产社会化发展的过程中，企业为了追求利润最大化，必然要加速资本流通，缩短周转周期，尽量节约资本的使用，由此便产生了商业信用和作为商业信用手段的商业票据，如汇票、支票及本票等。这些商业票据不仅仅是一种信用工具，而且还可以在一定范围内周转流通，发挥流通手段和支付手段等货币职能。

三、证券的类型

按照不同的标准，可以对证券进行不同的分类。按其性质的不同，可分为证据证券、凭证证券和有价证券三大类。

证据证券是指只是单纯地证明事实的文件，主要有信用证、证据（书面证明）等。在证据证券中，有一种具有特殊效力的证券，被称为"免责证券"，如提单等。

凭证证券是指认定持证人是某种私权的合法权利者，证明持证人所履行的义务有效的文件。如存款单、借据、收据及定期存单等。凭证证券实际上是无价证券，其特点是，虽然凭证证券也是代表所有权的凭证，但不能让渡，不能真正独立地作为所有权证书来行使权利。例如，存款单就是民法中的消费寄存凭证，属单纯的凭证证券，不是有价证券，因为它既没有可让渡性，也没有完全代替存款合同的功能。当然，这也不是一成不变的。20 世纪 60 年代，美国的商业银行为了阻止存款额的下降，以企业的富余资金为对象，发行一种可以让渡的大额可转让定期存单（即 CDs）来筹集大量资金，这种存款凭据显然已不同于一般的存款单，它实际上可看作是金融债券的一种，应该归入有价证券。

有价证券是一种具有一定票面金额，证明持券人有权按期取得一定收入，并可自由转让和买卖的所有权或债权证书。由于证券投资学研究的主要对象是有价证券，所以下一个问题专门来谈有价证券。

四、有价证券

1. 有价证券的含义

有价证券主要是指对某种有价物具有一定权利的证明书或凭证。人们通常所说的证券就是指这种有价证券。

由于有价证券不是劳动产品，故其自身并没有价值，只是由于它能为持有者带来一定的股息或利息收入，因而可以在证券市场上自由买卖和流通。影响有价证券行市的因素多种多样，但主要因素则是预期利息收入和市场利率，因此有价证券实际上是资本化了的收入。有价证券是虚拟资本的一种形式，是筹措资金的重要手段。

有价证券是商品经济和社会化大生产发展到一定阶段的产物。从资本主义经济发展历程来看，有价证券的正常交易能起到自发地分配货币资金的作用。通过有价证券，可以吸收暂时闲置的社会资金，作为长期投资分配到国民经济各部门，从而优化资源配置。同时，由于有价证券的行市受主客观及国内多种因素的影响，有价证券的价格经常出现暴涨暴跌、起伏不定的现象，由此引起的投机活动会造成资本市场的虚假供求和混乱局面，这又会造成社会资源的巨大浪费。我国现阶段正处在商品经济和社会化大生产飞速发展的时期，有价证券及其相关市场的建设与发展也显得日益紧迫和必要。但是我们要充分借鉴发达市场经济国家的成熟经验，避免其中可能产生的不利影响。

2. 有价证券的分类

有价证券多种多样，从不同的角度、按照不同的标准，可以对其进行不同的分类。

（1）按照发行主体的不同，可分为政府证券、金融证券和公司证券。

第一，政府证券。指政府为筹措财政资金或建设资金，凭借其信誉，采用信用方式，按照一定程序向投资者出具的一种债权债务凭证。政府债券又分为中央政府债券（即国家债券）和地方政府债券。政府债券又称为国债券。

第二，金融证券。指商业银行及非银行金融机构为筹措信贷资金而向投资者发行的承诺支付一定利息并到期偿还本金的一种有价证券。主要包括金融债券、大额可转让定期存单等，其中以金融债券为主。

第三，公司证券。指公司为筹措资金而发行的有价证券。公司证券包括的范围比较广泛，内容也比较复杂，但主要有股票、公司债券等。

股票是股份有限公司依照公司法的规定，为筹集公司资本，公开发行的用以证明股东身份和权益的凭证。股票投资者即股份有限公司的股东，股票的发行主体必须是股份有限公司。股票一经认购，持有者就不能要求公司退还股本，只能通过转让和出售变现。股票虽然能形成市场价格，但它本身却没有价值，不是真实的资本，只是一种独立于实际资本之外的虚拟资本。股票可以充当买卖对象和抵押，从而成为金融市场上主要的、长期的信用工具。随着股份制经济的不断发展和完善，股票的种类也日益多样化，这些股票可以按不同的性质、从不同的角度进行分类。我国自 20 世纪 80 年代中期出现第一张股票以来，股票的种类不断增加，股本总额不断扩大，既为企业筹措到了巨额资金，也为投资者提供了新的金融资产。

公司债券指的是股份有限公司或其他类型的股份制企业为筹措资金而发行，并承诺在一定时期内还本付息的债权债务凭证。公司债券持有人是公司的债权人，公司债券发行人为债务人，公司债券体现的是一种债权债务关系。与股票相比，公司债券持有人只是公司的债权人，而不是股东，因而无权参与公司的经营管理决策。但公司债券持有人有比股东优先的收益分配权，分配顺序上优先于股东收入分配；公司破产清理资产时，有比股东优先收回本金的权利。在我国，公司债券常被企业债券所取代，而企业债券又是一种不规范的公司债券。仅从发行主体上看，由于界定不清，我国的企业债券与规范意义上的公司债券存在明显的不同。

商业票据是指在以信用方式进行商品买卖时，由公司、企业或个人签发的，并由出票人无条件支付或委托他人无条件支付一定金额的有价证券。商业票据既是商业信用的工具，也是债权人以商业信用方式出售商品后，为保证其债权而持有的一种证明债权债务关系的凭证。商业票据主要包括期票、汇票、支票及本票等，可以流通转让，但一般只能在彼此经常有往来并相互了解的情况下进行。随着金融市场业务的不断发展，在一些西方发达国家，原本与商品交易相伴随的商业票据逐步演变成为信誉优良，经信用评级机构评定的大公司在证券市场上筹集短期资金的借款凭证。商业票据是以商业信用为基础的。

（2）按所体现内容的不同，有价证券可分为货币证券、资本证券和货物证券。

第一，货币证券。指可以用来代替货币使用的有价证券，是商业信用工具。

货币证券在范围和功能上与商业票据基本相同，即货币证券的范围主要包括期票、汇票、支票和本票等；其功能则主要用于单位之间的商品交易、劳务报酬的支付以及债权债务的清算等经济往来。现在各银行发行的信用卡，其实质也是一种货币证券。

期票是指由债务人向债权人开出，在约定期限支付款项的债务证书。这是在商品交易活动中通用的一种货币证券。期票到期，债务人必须按票面金额向持票人付款。期票在到期之前，经过债权人背书之后可以转让，也可以向银行申请贴现。

汇票是指由出票人签发的，委托付款人在见票时或者在指定日期无条件支付确定的金额给收款人或者持票人的票据。汇票在出票人开出时并不具有法律效力，经债务人或其委托银行签字或盖章后才能成为有效的有价证券。在金融市场开放的国家和地区，汇票经受票人背书后可以转让或向银行申请贴现。有些国家由银行和邮电局来接受办理汇款人的委托签发汇票，由银行、邮电局或汇款人寄交收款人，从指定付款银行、邮电局领取款项。按出票人的不同，汇票分为银行汇票和商业汇票。

支票是指由出票人签发的，委托办理支票存款业务的银行或其保险金融机构在见票时无条件支付确定的金额给收款人或者持票人的票据。开立支票存款账户和领用支票，必须有可靠的资信，并存入一定的资金。支票可分为现金支票和转账支票。支票一经背书即可流通转让，具有通货作用，成为替代货币发挥流通手段和支付手段职能的信用流通工具。运用支票进行货币结算，可以减少现金的流通量，节约货币流通费用。

本票是指由出票人签发的，承诺自己在见票时无条件支付确定的金额给收款人或持票人的票据。本票的出票人必须具有支付本票金额的可靠资金来源，并保证支付。根据出票人的不同，本票可分为商业本票和银行本票，其中多为银行签发的银行本票。本票经背书后也可以流通转让，部分发挥货币职能。

第二，资本证券。资本证券是有价证券的主要形式，它是指把资本投入企业或把资本贷给企业和国家的一种证书。资本证券主要包括股权证券（所有权证券）和债权证券。股权证券具体表现为股票，有时也包括认股权证；债权证券则表现为各种债券，狭义的有价证券通常仅指资本证券。

资本证券的功能和作用与经济运行中的职能资本既有相似之处（都能给其所有者带来盈利），也有非常明显的差别。资本证券并非实际资本，而是虚拟资本。它虽然也有价格，但自身却没有价值，形成的价格只是资本化了的收入。资本证券是独立于实际资本之外的一种资本存在形式。它只间接地反映实际资本的运行状况。

资本证券与实际资本在量上也不相同。一般情况下，资本证券的价格总额总是大于实际资本额，因而它的变化并不能真实地反映实际资本额的变化，但资本证券的活动可以促使财富的大量集中和资金的有效配置。

第三，货物证券。货物证券是对货物有提取权的证明，它证明证券持有人可以凭单提取单据上所列明的货物。货物证券主要包括栈单、运货证书及提货单等。

（3）根据上市与否，有价证券可分为上市证券和非上市证券。

划分为上市证券和非上市证券的有价证券是有其特定对象的。这种划分一般只适用于股票和债券。

第一，上市证券。又称挂牌证券，指经证券主管机关批准，并在证券交易所注册登记，获得资格在交易所内进行公开买卖的有价证券。为了保护投资者利益，证券交易所对申请上市的公司都有一定的要求，满足了这些要求才准许上市。发行股票或债券的公司在证券交易所注册其证券时，必须符合注册条件并遵守规章制度。证券交易所要求申请上市的公司提供的情况主要包括：申请上市的股票或债券的数额和市场价值；股东持有股票的情况；纳税前收益的股利分配情况等。当上市公司不能满足证券交易所关于证券上市的条件时，交易所有权取消该公司证券挂牌上市的权利。

证券上市可以扩大上市公司的社会影响，提高公司的名望和声誉，使其能以较为有利的条件筹集资本，扩大经营实力。对投资者来说，由于上市公司必须定期公布其经营及财务状况，因而有利于投资者作出正确的投资决策。挂牌上市为证券提供了一个连续性市场，证券在市场上的流通性越强，投资者就越愿意购买。证券交易由于是竞价买卖，其价格一般都比较合理，因而有利于降低投资者的投资风险。

第二，非上市证券。非上市证券也称非挂牌证券、场外证券。它是指未在证券交易所登记挂牌，由公司自行发行或推销的股票和债券。非上市证券不能在证券交易所内交易，但可以在交易所以外的"场外交易市场"进行交易，有的也可以在取得特惠权的交易所内进行交易。非上市证券由于是公司自行推销的，与上市证券相比，筹资成本较高，难以扩大公司的影响和为公司赢得社会声誉。

一般来说，非上市证券的交易比上市证券的交易要多，在交易所内上市的证券种类非常有限，只占整个证券市场证券种类的很小部分。非上市证券多因不符合证券交易所规定的上市条件而未能登记注册，但有些规模大且信誉好的商业银行和保险公司，为了免去每年向交易所付费及呈送财务报表等，即使符合交易所规定的条件，也不愿意在交易所注册上市。再加上现代电子通讯网络技术的不断发展，也为场外非上市证券的交易提供了十分便利的条件。

3. 有价证券的功能

有价证券在现代经济中具有重要功能。

（1）资本证券是结合成一体的资本、财产或债权债务关系的份额比，它使发行人能够方便地将社会上零散的货币资金集中为整体的社会资金或职能资本，又能使小额的货币资金享受巨额资本的规模效益，因此，资本证券是企业、政府筹集中长期资本的主要工具，也是社会公众将收入用于投资增值的重要渠道。资本证券化是经济发展的一个重要标志。

（2）货币证券能起到节省现金使用、方便交易支付和汇总的作用，从而提高了资本使用效率和资本转移的安全性。信用货币的产生和发展，突破了现金不足的限制，使生产规模和交易规模都成倍地扩大了。

（3）一些有价证券，特别是短期政府债券，是中央银行运用经济手段控制货币供应量、调节经济运行的重要工具。

（4）有价证券作为投资、融资的工具，可以迅速转移资金，使资金向效益好的方向流动，有利于社会资源的有效配置。

（5）有价证券及其衍生工具的发展，使社会融资范围进一步扩大，有利于在国际上进行投资与筹资。

（6）资本证券化、金融证券化是国际化的必然趋势，有利于金融工具的创新，使金融工具的发行买卖进一步规范化。

第二节　证券市场

一、证券市场的含义和特征

1. 证券市场的含义

证券市场是有价证券发行与流通以及与此相适应的组织与管理方式的总称。证券市场作为资本市场的基础和主体，通常包括证券发行市场和证券流通市场。在发达的市场经济中，证券市场是完整的市场体系的重要组成部分，它不仅反映和调节货币资金的运动，而且对整个经济的运行具有重要影响。

2. 证券市场的特征

与一般商品市场相比，证券市场具有四个基本特征：

（1）证券市场的交易对象是股票、债券等有价证券；而一般商品市场的交易对象则是具有不同使用价值的商品。

（2）证券市场上的股票、债券等有价证券具有多重职能，它们既可用来筹措资金，解决资金短缺问题，又可作为投资，为投资者带来收益，也可用于保值，以避免或减少物价上涨带来的货币贬值损失，还可以通过投资等技术性操作争取价差收益。而一般商品市场上的商品则只能用于满足人们的特定需要。

（3）证券市场上证券价格的实行是对所有权让渡的市场评估，或者说是预期收益的市场货币价格，与市场利率关系密切。而一般商品市场的商品价格，则是商品价值的货币表现，直接取决于生产商品的社会必要劳动时间。

（4）证券市场的风险较大，影响因素复杂，具有波动性和不可预测性。而一般商品市场的风险很少，实行的是等价交换原则，波动较小，市场前景具有较大的可预测性。

二、证券市场的形成和发展

证券市场形成于自由资本主义时期，股份公司的产生和信用制度的深化，是证券市场形成的基础。

在资本主义发展初期的原始积累阶段，16世纪的西欧就已有了证券交易。当时的里昂、安特卫普已经有了证券交易所，最早在证券交易所进行交易的是国家债券。此后，随着资本主义经济的发展，所有权与经营权相分离的生产经营方式出现，使股票、公司债券及不动产抵押债券依次进入有价证券交易的行列。进入20世纪，随着资本主义自由竞争阶段过渡到垄断阶段，证券市场也以其独特的形式适应着资本主义经济发展的需要，在有效地促进资本积累和资本集中的同时，也使自身获得了巨大发展。在这个时期，由于虚拟资本大量膨胀，整个证券市场处于高速发展的阶段，有价证券的发行总额剧增。据统计，1900～1913年发行的有价证券中，政府公债占有价证券发行总额的40%，公司债和各类股票占60%。1929～1933年，资本主义世界发生了严重的经济危机，危机的前兆就表现为股市的暴跌，随之而来的大萧条时期证券市场受到严重影响。危机过后，证券市场仍处于萧条之中。

第二次世界大战爆发后，虽然各交战国由于战争需要发行了大量公债，但就整个证券市场而言，仍然处于不景气之中。第二次世界大战结束后，随着欧美和日本经济的恢复和发展，世界各国的经济不断增长，大大地促进了证券市场的复苏和发展。20世纪70年代特别是90年代后，证券市场出现了高度繁荣的局面，证券市场的规模不断扩大，证券的交易也已越来越活跃，并出现了一些引人注目的新特点。

19世纪70年代以后，中国清政府洋务派兴办了一些企业，随着这些企业股份制的出现，股票应运而生，证券市场随之产生。我国最早的证券交易市场创立于清朝光绪末年上海外商组织的"上海股份公所"和"上海众业公所"。在这两个交易所买卖的证券，主要有外国企业股票、公司债券、南洋一带的橡胶股票、中国政府的金币公债以及外国设在上海的行政机构发行的债券等，实际交易偏重于洋商的股票和橡胶股票两种。中国人自己创办的交易所在辛亥革命前还不多见。1912 年以后，证券交易规模逐渐扩大。1919 年，北京成立了证券交易所，这是全国第一家专营证券业务的交易所，而后上海成立了上海华商证券交易所。

新中国成立后，证券交易所被取消。1990 年底和 1991 年初，随着我国改革开放的推进，上海证券交易所和深圳证券交易所相继成立。1996 年以后，我国证券市场的发展速度逐步加快。

三、证券市场的分类

证券市场作为经营股票、公司债券、国家公债等有价证券的场所，种类很多，最常见的有三大类。

1. 按照证券的性质不同，可分为股票市场、债券市场和基金市场

所谓股票市场就是各种股票发行和买卖交易的场所。股票市场按其基本职能划分，又可分为股票发行市场和股票交易市场，二者在职能上是互补的。股票交易市场主要是进行集中交易，大量的交易在证券市场内处理，少量的交易则在柜台交易市场完成。

债券市场是各种债券发行和买卖交易的场所。债券市场按其基本职能来划分，也可分为债券发行市场和债券交易市场，二者也是紧密联系、相互依存、相互作用的。发行市场是交易市场的存在基础，发行市场的债券条件及发行方式影响交易市场债券的价格及流动性。反过来，交易市场又能促进发行市场的发展，为发行市场所发行的债券提供变现的场所，保证债券的流动性。交易市场的债券价格及流动性，直接影响发行市场新债券的发行规模、条件等。

基金市场是指基金证券自由买卖和转让的市场。由于投资基金是一种利益共享，风险共担的集合投资制度，它通过发行基金证券，集中投资者的资金，交由基金托管人托管，由基金管理人管理，主要从事股票、债券等金融工具的投资。因此，在证券市场上，基金证券作为一种投资工具，可以自由买卖和转让，从而也就形成了投资基金的流通市场。

2. 按组织形式不同，可分为场内市场和场外市场

场内市场是指交易所交易。交易所是最主要的证券交易场所，它是交易市场的核心。交易所交易必须根据国家有关证券法律规定，有组织地、规范化地进行证券买卖。证券交易所交易与一般商品交易不同，在时间和场所上通常集中于某一固定的场所进行交易，一般在商业或金融中心设有交易所并配有现代化的电脑、电话等设备，规定交易的开盘和收盘时间。在交易的方式上，采用公平合理、持续的双向性拍卖，既有买者之间的竞争，又有卖者之间的竞争，是一种公开竞价的交易。在管理上，具有严密的组织管理机构，只有交易所的会员经纪人才能在交易市场从事交易活动，公众则通过经纪人进行证券交易。在交易所进行市场交易的证券必须符合有关条件，并经严格审查批准。此外，交易所还提供各项服务，为投资者提供有参考价值的情况。交易所交易作为证券流通市场的中心，起着重要作用。

场外市场通常是指柜台市场（店头市场）以及第三市场、第四市场，它是指在证券交易所形式之外的证券交易市场。柜台交易一般是通过证券交易商来进行的，采用协议价格成交。这种协商大多数在交易商之间进行，有时也在交易商与证券投资者之间进行。在柜台交易方式中交易的证券，有上市证券，也有一部分未上市证券。

3. 按证券的运行过程和证券市场的具体任务不同，分为证券发行市场和证券交易市场

证券发行市场由证券发行主体、认购者和经纪人构成。发行主体有本国及外国的中央政府、地方政府、金融机构、企业等，它们一般都是规模巨大的主体。认购者包括国内外广大投资者、大型机构的投资者。经纪人在连接发行主体和认购者之间的关系时，发挥很大的作用。他们不仅要对即将发行的证券的投资价值作出正确的分析、评价，而且还要对发行条件、发行额等进行具体的分析，并对发行时的金融、证券市场等进行市场预测，同时根据分析预测结果进行综合判断。经纪人的这种综合分析判断能力，是其长期经验积累所形成的专门技能。

证券交易市场是买卖已发行证券的市场。即将在发行市场上发行的证券，通过在流通市场上出售转让给第三者，从而收回投资。证券交易市场的中心功能是根据市场利率决定的股息、利息等收入形成虚拟资本价格，并保证按这一价格变换现金。在证券交易市场中，证券交易所具有中心市场的性质。在全国的证券交易所中，证券交易往往具有集中到一国金融中心甚至国际金融中心的倾向。

此外，在证券流通市场中，还存在着除证券交易所成员交易以外的场外交易市场、第三市场和第四市场。第三市场是指非证券交易所成员在交易所之外买卖挂牌上市证券的场所。它的出现，形成了对证券交易所市场的巨大冲击，增强了证券业务的竞争，促使证券交易所也要采取相应措施来吸引顾客。第四市场则是由大企业、大公司、大金融机构等团体投资者绕开通常的证券经纪人，彼此之间直接买卖或交换大宗股票而形成的场外交易场所。在这种市场上进行证券买卖，

不仅可使交易过程大大简化，而且交易费用也会大幅度降低。

四、证券市场的参与者与监管者

证券市场的参与者与监管者是证券市场运转的动力所在。证券的发行、投资、交易和证券市场的管理都有不同的参与主体。一般而言，证券市场的参与者与监管者包括证券市场主体、证券市场中介、自律性组织和证券监管机构四大类。这些主体各司其职，充分发挥其本身作用，构成一个完整的证券市场参与体系。

1. 证券市场主体

证券市场主体是指包括证券发行人和证券投资者在内的证券市场参与者。

证券发行人主要包括政府、金融机构、有限责任公司、国有独资公司及股份有限公司，其中政府是指中央政府和地方政府。中央政府为弥补财政赤字或筹措经济建设所需资金，在证券市场上发行国库券、财政债券、国家重点建设债券等国债。地方政府为本地方公用事业的建设可发行地方政府债券。在我国，地方政府目前还没有发行债券。金融机构可以在证券市场上发行金融债券，增加信贷资金来源。近年来，政府性银行发行的金融债券主要为重点建设项目和进出口政策性贷款筹措资金，如1994年我国开发银行向国有商业银行发行650亿元的金融债券。一般来说，金融债券是由国有商业银行、政策性银行以及非银行金融机构发行的，所筹集到的资金，全部用于特种贷款和政策性贷款，不得挪作他用。有限责任公司和国有独资公司都可通过证券市场发行公司债来筹集资金。按《中华人民共和国公司法》（以下简称《公司法》）的规定，国有独资公司和两个以上的国有企业，或其他两个以上的国有投资主体投资设立的有限责任公司，可以按规定发行公司债券募集资金。股份有限公司是以投资入股的方式把分散的属于不同所有者的资本集为一体，统一经营使用，自负盈亏，按股分利的企业组织制度。按照《公司法》的规定，股份有限公司可以发行股票，股票可以流通，股东所持的股份可以自由转让，同时，股份有限公司也可以发行公司债券筹集资金。

证券投资者既是资金的供给者，也是金融工具的购买者。投资者的种类较多，既有个人投资者，也有机构（集团）投资者，其中个人投资者是证券市场最广泛的投资者。企业（公司）不仅是证券发行者，同时也是证券投资者。各类金融机构，由于其资金拥有能力的特殊的经营地位，使其成为发行市场上的主要需求者。投资基金公司的主要运作对象是各类债券和股票。证券公司、信托投资公司的证券部等证券专门经营机构，既可进行股票和债券的代理买卖，也可进行股票和债券的自营买卖。各种社会基金作为新兴的投资者，也选择了证券市场这一投资场所。信托基金、退休基金、养老基金、年金等社会福利团体虽是非营利性的，但这些基金可以通过购买证券（主要是政府债券）以达到其保值、增值的目的。

随着经济国际化趋势的不断发展，证券的发行与买卖已超过了国界限制。外国公司、外国金融机构、个人等外国投资者可以购买别国发行的证券；或者某国发行公司通过跨国公司在境外发行证券，向外国个人或团体募集资金。目前我国有三种股票可供境外投资者认购：一是 B 股；二是 H 股；三是 N 股。

目前我国正在积极开拓国外市场，与澳大利亚、新加坡、英国等都签署了联合监管备忘录，为外国投资者投资于中国的证券市场提供了日益丰富的品种和渠道。

2. 证券市场中介

证券市场上的中介机构主要包括：①证券承销商和证券经纪商，主要指证券公司（专业券商）和非银行金融机构证券部（兼营券商）；②证券交易所以及证券交易中心；③具有证券律师资格的律师事务所；④具有证券从事资格的会计师事务所或审计事务所；⑤资产评估机构；⑥证券评级机构；⑦证券投资的咨询与服务机构。

3. 自律性组织

自律性组织一般是指行业协会，它发挥政府与证券经营机构之间的桥梁和纽带作用，促进证券业的发展、维护投资者和会员的合法权益，完善证券市场体系。我国证券业自律机构是中国证券业协会和中国国债协会。

4. 证券监管机构

现在世界各国证券监管体制中的机构设置，可分为专管证券的管理机构和兼管证券的管理机构两种形式；它们都具有对证券市场进行管理和监管的职能。

美国是采取设立专门管理证券机构的证券管理体制的国家，实行这种体制或类似这种体制的国家，还有加拿大、日本、菲律宾等国，但这些国家都结合本国的具体情况进行了不同程度的修改和变通。

英国的证券管理体制传统上以证券交易所自律为主，政府并无专门的证券管理机构。实行类似管理体制的国家还有荷兰、意大利、德国等国。

在我国，对证券市场进行监管的机构主要是中国证券监督管理委员会，经过授权，中国证监会的派出机构也可在一定范围内行使监管职能。

五、证券市场的基本功能

1. 证券市场在金融市场中的地位

众所周知，金融市场作为一个整体，是由各个子市场综合而成的。金融市场体系如图所示。

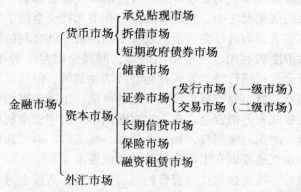

证券市场作为金融市场的重要组成部分，在金融市场体系中居于重要地位。然而，由于不同的社会制度、经济基础和文化传统，证券在金融市场中的地位也不尽相同。在发达的资本主义国家，股票和债券是金融市场上最活跃、最主要的金融资产，证券市场的交易覆盖了整个金融市场，是金融市场极为重要的组成部分。而中国的金融市场从萌芽到初步形成，由于社会经济制度和文化传统的不同，出现了一种独特的格局，即证券市场并非一马当先，而是银行同业拆借市场为先导，证券市场、票据贴现市场、外汇市场紧随其后。这说明中国金融市场的形成与发展有其独特的目标模式，各种子市场都服务于某一特定的领域，有着不可替代的作用。这与发达资本主义国家的金融市场是不同的，中国证券市场也不可能覆盖社会经济的各个方面。因此，在中国未来的金融市场模式中，证券市场只能与其他市场同步协调发展，并按照中国的经济体制来运转。

2. 证券市场发展与融资结构的变化

社会经济的发展，要求金融手段多样化和灵活化。

在我国传统体制中，金融手段严格地以间接金融为主，它表现为以货币为主的金融工具，通过银行体系吸收社会存款，再对企业进行贷款的一种融资机制。间接金融方式的间接性表现为，在间接金融体系下，经济单位不能直接从社会上融资，只能通过银行体系得到资金。间接金融体系的特点是，设施和规则简单，比较规范，并极易受国家直接控制。随着市场经济的发展，企业对资金的需求越来越多样化和市场化，间接金融已无法满足社会经济对资金融通的要求。

直接金融是以债券、股票为主要工具的一种金融运行机制，它的特点是经济单位直接从社会上吸收和筹措资金。证券市场虽然有银行的参与，但银行已成为一个执行机构，而不是决策中心。在直接金融体系中，融资决策主体已基本转移到企业和个人身上，特别是股票市场。直接金融的功能在于补偿间接金融的不足，适应社会经济发展变化的要求，最大可能地吸收社会游资，直接投资于企业生产流转和社会经济建设之中。它的特点是，在增加社会金融手段的同时，货币总量并没有相应扩大，而且社会资金总量在不同经济主体之间的流动将更趋于合理，并得到最大限度的利用。还应指出的是，间接金融是一种不稳定的资金供给，居民储蓄资金通过银行贷款流入社会经济活动领域，但居民储蓄又有随时兑换现金、冲入消费领域、急剧减少投资资金的可能；以证券市场为主的直接金融则从社会上直接吸收和筹措资金，在一定时间内不但占用资金使用权，而且排斥资金所有者在这一时期的索回权，如企业债券、国债等。而股票形式则更是从此把投资股票资金永久地凝固在生产领域并转化成资本。

从间接金融与直接金融对社会资金的吸引力来说，直接金融的发展虽在间接金融之后，但直接金融的发展步伐大大快于间接金融，其地位和作用不断提高。在一国经济发展初级阶段，一般都采取低利率政策，以鼓励企业投资，促进经济发展。但低利率政策是一种带有相当强制性的措施，在没有其他投资和保值渠道，而社会又存在通货膨胀的条件下，低利率的储蓄是一种奉献行为。由于证券投资风险性大和流动性差等因素，故证券投资的回报率要高于银行储蓄利率。在两者利率差别甚大的情况下，受高收益的引诱，资金会源源不断流向证券市场，从而使直接金融的规模和作用范围急剧扩大。

总之，以债券、股票等为骨干的直接金融，适应市场经济条件下的经济运行，是更富风险性质的融资工具，它的发育与成长是一种趋势。市场经济越发展，对直接金融的需求越强烈，直接金融发展得越快。

3. 证券市场的功能

证券市场是市场经济中一种高级的市场组织形态，是市场经济条件下资源合理配置的重要机制。世界经济发展的历史证明，它不仅可以推动本国经济的迅速发展，而且对国际经济一体化具有深远的影响。目前世界上不少证券市场已发展成为国际著名的金融中心，发挥着重要的作用。

(1) 证券市场是筹集资金的重要渠道。在证券市场上进行证券投资，一般都能获得高于储蓄存款利息的收益，且具有投资性质，所以，能吸引众多的投资者。对于证券发行者来说，通过证券市场可以筹集到一笔可观的资金，用这些资金或补充自有资金的不足，或开发新产品、上新项目，有利于迅速增强公司实力。要在较短时间内迅速筹集到巨额资金，只有通过证券市场这个渠道才能实现。

(2) 证券市场是一国中央银行宏观调控的场所。从宏观经济角度看，证券市场不仅可以有效地筹集资金，而且还有资金"蓄水池"的作用和功能，这种

"蓄水池"是可调的，而不是自发的。各国中央银行正是通过证券市场这种"蓄水池"的功能来实现其对货币流通量的宏观调节，以实现货币政策目标。

当社会投资规模过大，经济过热、货币供给量大大超过市场客观需要量时，中央银行可以通过在证券市场上卖出有价证券（主要是政府债券），以回笼货币，紧缩投资，平衡市场货币流通量，稳定币值；而当经济衰退、投资不足、市场流通因货币供给不足而呈现出萎缩状态时，中央银行则通过在证券市场上买进有价证券（主要是政府债券），以增加货币投放，扩大投资，刺激经济增长。

（3）证券市场是资源合理配置的有效场所。证券市场的产生与发展适应了社会化商品经济发展的需要，同时也促进了社会化大生产的发展，它的出现在很大程度上削弱了生产要素在部门间转移的障碍。因为在证券市场中，企业产权已商品化、货币化、证券化，资产采取有价证券的形式，可以在证券市场上自由买卖，这就打破了实有资产的凝固和封闭状态，使资产具有最大的流动性。一些效益好、有发展前途的企业可根据社会需要，通过控股、参股方实行兼并和重组，发展资产一体化企业集团，开辟新的经营领域。另外，在证券市场上，通过发行债券和股票广泛吸收社会资金，其资金来源不受个别资本数额的限制，这就打破了个别资本有限从而难以进入一些产业部门的障碍，有条件也有可能筹措到进入某一产业部门最低限度的资金数额。这样，证券市场就为资本所有者自由选择投资方向和投资对象提供了十分便利的活动舞台，而资金需求者也冲破自有资金的束缚和对银行等金融机构的绝对依赖，有可能在社会范围内广泛筹集资金。随着证券市场运作的不断发达，其对产业结构调整的作用将大大加强，同时得到发展的产业结构又成为证券市场组织结构、交易结构、规模结构的经济载体，促进证券市场的发展。这种证券市场与产业结构调整的关系，就在于它使资产证券化，从而有助于生产要素在部门间的转移和重组。

（4）证券市场有利于证券价格的统一和定价的合理。证券交易价格是在证券市场上通过证券需求者和证券供给者的竞争所反映的证券供求状况最终确定的。证券商的买卖活动不仅由其本身沟通使买卖双方成交，而且通过证券商的互相联系，构成一个紧密相联的活动网，使整个证券市场不但成交迅速，而且价格统一，使资金需求者所需要的资金与资金供给者提供的资金迅速接轨。证券市场中买卖双方的竞争，易于获得均衡价格，这比场外个别私下成交公平得多。证券的价格统一、定价合理，是保障买卖双方合法权益的重要条件。

本章小结

（1）证券是用以表明各类财产所有权或债权的凭证或证书的统称。证券首先是一种信用凭证或金融工具，它是商品经济和信用经济发展的产物。按照不同的标准，可以对证券进行不同的分类。按其性质的不同，可分为证据证券、凭证证券和有价证券三大类。其中，有价证券是其中最重要的部分，也是我们所讲的核心内容。

（2）有价证券主要是指对某种有价物具有一定权利的证明书或凭证。人们通常所说的证券就是指这种有价证券。有价证券多种多样，从不同的角度、按照不同的标准，可以对其进行不同的分类。如：政府证券、金融证券和公司证券之分；货币证券、资本证券和货物证券之分；上市证券和非上市证券之分等。

（3）有价证券在现代经济中具有重要功能。

（4）证券市场是有价证券发行与流通以及与此相适应的组织与管理方式的总称。证券市场作为资本市场的基础和主体，通常包括证券发行市场和证券流通市场。与一般商品市场相比，证券市场具有四个基本特征。股份公司的产生和信用制度的深化，是证券市场形成的基础。

（5）证券市场作为经营股票、公司债券、国家公债等有价证券的场所，种类很多，按照证券的性质不同，可分为股票市场、债券市场和基金市场；按组织形式不同，可分为场内市场和场外市场；按证券的运行过程和证券市场的具体任务不同，分为证券发行市场和证券交易市场。

（6）证券市场的参与者与监管者是证券市场运转的动力所在。证券的发行、投资、交易和证券市场的管理都有不同的参与主体。一般而言，证券市场的参与者与监管者包括证券市场主体、证券市场中介、自律性组织和证券监管机构四大类。这些主体各司其职，充分发挥其本身作用，构成了一个完整的证券市场参与体系。

（7）证券市场作为金融市场的重要组成部分，在金融市场体系中居于重要地位；证券市场发展直接导致了融资结构从间接金融到直接金融的变化；证券市场是市场经济中一种高级的市场组织形态，是市场经济条件下资源合理配置的重要机制。世界经济发展的历史证明，它不仅可以推动本国经济的迅速发展，而且对国际经济一体化具有深远的影响。

复习思考题

1. 什么是证券？证券有哪些种类？

2. 什么是有价证券？有价证券有哪些种类？请具体解释。
3. 有价证券在现代经济中具有何种重要功能？
4. 什么是证券市场？其主要特征有哪些？
5. 如何对证券市场进行划分？
6. 概括证券市场的结构。
7. 如何评价证券市场的作用？

第二章

股　　票

本章学习目的和要求

　　股票是一种重要的有价证券形式。要系统地了解股票，必须从发行股票的股份公司入手。本章从最基本的公司概念出发，首先对公司的含义和责任形式（特别是股份有限公司）以及相关问题作了详细地阐述；其次阐明了股票的含义、特征、类型、股票的收益和价格，并对我国的股权结构和世界主要股价指数作了简要介绍。

　　通过本章的学习，要了解有关公司、股份公司、股票、我国的股权结构以及世界主要股价指数的基本知识；了解不同类型的股票对于不同的筹资者和投资者的意义；掌握股票收益、股票价格、世界主要股价指数的基本计算方法。

第一节　股　份　公　司

　　为了把握股份公司的含义和特征，首先需要对公司的概念及责任形式做一介绍。

一、公司的概念及责任形式

1. 公司的含义

所谓公司，是以营利为目的、以资本联合为基础、按照法定程序组成、具有法人资格的经济实体。这一范畴包括四层含义：

第一，公司是企业法人。公司作为一个经济实体，参与社会经济活动，以自己的名义享有权利、承担责任，这在实际上成为有人格的社会团体。公司作为法人，即从法律上通过法定程序赋予了公司的人格，使公司成为具有人格的团体人。所以，法人资格是公司的一个基本特征。

第二，公司是营利性经济组织。公司作为营利性经济组织，它要运用自己的资金、设备、人力，通过生产经营，追求经济效益，注重劳动生产率，最后实现资产的保值增值。这种资产的保值增值实际上就是营利性，即公司特定的目的。

第三，公司是赋有有限责任的资本联合体。公司是由两个或两个以上的股东共同出资设立的，或者是由多个投资者的资金集合而成，这正是公司的组成特色之所在。这种资本的联合，不仅是形成公司的经济根源，而且是公司责任形式得以产生的依据，有利于投资者的利益保护和风险分摊。

第四，公司是企业组织特定的法律形式。公司作为一种企业组织形式，是和法律结合在一起，由法律来规范的。公司是依照公司法的规定发起、设立、组织运行的，依照公司法的规定取得法人资格，确定法律地位，公司的对内对外关系都受到公司法的调整，公司的内部管理体制必须规范化，由法律来确定其职责，依法设置。这种规范化、法制化是公司的一个特征。

2. 公司的责任形式

在公司制度中，公司是以资本联合为基础设立的。公司的分类，从法律上则是依据股东所承担的责任来划分，也就是以责任形式进行公司分类。按照公司制度中的通常做法，股东对公司的债务有三种责任形式，即无限责任公司、有限责任公司和股份有限公司。

（1）无限责任公司。是指由两人以上的股东组成，全体股东对公司债务负无限清偿责任的公司。其主要特征表现在：

一是设立后若股东仅存一人，则该公司即告解散。

二是无限公司的股东应负无限责任，即股东要以自己的全部动产和不动产为公司所欠债务负责，当公司资不抵债时，股东要以个人财产来抵偿债务。

三是无限责任公司的股东要负连带无限责任。即数人共同对同一债务负责，而且每人都有承担清偿公司全部债务的责任，若公司的债权人遇到无限公司的资产不足清偿时，债权人可对全体股东或对股东中某个人要求其偿还，而股东中无论出资多少，都有清偿全部债务的责任。而且，新加入的股东对其加入前公司的债务也要负责；股东退股后应向地方主管机关申请登记，在登记两年内对登记前公司发生的债务仍负连带责任；无限责任公司解散后，其股东对公司发生的债务在3~5年内仍有偿还责任。

四是公司的财产由股东出资而成，股东之间存在人身信任关系，股东直接参与公司的生产经营管理，每个股东都有执行业务的权利，也可通过协商由其中一人或数人执行。每个股东的出资份额不得随便转让，转让须得到全体股东的同意。

（2）有限责任公司。又称有限公司，一般指依法成立，由法律规定的一定人数的股东组成，公司不公开发行股票，股东以其认购的出资额对公司负责，公司以其全部资产对债务负责的公司。其主要特征表现在：

一是股东人数具有严格的数量界限规定。一般控制在2人~50人范围内。与股份有限公司相比，有限责任公司的股东人数较少。公司一旦组建，非经全体股东同意不能随意增加新股东。

二是公司不公开发行股票。有限责任公司的股东虽然也有各自的股份额，但由于有限责任公司的资本可以不划分等额股份，故各股东的出资额一般由其协商确定，股东在交付股金后，由公司出具股份证书作为他们各自在公司中所拥有的权益凭证，并把这种凭证称为股单。股单不同于股票那样可以自由流通，但在公司其他股东同意的条件下可以转让，转让时在公司办理手续即可。

三是公司的设立程序比较简便。公司成立可以由自然人或法人发起，所有股份金额在公司成立时必须交足。有限责任公司的成立，无须像股份有限公司那样公告，而且也不必公开它的营业报告，因而设立程序简便的多。

四是股东可以作为有限公司雇员直接参加公司管理。由于股东人数少，容易形成精干、灵活的管理机构，股东对公司的责任心较强。

五是股东的出资不得任意转让。如果出现法人破产等特殊情况需转让，必须经全体股东一致同意。如果一股东转让其股份，其他股东在同等条件下有优先购买权。

（3）股份有限公司。是指把全部资本划分为等额的若干股份，通过向社会公开发行股票，由一定数量以上的社会公众自由认购并承担有限责任及取得相应权利的公司。

由于股份有限公司的特殊重要性，下面单列一个问题进行阐述。

二、股份有限公司

1. 股份有限公司与有限责任公司的共同点

（1）股东对公司的债务都仅以对公司的出资额或所持有的股份为限承担责任，即通常所说的有限责任。

（2）股东的财产与公司的财产相对分离。股东将作为投资的财产交付给公司以后，该财产即构成公司的资产，股东不再直接控制和支配这部分财产。同时，公司的财产和股东其他未投入到公司中的财产也相对分离，即使公司出现资不抵债的情况，股东未投入公司的财产也不会被连带清偿。

2. 股份有限公司与有限责任公司的不同之处

（1）设立的条件和程序有所不同。有限责任公司股东人数在2人以上，50人以下，带有"资合"和"人合"的双重性质，规模相对来说比较小，因而成立的条件比较宽松。股份有限公司属于开放性的公司，股东人数比较多，规模一般较大，设立的条件和程序比较严格和复杂。

（2）募集资金的形式不同。有限责任公司只能由法律限定的出资人直接发起和出资，不能向社会公开募集资金，而股份有限公司除采取发起人设立方式外，还可以向广大社会公众发行股票募集资金。通过发行股票，广泛动员和集聚社会闲散资金，形成巨额投资，同时也为持有闲资的个人提供方便和可供选择的投资途径，为把消费资金转化为生产资金、短期资金转化为长期资金开辟了新的道路。

（3）股权表现形式不同。有限责任公司的注册资本不划分为等额股份，不发行股票，股东对公司的出资按占公司全部资本的比例取得公司签发的出资证明书。出资证明书不具有有价证券的性质，不能自由流通和交易。而股份有限公司的全部资本划分为等额的股份，通过发行股票，在募集入股资金的同时，向股东交付股票。股票可以依法转让，是一种流通性较高的有价证券。股票可转让但不可退回公司的特性，使集资的股份公司可长期使用股本金，不必考虑还本，同时通过股票的流通使社会资本向高利润的部门、行业和企业流动，从而使资源配置优化，产业结构更趋合理。

（4）股东范围和股东之间的关联程度不同。有限责任公司的股东人数较少，股东之间存在着较高的相互依赖关系，股权转让受到公司和其他股东的限制。而股份有限公司的股东人数众多且分布广泛，通过股票交易，股权可非常方便地转移，不受其他股东和公司的限制。

（5）内部组织的设置有所不同。有限责任公司由于股东人数有限，资本规模一般不大，其经营管理机构的设置可以有一定的灵活性。而股份有限公司有完备的决策、组织、经营、管理等规章制度，实行所有者与经营者、所有权与管理权的分离。公司建立起股东大会、董事会、监事会等一套管理机构，组织结构比较完整和齐全，特别是在决策程序上，公司形成了股东、经理与职工三者相互制约的格局。在这种互相制约中，三者各司其职、互相监督、互相促进，对股份公司的发展壮大起着重要作用。

（6）公司的财务状况和公开程度不同。有限责任公司中，由于股东人数有限，其财务会计报告可以很方便地送交全体股东，不需公开和公告。而股份有限公司的股东分散，人数众多，公司必须公告其财务会计报表，同时在公司置备财务会计报告，以便股东了解和查阅。特别是上市公司，为保护其股票交易当事人的合法权益，需要每年公布两次财务会计报表和公司经营情况，让公众了解其经营状况，也便于个人投资选择和社会监督。

股份有限公司的上述特征，是使其获得巨大发展，确立自身在现代经济生活中的地位的有力保证。

3. 股份有限公司的组织结构

股份有限公司的组织机构，通常由股东大会、董事会、监事会以及总经理、副总经理组成。在股份公司内，由股东组成的股东大会选举产生的董事会是执行机关，常设的监事会是负责财务监督的机关，以总经理为主的经理层是日常工作的管理机关。股份公司各部门间的关系如下：（图2—1）

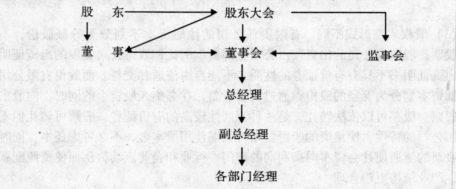

图2—1　股份公司的组织结构

（1）股东及股东大会。股东是股份的所有人，是公司资本的投资者。一般来说，自然人和法人都可以成为股东。股东在法律上一律平等，同等股份享有同等权利。股东的权利主要包括以下几个方面：

第一，经营管理权。如股东享有出席股东会议并对有关决议进行表决的权利。占公司全部发行股份一定比例的股东有请求或自行召集临时股东大会的权利，股东有查阅公司有关表册、账簿的权利，对董事或监督员的违法行为股东有对其诉讼的权利。

第二，分红要求权。即在公司取得盈利时，有取得股息红利的权利。在长期投资的情况下，这种权利尤为重要。

第三，剩余财产分配权。这种权利的发生限于公司解散时，如果公司偿还对外债务后尚有剩余财产，股东可凭其所持股份取得相应的剩余财产份额。

第四，转股认购权。包括优先认购本公司股票的权利，记名股票更换为无记名股票，无记名股票改为记名股票的权利。

股东大会是股份有限公司的最高权力机构，由全体股东组成，它的重要职能是代表股东的利益，集中反映股东的意志。股东如果不能亲自参加股东大会，可以办理法定手续委托他人代为出席。

股东大会行使下列职权：决定公司的经营方针和投资计划；选举和更换董事，决定有关董事的报酬事项；选举和更换由股东代表出任的监事，决定监事的报酬事项；审议批准董事会和监事会的报告；审议批准公司的年度财务预算方案、决算方案、利润分配方案和弥补亏损的方案；对公司增减注册资本做出决议；对发行公司债券做出决议；对公司的合并、分立、解散和清算等事项做出决议；修改公司章程。

股东大会可分成两种：一种是定期股东大会，每年召开一次，故又称为股东年会，一般在每年结算后的一定时期内召开；另一种是临时股东大会，它由董事会决定在必要时召开，也可由法定的持有公司股份 10% 以上的股东请求而召开。这种会议是不定期的，主要讨论公司特别重要的事项。

（2）董事会。董事会是股份有限公司的常设机构，它与股东大会的关系是信任委托的关系，即董事会受股东大会的委托，负责经营公司的法人财产，代表全体股东的利益。在公司的对外关系中代表公司，对内关系中负责管理公司。

作为股东大会的常设经营管理决策机构，董事会的职权有：负责召集股东大会，并向股东大会报告工作；执行股东大会的决议；决定公司的经营计划和投资方案；制订公司的年度财务预算方案和决算方案；制订公司的利润分配方案或弥补亏损方案；制订公司增减资本的方案以及发行公司债券的方案；制订公司合并、分立、解散、清算的方案；决定公司内部管理机构的设置，聘任或者解聘公司经理，根据经理提名，聘任或者解聘财务负责人，决定其报酬事项；制定公司的基本管理制度。

董事会成员一般由股东大会选举任命，其成员为 5 人～19 人。在董事中要选出董事长、副董事长、常务董事等，负责公司具体业务的执行和代表公司进行业务活动。其他董事只是通过参加董事会对公司事务参与决策。董事长在公司中是最主要的负责人，董事长由董事会的全体董事过半数选举产生。作为公司的法定代表人，董事长行使三项职权：一是主持股东大会和主持召集董事会会议；二是检查董事会会议的实施情况；三是签署公司股票和公司债券。

（3）监事会。监事会是监督检查公司财务及董事会业务执行情况的常设机构。监事会由股东代表和适当比例的公司职工代表组成，董事、经理及财务负责人不得兼任监事。

监事会的职权有：检查公司的财务；对董事、经理执行公司职务时违反纪律、法规或者公司章程的行为进行监督；当董事、经理的行为损害公司利益时，要求董事、经理予以纠正；提议召开临时股东大会；监事可以列席董事会会议。

（4）经理人。股份有限公司的董事会是经营决策机构，对外代表公司，对内管理公司，但它在承担这些任务时，需要有一批专业经营管理人员具体组织实施生产经营的规划和方案，协调处理公司生产经营中的内外关系。因此，对公司来说，经理作为组织实施、管理协调工作的负责人具有重要作用。

股份有限公司的经理人一般包括总经理1人，副总经理2至3人，各部门经理多人，他们辅助董事会具体执行公司业务。正、副总经理由董事会聘任或者解聘，他们对董事会负责。部门经理则由总经理提请董事会予以任命，部门经理主管一个部门的工作，或者主管某项业务工作。

总经理的职权有：主持公司的生产经营管理工作；组织实施公司年度经营计划和投资方案；拟定公司内部管理机构设置方案；拟定公司的基本管理制度；制定公司的具体规章制度；提请聘任或解聘公司副总经理、财务负责人；聘请或者解聘除应由董事会聘任或者解聘以外的负责管理人员；公司章程和董事会授予的其他职权。

4. 股份有限公司的发起和设立

（1）股份有限公司的发起。股份有限公司在设立过程中，必须要有人负责公司筹办事宜。依照法律规定，具有这种资格，承担相应法律责任的人，称之为发起人。对于发起人的资格，各国都有法律明文规定，我国颁布的《中华人民共和国公司法》（以下简称《公司法》）规定，半数以上的发起人在中国境内有住所；发起人可以是法人，也可以是自然人；自然人作为发起人的应当具有行为能力；发起人在股份公司中，不仅操办筹建事务，而且也应当是直接投资者；国家有关法律、法规规定，办经济实体的党政机关等单位，以及加入公司从事经营活动的公务人员，都不应作为公司的发起人；发起人的资格应当受到董事、经理竞业禁止原则的限制。

发起人作为公司的创办人，从公司成立、发行股票起就享有因发起而带来的创业利润等好处，在公司发行新股时享有优先认股权等。当然，在筹建公司过程中如因过失或违法行为而造成对他人的侵害，发起人必须承担连带赔偿责任。

（2）股份有限公司的设立。在股份有限公司设立中，发起人要确定公司的设立方式。股份有限公司按其在设立过程中是否向社会公众募集股份为标志，分为两种设立方式：发起设立和募集设立。

发起设立，是指由发起人认购公司应发行的全部股份而设立的公司。从法律上来讲，发起设立有如下几点要求：

第一，认购公司应发行股份的投资者，必须是公司的发起人，也就是参加制定公司章程并在章程上签名者。

第二，发起人认购的股份必须是公司应发行股份的全部，而不能是其中的一部分。

第三，发起人书面认足公司章程规定发行的股份。

第四，一次缴纳全部股款。

第五，及时选任董事、监事。

募集设立，是指由发起人认购公司应发行股份的一部分，其余部分向社会公开募集而设立的公司。这一定义指出了募集设立最重要的特征是发起人认购与社会公众认购两者结合，由两方面的资本联合组成。募集设立方式，适合于规模较大的公司采用，在设立中，公司形成了多层次的对内对外关系，在法律上，要求募集设立方式规范化。下面是募集设立方式的主要条件和规定。

第一，公司发起人认购的股份不得少于公司股份总额的35%。

第二，发起人申请向社会公开募集股份。募集设立的公司，在发起人认购35%以上的应发行股份后，其余股份可以向社会公开募集。首先要向国务院证券管理部门递交募集申请，在申请时应报送的重要文件有：上级主管部门批准设立股份公司的文件；公司章程；经营估算书；发起人姓名（或名称）和认购的股份数以及出资种类、验资证明；招股说明书；代收股款银行的名称及地址；承销机构名称及有关的协议。

第三，进行募集股份的审批。

第四，公开招股。在公开招股中，发起人必须公告招股说明书，在其中应说明下列事项：发起人认购的股份数；每股的票面金额和发行价格；无记名股票的发行总数；认股人的权利、义务；本次募股的起止期限及逾期未募足时认股人可撤回所认股份的说明。

第五，投资者认股。发起人公告招股书，同时要制作认股书。投资者在决定认股后，即可填写认股书，包括所认股数、金额、住所，并在认股书上签名盖章，正式确认双方的权利与义务。

第六，召开创立大会。创立大会行使的职权有：审议发起人关于公司筹办情况的报告；通过公司章程；选举董事会、监事会成员；审核公司的设立费用；对发起人用于抵作股款财产的估价进行审核。

5. 股份有限公司的变更、破产和解散

股份公司在激烈的市场竞争中，要经受风险考验。当由于主客观原因公司陷入困境时，可在法律许可范围内选择出路并摆脱困境。公司变更、公司破产和公司解散等都是可能的解决途径。

（1）股份有限公司的变更。股份有限公司的变更包括公司兼并和公司分立两种基本形式。

第一，公司兼并。公司的并购已经成为当今世界进行资本扩张和优化的主要方式，对各国经济甚至世界经济产生着重大而深远的影响。公司并购是企业重组中最为常见的形式，它是兼并和收购的合称，往往作为一个固定的词组来使用。企业并购是指一个公司通过产权交易取得其他公司一定程度的控制权，包括资产所有权、经营管理权等，以实现一定经济目标的经济行为。兼并和收购在企业的实际操作过程中，是很难区分的，他们产生的动因以及在经济运行中所产生的作用基本上是一致的。在西方公司法中，把企业合并分成吸收合并、新设合并和购受控股权益三种形式。

吸收合并，即兼并，是指两个或两个以上的公司合并中，其中一个公司因吸收了其他公司而成为存续公司的合并形式。合并中，存续公司仍然保持原有公司的名称，有权获得其他被吸收公司的资产和债权，同时承担其债务，被吸收公司从此不再存在。

新设合并，又称创立合并或联合，是指两个或两个以上公司通过合并同时消亡，在新的基础上形成一个新设公司。

购受控股权益，即收购，是指一家企业购受另一家企业时达到控股百分比股份的合并形式。在理论上，A 公司持有 B 公司 51% 的股权即取得绝对控股权，可直接对 B 公司的经营业务行使决策权，而 B 公司的法人地位并不消灭。但在股权分散的情况下，A 公司只需取得 30% 或者更少的股份，就可以达到控股的目的。

收购有纯粹意义上的收购（Takeover），有公开收购要约或标购（Tender Offer），也有获得特定财产所有权的行为（Acquisition）。Takeover 和 Acquisition 所表现的都是一家公司通过购买另一家公司的资产以取得一定控制权和经营权的行为；Tender Offer 则主要表现为证券市场上的收购，即一家公司直接向另一家公司的股东提出购买该公司股份的要约。

第二，公司分立。股份有限公司分立的原因有很多，或是由于财产分割（如继承人分割遗产或合伙经营破裂分割公司财产）而导致分立；或是由于公司的某一经营业务规模壮大，为了有效管理而独立出去成为一个新公司；还有可能是为了回避法律限制，如许多大型垄断企业为了避开反垄断法的限制，在公司的资本规模和营业规模达到一定程度时，主动分立成若干规模较小的公司等。这些原因都可以导致股份有限公司的分立。

股份有限公司分立的基本形式有两种：公司以其部分财产和业务另设一个新的公司，原公司存续；公司的全部财产归入两个以上的新设公司，原公司解散。在股份有限公司的分立中，股东的权益势必受到影响。

在分立程序上，股份有限公司的分立应由股东大会做出特别决议。分立各方必须签订财产和营业分立合同。分立后的新设公司应实行独立核算，并按分立合同分担原有公司的债务。公司分立，还须向工商行政管理机关提交有关文件，分别申请设立登记、变更登记或注销登记，并进行公告。

（2）股份有限公司的破产。破产是指当债务人的总资产不足以抵偿到期债务时，由法院依照法定程序将债务人所有财产公平清偿给所有债权人，不足之数免于清偿的制度。

企业破产指法院对因经营管理不善而造成严重亏损，不能清偿到期债务的公司或企业进行的清算和关闭处理。公司或企业破产，一般有两种情况：其一，企业资不抵债，债务大于资产；其二，虽然资产还大于债务，但资产一时无法变卖，无力清偿到期债务。第一种情况属于资不抵债破产，第二种情况属于无力支付的破产。

破产应具备以下条件：

第一，只有债务人的经济状况恶化到不能清偿其全部债务时，才能开始破产程序。

第二，必须存在多个债权人，且所有债权人地位平等，他们的权益都能得到公平的清偿。

第三，破产是一种特殊的清偿手段，债务人一旦被宣告破产，其全部资产都要充作清偿基础，且债务人丧失主体资格。

第四，破产自始至终都是在法院主持和监督下进行。这不仅是因为债务人和债权人之间有利益冲突，而且只有通过破产程序，由审判机关对债务人的主体资格做出否定评价，才能在物质形态上消除债务人的存在，同时由审判机构从法律上取消债务人作为民事主体的资格。

为了尽量减少公司破产带来的损失，许多国家都规定，在公司宣告破产之前应先经过和解。和解旨在使公司与债权人之间能够协调解决公司所面临的困难。和解程序由双方商议，所形成的协议经法院同意后方为有效。美国、英国等国家法律规定，和解是破产的必经程序。在我国，当公司由债权人申请破产，法院已受理案件的3个月内，被申请破产公司的上级主管部门可以提出破产和解，但同时必须提出可能对公司重整和对债权人债务的某种承诺，并应取得债权人同意。若经双方协商仍未达成和解协议或一致认为必须宣告破产，则公司可正式提出破产申请。

公司破产必须按规定程序进行：首先，由债权人或破产公司提出破产申请，同时应附上公司财产状况说明书、债权人和债务人清单及和解的记录文件等；其次，由债务人所在地法院受理并依法承办，法院在收到破产申请后的规定时间内，应进行宣告破产或驳回破产申请的裁决；再次，公司接到法院破产裁决后应立即进行破产登记，同时，应提交公司的各种财务表册、文件；最后，在破产登记批准后，公司必须以公告形式宣告破产。

宣告破产后，破产人的财产就交由法院指定的清算人管理。债权人应在一定期限内向清算人申报债权，由清算人确定破产人的资产负债额并对其财产进行清算。清算后的全部资产，按法定顺序和比例，分配给各债权人以抵偿债务。经破产程序清理债务后，债权人未能得到清偿的部分，债务人不再负清偿责任。

在我国，有以下情况者不予宣告破产：公用企业及与国计民生有重大关系的企业，政府主管部门给予资助或采取其他措施帮助清偿债务的；取得担保，自破产申请之日起6个月内清偿债务的；上级主管部门申请整顿并且经企业与债权人达成和解协议的。我国《企业破产法》还规定，企业被宣告破产，政府监察和审计部门要负责查明企业破产的原因及责任，并对负有主要责任的破产企业的法人代表或上级主管部门的领导给予行政处分，甚至追究刑事责任。

（3）股份公司的解散。公司解散亦称"公司消灭"，是指公司法人资格取消的法律程序和公司业务经营活动终止的法律事实。公司解散以后，公司的法人资格没有马上消失，只有完成清算的程序，公司才正式消失。

公司解散应在一定期限内向主管机关申请终止登记，并进行公告。公司一旦解散，公司的法人资格随之消灭。公司除合并无需解散，破产应按破产法程序进行清算外，若因其经济原因解散时，一律须按公司法规定的清算程序进行清算。对其负债，要按职工工资、国家税收和其他债务的顺序进行清偿。

公司解散的原因大致有以下几种：公司章程中规定的公司营业期限届满，或规定的解散事由出现；公司经营的事业已经完成，不能继续；股东会议做出解散的决议；公司的股东人数或资本总额低于法定的最低数额；公司严重违反国家法律、法规，危害社会公共利益而被依法撤销；与其他公司合并。公司一经破产，公司解散，但是破产解散公司的程序应遵守破产法的规定。

公司解散的方式与公司解散的原因相联系，可以分为自愿解散和强迫解散。自愿解散是指公司基于自己的意思而自愿进行的解散。自愿解散的一般程序是：先由股东大会做出特别决议，宣布解散。在宣布解散开始后的一定期限内，董事和监事应向政府主管机关申请进行解散登记。一经政府主管机关核准解散登记，解散即告正式生效。如果董事、监事不在解散后的一定期限内向政府主管机关申请解散登记，政府主管机关可以依职权或根据利害关系人的请求，撤销公司的设立登记。

强制解散是指公司基于法律、政府主管机关的命令而被迫进行解散。强制解散的一般程序是：董事会通知股东。公司解散开始后，除因破产事由而解散时，董事会应立即公告破产事项之外，董事、监事应申请解散登记，除因破产事由而解散者外，与自愿解散相同，因破产事由而解散者，由法院依职权进行破产登记。

公司解散时，应按法律规定的清算程序进行清算工作。清算是终结被解散公司法律关系，消灭被解散公司法人资格的程序。除因合并、破产解散的公司外，其他各种方式解散的公司都必须进行清算。通过清算，终结解散公司现存的法律关系，处理解散公司的剩余财产，才能使其完全丧失法人资格。清算的程序分为以下几个步骤进行：

第一，成立清算组。自愿解散公司的清算组及其成员由董事会确定，强制解散公司的清算组及其成员由国家主管部门确定。

第二，通知和公告。债权人应在规定期限内向清算组申报其债权，在规定期限内没有申报其债权的，不列入清算范围。

第三，清算组行使职权，对公司财产进行清理，清理公司未了业务，收取公司债权，偿还公司债务，处理公司剩余财产并代表公司进行民事诉讼活动，召开股东会议等。

第四，清算过程中若发现公司财产不足以清偿债务时，立即终止清算并向法院申请公司破产。

第五，公司剩余资产处置收入，首先偿付清算费用，其次偿付所欠职工工资、奖金和劳保费用，再次偿付拖欠国家的税款，然后再付银行贷款、公债券和其他债券，最后才将剩余财产分派给每一个股东。

第六，清算组的责任即告解除之后，清算组到登记机关进行清算完结登记。

清算的重要文件、表册即公司的账簿应由法院选定的保存人保存一定时间（如10 年），至此，公告公司解散，清算彻底结束。

第二节　股票的含义和分类

一、股票的含义

股票是一种有价证券，它是股份有限公司公开发行的，用以证明投资者股东身份和权益，并据以获得股息和红利的凭证。

股票一经发行，持有者即为发行股票的公司的股东，有权参与公司的决策，分享公司的利益，同时也要分担公司的责任和经营风险。股票一经认购，持有者不能以任何理由要求退还股本，只能通过证券市场将股票转让和出售。作为交易对象和抵押品，股票已成为金融市场上主要的、长期的信用工具，但实质上，股票只是代表股份资本所有权的证书，它本身并没有任何价值，不是真实的资本，而是一种独立于实际资本之外的虚拟资本。

股票所代表的资本是股份公司资金的一部分，公司资金包括借入资本和权益资本两部分，前一部分是债务，后一部分是所有者的投入，只有权益资本（股本）才可能形成股票。

股份公司资本有注册资本、发行资本和实收资本之分。

注册资本是指公司有权发行股票的总额，这个总额必须记载于公司章程，并在政府有关部门登记注册。注册资本仅是政府允许公司发行股票总额的上限，不是实际资本。公司实际上已向股东发行的股票总额，叫做发行资本。发行资本不大于注册资本。认购公司股票后应立即缴纳资本（货币或实物），但可以一次或分次付清股金，这样形成了实收资本，实收资本可能小于发行资本。只有实收资本才能形成股票。

二、股票的特征

股票是有价证券的主要投资形式，证券的特征股票当然具有。但除了证券这些共性外，股票又有自己的特性。具体表现在以下几个方面：

（1）不返还性。股票作为股权在法律上的凭证，持有者有权参与红利分配，并按规定行使股东权利，但不能中途退股索回本金，即只能"付息分红，不退还本金"，只能通过证券市场将股票转让和出售。

（2）收益性。持有者凭其持有的股票，有权按公司章程从公司领取股息和红利，获取投资收益。认购股票就有权享有公司的收益，这既是股票认购者向公司投资的目的，也是公司发行股票的必备条件。股票收益的大小取决于公司的经营状况和盈利水平。一般要高于银行储蓄和债券的利息。

持有者利用股票可以获得价差收入和实现货币保值。如可通过低进高出赚取价差利润，或以低于市价的特价甚至无偿获取公司配发的新股而使股票持有者受益，还可在货币贬值时，股票会因公司资产的增值而升值。

（3）风险性。购买股票是一种风险投资，投资入股人有按规定获得收益的权利，也要承担公司的经营风险和债务责任。股票的风险性和其收益性是相对应的，也是并存的，股东的收益在很大程度上是对其所承担风险的补偿。

在竞争激烈的现代市场经济活动中，股东的收益是一个难以确定的动态数值，随公司的经营状况和盈利水平而波动，也受到股票市场行情的影响。公司经营得越好，股票持有者获取的股息和红利就越多；公司经营不善，股票持有者能分得的盈利就会减少，甚至无利可分。这样，股票的市场价格就会下降，股票持有者就会因股票贬值而遭受损失；如果公司破产，则股票持有者连本金也保不住。由此可见，股票的风险性与收益性并存，股票收益的大小与风险的大小成正比。

（4）稳定性。稳定性有两方面的含义：一是股东与发行股票的公司之间存在稳定的经济关系。股票是一种无期限的法律凭证，投资者购买了股票，就不能退股，只要其持有股票，公司股东的身份和股东权益就不能改变，同时它代表了股东的永久性投资，只有在股票市场上转让股票才能收回本金。二是公司通过发行股票筹集到的资金使公司有一个稳定的存续期间。对公司来说，由于股票始终在股票交易市场而不能退出，因此，通过发行股票所筹集的资金在公司续存期间就是一笔稳定的自有资本。

（5）流通性。股票作为一种资本证券，是一种灵活有效的集资工具和有价证券，它虽然不能中途返还，但可以作为买卖对象或抵押品随时转让。这种转让，意味着股票转让者将其出资金额以股价的形式收回，而将股票所代表的股东身份及其各种权益让渡给受让者。股票的流通性是商品交换的特殊形式，持有股票类似于持有货币，可随时在股票交易市场变现，因而人们通常视股票为流动资产。股票的流通性促进了社会资金的有效利用和资金的合理配置。这种灵活性和通用性是股票的优点也是它的生命力所在。

（6）股份的伸缩性。是指股票所代表的股份既可以拆细，也可以合并。

股份的拆细：即是将原来的1股分为若干股。这并不改变资本总额，只是增加了股份总量和股权总数。当公司利润增多或股票价格上涨后，投资者购入每手股票所需资金增多，股票的市场交易会发生困难，这时若采取将股份拆细，即以分割股份的方式来降低单位股票的价格，就可以争取更多的投资者，扩大市场的交易量。

股份的合并：是将若干股股票合并成较少的几股或1股。一般是在股票面值过低时采用。公司实行股份合并主要出于如下原因：公司资本减少、公司合并或股票市价由于供应减少而回升。

（7）股票价格的波动性。股票在交易市场上作为交易对象，同其他商品一样，也有自己的市场行情和市场价格。其价格的高低不仅与公司的经营状况和盈利水平密切相关，而且与股票收益和市场利率的对比关系紧密相连。此外，股票价格还受到国内外经济、政治、社会以及投资者心理等多种因素的影响。

股票价格的变动与一般商品的市场价格变动不尽相同，大起大落是它的基本特征。股票在交易市场上所表现出的波动性，既是公司吸引社会公众进行股票投资的重要原因，也是公司改善经营管理、努力提高经济效益、增强公司竞争能力的一个重要外部因素。

（8）经营决策的参与性。根据有关法律规定，股票的持有者即是发行股票公司的股东，有权出席股东大会，选举公司的董事会，参与公司的经营决策。股票持有者的投资意志和享有的经济利益，通常是通过股东参与权的行使而实现的。股东参与公司经营决策的权利大小，取决于其所持有股份的多少。从实践中看，只要股东持有的股票数额达到决策所需的实际多数时，就能成为公司的决策者。

股票所具有的经营决策的参与性特征，对于调动股东参与公司经营决策的积极性和创造性，对于建立一个制衡性的、科学合理的企业运行机制和决策机制，具有十分重要的意义。

三、股票的种类

股票的种类繁多，按不同的标准可以分成不同的类别。

（1）按是否记名，股票可分为记名股和无记名股。记名股即股东姓名载于股票票面并且记入专门设置的股东名簿的股票。记名股派发股息时，由公司书面通知股东。转移股份所有权时，须照章办理过户手续。无记名股是指股东姓名不载入票面的股票。派息时不专门通知，一经私相授受，其所有权转移即生效，无须办理过户。

（2）按有无面值，股票可分为有面值股和无面值股。有面值股是指票面上注明股数和金额的股票。无面值股是指票面上未载明股数和金额，仅标明它是股本总额若干比例的股票。如：某公司的股本总额为50万元，共分为1万股，每股50元。某人持有该公司1股的股票1张，票面无50元字样，只注明它是股票总额的一万分之一。

（3）按股东权利来划分，股票主要有普通股、优先股、后配股。此外，还有议决权股、无议决权股、否决权股。

①普通股，是一种永久性的股票，是指每一股份对公司财产都拥有平等权益，即对股东享有的平等权利不加以特别限制，能随公司利润大小而分取相应股息的股票。

普通股的特征如下：一是股份有限公司发行的最普通、最重要，也是发行量最大的股票种类，股份有限公司最初发行的大都是普通股股票。此类股票所筹集的资金通常是股份有限公司股本的基础；二是公司发行的标准股票，其有效性与股份有限公司的存续期间相一致。股票持有者是公司的基本股东，平等地享有股东权利。公司不会赋予股东特别权利，也不会对股东参与公司经营决策的权利加以限制。三是一种非固定收益证券，是风险最大的股票。尽管持有这类股票的股东有获取股息和红利的权利，但股息和红利收益并不确定，而是随公司经营状况和盈利水平波动，而且必须是在偿付了公司债务利息及优先股股东的股息之后才能分得。此外，还受经济、社会、政治、文化及投资者心理等各种主客观因素的影响，股票市场的交易价格也会经常大幅度波动，从而给投资者带来重大影响，投资者因此要承受巨大的市场风险。

在股份有限公司存续期间，普通股股东享有以下权利：

一是资产的分配权。在股份公司破产或解散清算时，公司资产在清偿各种债务后，股东有权要求均等分配公司的剩余财产。股东享有该项权利的大小，依其在公司中所持有的股票份额的多少而不同。

二是盈余的分配权。股东有权按持股比例从公司经营的净利润中分取红利，是一种永久参与权。根据多数国家公司法的规定，所谓公司经营净利润是指股份公司的总利润在首先支付公司雇员的工资、借贷款项、税款、公司债券利息、法定公积金以及优先股股息之后的剩余部分。一般情况下，股份公司的净利润并不全部分配给普通股股东，而必须将其一部分留下用于公司新增投资，或保证股东未来收益的稳定。

三是股份的转让权。股东可通过有关手续随时终止投资，收回资金，或转移投资，回避风险。

四是优先认股权。在股份公司发行新的普通股股票时，为保护旧股东的利益，旧股东有权按持股比例优先认购，以保持其在公司中的股份所占的比例。股份公司增发新股一般采取两种方式：一是有偿增发，即普通股股东以股票面额或低于股票面额的价格优先认购增发的普通股股票。二是无偿增发，即普通股股东优先无偿得到增发的普通股股票。

五是投票表决权（选举权）。普通股股东的这项权利主要是通过参加股东大会来行使的。普通股股东有权出席股东大会，听取公司董事会的业务、财务报告，在股东大会上行使表决权和选举权，选举公司的董事会和监事会，对公司的经营管理发表意见。在法律上，普通股股东对公司的经营参与权是平等的，每个股东权利的大小取决于所购买的股票份额的多少。在实践中，由于股东人数太多，众多的股东不可能直接参与公司的经营决策，对公司的经营实际上是由少数持股大户直接决策的。这些持股大户只要根据公司章程规定的表决制度达到选举董事所需要的一定比例的股票份额，就可以选派自己的董事，通过这些董事及其经理人来控制股份有限公司。

按照不同的角度可将普通股划分为不同的种类。

首先，从公司的角度来说：

若按数量来划分，可分为授权股（*Authorized Shares*），即公司的章程规定其在一定时期内所能发行的最高限额的股票；实际发行股（*Issued Shares*），即公司总股本中，已由股东认购的部分；库存股（*Treasury Shares*）由公司收买的本公司发行的股票，或由股东移赠给公司的本公司发行的股票。

若按发行对象来划分，可分为 A 股和 B 股。一般西方国家许多公司在同一次发行中出售两种特种股票：A 股和 B 股。具体的发行方式也有两种：第一种情况是：A 股和 B 股面值相同，A 股有投票权，B 股则没有；第二种情况是 A 股和 B 股都有投票权，但 A 股面值大于 B 股。两种情况都存在着股权歧视，公司发行这种股票的原因是又想筹资，又不想分散其利益权，所以有些国家让国外买 B 股，本国买 A 股。投资者买的原因常常是不介意投票权。

其次，从投资者的角度来说，主要有：

蓝筹股（*Bluechip Stock*）又称一级股，通常是成熟稳定、业绩优良，在行业中占据主导地位的大公司发行的质量优秀的股票，如：美国可口可乐公司发行的股票。其主要特点是股票价格较高，在全国最好的证券交易所上市交易，价格波动小，炒做少，股息丰厚，长期回报较好，适合于长期投资。

成长股（*Growth Stock*）又称二级股，是指具有较好成长前景，正在迅速扩张的公司发行的股票。这类公司的发展已进入成熟期，前景也较乐观。其特点是目前收益不高，但可确定将来有较大收益，增长速度较快，如，有的公司已进入高级的二级市场，或进入纳斯达克。

收入股（*Income Stock*）是指目前能支付较高回报的公司发行的股票。公司已完全成长，无进一步的发展计划、投资计划，利润较稳定，适合各种投资基金。如公共事业股。

周期性股票（*Cyclical Stock*）是指其经营极易随经济周期波动的公司所发行的股票。需要投资者对经济周期有较好的了解。如：房地产业、钢铁制造业、航空业、建筑业。

防守性股票（*Defensive Stock*）是指对商业周期变化不敏感的公司所发行的股票，发展较平稳，适合保守的投资人。如：公共事业公司，食品行业，烟草行业，药品公司。

投机性股票（*Speculation Stock*）又称三、四线股，发行这类股票的公司发展前景不确定，股票价格波动也较大，回报极不稳定，有较大风险，也有可能成为成长股。有承受风险能力的投资人适合买这种股票。

发行普通股对发行人来说，有利有弊。给发行人带来的好处主要有：普通股是公司较灵活的融资工具（发行人是一级市场的股东，二级市场的转让者）；普通股的发行给予公司财务上很大的灵活性（公司的使用资金是无限的，而其股息的分配较随意）；可提高公司的信誉程度（如向银行贷款更有说服力）；会有很好的广告效应。

对发行人的不利之处：一是会分散控制权；二是普通股的承销费用高于其他股票和债券；三是普通股的股东对公司的利润有永久的参与权；四是普通股的股息不能充当费用，不能享受免税的优惠；五是公司要承担社会责任、公众形象，影响运作的灵活性。

②优先股，优先股是相对于普通股而言的，它是指股份有限公司发行的优先于普通股股东分取公司收益和剩余资产的股票。优先股的优先条件，由股份公司章程加以明确规定。一般规定包括：优先股股票分配股息的顺序和定额；优先股股票分配公司剩余资产的顺序和份额；优先股股东行使表决权的顺序和限制；优先股股东的权利、义务；转移股份的条件等。

优先股股票是特别股股票的一种。特别股股票是股份有限公司为特定的目的而发行的股票，它所包含的股东权利要大于或者小于普通股股票。因此，凡权利内容不同于普通股股票的，均可统称为特别股股票。特别股股票中，最具有代表性的是优先股股票。

由于优先股股票的价格容易受到利率变动的影响，较少受到公司利润变动的影响，因此，优先股的价格增长潜力要低于普通股。然而由于优先股股东享有普通股股东不可比拟的优先权，这就使得优先股股票仍能受到普遍而广泛的欢迎。优先股的特征表现在以下几个方面：

约定股息率。优先股股票在发行时即已约定了股东的股息率。且股息率不受公司经营状况和盈利水平的影响。按照公司章程的规定，优先股股东可以先于普通股股东向公司领取股息，所以，优先股股票的风险要小于普通股股票。不过，由于股息率固定，即使公司经营状况良好，优先股股东也不能分享公司利润增长的利益。

优先分派股息和清偿剩余资产。当公司利润不够支付全体股东的股息和红利时，优先股股东可以先于普通股股东分取股息；当公司因解散、破产等进行清算时，优先股股东又可先于普通股股东分取公司的剩余资产。

有限表决权。优先股股东一般不享有公司经营参与权，即优先股股票不包含表决权，优先股股东无权过问公司的经营管理。然而，在涉及到优先股股票所保障的股东权益时，如公司连续若干年不支付或无力支付优先股股票的股息，或者公司要将一般优先股股票改为可转换优先股股票时，优先股股东也享有相应的表决权。

股票可由公司赎回。优先股股东不能要求退股，但却可以依照优先股股票上所附的赎回条款，由公司予以赎回。被收回的股票称为"库存股"。大多数优先股股票都附有赎回条款。发行可赎回优先股股票的公司赎回股票时，要在优先股价格的基础上适当地加价，使优先股股票的赎回价格高于发行价格，从而使优先股股东从中得到一定的利益。

优先股可划分为以下几类：

一是累积优先股和非累积优先股：若公司当年利润不足以支付优先股股息，可将应付股息结转累积到以后年度支付，公司只有将积欠的优先股股息支付完之后，才能支付普通股股息。非累积优先股是指对优先股股息支付不足部分不予积累，公司不论这部分股息是否清偿，都可发放普通股股息。

二是参与优先股和非参与优先股：参与优先股是指在取得固定的股息后，此类优先股还有权与普通股共同分享剩余利润。而非参与优先股则不具备这种资格。非参与优先股如果同时是累积性的，就更多的带有公司债券的性质，而非累积的参与优先股则更类似普通股。

公司在必须支付普通股股息，而不想清理优先股积欠股息时，可发行可转换优先股，这样就能在适当时候允许优先股按一定价格比例转换成普通股。可转换优先股是一种潜在的期权。一般优先股在二级市场上价格波动不大，但可转换优先股价格波动较大。

优先股无论对投资者还是发行者都是有利有弊的。首先，对于投资者而言，优先股是一种混合证券，其风险性、收益性居于债券与普通股之间。其主要优点是投资者收益较为稳定；与普通股股东相比拥有优先权；在某些国家优先股收入所得税低（如：美国）；另外，很多优先股都带有优惠条款。但同时，投资者对公司利润的参与和分享都是极为有限的；这种股票的市场流动性也较差。其次，对于公司，即发行者来说，优先股为其提供了使用资金的灵活性，同时股东又无表决权，对公司缺乏控制力。发行者常把优先股作为兼并、谈判的工具（因其有许多优惠条件），所以公司常可找到固定的投资者。但是优先股资金的灵活性不如普通股（因有股息率的要求），公司发行优先股实际上也是对投资者的一种让渡，对公司经营的一种损害。这常常是公司经营状况差的预警。

③后配股，即次于普通股而享受派息或分配公司剩余财产的的股票，大都由股份公司赠予发起人及管理人，故又称发起人股、管理人股。其代价为提供劳动力、名义等，而非金钱或财产，又称为干股。

④议决权股、无议决权股、否决权股。议决权股，是指股份公司对特定股东给予多数表决权（而一般股票是一股一权），但并无任何优先利益的股票。发行这种股票的目的在于限制外国持股人对于本国产业的支配权。无议决权股，即对公司一切事物都无表决权的股票。否决权股，即只对指定的议案有否决权的股票。

（4）按股款的付清与否可分为付清股与未付清股。前者是指股款缴足的股票；后者是指股款未缴足的股票，往往发生于分配缴款的场合。

（5）按股票的发行与否可分为发行股和未发行股。公司总股本中，已经由股东认购的部分成为发行股，尚未认购的股份就叫做未发行股。未发行股产生的主要原因：一是公司初创时期，投资者少，用已募集的资本先行开业，余下股份可于公司成立后再陆续招募，这样就出现了未发行股；二是公司增资时，须发行新股票。发行顺利与否，完全取决于公司信誉高低和社会经济状况，当公司信誉不佳，或经济不景气时，难免若干股份发不出去。

第三节　股票的价格和收益

一、股票的价格

股票的价格是指货币与股票之间的对比关系，是与股票等值的一定货币量。它有广义与狭义之分，广义的股票价格是股票的票面价格、发行价格、账面价格、清算价格、内在价格和市场价格的统称；狭义的股票价格则主要是指股票的市场价格。

（1）股票的票面价格，又称面值。是股份公司在发行股票时所标明的每股股票的票面金额。它表明每股股票对公司总资本所占的比例以及该股票持有者在股利分配时所应占有的份额。股票面值是根据上市公司发行股票的资本总额与发行股票的数量来确定的。计算公式为：股票面值＝上市的资本总额/上市的股数。

（2）股票的账面价格。是指股票所含有的实际资产价值。公司资产总额减去负债（公司净资产）即为公司股票的账面价值，再减去优先股价值，为普通股价值。以公司净资产除以发行在外的普通股股数，则为普通股每股账面价格，又称股票净值。普通股每股股票账面价格＝（净值－优先股总面额）/普通股股数。

公司资产净值是指公司的资本额（股票总金额），加上公积金和保留盈余所得的数额。其中，各种公积金和保留盈余尽管没有以股利形式分派出来，但所有权是属于股东的。因此，净资产也成为"股东权益"。用净资产值除以普通股股数所得到的股票账面价值，实际上反映了每股股票所拥有公司财产的价值，是股东所享有的实际财富，以及公司财产和股东投资的增值程序。

（3）股票的内在价格，又称股票的理论价值。是指交易中某一时刻某种股票所代表的真正价值。其计算采用折现法，即把股票未来预期收益折成现值，股票未来预期收益取决于未来股票收入和市场收益率。但预期收益具有不确定性，一般投资者很少使用内在价值这个概念。股票的内在价值决定股票的市场价格，由供求关系产生并受多种因素影响的市场价格围绕着股票内在价值波动。

（4）股票的市场价格，又称市场价值、股票行市。是指在证券市场买卖股票的价格。股票的市场价格由股票供求双方的竞争来决定，与股票面值及账面价值无直接关系。股票的市场价格除决定于供求关系外，还取决于银行存款利率的变化。股票的市场价格＝预期股息收益/市场利率。

（5）股票的清算价格。是指公司清算时每股股票所代表的真实价格。从理论上讲，股票的清算价格是公司清算时的资产净值与公司股票股数的比值。但是实际上由于清算费用、资产出售价格等原因，股票的清算价格不等于这一比值。通常，股票的清算价格主要取决于股票的账面价格、资产出售损益、清算费用高低等因素。

二、股票的收益

股票收益就是股票给投资者带来的收入。主要有以下几种收益：

（1）现金股利收益。指投资者以股东身份，按照持股的数量，从公司盈利的现金分配中获得的收益，具体包括股息和红利两部分，简称"股利"。

按西方公司法规范理解，股息是指股票持有人凭股票定期、按固定的比率从公司领取的一定盈利额，专指优先股而言。股息类似于我们常说的利息，但不是利息，股息支付双方不存在债务和债权关系。

红利是就普通股而言，即普通股股东从公司盈余分派中获得的收入收益。股息率是固定的，红利率则极不稳定，只能视公司盈余多少和公司今后经营发展战略决策的总体安排而定。公司税后盈余在弥补亏损、支付公积金、公益金和优先股股息之后，才轮到普通股红利分配。只有公司获得巨额盈利之时，红利分配才能丰富；如果公司获得微薄盈利或亏损，红利分配则少得可怜，甚至一无所获。

（2）资产增值。股票投资报酬不仅仅只有股利，股利仅是公司税后利润的一部分。公司税后利润除支付股息和红利外，还留用一部分作为公积金以及未分配利润等。这部分利润虽未直接发放给股东，但股东对其拥有所有权，作为公司资产增值部分，它仍应当属于股票收益。它可以作为老股东优先认股、配股和送股的依据。

（3）市价盈利。又称"资本利得"，即运用资本低价买进股票再高价卖出所赚取的差价利润。其实，股票最重要的魅力就在于巨额市价盈利。

考虑到市价盈利，得到股票收益率计算公式：

$$股票收益率 = \frac{股票卖出价 - 股票买进价 + 股利收入}{股票买进价} \times 100\%$$

例如，投资者去年投资 1 万元购买了若干股某种股票，今年以 1.5 万元将其全部卖出。期间获股利收入 0.2 万元，假设其他税收等不计，则投资该种股票盈利率为：

$$\frac{1.5 - 1 + 0.2}{1} \times 100\% = 70\%。$$

从上面可以看出，这种计算方法可能更实际一些。

三、股票的价格决定

股票的投资者期望用现实消费的节约投资于股票去换取未来更大的消费量，因而股票现实价格的决定是基于一系列未来现金流量的现值。这一系列未来现金流量包括股利现金流量加上（或减去）股票买卖价差的收益（或损失）。为简化起见，我们首先考虑无限期持股状态下（即不存在买卖价差的情况），股票是如何估价的。在无限期持股状态下，股票能给持股者带来的现金流量与终身年金相似，每期期末都有一定量的股利流入。它们之间的区别在于后者每期的股利量是不确定的。

遵循理论研究从简单到复杂的逻辑规律，下面的讨论中，我们首先设定一系列的假设条件，从股票价值估计模型中抽象出最简单的形式，而后逐步释放，直至价值估计模型能达到对现实股利变化的仿真模拟。

1. 零息增长条件下的股利贴现估价模型

设定了无限持股条件后，股利是投资者所能获取的惟一现金流量。在下面的各种估价模型中，我们将运用收入（股利收入）的资本化方法来决定普通股的内在价值。通过这种收入资本化方法所建立的模型被称为股利贴现模型（Dividend Discount Model，简称 DDMs）。DDMs 最一般的形式是：

$$V = \frac{D_1}{(1+k)^1} + \frac{D_2}{(1+k)^2} + \frac{D_3}{(1+k)^3} + \cdots$$

$$V = \sum_{t=1}^{\infty} \frac{D_t}{(1+k)^t} \tag{2.1}$$

零增长模型（Zero Growth Model）是最为简化的 DDMs，它假定每期期末支付的股利的增长率为零。其公式为：

$$D_t = D_{t-1}(1 + 0\%)$$

在零增长的假设下，如果已知去年某只股票支付的股利为 D_0，那么今年以及未来所有年份将要收到的股利也都等于 D_0，即

$$D_0 = D_1 = D_2 = \cdots$$

很显然，此状态下的股票为投资者提供的未来现金流量等于一笔终身年金。利用公式（2.1）可知：

$$V = \sum_{t=1}^{\infty} \frac{D_0}{(1+k)^t}$$

$$V = \frac{D_0}{k} \tag{2.2}$$

假定长虹公司在未来无限期内，每股固定支付 1.5 元股利。公司必要收益率为 8%，由公式（2.2）可知，长虹公司每股价值为 18.75 元（即 1.5/0.08）。

如果长虹公司的股票在二级市场的交易价为 14.25 元，可认为公司股票价格被低估，低估值为 4.5 元（即 18.75 - 14.25 元）。因此，应买入此股票。

（1）净现值。站在当前的时点上运用 DDMs 去估价股票所得出的内在价值（V），一般情况下与此股票现实的交易价格（P）是不相等的。内在价值与成交价格之间的差额被称为净现值（Net Present Value，简称 NPV），即

$$NPV = V - P$$

当 NPV 为正时，如上例的情况中 NPV 等于 4.5 元（即 18.75 - 14.25），被分析的目标金融资产的价格被市场低估，分析师将建议投资者买入；反之，应建

议投资者卖出。正值的 NPV 是投资者作决策的重要依据之一。

（2）内部收益率。内部收益率（$Internal\ Rate\ of\ Return$，简称 IRR）是使净现值等于零贴现率，即运用内部收益率作为贴现率进行贴现时，$V = P$ 成立。在上例中，令内部收益率为 k^*，则有

$$\frac{D_0}{K^*} = 14.25$$

$$K^* = \frac{1.5}{14.25} = 10.53\%$$

对比内部收益率（k^*）与长虹公司的必要收益率（k），可见 $k^* > k$，此情况下，买入决策可行；出现相反的情况（$k^* < k$）时，卖出决策可行。零息增长模型在现实中的应用范围是有限的，主要原因在于无限期支付固定量股利的假设过于苛刻。公式（2.2）多用于对优先股的估值，因为优先股的股息支付是事前约定的，一般不受公司收益变化的影响。

2. 不变增长条件下的股利贴现估价模型

投资者买入一只股票时，至少是期望股利支付金额应该是不断增长的。释放每期股利固定不变的假设条件，假定股利每期按一个不变的增长比率 g 增长，我们将得到不变增长模型（$Constant\ Growth\ Model$）。在不变增长假设状态下各期股利的一般形式为：

$$D_t = D_{t-1}(1+g) = D_0(1+g)^t$$

将 $D_t = D_0(1+g)^t$ 代入公式（2.1），可得

$$V = \sum_{t=1}^{\infty} \frac{D_0(1+g)^t}{(1+k)^t} \tag{2.3}$$

因为 D_0 为常量，假定 $k > g$ 时对公式（2.3）的右半边求极限，可得

$$V = D_0 \frac{1+g}{k-g} = \frac{D_1}{k-g} \tag{2.4}$$

假定同方公司去年每股支付股利（D_0）为 0.5 元，预计未来的无限期限内，每股股利支付额将以每年 10%的比率（g）增长，同方公司的必要收益率为12%。根据公式（2.4），同方公司每股价值为：

$$V = \frac{0.5(1+0.1)}{0.12 - 0.1} = 27.5 （元）$$

如果此时同方股票的交易价格（P）正好等于 27.5 元，说明其 NPV 等于零。进一步可推论出其内部收益率（k^*）等于公司的必要收益率 k。根据股利贴现公

式，当 $k^* = k$ 时，股票定价是合适的。如果市场投资者都用公式（2.4）及上例中的假设条件来对同方公司估值，那么 27.5 元将成为均衡价格。

公式（2.4）有一个重要的假设就是 $k > g$。显然，当 $k = g$ 或 $k < g$ 时，股票价值将出现无穷大或负值的情况，这是不符合现实的。不变增长条件下要求 $k > g$，实际上是认为当股利处于不变增长状态时，增长率是小于贴现率的，也就是要求在未来每个时期股利的现值是个收敛的过程。这种假设在一个相当长的时间区域内（比如 10 年或 30 年中），就行业整体水平而言，是符合现实情况的。但单就某一特定企业，在特定时段上并不一定严格遵守这一假设，短期内，g 是可以等于甚至大于 k 的。比如国外公司中的 *IBM*、微软、伯克希尔·哈撒韦等公司都在 20 年甚至更长的时期中实现了 g 大于 k；中国上市公司中也有四川长虹和深发展等在一定时期内 g 是大于 k 的。要对此类的公司进行估值必须进一步释放限制条件。

3. 多元增长条件下的股利贴现估价模型

多元增长条件下，释放了股利将按不变比例 g 增长的假设以及 $k > g$ 的限制。在多元增长模型（*Multiple Growth Model*）中，股利在某一特定时期内（从现在到 T 的时期内）没有特定的模式可以预测或者说其变动比率是需要逐年预测的，并不遵循严格的等比关系。过了这一特定时期后，股利的变动将遵循不变增长的原则。这样，股利现金流量就被分为两部分。

第一部分包括直到时间 T 的所有预期股利流量现值（用 $T-$ 表示）。

$$V_{T-} = \sum_{t=1}^{T} \frac{D_t}{(1+k)^t}$$

第二部分是 T 时期以后所有股利流量的现值，因为设定这部分股利变动遵循不变增长原则，用 D_T 代替 D_0 代入公式（2.4），得

$$V_{T-} = \frac{D_{T+1}}{(k-g)}$$

需注意的是，V_T 得到的现值仅是 $t = T$ 时点上的现值，要得到 $t = 0$ 时间的现值（表示为 V_{T+}），还需要对 V_T 进一步贴现。

$$V_{T+} = \frac{V_T}{(1+k)^T} = \frac{D_{T+1}}{(k-g)(1+k)^T}$$

将两部分现金流量现值加总，可以获得多元增长条件下的估值公式，即

$$V = V_{T-} + V_{T+} = \sum_{t=1}^{T} \frac{D_T}{(1+k)^t} + \frac{D_{T+1}}{(k-g)(1+k)^T} \tag{2.5}$$

公式（2.5）比较符合现实世界的企业实际成长情况。而且，根据现值的加速衰减规律，当 $k>15\%$ 且 $T>10$ 时，V_{T+} 在 V 中所占比重一般不超过 1/4。所以，当我们明确预测了 8 到 10 年的股利贴现值而后再对 T 时期之后的股利流量作出不变增长的假设，不会对 V 造成过大的影响。

假定燕京公司上一年支付的每股股利为 0.45 元，本年预期每股支付 0.1 元股利，第 2 年支付 0.9 元，第 3 年支付 0.6 元，从第 4 年之后（为简化起见，T 只取到 3）股利每年以 8% 的速度增长，给定燕京公司的必要收益率为 11%，请给该公司估值。

该公司的每股价值 V 由 V_{T-} 和 V_{T+} 两部分组成，即

$$V_{T-} = \frac{0.1}{(1+0.11)} + \frac{0.9}{(1+0.11)^2} + \frac{0.6}{(1+0.11)^3} = 1.259（元）$$

$$V_{T+} = \frac{0.6(1+0.08)}{(0.11-0.08)(1+0.11)^3} = 15.794（元）$$

$$V = V_{T-} + V_{T+} = 1.259 + 15.794 = 17.053（元）$$

对于多元增长模型公式（2.5），我们用 P 代替 V，用 k^* 代替 k 之后，仍不能单独将 k^* 提到等式左边，这说明计算多元增长模型下股票的内部收益率时只能采用试错的方法，不断选试 k^*，直到找到能使等式两边相等的 k^* 作为必要收益率。

从零息增长模型到多元增长模型是一个不断释放限制条件的过程。公式（2.5）已经比较贴近现实，但它的烦琐之处在于必须逐一估计 V_{T-} 时段内每年的现金流量。实际研究过程中，证券分析师有时使用二元或三元模型作为对多元增长模型的简化。

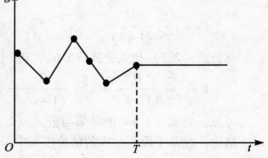

图 2—2　多元增长模型中 g 与 t 的关系

（1）二元模型和三元模型。多元增长模型需要逐一预测 V_{T-} 时期的股息现金流量，工作量较大。通常，分析师运用二元或三元模型来简化。二元模型假定在时间 T 之前，企业的不变增长速度为 g_1，T 之后的另一不变增长速度为 g_2。三元模型假定在 T_1 之前，不变增长速度为 g_1，T_1 到 T_2 时期有一个递减的增长速度为 g_2，T_2 之后不变增长速度为 g_3。分别计算这两部分或三部分股利的现值之和可得出目标股票的价值。二元模型和三元模型实际上是多元增长模型的特

例。增长率 g 与时间 t 的关系可以用图表示。

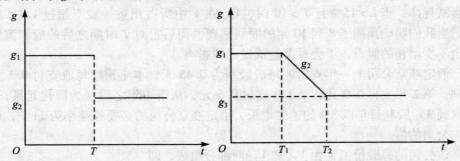

图2—3　二元增长模型中 g 与 t 的关系　图2—4　三元增长模型中 g 与 t 的关系

（2）有限持股状态下的价值评估。以上各模型都有一个重要的假设前提，即投资者买入后不再卖出，或者说持股期间是无限的。但在现实中，很少有投资者能够做到这一点。释放无限持股的假设前提，投资者可选择在任意 T 时点以 P_T 的价格卖出股票，这一行为对股票价值贴现公式的计算结果有何影响呢？

在有限持股状态下，投资者获得的现金流量包括 t 之前的 $\sum D_T$ 和 t 之后出售股票得到的总价 P_T，所以根据股利贴现模型：

$$V = \sum_{t=1}^{T} \frac{D_t}{(1+k)^t} + \frac{P_T}{(1+k)^T} \qquad (2.6)$$

P_T 在 T 时间的预期价格就等于 $T+1$ 时期开始的股利贴现值，即

$$P_T = \sum_{t=T}^{T+1} \frac{D_t}{(1+k)^t} \qquad (2.7)$$

将公式（2.7）代入公式（2.6），得

$$V = \sum_{t=1}^{T} \frac{D_t}{(1+k)^t} + \sum_{t=T+1}^{\infty} \frac{D_t}{(1+k)^t} = \sum_{t=1}^{\infty} \frac{D_t}{(1+k)^t} \qquad (2.8)$$

可见，公式（2.8）的结果与公式（2.1）是完全一致的。据此，我们得出以下结论：在基于股利贴现的估价模型中，投资者持股期限的长短不影响股票价值。

（3）股利和收益。作为权益证券的股票向投资者支付股利（D）的长期资金来源于每股收益（E），收益的增长是股利增长的源泉。收益中用于支付股利的份额被称为红利付出比（D/E）；相对的概念是收益中留存在企业内部用于扩大再生产资金的部分，这部分被称为红利留存比（$1-D/E$）。公司股利政策的主要内容就是决定收益中有多大部分应作为股利付出，多大部分应留存下来。

事实上，各国的股票市场都有许多上市公司在相当长的时期内不向投资者支

付现金股利。这些公司的股利政策倾向于最大限度地将资金留在企业内部，以减少外源融资的数量。股利政策的变化必然会影响投资者在不同时期内获得的现金流量分布，会不会进一步影响股票的内在价值呢？这一问题在投资学界有较长时间的争论。直到 1958 年默顿·米勒（*M. H. Miller*）和弗朗哥·莫迪利亚尼（*F. Modigliani*）发表了《资本成本、公司财务和投资理论》一文后，才有了比较公认的结论。他们在文章中指出，普通股的价值来源于收益而非股利，在没有纳税、交易成本或其他的市场不完善条件下，股利政策对股东在公司中投入的资本价值不发生影响。他们认为，公司的股权价值只与公司未来收益和产生这些收益所需要追加的必要投资相关，公司股价总额应等于每年的预期收入减去必要投资之后的现值之和。

股票价值与股利政策不相关的结论与前面的股利贴现估价模型之间是不是相互矛盾呢？答案是不存在矛盾。股利贴现估价模型认为，每股普通股的价值都等于未来所有预期股利现金流量现值之和。股利政策与市场价值不相关结论是说明如果公司决定提高当期股利的水平，就会降低公司为产出未来收益而追加投资的能力，因此公司就必须通过发行新的股份或承担更多的债务以取得资金。发行新股意味着未来的股利总额要在数量已经增加了的股份中进行分配，每股股利收入就会减少；承担债务意味着在未来的自由现金流量中要优先偿付债权人的本息，可分配的股利总额就会减少。无论在哪种情况下，股利政策的变动都只能影响未来预期股利的现金流量现值分布，而不能改变现金流量现值总和，进而也不可能改变利用股利贴现估价模型计算出来的股权价值。

假设大唐公司当期净利润为 500 万元，年内计划总投资为 300 万元。公司采用 A 种股利政策，总计支付股利 200 万元，则拥有该公司 1% 股权的股东，将获得的股利总额为 2 万元。

公司采用 B 种股利政策，计划支付股利 300 万元，该股东将获得的股利总额为 3 万元。为了保证投资计划的资金，公司不得不出售 100 万元的新普通股来筹集资金。该股东要保持其 1% 的股权不被摊薄就必须拿出 1 万元用于购买 1% 的新发股份，结果其净现金流入余额仍为 2 万元。

公司采用 C 种股利政策，支付股利 100 万元，该股东将获得股利总额为 1 万元。公司将出现 100 万元多余的自由现金流量，如果用于回购发行在外的普通股，该股东出售 1 万元的股票仍能维持 1% 的持股地位不变，结果现金流入总额仍为 2 万元。

可见，在 A、B、C 三种股利政策下，股东获得的现金流量总额是不变的，因此在理论状态下，利用股利贴现估价模型计算出来的股权价值也不会发生变化。

第四节　我国上市公司的股权结构及改革

一、我国上市公司的股权结构

我国目前发行的股票与西方许多国家发行的股票有所区别。如果按照股票的持有主体来划分，我国的股票可分为国家股、法人股和公众股。

1. 国家股

国家股是指国家持有股，一般应为普通股。国家股是由原全民所有制企业改组，其资产折算成股份投资于股份公司，或以国家投资为主新建的股份公司，这两种公司中由国家投资而拥有的股份就是国家股。概括地讲，国家股是指以国家的资产折算的股份和国家投资持有的股份。

从国家股股份的来源看，主要包括：全民所有制企业改组为股份公司时，按固定资产和流动资金所形成的原有资产重估后折算成的股份；以国家名义拨款新投资的各种资金所转换的股份及各种资产所折算的股份；全民所有制企业改组为股份公司，企业第二步利改税后留利部分形成的资产重估后折算成的股份。

关于国家股的形式，在由国家控股的企业中，国家股应该是普通股，从而有利于国家控制和管理该企业；在不需要国家控制的中小企业，国家股应该是优先股或参加优先股，从而有利于国家收益权的强化和直接经营管理权的弱化。

也有一些国家的国家股，在国有企业中发挥着重要的控股作用。如法国的国有企业，全部实行股份制的管理和经营方式。国家有三种控股方式：①国家控制企业100％的股份；②国家控制企业50％以上的股份；③国家控制企业50％以下的股份。国家控股的程度，因企业与国计民生的关切程度不同而异。

国家股股权的转让，应该按照国家的有关规定进行。

2. 法人股

法人股即法人持有股。法人股是指法人（单位）以自有资金认购的股份或原集体企业的资产重估后折算的股份。我国颁布的《股份有限公司规范意见》指出，法人股为企业法人以其依法可支配的资产投入公司形成的股份，或具有法人资格的事业单位和社会团体以国家允许用于经营的资产向公司投资形成的股份。

法人股主要包括：由发起单位（对新建股份公司而言）以及其他各种性质的法人以其自有资金认购的股份；原集体企业以其资产重估后折算成的股份；原

有企业改组为股份公司时，将原企业多余未发的职工奖励基金转为职工共有股份，其所有权仍归单位，个人没有使用、占有和处置权；按照有关规定可以持股的银行或其他金融机构所投资持有的股份。

法人股主要有两种形式：①企业法人股，是指具有法人资格的企业把其所拥有的法人财产投资于股份公司所形成的股份。企业法人股所体现的是企业法人与其他法人之间的财产关系，因为它是企业以法人身份认购其他公司法人的股票所拥有的股权。有些国家的公司法，严格禁止企业法人持有自身的股权。②非企业法人股，是指具有法人资格的事业单位或社会团体以国家允许用于经营的财产投资于股份公司所形成的股份。

3. 公众股

公众股是指社会个人或股份公司内部职工以个人财产投入公司形成的股份。它有两种基本形式，即公司职工股和社会公众股。

（1）公司职工股。是指股份公司的职工认购的本公司的股份。公司职工认购的股份数额不得超过向社会公众发行的股份总额的10%。一般来讲，公司职工股上市的时间要晚于社会公众股。

（2）社会公众股。是指股份公司公开向社会募集发行的股票。向社会所发行的部分不少于公司拟发行股本总额的25%。这类股票是市场上最活跃的股票，它发行完毕一上市，就成为投资者可选择的投资品种。

4. 外资股

外资股是指外国和我国香港、澳门、台湾地区投资者以购买人民币特种股票形式向股份公司投资形成的股份，它分为境内上市外资股和境外上市外资股两种形式。

（1）境内上市外资股。境内外资股是指经过批准由外国和我国香港、澳门、台湾地区投资者向我国股份公司投资所形成的股权。境内外资股称为 B 种股票，是指以人民币标明票面价值，以外币认购，专供外国及我国香港、澳门、台湾地区的投资者买卖的股票，因此又称为人民币特种股票。国家股、法人股、公众股三种股票形式合称为 A 种股票，是由代表国有资产的部门或者机构、企业法人、事业单位和社会团体以及公民个人以人民币购买的，因此又称为人民币股票。境内外资股在境内进行交易买卖。上海证券交易所的 B 股以美元认购，深圳证券交易所的 B 股以港币认购。

（2）境外上市外资股。目前我国境外上市外资股有两种。一种是 H 股。它是境内公司发行的以人民币标明面值，供境外投资者用外币认购，在香港联合交易所上市的股票。另一种是 N 股。它是以人民币标明面值，供境外投资者用外币认购，获纽约证券交易所批准上市的股票。目前几乎所有的外国公司（即非美国公司，但不包括加拿大公司）都采用存托凭证（ADR）形式而非普通股的方式进入美国市场。存托凭证是一种以证书形式发行的可转让证券，通常代表一家外国公司的已发行股票。

二、股权分置问题及我国目前的改革

所谓股权分置，是指由于早期的制度设计，只有占股票市场总量三分之一的社会公众股可以上市交易（流通股），另外三分之二的国有股和法人股则暂不上市交易（非流通股）。截至 2004 年底，中国上市公司总股本 7149 亿股，其中非流通股份 4543 亿股，占上市公司总股本的 64%，国有股份在非流通股份中占 74%。

股权分置作为中国资本市场上特有的股权结构和历史遗留下来的一个制度性缺陷，长期以来在诸多方面制约着中国资本市场的规范发展和国有资产管理体制的根本性变革。而且随着市场规模的不断扩大，这一问题对市场进一步发展的不利影响也越来越突出。股权分置的存在，不利于形成合理的股票定价机制；影响证券市场预期的稳定；使得控股股东的利益与公司业绩和股票的市场价值无关，流通股股东"用脚投票"形不成对上市公司的有效约束，使公司治理缺乏共同的利益基础；资本市场上的利益结构、风险结构和风险承担机制严重失衡，不利于国有资产的顺畅流转、保值增值以及国有资产管理体制改革的深化；制约资本市场国际化进程和产品创新等。可以说，股权分置问题已经成为完善资本市场基础制度的一个重大障碍，需要积极稳妥地加以解决。

2004 年初颁布的《国务院关于推进资本市场改革开放和稳定发展的若干意见》（简称《国九条》）提出了"尊重市场规律，有利于市场的稳定和发展，切实保护投资者特别是公众投资者的合法权益"的基本原则。将资本市场的功能定位由原来的"为国有企业融资"改为遵从市场规律，保护大众投资者的利益。2005 年初，中国证监会又提出了"试点先行，协调推进，分步解决"的操作思路，逐步解决股权分置问题。至 2005 年 6 月，第一批股权分置试点工作已经完成并取得了初步成效，第二批股权分置试点工作正式启动。证监会将在总结股权分置改革试点经验的基础上，完善规则，推动上市公司积极参与到股权分置改革中来，从而从根本上解决这一长期困扰中国资本市场稳定发展的历史遗留问题，夯实资本市场健康发展的基础。

解决股权分置问题的战略目标是保护流通股股东利益，最后目标是实现全流通。资本市场的优化和发展，才能带动国内投资业务，券商的生存环境、企业的融资环境等一系列问题的根本改善。

第五节　股票价格指数

一、股票价格指数的性质和作用

在股票市场上，每时每刻都有许多股票在进行交易，有场内交易，也有场外交易。无论场内交易还是场外交易，都有数百种甚至上千种股票价格在变动，由于受政治、经济等多种因素的影响，其价格水平此起彼落，变幻不定。那么，如何判断和把握整个股票市场股价变动水平与趋势，以何种尺度来衡量股价水平的涨落呢？这就是股票的价格指数。

股票价格指数是反映股票价格综合变动趋势和程序的相对数，它把证券市场上一些有代表性的公司发行的股票的价格进行加权平均，计算出平均数值，作为衡量股市行情的指标。股票价格指数的本质特征是：①股票价格指数是一个总指数，是根据若干种有代表性的股票价格所组成的总体计算的，能够反映所选股票价格的综合变动趋势；②股票价格指数是一个时间性指数，它反映的是股票价格随时间推移所发生的动态变化；③股票价格指数是一个定基指数，在该指数数列中，都以某一固定时期的股票价格水平作为对比的基准，然后以百分比表示。指数单位用"点"来表示，若股价上涨10%，即说股价上涨10个点。点是衡量股票价格起落涨跌的一个相对尺度。如果股票价格指数升高，表明股票价格升高；如果股票价格指数下降，表明股票价格降低。所以，一定的价格指数代表着一定的股票行情或价格水平。

股票价格指数不仅是反映股票市场变动情况的重要指标，也是股票投资者从事投资不可缺少的信息。作为股票投资者，可以根据股票价格指数把握股市变动的脉搏，据此决定何时、如何进入股市买卖股票。作为股份公司，可以根据股票价格指数把握股票投资者的投资方向，决定发行新股票的时机、是否调整股利政策、是否改变经营方向等等；作为政府，可以根据股票价格指数这一晴雨表把握国民经济的景气变化和企业的经营状况，制定调控国民经济的宏观经济政策。特别是在金融市场发达的西方国家，股票市场已成为一般市场发展变化趋势的代表，它集中地反映了市场趋向。因此，股票价格指数已成为整个经济活动的一个重要指标。

二、股票价格指数及其计算

股票价格指数，简称股价指数，是指由金融机构编制的通过对股票市场上一些有代表性的公司发行的股票进行平均计算和动态对比后得出的数值。股票价格指数是对股市动态的综合反映。

在计算股价指数时，通常将股价指数和股价平均数分别进行计算，这主要是根据两者对股市的实际作用不同而作出的。股价平均数是反映多种股票价格变动的一般水平，通常以算术平均数表示。而股份指数是反映不同时期的股价变动情况的相对指标，通过它人们可以了解计算期的股价比基期的股价上升或下降的百分比。

1. 股价平均数的计算

（1）算术平均数。就是把采样股票的总价格平均分配到采样股票上。其计算的基本方法是，先从市场上每种采样股票中拿出一股，将其收盘价格相加，再除以采样股数，得出的商便是股价平均数。

设采样股数为各采样股票，其收盘价为 P_i（$i = 1，2，\cdots，n$）则公式为：

$$股价平均价 = \frac{采样股票总价格}{采样股数} = \frac{\sum\limits_{i=1}^{n} P_i}{n} = \frac{P_1 + P_2 + \cdots + P_n}{n}$$

现假设从某一股市采样的股票为 A、B、C、D 四种，在某一交易日的收盘价分别为 10 元、15 元、25 元和 30 元，计算该市场股价平均数。

根据上述公式，得

$$股价平均价 = \frac{10 + 15 + 25 + 30}{4} = 20（元）$$

算术平均数的优点是计算起来简单易懂，缺点是计算时未考虑权数；当其中某种股票发生拆股时，会使平均数产生不合理的下跌，这显然不符合平均数作为反映股份变动指标的要求。

（2）调整平均数。为了克服拆股后平均数发生不合理下降的问题，就必须采取纠正的方法来调整平均数。其方法通常有两种：一是调整除数；二是调整股价。

调整除数即把原来的除数调整为新的除数。上面例子中除数是 4，假定 D 股票以 1 股拆为 3 股时，拆股后的股价从 30 元下调为 10 元，则调整后新的除数应是：

$$新的除数 = \frac{拆股后的总价格}{拆股前的平均数} = \frac{10 + 15 + 25 + 10}{20} = 3$$

将新的除数代入下列公式中，则

$$股价平均数 = \frac{拆股后的总价格}{新的除数} = \frac{10 + 15 + 25 + 10}{3} = 20（元）$$

这样得出的平均数与未拆股时计算的结果相同，股价水平也不会因拆股而变动。

调整股价即将拆股后的股价还原成拆股前的股价。其方法是，设 D 股股价拆股前为 P_{n-1}，拆股后新增的股数为 R，股价为 P'_{n-1}，则调整股价平均数的公式为：

$$调整股价平均数 = \frac{P_1 + P_2 + P_3 + (1+R) \; P'_{n-1}}{n}$$

$$= \frac{10 + 15 + 25 + (1+2) \times 10}{4} = 20 （元）$$

式中，$(1+R) \times P'_{n-1}$ 之中的 $(1+R)$ 中的 1 为原来的股数，由于拆股后为 3；新增设的股数 $R = 3-1 = 2$，因而式中的 $(1+R) = (1+2)$。

2. 股价指数的计算

股票价格指数是报告期的股价与某一基期相比较的相对变化指数。它的编制首先假定某一时点为基期，基期值为 100（或 10，或为 1000），然后再用报告期股价与基期股价相比较而得出。其计算方法主要有以下几种。

（1）简单算术平均法。即在计算出采样股票个别价格指数的基础上，加总求其算术平均数。计算公式为：

$$P^I = \frac{1}{n} \sum_{i=1}^{n} \frac{P_{1i}}{P_{0i}} \times 100$$

式中，P^I 为股价指数；P_{0i} 为基期第 i 种股票价格；P_{1i} 为报告期第 i 种股票价格；n 为股票样本数。

现假设某股市四种股票的交易资料如表 2—1 所示，求出股价指数。

表 2—1 **某股市四种股票交易表**

项目 种类	股 价 （元）		交易量	
	基期 (P_0)	报告期 (P_1)	基期 (Q_0)	报告期 (Q_1)
A	5	8	100	150
B	8	12	50	90
C	10	14	120	70
D	15	18	60	80

将表中数字代入公式，得

$$股价指数 = \frac{1}{4} \left(\frac{8}{5} + \frac{12}{8} + \frac{14}{10} + \frac{18}{15} \right) \times 100 = 142.5$$

这说明报告期的股价比基期（基期为 100）上升了 42.5 个百分点。

（2）综合平均法。即分别把基期和报告期的股价加总后，用报告期股价总额与基期股价总额相比较。计算公式为：

$$P^I = \frac{\sum\limits_{i=1}^{n} P_{1i}}{\sum\limits_{i=1}^{n} P_{0i}} \times 100$$

代入表 2—1 中的数字，则报告期的股价指数等于 136.8，即报告期的股价比基期上升了 36.8 个百分点。

（3）几何平均法。即分别把基期和报告期的股价相乘后开 n 次方，再用报告期与基期相比。其计算公式为：

$$P^I = \frac{\sqrt[n]{P_{11} \cdot P_{12} \cdot P_{1n}}}{\sqrt[n]{P_{01} \cdot P_{02} \cdot P_{0n}}}$$

（4）加权综合法。无论是简单算术平均法，还是综合平均法或几何平均法，在计算股价指数时，都没有考虑到各采样股票权数对股票总额的影响，因而难以全面真实地反映股市价格变动情况，需要用加权综合法来弥补其不足。根据权数选择的不同，计算股价指数的加权综合法公式有以下几种。

①以基期交易量（Q_{0i}）为权数的公式为：

$$P^I = \frac{\sum\limits_{i=1}^{n} P_{1i}Q_{0i}}{\sum\limits_{i=1}^{n} P_{0i}Q_{0i}}$$

②以报告期交易量（Q_{1i}）为权数的公式为：

$$P^I = \frac{\sum\limits_{i=1}^{n} P_{1i}Q_{1i}}{\sum\limits_{i=1}^{n} P_{0i}Q_{1i}}$$

③以报告期发行量（W_{1i}）为权数的公式为：

$$P^I = \frac{\sum\limits_{i=1}^{n} P_{1i}W_{1i}}{\sum\limits_{i=1}^{n} P_{0i}W_{1i}}$$

（5）加权几何平均法。在股价指数计算中，人们为了调和交易量在基期和

报告期的不同影响，提出了加权平均法公式，即

$$P^l = \sqrt[i]{\frac{\sum\limits_{i=1}^{n} P_{1i}Q_{0i}}{\sum\limits_{i=1}^{n} P_{0i}Q_{0i}} \times \frac{\sum\limits_{i=1}^{n} P_{1i}Q_{1i}}{\sum\limits_{i=1}^{n} P_{0i}Q_{1i}}}$$

三、国内外著名的股价指数

（1）道·琼斯股票平均价格指数。道·琼斯股票价格指数是美国道·琼斯公司编制的、美国历史上最悠久的股票价格指数。道·琼斯指数之名取自于该公司的两个创始人——查尔斯·亨利·道和爱德华·琼斯之姓。该指数产生于1884年，起初其股票价格平均数仅选用十几种股票作为样本，后来经过四次逐步增加，到1938年增加到65种股票。现在的道·琼斯股价平均指数是以1928年10月1日的30种工业股票修正平均数为基数（基数为100），以后各期的股票价格同基期相比而得出的百分数，就是各期的股价指数。

现有四种：

第一种是道琼·斯工业股价指数。这是美国30家最著名的工商业公司股价指数。如埃克森石油公司、联合化学公司和通用汽车公司等。这种股票价格指数采用加权平均方法进行计算，基本上可以反映股票市场价格的总水平及基本趋势。道·琼斯工业股价指数是广泛使用的一种，常常被世界各大报刊引用，它又简称为"道指数"或"工业指数"。

第二种是道·琼斯股票价格平均指数。这是由对美国20家最大的运输公司（包括铁路公司、轮船公司、航空公司等）的股票价格计算出的股价指数。

第三种是道·琼斯公用事业股票价格平均指数。它是由美国15家最大的公用事业公司的股票价格计算出来的股价指数。

第四种是道·琼斯平均价格综合指数。这是由前三种合计的65家公司的股票价格综合计算出来的。这一指标更能反映出整个股票市场的变化趋势。

（2）标准普尔股价指数。该指数是美国仅次于道·琼斯指数的反映股票价格变动趋势的另一个指数。它是美国标准普尔公司从1923年开始编制的一种加权综合指数。最初包括425种工业股票、15种铁路业股票、60种公用事业股票，共计500种普通股票。1976年7月又开始改为包括400种工业股票、20种运输业股票、40种公用事业股票、40种金融业股票共计500种普通股票。

标准普尔股价指数的计算公式为：

$$计算日普尔股价指数 = \frac{每股价格 \times 出售的股数}{基期的股票价格 \times 股票发行数量}$$

其中基期的股票价格是指1941～1943年的股票价格平均值（指数定为10）。由于计算方法不同，标准普尔指数约等于道·琼斯股价指数的1/10，如道·琼斯指数为500时，普尔指数为50。

由于标准普尔指数是根据纽约证券交易所90%左右的普通股票编制的，包括了好、中、差不同等级的股票，因而更能全面反映股票价格变动的情况，具有代表性，而道·琼斯股价指数只代表最大的公司的股票，因而有人认为，前者对股票变化进行预测的参考价值要比后者大一些。

（3）《金融时报》股票价格指数。由英国《金融时报》编制和公布的股价指数有好几种，广义而言，统称为《金融时报》股价指数。现将其主要的几种介绍如下：

①《金融时报》普通股票指数。该指数也称为30种股票指数，是由30种最有代表性的普通工业股票的价格变动计算出来的指数。它以1935年7月1日为基期，基数为100，是《金融时报》所编制的各项指数中最早公布的一种。它对伦敦股票市场行情的一般变动能够提供及时迅速的指示，是投资者了解市场行情变化、发展趋势，以确定投资对象的一个重要依据。

②《金融时报》综合精算股票指数。它虽然早于普通股票指数，始于1929年，但当时《金融时报》并未参与编制，直至1962年4月1日才由该报负责计算和对外公布，并以当日作为该指数的基期，基数为100。这一指数是从伦敦股市上精选出来700余种股票的平均价格统计出来的。其主要服务对象是职业投资者，特点是统计面宽，范围广，能基本上反映股市的状况。

③《金融时报》固定利率精算指数。该指数包括价格指数和收益指数。投资者可以通过价格指数，总结一年来的利息收益数，计算出整个市场的利润率并可以此作为衡量经营业务状况的标尺。收益指数可显示出政府债券与普通股票之间的利润差额，从而可衡量新上市股票、债券的市场价值或确定其上市条件。

④《金融时报》100种股票交易指数。此指数也称为"$FT-100$"指数。它是在原有的普通股指数统计面过窄、代表性不强，而综合精算股票指数统计面又过宽、不易统计的情况下，由《金融时报》于1984年1月3日开始公布的。为便于期权和期货交易的进行，该指数的基数定为100。

在上述《金融时报》主要四种指数中，人们常说的《金融时报》指数所指的是第一种，即《金融时报》普通股票指数，它以历史悠久、表示伦敦股市动向而闻名。而《金融时报》100种股票交易指数自1984年公布以来，以其能迅速反映市场行情而受到人们的重视。

（4）日经平均股价指数。这一指数是由日本经济新闻社编制发布的日本东京证券交易所 225 种股票的平均价格指数。它开始于 1950 年 9 月，始称东京修正平均股价。1975 年，日本经济新闻社购买美国道·琼斯公司商标后，改称日经—道·琼斯平均股价指数。日经—道股价指数利用经过修正的美国道·琼斯公司股票价格平均数的计算方法，以东京证券交易所第一次登记的 225 家公司的股票价格相加，得到的股票价格总数除以股票总数，求出计算日的股票价格。目前，该指数的计算已将 500 家公司上市的股票价格列入。由于日经—道股价指数采样股票的发行公司行业面广，各公司又是各行业中具有代表性的企业，因此，它是日本股票市场上最有代表性的股票指数。利用它可以了解和把握日本股市行情变化和日本经济运行状况及发展变化的趋势。

经日本经济新闻社与美国道·琼斯公司协商，从 1985 年 5 月 1 日起，日经—道·琼斯指数改为"日经指数"或"日经平均股价"。

（5）香港恒生指数。恒生指数是 1969 年 11 月 24 日由香港恒生银行编制并公布使用的，是一项用来反映香港股票市场股价变动情况及趋势的综合性指标，它能系统地反映香港股票市场行情的变化，并且常常成为分析亚洲地区股市行情变化趋势的一个重要参考指标。其计算方法为：以 1964 年 7 月 31 日为基日，基数为 100，选择 33 种具有代表性的股票作为计算的对象，作为计算对象的股份公司可随时更新调整。恒生指数的计算公式为：

$$恒生指数 = \frac{计算日市价总额}{基日市价总额}$$

恒生指数的单位为"点"，每天公布三次。

（6）我国主要股票价格指数。

①静安股票价格指数。静安股价指数是由中国工商银行上海市分行信托投资公司静安证券业务部 1990 年 3 月 19 日开始编制的，发表在《股票年报》上。当时，上海证券交易所尚未开业，静安证券业务部交易额占上海股票交易额的绝大比例。

静安指数是以 1987 年 11 月 2 日的股市价格为基期的指数。前两年该指数都在 100 点上下限 20% 的范围内波动，最低跌至 85 以下，1990 年 12 月 5 日，该指数已达 359。静安指数参考国外股价指数的编制方法，并结合上海股市的实际情况，具有下述特点：一是指数编制取平均成交价格，而不是开盘价和收盘价；二是利用除数变更法剔除了红利发放、增资或减资和采用牌号增减等非市场因素对股市的影响；三是包括上市的全部股票，而不像国外的一些股价指数是按一定基准选择部分上市股票作为计算对象，计算方法也和国外有些差别。

静安指数虽然在当时是反映上海股票市场行情涨落起伏的晴雨表，但由于发表静安指数的《股票年报》尚未公开发行，广大投资者及民众对静安指数知之甚少，更不懂得用静安股价指数的变化来预测和把握股市行情，以选择合适的投资对象。因此，它的作用相当有限。

②上海交易所股价指数。上海证券交易所股价指数简称上证指数，它是上海证券交易所在吸取美国、日本、中国香港、中国台湾等地股价指数编制优点的基础上，对静安指数做了充分的分析，经过酝酿比较，采用市价总额加价计算法，以当时在交易所上市的 8 种股票为样本，以交易所开业日——1990 年 12 月 19 日为基期，以股票发行量为权数进行编制。其计算公式为：

$$本日股价指数 = \frac{本日市价总值}{基日市价总值} \times 100\%$$

具体计算方法是以当时基期和计算日 8 种股票的收盘价分别乘以发行股数，相加以后再求得基期和计算日的市价总值，再相除后即得股价指数。但遇上股票增设资产股或新增（剔除）时，则须相应进行修正，其计算公式调整为：

$$本日股价指数 = \frac{本日市价总值}{新基准市价总值} \times 100\%$$

$$新基准市价总值 = 修正前基准日市价总值 \times \frac{修正前市价总值 + 市价总值变动额}{修正前市价总值}$$

随着上海股市的发展，上海证券交易所决定从 1992 年 2 月起分别公布 A 股指数和 B 股指数；从 1993 年 5 月 3 日起发布上海证券交易所分类股价指数，包括工业、商业、房地产业、公用事业及综合类五大类。其基期从原定 1990 年 12 月 19 日改为 1993 年 4 月 30 日，并以这天上证综合收盘价指数 1358.78 点作为计算基准。同时，上证综合股价指数仍照常编制。

上证分类股价指数的计算公式为：

$$当日上证分类股价指数 = 前日收盘分类指数 \times \frac{当日收盘分类市价总额}{前日或经调整后的前日分类市价总额}$$

如果遇有新股上市或送配股时，分类股价指数应与上证综合指数一起做相应调整。其调整公式为：

$$\begin{matrix} 新股上市次日分类 \\ 市价总额 \end{matrix} = \frac{当日收盘分类市价总额}{前日分类市价总额 + 前日收盘新股分类市价总额} \times \begin{matrix} 前日收盘 \\ 分类指数 \end{matrix}$$

③上证 30 指数。上证 30 指数是由上海证券交易所编制的，以在上海证券交易所上市的所有 A 股股票中选取最具市场代表性的 30 种样本股票为计算对象，并以流通股数为权数的加权综合股价指数，取 1996 年 1 月至 1996 年 3 月的平均流通币值为指数的基期，基期指数定为 1000 点。上证 30 指数以"点"为单位。

1996 年 7 月 1 日，上海证券交易所正式公布上证 30 指数。

30 家样本股是根据既定的样本股选择原则，同时按照定性分析与定量分析相结合、总量分析与结构分析相结合的方法，通过对各种资料的翔实分析后进行综合考虑，由专家委员会采用讨论的方式选出。

④深圳综合指数。深圳综合指数是深圳证券交易所股票价格综合指数的简称，深圳证券交易所于 1991 年 4 月 4 日开始编制发布。它以 1991 年 4 月 3 日为基期，基期值为 100，采用基期的总股本为权数计算编制。该指数以所有上市股票为采样股，当有新股上市时，在其上市后第二天纳入采样股计算；若采样股的股本结构有所变动，则以变动之日为新基日，并以新基数计算。同时，用连锁的方法将计算得到的指数溯源至原有基日，以维持指数的连续性。

⑤深圳成分股指数。由于在实际运作和反映股市实际运行状态方面，深圳综合指数存在着较明显的缺陷，深圳证券交易所自 1995 年 1 月 3 日开始编制深圳成分股指数，并于同年 2 月 20 日实时对外发布。

成分股指数是通过对所有上市公司进行考察，按一定标准选出一定数量有代表性的公司编制成分股指数，采用成分股的可流通股数作为权数，实施综合法进行编制。成分股指数按照股票种类分 A 股指数和 B 股指数。成分股指数及其分类指数的基日指数为 1994 年 7 月 20 日。成分股指数的基日指数指定为 1000 点。该指数的发布内容包括前日收市、今日开市、最高指数、最低指数和当前指数。

其中，当日现时总市值 = 各成分股的市价 × 其已发行股数；上日收市总市值是根据上日成分股的股本或成分股变动而做到调整后的总市值。

⑥新华股票价格综合指数。新华指数是我国第一个采用国际上通用的方法选择样本进行计算的股价指数，也是我国第一个由新闻机构和专家等非证券金融机构编制的一个全国性的股票指数。具体来说，新华股价指数是由我国一批著名金融专家、经济学家和专业人员组成的课题小组，并由新华社经济信息部和北京大学经济管理学院联合设计的，于 1993 年 6 月 23 日起试发布。目前，新华指数分为新华 A 股指数和新华 B 股指数。新华 A 股指数采取国际通用的选择方法，即从我国现有两家证券交易所上市股票中选取具有代表性和典型性的 30 只股票作为样本股；B 股暂不进行选择。A 股指数以 1992 年 9 月 30 日作为基期，B 股指数把 1993 年 3 月 22 日作为基期试发布阶段。新华指数仅为收盘指数，随着证券市场的进一步发展，将会推出即时指数和分类指数。

新华指数的计算原则是，采用加权平均法和基数修正法进行综合计算，其权数是各上市公司发行的股票总数。将基期股价指数定为 100，把计算的（收盘）市价总值与基期（收盘）市价总值相比，再乘上 100，便得到该日（收盘）新华指数。当遇到增资扩股或样本调整等情况时则需加以修正，以保证指数的连续可比性。

本 章 小 结

（1）股票是由股份公司发行的。股份公司以责任形式分类可分为：无限责任公司、有限责任公司和股份有限公司。股份有限公司是西方发达国家最具代表性、地位最重要、采用最广泛的企业组织形式，有其独特的优势，从发起、设立到变更、破产和解散有其特定的程序和要求。

（2）股票是一种所有权证书，作为主要的金融工具，它代表持有人对发行股票的公司的所有权股份。股票的形式多种多样，筹资者和投资者都可根据各自的具体情况选择不同类型的股票，以得到相应的收益。

（3）投资者购买股票是因为股票所带来的收益。股票的价格决定于多种因素。在不同的条件下（从零息增长到不变增长，再到多元增长），具有不同的股利贴现估价模型，由此我们可以在不同的条件下计算出股票的价格。

（4）我国目前发行的股票与西方许多国家发行的股票有所区别。如果按照股票的持有主体来划分，我国的股票可分为国家股、法人股和公众股，这形成了我国特有的股权结构。

（5）股票价格指数是反映股票价格综合变动趋势和程度的相对数，它把证券市场上一些有代表性的公司发行的股票的价格进行加权平均，计算出平均数值，作为衡量股市行情的指标。股票价格指数不仅是反映股票市场变动情况的重要指标，也是股票投资者从事投资的不可缺少的信息。股票价格指数有许多不同的计算方法。世界上一些著名的股票价格指数都有其特定的计算方法。

复习思考题

1. 公司的含义是什么？公司包括哪几种责任形式？它们之间有何异同？
2. 股份有限公司的组织结构包括哪些层次？股东、董事会、监事会以及经理层的主要权限有哪些？
3. 股份有限公司的设立有哪些形式？需要哪些条件？
4. 股份有限公司的兼并有哪些主要形式？
5. 股份有限公司分立的原因和形式是什么？
6. 股份有限公司破产的条件有哪些？主要程序是什么？
7. 股份有限公司解散的原因和方式是什么？
8. 比较股票的注册资本、发行资本和实收资本的不同。

9. 简述股票的主要特征。

10. 什么是普通股，普通股的特征是什么？普通股股东拥有哪些权利？

11. 根据不同的标准，如何对普通股分类？

12. 从投资者的角度来说，普通股可分为哪几类？

13. 比较普通股和优先股对投资者和发行者的利弊。

14. 什么叫做优先股？优先股具有哪些特征？优先股股东所拥有的权利与普通股股东有何不同？

15. 从广义上如何理解股票的价格？股票的收益包括哪几部分？

16. 假定燕京公司上一年支付的每股股利为 0.45 元，本年预期每期支付 0.1 元股利，第 2 年支付 0.9 元，第 3 年支付 0.6 元，从第 4 年之后（为简化起见，T 只取到 3）股利每年以 8% 的速度增长，给定燕京公司的必要收益率为 11%，请给该公司估值。

17. 沙隆公司 1998 年年报披露其每股收益（E_0）为 0.167 元，每股派息（D_0）0.04 元。在对沙隆公司的行业环境和公司发展进行研究之后，某分析师预测该公司在未来的 5 年中处于高速增长阶段，5 年的每股收益和每股股利预测如下。

$E_1 = 0.267$ $E_2 = 0.4$ $E_3 = 0.6$ $E_4 = 0.8$ $E_5 = 1.0$

$D_1 = 0.06$ $D_2 = 0.16$ $D_3 = 0.24$ $D_4 = 0.32$ $D_5 = 0.5$

由上组数据可以进一步得出红利支付率 Pn 和每股收益增长率 g_{en}。

$P_1 = 22\%$ $P_2 = 40\%$ $P_3 = 40\%$ $P_4 = 40\%$ $P_5 = 50\%$

$g_{e1} = 60\%$ $g_{e2} = 50\%$ $g_{e3} = 50\%$ $g_{e4} = 33\%$ $g_{e5} = 25\%$

该分析师认为从第 6 年开始以后的 3 年中，沙隆公司处于由成长转向成熟的过渡期。预测第 6 年该公司每股收益和股利支付率分别是 E_6 为 1.19，P_6 为 55%，所以 g_{e6} 为 19%，D_6 为 0.655 元。预测在成熟阶段（第 9 年之后），每股收益增长符合不变增长模型。每股收益增长率为不变的 4%（g_{e9}），股利支付率为 70%（P_9）。运用多元增长模型对沙隆公司进行估值。

（提示：运用多元增长模型对股票估值，首先必须知道该股过去每年的每股收益和每股股利，在预测未来收益和股利政策的基础上推算出各期的股利现值。

从以上的预测数据可知，第 1 年 ~ 第 5 年每股收益的增长是无规律的，第 6 年 ~ 第 9 年增长率是呈线性衰减的，第 9 年之后是不变增长的。

由 $g_{e6} = 19\%$，$g_{e9} = 4\%$ 可知，收益增长率每年衰减率为 5%；且由 $P_6 = 55\%$，$P_9 = 70\%$ 可知，股利支付率每年的线性增长率为 5%，由此推算出：

$g_{e7} = 14\%$ $g_{e8} = 9\%$

$P_7 = 60\%$ $P_8 = 65\%$

$D_7 = 0.814$ $D_8 = 0.961$ $D_9 = 1.076$

如果当时市场的无风险收益率为4%，通货膨胀率的预期为3%，分析师对沙隆公司的信用风险评价为5.3%，可得沙隆公司的必要收益率为12.3%。到此为止，我们得到了决定多元增长模型的所有信息。

第一步，首先计算在 $T = 8$ 时，V_{T-} 的值（即从 D_1 到 D_8 的贴现值之和）：

$$V_{T-} = \frac{0.06}{(1+0.123)} + \frac{0.16}{(1+0.123)^2} + \frac{0.24}{(1+0.123)^3} + \frac{0.32}{(1+0.123)^4} + \frac{0.5}{(1+0.123)^5} +$$

$$\frac{0.655}{(1+0.123)^6} + \frac{0.814}{(1+0.123)^7} + \frac{0.961}{(1+0.123)^8} = 1.899 \text{（元）}$$

第二步，已知 $D_9 = 1.076$，计算 V_{T+}：

$$V_{T+} = \frac{1.076}{(0.123 - 0.04)(1+0.123)^8} = 5.125 \text{（元）}$$

第三步，将 V_{T+} 与 V_{T-} 相加，得出沙隆公司的内在价值：

$$V = V_{T-} + V_{T+} = 1.899 + 5.125 = 7.024 \text{（元）}$$

这样，运用多元增长模型我们得到沙隆公司的内在价值应为7.024元。

18. 我国上市公司的股权结构是怎样的？如何评价？

19. 什么叫做股票价格指数？通常有哪几种计算方法？

20. 简述国内外主要股票价格指数的特点及计算方法。

第三章

债　券

本章学习目的和要求

　　债券也是一种非常重要的投资工具。通过本章的学习，使学生对债券的含义、特征、种类等基本问题和债券的定价问题有一个深入地了解和掌握。要求了解债券与股票、储蓄存款有何不同？发行者和投资者根据各自的目的，该如何选择不同种类的债券；掌握债券的含义、特征和基本的债券定价方法。

第一节　债　券　概　述

一、债券的含义

　　债券是一种有价证券，它是指社会各类经济主体为筹措资金而向债券投资者出具并承诺按一定利率定期支付利息和到期偿还本金的债权债务凭证。其利息通常是事先确定的，所以又称为固定利息证券。

　　在理解债券的含义时，有必要说明以下三个问题：

　　（1）债券的票面要素。债券的票面要素包括票面价值和票面金额。债券的票面价值是指票面价值的币种，即债券以何种货币作为其计量单位。币种的选择要依据债券的发行对象和实际需要来确定；债券的票面金额指债券票面上注明的金额数。债券的票面金额不同，可对债券的发行成本、发行数额和持有者的分布产生不同的影响。

（2）债券的发行和交易价格。债券的发行价格是指债券发行时确定的价格，债券的发行价格可能不同于债券的票面金额，分为溢价发行、折价发行和平价发行，债券的发行价格通常取决于二级市场的交易价格以及市场的利率水平；债券的交易价格是指债券离开发行市场进入流通市场进行交易时的价格，债券的交易价格随市场利率和供求关系的变化而波动。

（3）债券的偿还期限。债券的偿还期限是指从债券发行之日起至清偿本息之日止的时间，分为短期债券、中期债券和长期债券。

二、债券的特征

（1）流动性。债券有规定的偿还期限，到期前不得兑付。但是，债券持有人在债券到期之前需要现金时，可以在证券交易市场上将债券卖出，也可到银行等金融机构以债券为抵押获得抵押贷款。因此，债券具有及时转换为货币的能力，即流动性。

（2）收益性。债券持有者可按规定的利息率定期获得利息收益，并有可能因市场利率下降等因素导致债券价格上升而获得债券升值收益。债券的这种收益是债券的时间价值与风险价值的反映，是对债权人暂时让渡资金使用权和承担投资风险的补偿。

（3）风险性。债券投资具有一定的风险。风险表现为三个方面：一是因债务人破产不能全部收回债券本息所遭受的损失。二是因市场利率上升导致债券价格下降所遭受的损失。三是通货膨胀风险，由于债券利率固定，所以在出现通货膨胀时，实际利息收入下降。与股票投资相比，债券的投资风险较低。债券风险低于股票风险原因有：债券利率基本固定，债权人的利息收入不受企业赢利状况的影响；为确保债券的还本付息，各国在商法、财政法、抵押性公司债信托法及其他特别法中对此都有专门规定；债券的发行者须经过有关部门的严格选择，只有那些较高信用度的筹资人才能获准发行债券。

（4）返还性。债券到期后必须还本付息。

三、债券与股票的不同

债券与股票都是重要的投资工具，都是可以自由转让的有价证券。但它们又有许多不同之处，主要有：

（1）证券持有人与发行者的关系不同。债券持有人与发行者之间是一种债权债务的契约关系，债券持有人无权过问债券发行者的生产经营状况；而股票的持有人与发行者之间是所有权关系，股东是股份公司的所有者之一，其投资额的多少代表着他在公司里控制权的大小。

（2）证券的期限不同。债券具有期限性，期满时，债券发行者还本付息；股票没有期限，发股公司没有退还股东资本的义务。（除非公司停业清理或解散）如果股票持有人急需资金，只能在市场上出售其拥有的股票。

（3）证券的风险不同。债券持有人以利息形式获得较固定的收入，利息多少不受发债公司经营状况的影响；股票持有人以股息、红利和股价增值等形式取得收益，其数量多少取决于发股公司利润的多少及股价行情的高低。

（4）证券发行者的构成不同。债券发行者可以是企业、公司、政府及政府有关部门；股票发行者只能是股份有限公司。

（5）获利顺序不同。债券持有人有比股东优先的收益分配权，在分配顺序上优先于股东收入分配；公司破产清理资产时，有比股东优先收回本金的权利。

四、债券与储蓄存款的区别

债券与储蓄存款的区别首先表现在收益率不同，债券的收益率一般要大于储蓄存款，因为债券利率常常高于存款利率，而且当投资者转让债券时，其转让价格有时也会高于票面金额；其次，债券与储蓄存款的流动性不同，债券的投资人可随时在债券市场上转让、买卖债券以获得其收益，而储蓄者只能凭存款单据到银行请求兑付，存款的单据一般不能转让、买卖。但是，债券必须定期还本付息，而储蓄存款期限不定，随时可变现，从这一点来说，储蓄也具有一定的流动性。

第二节　债券的种类

从不同标准出发，可对债券作以下分类。

一、按发行主体

按发行主体可分为：政府债券、金融债券、公司债券、国际债券等。

政府债券是指政府为筹集资金而向投资者出据并承诺在一定时期支付利息和到期还本的债务凭证。分为中央政府债券、地方政府债券和政府保证债券。

金融债券是指银行和其他金融机构除吸收存款、发行大额可转让存单等方式吸收资金外，经特别批准，可以以发行债券方式吸收资金。这种由银行或非银行金融机构发行的债券称为金融债券。发行金融债券的银行和金融机构，一般资金实力雄厚，资信度高，债券的利率高于同期存款的利率水平。

公司债券是由公司企业发行并承诺在一定时期内还本付息的债务债权凭证。有广义和狭义之分，广义泛指一般企业和股份公司发行的债券，狭义的仅指股份公司发行的债券。公司债券是企业筹措长期资金的重要方式。期限较长，大多为10年至30年。风险相对较大，因此其利率一般高于政府债券和金融债券。

国际债券是由外国政府、外国法人或国际组织和机构发行的债券。包括外国债券和欧洲债券两种形式。外国债券是指甲国发行者（如政府、企业、公司、银行或其他金融机构以及国际组织）在乙国债券市场上发行的以乙国货币为计价单位的债券。如英国机构在美国债券市场上发行的以美元为面值的债券。在美国发行的外国债券通常被称为"扬基债券"，在日本发行的外国债券主要称为"武士债券"。外国债券受发行地货币金融当局管制。欧洲债券（Euro – Bond）是指一国政府或企业在另一国的债券市场上，以境外货币为面值所发行的债券，如英国机构在美国债券市场上发行的以日元为面值的债券。欧洲债券又称在欧洲货币市场上发行并交易的债券，如某公司在英国发行的以美元为面值的债券，就是欧洲美元债券。欧洲债券受发行地金融当局的管制较少。

二、根据偿还期限

根据偿还期限分类可分为短期债券、中期债券、长期债券以及可展期债券。

短期债券：偿还期在1年以下。如美国短期国库券的期限通常为3~6个月。英国为3个月。日本的短期国债为2个月。

中期债券：偿还期为1~10年。如美国联邦政府的1~10年期的债券，日本的中期附息票债券期限为2~4年，中国发行的国库券多为3~5年。

长期债券；偿还期10年以上。如日本的长期附息票债券期限为10年。英国的长期金边债券期限为15年以上。

可展期债券：这是欧洲债券市场的债券种类之一。债券期满时，可由投资者根据事先规定的条件把债券的到期日延长，且可以多次延长。

三、按计息方式

按计息方式分类可分为附息票债券和贴现债券。

附息票债券是指在债券上附有各期利息票的中、长期债券。债券持有人于息票到期时，凭从债券上剪下的息票领取本期的利息。又称"剪息票"。息票到期之前，持票人不能要求兑付。息票本身也是一种有价证券，可根据其所附债券的利率、期限、面额等计算出其价值。息票可以转让。持票人并非一定是债券持有人，非债券持有人也可凭息票领取债券利息。

贴现债券，又称无息票债券或零息债券，贴水债券，贴息债券。在发行时不规定利息率。券面上不附息票，筹资人采用低于债券票面额的价格出售债券，即折价发行。购买者只需付出相当于票面额一定比例的现款就可以买到债券。债券到期时，筹资人按债券面额全额兑付。发行价格与债券面额之间的差价即利息。实质上，这是一种以利息预付方式发行的债券。国债的发行通常采用这种方式。美国的短期国库券就是一种贴现债券。

四、按债券的利率浮动与否

按债券的利率浮动与否可分为固定利率债券、浮动利率债券。

固定利率债券：是指在发行时就规定了固定收益利息率的债券。在偿还期内，当通货膨胀率较高时，会有市场利率上升的风险。

浮动利率债券：是指债券的息票利率会在某种预先规定基准上定期调整。这是为避免利率风险而设计的一种新型债券。可使投资人在利率上升时获益。我国1989年发行的保值公债即为浮动利率债券。作为基准的多是金融指数，如伦敦银行同业拆借利率。

另外，还有累进利率债券和单利债券。累进利率债券是指债券的利率按照债券的期限分为不同的等级，每一个时间段按相应利率计付利息，然后将几个分段的利息相加，便可得出该债券的总利息。债券期限越长，其利率就越高。单利债券是指债券利息的计算采用单利计算方法，即按本金只计算一次利息，利不能生利。

五、按债券持有人的收益方式

按债券持有人的收益方式可分为参加分红公司债券、免税债券、收益公司债券、附新股认购权债券、产权债券。

参加分红公司债券是指债券持有人除了可以得到事先规定的利息外，还可以在公司的收益超过应付利息时，与股东共同参加对公司盈余的分配。这种债券与股票的特点融为一体，与其他债券相比，这种债券的利息较低。

免税债券是指债券持有人免交债券利息的个人所得税的债券。政府公债一般是免税的，地方政府债券大多也是免税的，一些经过特准的公司债券也可以免税。美国联邦土地银行发行的公司债券就是免税债券。

收益公司债券是指发行公司虽然承担偿还本金的任务，但是否支付利息则根据公司的盈亏而定的债券。发行公司如果获得利润就必须向债券持有人支付利息；如果发行公司未获得盈余，则不支付利息。公司改组时，为减轻债务负担，通常要求债权人将原来的公司债券换成收益公司债券。

附新股认购权债券是指赋予投资人购买公司新股份的权利的债券。发行公司在发行债券时规定，持券人可以在规定的时间内，按预先规定的价格和数量认购公司的股票。持券人购买公司的股票后便成为公司的股东，但不丧失公司债券人的资格。这种债券与可转换债券的区别在于：可转换债券在行使转换权后，债券形态即消失，债券变成了股票，持券人因此也就丧失了公司债券人的资格。

产权债券是指到期后可以用公司股票偿还而不按面值用现金偿还的债券。这种债券的利息较一般利息高，对投资者的吸引力较大。对于发行者来说，通过发行这种债券，可以按高于票面值的价格在市场出售股份而获得所需要的资金。

六、按是否记名

按是否记名可分为记名债券和不记名债券。

记名债券是指在券面上注明债权人的姓名，同时在发行公司的名册上进行同样的登记。转让记名债券时，要在债券上背书和在公司名册上更换债权人姓名。债券投资者必须凭印鉴领取本息。其优点是比较安全，但转让时手续复杂。

不记名债券是指在券面上不须注明债权人姓名，也不在公司名册上登记。在转让时无须背书和在发行公司的名册上更换债权人姓名，一般来说，不记名债券的持有者可以要求公司将债券改为记名债券。其特点是流动性强，但在债券遗失或被毁损时，不能挂失和补发，安全性较差。

七、按有无抵押担保

按有无抵押担保分类可分为无担保债券和有担保债券。

无担保债券，又称信用债券，指不提供任何形式的担保，仅凭筹资人信用发行的债券。一般包括政府债券和金融债券。这种债券由于其发行人的绝对信用而具有坚实的可靠性。为了保护投资人的利益，筹资人往往受到种种限制。只有信誉卓著的大公司才有资格发行，有些国家还规定筹资人必须签订信托契约，在契约中约定对筹资人的限制措施。如：公司不得随意增加其债务，信用债务未偿清前，公司股东分红须有限制。这些措施由作为委托人的信托投资公司监督执行。一般期限较短，利率较高。

有担保债券可分为：抵押债券、质押债券、保证债券。

抵押（公司）债券是指筹资人为了保证债券的还本付息，以土地、设备、房屋等不动产作为抵押担保物所发行的债券。如果筹资人不能到期还本付息，债券持有人有权处理抵押担保物作为抵偿。一般担保实物的现行价值总值要高于债券发行总额，是公司债券中最重要的一种。可将同一不动产作为抵押品而多次发行债券，按发行顺序分为第一抵押债券和第二抵押债券，第一抵押债券具有优先抵押权，即对于抵押品有第一留置权。第二抵押债券又称一般抵押债券。

质押债券（抵押信托债券）指以公司的其他有价证券（如子公司股票或其他债券）作为担保所发行的公司债券。发行这种债券的公司多是一些合资附属机构，以总公司的证券作为担保。发行质押债券的公司通常将作为担保品的有价证券委托信托机构（多为信托银行）保管，当公司到期不能偿债时，即由信托机构处理质押的证券并代为偿债，这样以保证投资人的利益。在美国，又称为"抵押品信托债券"。

保证债券（承保债券）是由第三者担保偿还本息的债券。担保人一般是银行或非银行金融机构，或公司的主管部门，个别的是由政府担保。

八、按债券本金的不同偿还方式

按债券本金的不同偿还方式可分为偿债基金债券、分期偿还债券、通知（可提前）偿还债券、延期偿还债券、可转换债券、永久债券。

偿债基金债券是指债券发行者在债券到期之前，定期按发行总额在每年盈余中按一定比例提取偿还基金，逐步积累。债券到期后，用此项基金一次偿还。对债券持有人有较可靠的还款保证，因此对投资者很有吸引力。对发行者而言也是有利的，因这种债券具有可提前偿还债券的性质，即按市场价格的变动情况决定偿还或购回。具体方法是债券发行人定期将资金存入信托公司，信托公司将收到的资金投资于证券，所收到的证券利息也作为偿债基金。

分期偿还债券（序列偿还债券）是指发行者在发行债券时就规定，在债券有效期内，确定某一时间偿还一部分利息，分次还清，一般每隔半年或一年偿还一批，这样能减轻集中一次偿还的负担，但还本期限越长，利率越高。分期偿还一般采用抽签方式或按照债券号数的次序进行。此外，还可用购买方式在市场上购回部分债券，作为每期应偿还的债券。

通知偿还债券（可提前偿还债券）是指债券发行者于债券到期前可随时通知债权人予以提前还本的债券。提前偿还可以是一部分，也可是全部。若是一部分，通知用抽签方法来确定。这种债券大多附有期前兑回条款，使发行者可以在市场利率下降时提前兑回债券，以避免高利率的损失。当发行者决定偿还时，必须在一定时间通知债权人，一般为 30～60 天。

延期偿还债券是指可以延期偿本付息的债券。主要有两种形式：一种是指发行者在债券到期时无力偿还，也不能借新款还旧债时，在征得债权人同意后，可将到期债券予以延期。对于到期的债券，发行者可根据情况对利率进行调整。另一种是指投资者于债券到期时，有权根据发行者提出的新利率，要求发行人给予延期兑付的债券。这种债券一般期限较短，投资者可要求多次延长。

可转换债券是指可以转换成股票或其他债券的债券。这种债券在发行时就附有专门条款，规定债权人可选择对自己有利的时机，请求将债券转换成公司的股票，也可继续持有，直到偿还期满时收回本金，还可在需要时售出。可转换债券具有公司债券和股票的双重性质。在未转换之前，公司债券是纯粹的债券，债权人到期领取本金和利息，其利息是固定的，不受公司经营状况的影响；转换之后，原来的债权人就成为公司的股东，参加公司红利的分配，其收益多少受到公司经营状况的影响。当股利收入高于债券收入时，将公司债券转换成股票对债权人有利。可转换债券可流通转让，其价格受股票价格的影响。股票价格越高，可转换债券的价格也高，反之亦然。

永久债券（不还本债券，利息债券）是指由政府发行的不规定还本日期，仅按期支付利息的公债。当国家财政较为充裕时，可通过证券市场将此种债券买回注销。另外还有永久公司债券，其持有人除因发行公司破产或有重大债务不履行等情况外，一般不能要求公司偿还，而只是定期获得利息收入。这种债券已基本失去债券的性质，而具有股票的某些特征。

第三节　债券的价格决定

证券实质上是投资人与发行人之间签订的一种合同书。根据合同条款，投资人让渡一定量的货币资金给发行人以获取对发行人未来预期收入的某种索取权。债券的投资人以某种价格买入一定量的债券，所获得的是债券发行人对未来特定时期内向投资人支付一定量的现金流量的承诺。因为债券付息还本的数额和时间通常是事先确定的，所以被称为固定收入（Fixed Income）证券。然而，由于信用风险和通货膨胀的存在，债券约定本息的支付和约定支付金额的购买力，存在着某种程度的不确定性，这就给债券估价带来了一定的难度。

为简化起见，我们首先假定所研究债券的名义支付和实际支付的金额是确定的，从而使债券估价可以集中于时间的影响上。在这一假定的基础上，再考虑债券估价的其他因素。

一、债券定价的金融数学基础

对于任何一种金融工具进行分析时，都应当考虑到货币的时间价值。货币具有时间价值是因为使用货币按照某种利率进行投资的机会是有价值的。考虑货币的时间价值，主要有两种表达形式：终值与现值。

1. 终值

终值是指今天的一笔投资在未来某个时点上的价值。终值应采用复利来计算。我国居民储蓄还本付息时长期采用单利公式，不承认利息可产生利息，也就是不承认作为利息的货币与作为本金的货币一样具有时间价值。这种单利的计息方式在研究债券定价时是不足取的。

终值的计算公式为：

$$P_n = P_0(1+r)^n \tag{3.1}$$

式中：n——时期数；P_n——从现在开始 n 个时期的未来价值，即终值；P_0——初始的本金；r——每个时期的利率；代数表达式 $(1+r)^n$ 表示今天投入一个单位货币，按照复合利率 r 在 n 个时期后的价值。

例如，每年支付一次利息的 5 年期国债，年利率为 8%，面值为 1 000 元。那么这张债券 5 年后的终值应为 1 469.3 元，即

$$P_5 = 1\ 000(1+0.08)^5$$
$$= 1\ 469.3$$

公式（3.1）是复利计算的基本公式，是了解金融数学的关键。利率越高，复利计算的期数越多，一定量投资的未来值将越大，最初投资的未来值在此时间内增长越快。上例中，如果利息是每半年支付一次，那么，

$$r = 0.08 \div 2 = 0.04$$
$$n = 5 \times 2 = 10$$
$$P_{10} = 1\ 000(1+0.04)^{10}$$
$$= 1\ 480.2 \text{（元）}$$

显然，利息每半年支付一次的未来值较高。这是因为随着复利的计算过程延长，收取利息的本金将随时间的累进而扩大。

2. 现值

现值是终值计算的逆运算。金融决策在许多时候都需要在现在的货币和未来的货币之间作出选择，也就是将未来所获得的现金流量折现与目前的投资额相比较来测算盈亏。现值的计算公式为：

$$P_0 = \frac{P_n}{(1+r)^n} \tag{3.2}$$

如果用 PV 表示现值来代替 P_0，公式（3.2）被重新写为：

$$PV = P_n \cdot \frac{1}{(1+r)^n} \tag{3.3}$$

计算现值的过程叫贴现，所以现值也常被称为贴现值，其利率 r 则被称为贴现率，代数 $\frac{1}{(1+r)^n}$ 式被称为现值利息因素。

假设一位投资经理约定 6 年后要向投资人支付 100 万元，同时，此经理有把握每年实现 12% 的投资收益率，那么他现在要向投资人要求的初始投资额应为多少？

这里，$r = 12\%$，$n = 6$，$P_n = 1\,000\,000$

$$PV = 1000000 \cdot \frac{1}{(1 + 12\%)^6}$$

$$= 506\,600 \ (元)$$

也就是说，只有投资人现在出资 506 600 元，由投资经理以每年 12% 的收益率经营 6 年后，投资人才有可能获得 100 万元的价值回报。

从以上公式（3.3）中可看出，当贴现率提高，收取未来货币的机会成本提高，现值会下降；同样，收到货币的未来时间越远，它今天的价值就越小。

3. 一笔普通年金的价值

在了解了终值和现值的计算之后，再引入年金的概念。年金一般是指在一定期数的期限中，每期相等的一系列现金流量。比较常见的年金支付形式是支付发生在每期期末，这种年金被称为普通年金。现举例说明年金价值的计算。

如果一位退休工人获得一笔每期 1 000 元的 3 年期年金，每年都以 9% 的年利率进行再投资，在第 3 年末，这笔年金将价值多少？表 3—1 可以回答这个问题。

表 3—1 　　按年利率 9% 复利计算 3 年期 1 000 元年金的未来值

年	年金额 × $(1 + r)^n$	未来值
1	$1\,000 \times (1 + 0.09)^2$	1 188.10
2	$1\,000 \times (1 + 0.09)$	1 090.00
3	$1\,000$	1 000.00
合计		3 278.10

从表 3—1 我们可以看到，求一笔年金的未来值，实际上是对一个等比数列求和。根据等比数列求和公式，一笔普通年金的未来值计算公式为：

$$P_n = \frac{A\left[(1 + r)^n - 1\right]}{r} \tag{3.4}$$

式中：A——每期年金额；r——再投资收益率；n——从支付日到期末所余年数。

一笔年金的现值正好等于每一次个别支付的现值之和。所以，上例 3 年期年金现值可以通过分别计算第 1 年、第 2 年、第 3 年末收到的 1 000 元的现值之和得到。如表 3—2 所示。

表3—2 　　　　　按9%年贴现率计算3年期1000元年金的现值

年	年金额/ $(1+r)^n$	现值
1	1 000/ $(1+0.09)$	917.40
2	1 000/ $(1+0.09)^2$	841.70
3	1 000/ $(1+0.09)^3$	772.20
合计		2 531.30

一笔年金的现值是对一个未来价值序列的贴现，公式为：

$$PV = \sum_{t=1}^{n} \frac{P_t}{(1+r)^t} \tag{3.5}$$

再次运用等比数列求和公式，可得到求一笔普通年金现值的公式：

$$PV = \frac{A\left[1 - \dfrac{1}{(1+r)^n}\right]}{r} \tag{3.6}$$

式中：A——每期年金额；r——贴现率；n——从支付日距期初的年数。

4. 终身年金的价值

终身年金（*Perpetuity*）是无截止期限的、每期相等的现金流量系列。可以将其理解为每年支付一次利息的、没有到期日的债券。在现实生活中，这种债券的典型例子是 *British Consol*，这是一种没有到期日的债券，英国政府对债券持有人负有永久性的支付固定利息的义务。终身年金的现值公式为：

$$PV = \sum_{t=1}^{\infty} \frac{A}{(1+r)^t} \tag{3.7}$$

$$PV = \frac{A}{r}$$

式中：A——每年支付的年金额；r——贴现率。

与终身年金非常类似的另一种金融工具是约定股息的优先股。例如，一个每年支付6元股息的优先股，当贴现率为12%时，它的价值应等于50元（即6/0.12）。

虽然类似于优先股或 *British Consol* 这样的终身年金在证券家族中只占很小的一部分，但它却为债券和股票的估价提供了一种有益的启示。对每年付息一次的债券而言，它与终身年金之间的相似之处在于提供了每期相同的现金流量，不同之处在于它有到期日；而普通股正好相反，它没有到期日，但每期提供的现金流量却是不同的。

二、债券的价值评估

1. 附息债券的价值评估

任何一种金融工具的理论价值都等于这种金融工具能为投资者提供的未来现金流量的贴现。给一张债券定价，首先要确定它的现金流量。一种不可赎回债券的现金流量构成包括两部分：在到期日之前周期性的息票利息支付；票面到期价值。

在以下的债券定价计算中，为了简化分析，我们先做三个假设：①息票支付每年进行一次；②下一次息票支付恰好是从现在起 12 个月之后收到；③债券期限内，息票利息是固定不变的。

在确定了一张债券能给投资者提供的现金流量分布之后，我们还需要在市场上寻找与目标债券具有相同或相似信贷质量及偿还期限的债券，以确定必要收益率或贴现率。给定了某种债券的现金流量和必要收益率，我们就可以以现金流量贴现的方式为一个债券估价。其公式为：

$$P = \frac{C}{(1+r)} + \frac{C}{(1+r)^2} + \frac{C}{(1+r)^3} + \cdots + \frac{C}{(1+r)^n} + \frac{M}{(1+r)^n} \qquad (3.8)$$

很显然，n 期的利息支付等于一笔 n 期年金，年金额等于面值乘以票面利息。利用年金现值公式简化公式（3.8），得

$$P = \frac{C}{r} - \frac{C}{r} \cdot \frac{C}{(1+r)^n} + \frac{M}{(1+r)^n} \qquad (3.9)$$

用一个例子来说明附息票债券价格的计算会使我们的思路更为清晰。有一张票面价值为 1 000 元、10 年期 10% 息票的债券，假设其必要收益率为 12%，它的价值应为多少？

显然，对于该债券而言：

$$C = 1\,000 \times 10\% = 100, \quad n = 10, \quad r = 0.12$$

$$P = \sum_{t=1}^{10} \frac{100}{(1+0.12)^t} + \frac{1000}{(1+0.12)^{10}}$$

$$= 100 \times 5.650\,2 + 1\,000 \times 0.322$$

$$= 887.02 \ (元)$$

设想另一种情况。假如该债券的必要收益率 r 下降到 8%，债券的价格将会出现什么样的变化？

此时，$C = 1000 \times 10\% = 100, \quad n = 10, \quad r = 0.08$

$$P = \sum_{t=1}^{10} \frac{100}{(1+0.08)^t} + \frac{1000}{(1+0.08)^{10}}$$

$$= 100 \times 6.7101 + 1000 \times 0.4632$$

$$= 1134.2 \ （元）$$

最后，让我们看一下票面利率等于必要收益率的情况。

此时，$C = 1000 \times 10\% = 100$，$n = 10$，$r = 0.1$

$$P = \sum_{t=1}^{10} \frac{100}{(1+0.1)^t} + \frac{1000}{(1+0.1)^{10}}$$

$$= 100 \times 6.1446 + 1000 \times 0.38554$$

$$= 1000 \ （元）$$

由以上三种情况我们可以得出以下结论：当一张债券的必要收益率高于发行人将要支付的利率（票面利率时），债券将以相对于面值贴水的价格交易；反之，则以升水的价格交易；当必要收益率等于票面利率时，将以面值平价交易。

2. 一次性还本付息的债券定价

一次性还本付息的债券只有一次现金流动，也就是到期日的本息之和。所以，对于这样的债券只需要找到合适的贴现率，而后对债券终值贴现就可以了。一次性还本付息债券的定价公式为：

$$P = \frac{M(1+r)^n}{(1+k)^m} \tag{3.10}$$

式中：M——面值；r——票面利率；n——从发行日至到期日的时期数；k——该债券的贴现率；m 为从买入日至到期日的所余时期数。

例如，某面值 1 000 元的 5 年期债券的票面利率为 8%，1996 年 1 月 1 日发行，在发行后第二年（即 1998 年 1 月 1 日）买入。假定当时此债券的必要收益率为 6%，买卖的均衡价格应为：

$$P = \frac{1000(1+0.08)^5}{(1+0.06)^3} = 1233.67 \ （元）$$

此例显示了在债券的必要收益率和所余到期时期变化时债券的估价方法。

3. 零息债券的定价

零息债券不向投资者进行任何周期性的利息支付，而是把到期价值和购买价格之间的差额作为利息回报给投资者。投资者以相对于债券面值贴水的价格从发行人手中买入债券，持有到期后可以从发行人手中兑换相等于面值的货币。一张零息债券的现金流量相当于将附息票债券的每期利息流入替换为零。所以它的估值公式为：

$$P = \frac{M}{(1+k)^m} \tag{3.11}$$

式中：M——债券面值；k——必要收益率；m——从现在起至到期日所余周期数。

例如，从现在起 15 年到期的一张零息债券，如果其面值为 1 000 元，必要收益率为 12%，它的价格应为：

$$P = \frac{1000}{(1 + 0.12)^{15}} = 182.7 \text{（元）}$$

从上述的计算中我们可以归纳出影响债券价格变化的三个直接动因：

（1）由于发行人信用等级发生了变化而使债券的必要收益率发生变化，进而影响到债券价格。在其他条件不变的情况下，必要收益率的变动与债券价格变动呈反向关系。

（2）必要收益率不变，只是由于债券日益接近到期日，会使原来以升水或贴水交易的债券价格日益接近于到期价值（面值）。以升水交易的债券价格下降，以贴水交易的债券价格上升。

（3）与被定价债券具有相似特征的可比债券收益发生变化（即市场必要收益变化），也会迫使被定价债券的必要收益变化，进而影响债券价格。

三、收益率曲线与利率的期限结构理论

从以上的分析可以看出，任何一种债券的价值都等于一系列现金流量的现值之和，这说明任何一种债券都可以用一揽子的无息票债券组合去替换。例如，1 张每年付息一次的 5 年期附息票债券就等于 6 张与此附息债券息票及面值支付具有相同期限的无息票债券的现值。换句话说，证券的价值等于具有相同期限结构的一揽子无息票债券的价值。要进一步确定每种无息票债券的价值，就必须找到与其期限相同的无息票国债的即期利率（Spot Rate），作为确定贴现率的基础。

具有不同到期日国债的即期利率在大多数时期是不相等的。一般而言，即期利率 S_t 会随着到期日 t 的延长而增加，但也有相反的情况（S_t 随着 t 的延长而减小）出现。

对于证券分析人员而言，必须清楚目前哪种情况占主导地位，才能对目标债券进行正确的估价。

1. 收益率曲线

因为国债的收益率决定着其他债券的收益标准，所以金融市场的参与者都对国债的收益与偿还期之间的关系很感兴趣。收益率曲线（Yield Curves）就是表明国债的到期收益与其偿还期之间关系的曲线。从历史数据中观察到的收益率曲线有四种形状，见图 3—1。

需要注意的是，这四种情况都只是一种理论上的假设状态，现实世界债券的

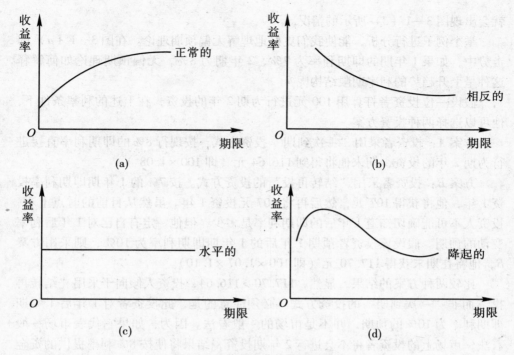

图3—1　收益率曲线的四种情况

收益率和到期日之间的关系表现得并非如此完美。由于税收和提前兑付等原因，期望收益率与收益率曲线之间不可能保持精确的一致。

虽然收益率曲线是根据观测到的（偿还期、收益率）坐标点绘制出的，但利率的期限结构却是特指无息票国债的收益与偿还期之间的关系。由于附息债券可以被无息票债券组合来替换，所以利率的期限结构理论可以用来解释为什么收益率曲线会有不同的形状。

2. 利率期限结构理论

有三种理论被用来解释利率的期限结构。

（1）无偏预期理论（*The Unbaised Expectations Theory*）。这种理论认为，投资者的一般看法构成市场预期，市场预期会随着通货膨胀预期和实际利率预期的变化而变化。同时，该理论还认为，债券的远期利率在量上应等于未来相应时期的即期利率的预期。因而，一组呈上升趋势的即期利率可被解释为是市场预期未来即期利率看涨，如图3—1（a）；反之，则是市场预期未来即期利率看跌，如图3—1（b）；当市场预期所有的即期利率大致相等时会出现图3—1（c）所示的情况；当市场预期未来即期利率在短期（二三年）内看涨，而后会下降时，就会出现图 3—1（d）所示的情况。

举个例子进行分析，能使我们更好地理解无偏预期理论。在图 3—1（a）的走势中，如果 1 年期的即期利率为 7%，2 年期为 8%，无偏预期理论如何解释这种呈上升趋势的利率期限结构呢？

假设一位投资者打算用 100 元进行为期 2 年的投资，在上述的利率条件下，他可以选择两种投资方案。

方案 A：投资者采用"一次到期"投资方式。按现行 8% 的即期利率直接进行为期 2 年的投资，期末他将得到 116.64 元（即 100×1.08^2）。

方案 B：投资者采用"结转再投"的投资方式。按 7% 的 1 年期即期利率投资 1 年，他将获得 107 元，然后再将 107 元投资 1 年。虽然从目前的时点上看，投资人不可能确切知道 1 年后的即期利率是多少，但他一定有自己对 1 年后利率变动的预期。假设该投资者预期 1 年后的 1 年期即期利率为 10%，则采用方案 B，他将在期末获得 117.70 元（即 $100 \times 1.07 \times 1.10$）。

比较两种方案的结果，显然，117.70 > 116.64，投资人倾向于采用"结转再投"而非"一次到期"的投资方式。必须注意的是，此投资者对 1 年后 1 年期即期利率为 10% 的预期，并不是市场的一般看法。因为，如果它代表市场一般看法，市场上的投资者将不会进行 2 年期投资，结果将使按 8% 利率提供的资金供给少于需求，从而使 2 年期的即期利率上升，超过 8%；反之，由于大家都愿意按 7% 的利率进行 1 年期的投资，供大于求，将引起 1 年期即期利率的下降。所以 7% 的 1 年期即期利率、8% 的 2 年期即期利率和 10% 的未来预期利率所组成的期限结构无法达到均衡。设想未来 1 年期预期即期利率为 6% 而非 10% 的情况将会如何？在 6% 的利率下，采用方案 B 的投资者在期末将获得 113.40 元（即 $100 \times 1.07 \times 1.06$），低于方案 A 的 116.64 元，所以投资资金都涌向"一次到期"方式。同样，不均衡将会发生。

当 1 年期即期利率为 7%，2 年期即期利率为 8%，远期利率为 9.01% 时，方案 A 和方案 B 的期末收益将是相同的，即 $100 \times 1.08^2 = 100 \times 1.07 \times 1.0901 = 116.64$ 元。如果市场预期未来即期利率（1 年以后的 1 年期即期利率，即 9.01%）等于远期利率（目前已经存在的 9.01%）时，运用两种投资策略会取得相同的预期收益率，这样均衡就将产生，进行 1 年期和 2 年期投资的投资人没有动机去选择另一种投资策略。

因而，无偏预期理论者的结论是，未来预期即期利率在量上等于远期利率。在本例中，1 年后的远期利率为 9.01%，所以公众预期 1 年后的 1 年期即期利率也应该等于 9.01%，这样才不会有套利机会的存在。无偏预期理论对呈上升趋势的期限结构（如本例中 1 年期即期利率为 7%，2 年期为 8%）的解释是由于市场对未来 1 年期即期利率的上升预期，这一理论可同时解释呈下降趋势的、平直的或降起的利率期限结构。不同形状的利率期限结构只不过是反映市场对未来即期利率的不同变化预期。

人们对未来即期利率预期的变化主要源自于人们对通货膨胀率预期的变化，所以当较高的现行通货膨胀率造成短期利率过高时（比如 1995 年底及 1996 年初），人们对未来通货膨胀率的预期就会下降，利率的期限结构就会呈下降趋势；反之，就会呈上升趋势。历史数据也比较支持上述观点。

然而，同样是从历史数据的基础去考察，却暴露出无偏预期理论中不合逻辑的地方。因为利率的变动显现出明显的周期性特征。周期性运动的特性是上升时期所用时间和下降时期应基本相等，但实际情况却是利率期限结构呈上升趋势的时间要多于下降趋势。这一现象的事实存在为流动性偏好理论的产生建立了基础。

（2）流动性偏好理论（*The Liquidity Preference Theory*）。此理论是解释利率结构形成原因的另一种理论。其基本观点认为，考虑到资金需求的不确定性和风险产生的不可精确预知性，投资者在同样的收益率下，更倾向于（偏好）购买短期证券。也就是说，在上例中，在方案 A 和方案 B 收益相同时，投资者更倾向于采用方案 B 的"结转再投"方式。这一偏好的存在迫使长期资金需求者提供高于方案 A 的收益率才能促使投资者购买 2 年期的证券。在现实操作中，长期资金的需求者也愿意支付这笔流动性升水，原因是短期债券的发行次数频繁，必然增大融资成本。

流动性偏好理论在解释不同形态的期限结构时，同样是以对未来即期利率的不同预期为基础的，它与无偏预期理论之间的区别仅在于曲线弯曲的幅度大小不同。在利率期限结构呈上升态势时，由于流动性升水的存在，流动性偏好理论认为未来即期利率的上升幅度会大于运用无偏预期理论所计算的上升幅度；同样也是因为流动性升水的存在，当市场预期未来即期利率保持不变，甚至是轻微下降时，利率期限结构也会呈现出稍微向上倾斜的态势。此种情况的存在，使流动性偏好理论可以解释期限结构上升时期多于下降时期这一现实。

（3）市场分割理论（*The Market Segmentation Theory*）。此理论从另外一个角度来解释利率期限结构的成因。该理论认为，由于存在着法律上、偏好上或其他因素的限制，证券市场的供需双方不能无成本地实现资金在不同期限证券之间的自由转移。证券市场不是一个整体，而是被分割为长、中、短期市场。在这种分割状态下，不同期限债券的即期利率取决于各市场独立的资金供求。即使不同市场之间在理论上出现了套利的机会，但由于跨市场转移的成本过高，所以资金不会在不同市场之间转移。

按照这种理论，呈上升趋势的利率期限结构是因为长期债券市场资金供需的均衡利率高于短期市场的均衡利率；反之，当短期均衡利率高于长期均衡利率时，利率期限结构就会呈下降趋势。

考察现行市场的利率期限结构呈何种状态，并精确地估算不同期限债券的即期利率是非常重要的，它是决定未来现金流量、现值大小和贴现率的基础。

本 章 小 结

（1）债券是一种有价证券，是社会各类经济主体为筹措资金而向债券投资者出具并承诺按一定利率定期支付利息和到期偿还本金的债权债务凭证。其利息通常是事先确定的，所以又称为固定利息证券。债券与股票相比，具有其独特的特征。

（2）按照不同的标准，可对债券进行多种分类。发行人和投资者可根据不同种类债券的利弊选择对自己有利的债券。

（3）证券实质上都是投资人与发行人之间签订的一种合同书。根据合同条款，投资人让渡一定量的货币资金给发行人以获取对发行人未来预期收入的某种索取权。因为债券付息还本的数额和时间通常是事先确定的，所以被称为固定收入证券。然而，由于信用风险和通货膨胀的存在，债券约定本息的支付和约定支付金额的购买力，存在着某种程度的不确定性，这就给债券估价带来了一定的难度。对于不同前提条件的债券（如附息债券、一次性还本付息债券、零息债券等），有不同的估价方法。

（4）任何一种债券的价值都等于一系列现金流量的现值之和，这说明任何一种债券都可以用一揽子的无息票债券组合去替换。换句话说，证券的价值等于具有相同期限结构的一揽子无息票债券的价值。要进一步确定每种无息票债券的价值，就必须找到与其期限相同的无息票国债的即期利率，作为确定贴现率的基础。

具有不同到期日国债的即期利率在大多数时期是不相等的。因为国债的收益率决定着其他债券的收益标准，所以金融市场的参与者都对国债的收益与偿还期之间的关系很感兴趣。收益率曲线就是表明国债的到期收益与其偿还期之间关系的曲线。收益率曲线有不同的形状。

（5）虽然收益率曲线是根据观测到的（偿还期、收益率）坐标点绘制出的，但利率的期限结构却是特指无息票国债的收益与偿还期之间的关系。由于附息债券可以被无息票债券组合来替换，所以利率的期限结构理论可以用来解释为什么收益率曲线会有不同的形状。

复习思考题

1. 什么叫做债券？与股票相比，债券具有哪些特征？

2. 按照发行主体来划分，债券可分为哪几类？其中，国际债券、外国债券、欧洲债券有何不同？

3. 什么叫做附息票债券和贴现债券？二者有何不同？

4. 按债券持有人的收益方式可将债券分为哪几类？请具体解释。

5. 无担保债券和有担保债券各包括那些种类？具体解释说明。

6. 什么叫做可转换债券？与一般股票相比，有何不同？

7. 一位投资经理约定 6 年后要向投资人支付 100 万元，同时，此经理有把握每年实现 10% 的投资收益率，那么他现在要向投资人要求的初始投资额应为多少？

8. 有一张票面价值为 1000 元、10 年期 10% 息票的债券，分别计算其必要收益率为 8%、10%、12% 时的债券价值应为多少？有何不同？

9. 某面值 1000 元的 5 年期债券的票面利率为 8%，2000 年 1 月 1 日发行，在发行后第二年（即 2001 年 1 月 1 日）买入。假定当时此债券的必要收益率为 6%，买卖的均衡价格应是多少？

10. 什么叫做收益率曲线？有哪几种形状？请图示说明。

11. 请用利率的期限结构理论来解释为什么收益率曲线会有不同的形状？

12. 利率期限结构理论包括哪三种理论？它们是如何解释收益率曲线的形状的？

第四章

投 资 基 金

本章学习目的和要求

基金证券是同时具有股票和债券某些特征的证券。

通过本章的学习，使学生对投资基金的一些基本问题有较清晰的认识。要求了解对投资基金进行管理的重要性，了解投资基金的风险、费用和收益以及利润分配等，了解我国投资基金的发展现状及趋势；掌握投资基金的含义、特点、主要类型、组成要素及投资程序。

第一节　投资基金概述

一、投资基金的含义和特点

投资基金是指由不确定多数投资者不等额出资汇集成基金（主要是通过向投资者发行股份或受益凭证方式募集），然后交由专业性投资机构管理，投资机构根据与客户商定的最佳投资收益目标和最小风险，把集中的资金再适度并主要投资于各种有价证券和其他金融商品，获得收益后由原投资者按出资比例分享，而投资机构本身则作为资金管理者获得一笔服务费用。

各国对投资基金的称谓有所不同。美国称为"共同基金"、"互助基金"或"互惠基金"（*Mutual Fund*），也称为投资公司（*Investment Company*）；英国及我国香港地区则称为"单位信托基金"（*Unit Trust*）；日本和我国台湾地区称之为"证券投资信托基金"，等等。虽称谓不同，但内容及操作却有很多共性，在本书中，我们均称之为投资基金。

投资基金是一种间接的投资工具，与其他投资工具相比具有以下特点：

1. 获得规模投资的收益

通常，投资基金管理公司为适应不同阶层个人投资者的需要，设定的认购基金的最低投资额不高，投资者以自己有限的资金购买投资基金的受益凭证，基金管理公司积少成多，汇集成巨大的资金，由基金管理公司经验丰富的投资专家进行运作，获得规模经济效益。

2. 专家理财，回报率高

投资基金是一种间接投资，投资于基金就等于聘请了专业的投资专家，投资基金的投资决策都是由受过专业训练，有丰富经验的专业人士进行的。基金管理公司有发达的通讯网络，随时掌握各种市场讯息，并有专门的调查研究部门进行国内外宏观经济分析，以及对产业、行业、公司经营潜力有系统的调研和分析。因此专家理财的回报率通常会高于个人投资者。

3. 组合投资，分散风险。

投资基金管理人通常会根据投资组合的原则。将一定的资金按不同的比例分别投资于不同期限、不同种类、不同行业的证券上，实现风险的分散。而中小投资者有限的资金，很难做到像投资基金这样的充分分散风险。例如，有的投资基金，其投资组合不少于 20 个品种，从而有效地分散风险，提高了投资的安全性和收益性。

4. 基金凭证交投活跃，变现性强

投资基金受益凭证的购买程序方便快捷，特别是现代电子技术和通讯网络的发达，使得人们可以网上查询和完成交易。因此，持有基金凭证，或者可以在基金管理公司直接办理交易手续，或者可委托投资顾问代理机构或证券营业机构，随时随地方便地进行交易，从而获得了比持有其他金融资产更高的变现性。

5. 品种繁多，选择性强

当今世界经济一体化，金融国际化，世界上只要有金融投资的地方，就有投资基金存在的可能。国际资本流动和市场一体化，使许多基金都进行跨国投资或离岸投资。任何一种市场看好的行业或产品，都可以通过设立和购买投资基金得到开发和利用。所以，投资基金这一投资工具为投资者提供了非常广阔的选择余地。

6. 基金资产保管与运作安全性高

不论是何种投资基金，均要由独立的基金保管公司保管基金资产，以充分保障投资者的利益。防止基金资产被挪作他用，基金管理人和保管人的这种分权与制衡，通过基金章程或信托契约确立，并受法律保护。

在成熟的基金市场上，有一套完整的和完善的监管体制，其内容包括：法律监督，主管部门监督，基金行业自律，基金管理人与基金保管人相互监督，投资者监督等五个方面，从而确保投资基金的安全性。

二、投资基金的类型

根据不同的标准，基金可划分为许多类型，下面介绍一些比较重要的基金类别。

1. 公司型与契约型投资基金

根据法律基础及组织形态的不同可将投资基金划分为公司型和契约型两类。

公司型基金是指基金本身为一家股份有限公司，该公司发行股份，投资人通过购买公司股份成为该公司股东，凭股份领取股息或红利。该类型共同基金结构同一般的股份公司一样，设有董事会和股东大会，但在业务上又不同于一般股份公司，它集中于从事证券投资信托业务。美国的共同基金多属于此类，故也称共同基金为投资公司（*Investment Company*）。

契约型基金是依据一定的信托契约而组织起来的代理投资行为。这种类型的共同基金一般由基金管理公司（委托人）、基金保管机构（受托人）和投资人（受益者）三方当事人订立信托投资契约，委托人通过发行受益凭证募集社会上的闲散资金，并将它进行投资，受托人则负责保管信托财产，以它自身的名义为基金开立户头，但该户头完全独立于受托人自己的账户。契约型基金发展历史最为悠久，英国、日本、新加坡、香港和台湾等国家和地区大部分基金属于此类。

由上述定义可知，公司型与契约型基金主要区别在以下几点：①公司型基金具有法人资格，而契约型基金没有；②公司型基金的信托财产依据是公司章程，而契约型基金则以信托契约为依据；③公司型基金既可发行普通股，又可以发行优先股和公司债券，而契约型基金只发行受益凭证；④公司型基金的投资者是公司的股东，可以作为股东参加股东大会，发表自己的意见，而契约型基金的投资者是契约关系当事人，即受益人，对资金如何运用没有发言权，这一点是公司型与契约型不同的关键点。

2. 开放型与封闭型投资基金

根据变现方式不同，投资基金可划分为开放型与封闭型两类。

（1）开放型基金。开放型基金是指基金管理公司在设立基金时，发行的基金单位总份额不固定，基金总额亦不封顶，可视经营策略与实际需要连续发行，故也称为追加型投资基金。投资者可随时购买基金单位，也可以随时请求发行机构按目前净资产价值扣除手续费后赎回其持有的股份或受益凭证。为预防投资者中途要求赎回，开放型基金往往从所筹资金中拿一定比例以现金资产形式存放。

对于开放型基金，其总额尽管是变动的，但在初次发行时，基金经理公司亦会设定该基金的发行总额和发行期限。在规定的发行期限或在已延长了的认购期限内仍无法募集到设定的基金总额，则该基金不能成立，基金经理公司有责任会同基金保管公司将已收的认购款退还给投资者。

一般而言，开放型基金在初次发行结束三个月后，基金经理公司都会自行或委托证券公司开设内部柜台进行基金单位的转让，投资者可以随时申请基金经理公司赎回。基金经理公司一般每天都报出一个买入价和卖出价，并将报价分门别类地刊登在当地的主要财经报刊上。

开放型基金的计价是以单位资产净值为基础。单位资产净值（*Net Asset Value*，简称为 *NAV*）是某一时点上某一投资基金每一个单位（每一股份）实际代表的价值估算，是用基金的总资产扣除借款及应付费用后，除以该基金的基金单位数而得出的价值。因为投资基金是分散投资于金融市场上的各种有价证券，而有价证券的价格时刻在变化，又如何计算基金的资产值呢？通行的方法有两种：

第一种，已知价（*Known Price* 或称事前价 *Historic Price*）计算法。是指基金经理公司根据上一个交易日的证券市场（或交易所）的收市价格计算基金的金融资产总值。而每个基金单位的资产净值则等于金融资产总值加上现金除以已售出的基金单位总数。如果采取已知价交易，投资者当天就可知道基金的买入价或赎回价。

第二种，未知价（*Unknown Price* 或称事后价 *Forward Price*）计算法。是指基金经理公司根据当天的证券市场上各种金融产品的收市价计算其资产总值，再由这个资产总值计算出每个单位的资产净值。在这种情况下，投资者必须在当天交易结束的第二天才能知道基金单位价格。

基金转让交易的报价以其计价为基础，有两种：一是卖出价（亦称认购价，*Offer Price*），一是买入价（亦称赎回价，*Bid Price*）。卖出价高于买入价，因为卖出价中包括了经营者的佣金，这种佣金主要是首次购买费和交易费。

卖出价的计算公式是：卖出价 = 基金单位资产净值 + 首次购买费 + 交易费。

不同种类的基金所收取的首次购买费各不相同，一般在 3% ~ 7% 不等。投资在本地金融市场上的基金收取的首次购买费比较低，投资在境外金融市场上的基金收取的首次购买费则相对高些。交易费是基金经理在进行金融资产买卖时所支付的费用，买卖基金收取的交易费一般占基金单位资产净值的 0.5% ~ 1%，也有些基金在买卖时不收取交易费。

买入价一般有三种计算方法：

第一种方法，基金买入价＝基金单位资产净值，即基金经理公司用单位资产净值赎回基金单位；

第二种方法，基金买入价＝基金单位资产净值－交易费

第三种方法，基金买入价＝基金单位资产净值－赎回费。该种计价方式目的是为了阻止投资者赎回，或增加其赎回成本，以保持基金资产的稳定。

（2）封闭型基金。封闭型基金是指基金管理公司在设立基金时，限定了基金的发行总额，在发行期满后就封闭起来，不再增加股份，故也称之为固定型基金。封闭型基金的流通采取在交易所上市的办法，其价格由市场供求决定，故封闭型基金还可称为公开交易基金。

对于封闭型基金而言，还要规定基金的发行总额和发行期限，只要发行总额一认满，不管是否到期，基金就封闭起来，不再接受认购申请。倘若在规定的发行时间里，发行总额未被认购完毕，基金经理公司则会相对延长发行期限，此后若仍无法完成计划，则该基金不能成立。基金经理人应通知信托人负责将已收的认购款退还给原认购者。

（3）开放型基金与封闭型基金的区别。

第一，封闭型基金的单位数或股份数是固定的，投资者只可在基金发行期间购买，尔后不得赎回股份。而开放型基金的单位数或股份数是不固定的，会随投资者的认购和赎回而改变。

第二，期限不同，开放型基金的投资者由于可以向经理人提出赎回要求，故无设定期限的必要，而封闭型基金的投资者则无此权利，故需设立一个固定期限，通常为 8 年至 15 年。

第三，封闭型基金的单位或股份在证券交易所上市交易，价格由供求关系决定，而开放型基金的单位或股份在经理人或其代理人的柜台处交易，价格由单位净值决定。

第四，封闭型基金可以发行优先股、债券或向银行贷款，而开放型基金则不能利用财务杠杆来筹资。

第五，封闭型基金可以投资于未上市公司的股份，且在法律上对其投资的比例无限制，而开放型基金不能投资于未上市公司的股份或只能投资于一个很小的比例。

第六，投资方式有所不同。封闭型基金由于不可赎回，可以把基金全部用来投资，并且可以用作长线投资，而开放型基金，由于需要应付投资者随时赎回兑现，经理人必须保留一部分现金，而且投资组合中流动性必须很强，以备大规模赎回之需，这对经理人要求也更高了。

3. 股权式基金和有价证券基金

依据基金投资的对象，可将其分为股权式基金和有价证券基金。

股权式基金以参股或合资的方式，投向未公开发行或未上市的股份或股票，以获取投资收益为主要目的，可以参与企业经营，但又不起控制支配作用。有价证券基金则是以投资于公开发行和上市的股票和债券为主。

两种类型的区别在于：

（1）股权式基金直接投入实业，着眼于股权或股票的未来公开转让和上市；有价证券基金着眼于二级市场，通过购买上市股票、债券来进行间接投资。

（2）股权式基金侧重于投资分红和资本的增值，具有较少的投机成分；有价证券基金既重视分红，更重视证券买卖的差价收入，具有较多的投机成分。

（3）有价证券基金是以较发达的二级市场为前提，而股权式基金则对股份制企业的组织形式有较高的要求。

（4）股权式基金由于转让性差，流动性和变现能力弱，一般要求是封闭型和固定型，以便稳定运作；而有价证券基金则可以是开放型和追加型。

除了以上主要分类外，还有国内投资基金与国家基金的问题。

所谓国内投资基金是指资金来源、资金运用都在一国境内，供国内投资者在本国进行投资活动的基金。该种基金由国内金融机构设立，专供国内个人和法人投资购买。

我国基金市场上主要是国内投资基金。我国目前在上海证券交易所、深圳证券交易所以及沈阳、大连、天津、云南、浙江、武汉等证券交易中心交易的国内基金共有几十种。

国家基金是指在国内或国外登记注册，主要在国外金融市场筹资，重点投资于国内或与国内经济有关的领域。

中国基金主要是由国外投资者出资设立的，专门投资于中国的基金。由于中国经济增长迅速，许多国外投资者希望通过基金投资分享中国经济成长所带来的利益。

三、投资基金的组成要素

1. 基金受益人

基金受益人是指持有基金单位的投资人，又称基金单位持有人。换言之，受益人就是基金资产的最终拥有人，承受基金资产的一切权益。根据惯例，基金持有人在基金内的权益均由基金信托人为代表，以后者的名义保管或控制所有基金财产。不过，虽然投资者的资金由信托人代管，由经理人代为投资，但一切风险由投资者自行承担。

基金投资者的权利是通过在单位持有人大会上行使表决权来实现的。这些在基金章程中或信托契约中已经预先做出规定。基金单位持有人大会是基金最高权力机构，一般每年举行一次。在大会上，投资者对投资计划、收益分配方案等重大事项做出决议。

2. 基金管理人

（1）投资公司。投资公司是经营公司型基金的机构，它通过自身发行股票来募集投资者的资金，实际上就是基金股份公司。它的性质与普通的股份公司一样，不同的是它所经营的是有价证券的买卖，即证券投资信托业务。投资者购买该公司股份，即成为股东。

（2）基金经理公司。基金经理公司也称基金管理公司，它是适应契约型基金的经营而产生的基金管理机构。契约型基金的经营管理分为三部分：一是经营基金的信托财产（即资产）；二是保管基金的资产；三是基金受益凭证的销售。由此产生三方面的经营机构：基金经理公司、基金保管公司和承销公司。

基金经理公司负责办理基金资产投资计划与分析，并指示保管机构按照其投资决策处理基金资产。相对于投资者来说，经理公司处于受托人地位，须履行信赖义务，即经理公司在投资前应调查投资对象，采取措施降低投资风险，尽可能增大投资收益；经理公司须以受益人（即投资者）的利益作为处理基金的惟一目的；经理公司不实际接触基金资产，以确保基金资产的独立性和安全性。国外将其称为基金管理公司或证券投资信托公司。

经理公司的主要职责是：设计、制定基金的信托条款，明确投资者与基金的权利和义务，并报政府有关管理部门批准；与基金保管公司签订投资信托契约，受理基金受益凭证的发行或委托发行；制定基金的运用方针和投资决策；决定基金收益的分配和本金偿还；制定并公布有关基金的财务报表等。

（3）基金保管公司。基金保管公司是专门负责基金资产的保管业务的机构。目的在于充分保障基金投资者的权益，防止信托财产被挪为他用。保管公司一般由与经理公司即委托人订立证券投资信托契约的信托公司或兼营信托业务的银行来充当。一般来说，不仅契约型基金要设立（即指定）基金保管公司，而且公司型基金也要有保管公司。基金保管公司的主要职责是：设立独立的基金专用账户，对基金的所有投资资产进行妥善保管；依照信托契约和经理公司指令调整、处理基金投资的证券组合；办理基金受益凭证的回购及签证事宜；监督经理公司的投资经营等。

（4）承销公司。承销公司就是负责基金受益凭证的销售、募集投资者资金的机构。另外，它还负责基金本金及收益的具体支付。在美国，基金承销公司主要是证券经纪商和交易商，有的投资公司也有自己的承销公司。在日本则由取得承销资格的证券公司（野村等）来充当。

（5）投资顾问委员会。基金经理公司在操作基金营运时，往往要聘请有经验的专业人员或声誉卓著的投资机构或金融财团参与管理，以确保基金投资计划的有效实施，经签订顾问契约后，这些专业人员或机构就成为基金的投资顾问委员会。该机构组织进行国内外经济金融形势、证券市场动态、上市公司业绩等方面的调研，从而为基金管理提供咨询服务。

第二节　投资基金的设立和变更

投资基金要遵循一定的步骤和程序进行发起、设立，进行可行性分析。投资基金上市是投资基金的受益凭证的买卖，投资基金的上市、变更与终止都要严格依照法律程序进行，并受到法律的保护。

一、投资基金的设立

1. 投资基金的设立程序

（1）确定基金的性质。基金按组织形式不同可分为公司型基金和契约型基金；按基金的受益凭证可否赎回，又分为开放型基金和封闭型基金。因此，组建基金首先要明确组建什么性质的基金，究竟要采取何种形式。对于这些问题，应根据发行时市场资金供求、计划的投资方向等做综合的考虑。

（2）制定基金文件，选择基金的信托人或经营机构。基金的文件是指构成基金组建计划的主要文件，如契约型基金，则包括基金章程和信托契约；如公司型基金，则包括基金章程和所有重大事项的协议书。这些文件规定了基金经营人、信托人和投资者之间的权利、责任及基金的投资政策，收益分配及基金的变更、终止和清算等重大事项。

确定了组建何种类型的基金及制定了基金的组成文件之后，下一步就是选择一家机构（金融）作信托人或保管人，该信托人或保管人必须同意基金组建方案，与基金经理人签订"信托契约"或"保管协议"，双方共同正式发起设立基金。

（3）发表基金公开书，发行基金受益凭证，正式组成基金。基金经理人和信托人呈报有关的基金文件，通过资格审查，经主管机关批准后，即可在报纸等传媒上登载基金公开说明书，在银行开设专户，对外发行受益凭证，募集信托资金，正式组成基金。

基金受益凭证的发行有两种方式：第一种方式是选择一家或几家承销公司，如证券经纪公司、银行等，将基金受益凭证批发给它们，它们再零售给投资者。第二种方式是基金经理人直接负责基金受益凭证的销售，各机构集体认购，各机构内再设细账，以减少发行环节，加快发行速度，节省发行费用。

2. 投资基金的认购及受益凭证的买卖

（1）基金单位和受益凭证。基金在募集投资者资金时，为正确计量投资者投资基金的份额及所享有的受益权份额，必须确立基金单位，并在投资者认购基金时向其发行表明其基金单位数的受益凭证。基金单位也称受益权单位。基金单位价格，随基金资产价值和收益的变化而不断变化。一般来说，基金单位在首次发行时确定一个整数价格，通常是票面价格。

基金的受益凭证是无面额的有价证券，它表明受益人依基金单位数比例分享基金权益的资格，以及对基金经理公司或保管公司行使基金管理办法和信托契约所规定的权利，包括本金受益权、收益分配权及参与受益大会表决等。基金的受益凭证是有价证券，可以自由转让。受益凭证分为记名和无记名两种，由经理公司和保管公司共同签署并经签证后发行。受益人可根据自己的要求选择记名或无记名方式，并可随时申请变换，如遗失或毁损，可向保管公司办理挂失登记。

（2）受益凭证的认购与转让。投资者通过购买基金单位向基金进行投资，其方式为认购基金的受益凭证。投资者若要退出基金的投资，可将所持的受益凭证卖回给经理公司或转让给其他投资者。针对不同类型的基金，投资者退出的方式也不一样。一般来说，对开放型基金而言，投资者采用向经理公司卖回受益凭证的方式；对封闭型基金而言，投资者采用在证券交易市场转让其受益凭证的方式。转让基金受益凭证的方式，与转让股票一样，通过经纪商直接在股票市场以实价方法出售。

3. 衡量基金价值大小的指标——净资产值

基金的净资产值是衡量一个基金经营好坏的主要指标，也是基金单位买卖价格的计算依据。基金净资产值的计算要先计算出基金的净资产总值，再除以基金发行的单位数。基金净资产总值则等于基金总资产价格减去总负债。基金的总资产价格即为基金投资证券资产组合所有的现金、股票、债券及其他证券的实际价格的总和。

二、投资基金的上市与变更

1. 基金受益凭证的交易方式

按照国际惯例，基金在发行结束后一段时间内，就需要安排受益凭证的交易事宜。这样做主要是为了增强基金的流通性，满足投资者的变现要求和降低投资风险，从而吸引更多的投资者加入基金。

因为基金主要分为开放式和封闭式基金，所以基金受益凭证的交易也有两种方式：对于开放式基金，除非特殊情况，基金经理人在每一个交易日都有责任以每一基金单位资产净值的价格赎回投资者卖出的基金单位；对于封闭式基金，基金经理人则不负责基金单位的赎回，而是申请基金单位在证券交易所上市或在指定的证券公司进行柜台交易。

封闭型基金本身类似于普通股份有限公司，所以其基金受益凭证的交易与上市股票的交易一样。基金单位的买卖采用公正、公平、公开的"三公原则"和价格优先、时间优先、数量优先的"三优先"原则。但与股份公司的上市相比，比较简单。股份公司一般在运营2年以后才能申请上市，封闭基金则在发起设立后3个月即可申请上市。基金经理人提出的上市可行性报告一般包括以下几方面内容：

（1）基金的发起、设立过程。

（2）基金目前的状况，即基金总规模、投资者分布情况、基金投资结构、制定的经营管理规章制度，以及已取得的经济效益和社会效益等。

（3）基金上市的可行性分析。包括"有规模、有人才、有管理、有效益"，符合投资信托事业上的发展宗旨和上市条件。

2. 基金的变更与终止

（1）基金变更。基金在发生下列行为前，须报主管机关核准：

第一，停业与复业；

第二，解散与合并；

第三，更换信托人或经理人；

第四，信托人或经理人所持份额构成发生变化；

第五，改变受益凭证的认购办法、交易方式及净资产值的计算方法；

第六，其他。

（2）基金的终止。在下述情况下，经主管机关批准，基金可以结束：

第一，法律与政策的变化使基金的存在为非法或不适宜；

第二，经理人退出信托契约而信托人在6～8个月内未能委托继任经理人；

第三，经理人无法履行职责（即经理人破产）；

第四，单位持有人会议上的单位总数 75%以上的单位持有人通过撤销基金决议；

第五，基金资产净值降到发行时的 40%～50%以下。

3. 基金的清盘

基金期限届满后（一般为 10 年，经单位持有人大会决议报主管机构批准可延长到 15 年），或因上述原因致使基金结束后，经理人、信托人必须聘请公众会计师事务所和法律公证机构，进行基金的清产核资和公证，并将基金的净资产按投资者的出资比例进行公平合理的分配。

三、投资基金的法律保障

投资基金是建立在信用基础上的一种契约关系，涉及各方面的经济利益，只有制定详细而明确的法律法规，才能使各有关当事人的行为有法可依，进而使海外投资者有一种安全感。因此，制定基金管理法规，无疑是吸引海外资金进入国内的必不可少的保障。

1. 证券投资信托行业管理办法

证券投资信托公司——基金管理公司是信托契约的主要当事人，公司的设立、公司的经营范围、公司的组建、机构设置以及公司对契约受益人所承担的义务等内容，都必须由法律加以明确规定。

2. 投资基金管理办法

其内容包括投资基金的设立原则、设立和批准程序、基金收益的分配等。目前，我国的证券市场还不完善，制定我国的投资基金管理办法必须结合我国证券市场的实际情况。如投资基金的投资对象，国际上的常规做法只限于公开上市的有价证券，但因目前我国国内市场公开上市的股票还不太多，起步阶段可允许投资于一些新建的不公开上市的股份制企业，以扩大基金的投资面，分散投资风险，提高投资基金的投资收益率。

3. 其他与投资基金设立有关的法律法规

（1）制定与证券投资信托有关的外汇管理办法。设立境外投资基金，一个很重要的目的就是引进外资，投资于国内证券市场，这就涉及外汇与人民币的转换问题。由于人民币是非自由兑换货币，加上我国对外汇的买卖实行管制，因而必须制定有关配套法规，明确以外汇形式出现的基金投资于国内证券市场的具体操作问题。除此以外，还会出现外国人、侨胞、港澳台同胞等购买国内投资基金的操作问题，也需要相关的法规和管理办法加以具体规定。

（2）制定与投资基金有关的税收管理办法。其内容包括：基金资产的课税问题，基金受益人的纳税问题，基金的利息与股息收入的纳税，基金资产增值的纳税，基金管理公司委托买卖有价证券的所得税问题等等。

（3）制定与投资基金有关的会计审计制度。其内容包括：基金的核算办法，基金会计报表的编制办法，投资基金的会计账簿，会计凭证与会计科目的制定，有关基金会计事务的处理，基金管理的审计检查等等。

以上的法律、法规都与投资基金的设立有直接关系，是投资基金设立的必要条件。

第三节　投资基金的管理

对投资基金的管理主要有四方面的内容，即共同基金的审批、对基金管理公司的管理、对基金投资的管理、对委托公司的管理。

一、共同基金设立的审批

对共同基金的设立审批，是保证基金稳定、安全和保护投资者利益的关键。从各国和各地区的管理制度来看，大都是由证券管理部门来管理共同基金或单位信托，如美国是证券交易委员会，英国是证券投资局，日本、韩国、我国的台湾和香港也都是由其证券管理部门来管理的，基金的设立和审批也是证券管理部门来管理的。目前，我国的共同基金审批、管理机关是中国人民银行。

主管机关在审批基金时一般从发行额、发起人资格及证券市场规模等因素考虑是否批准其设立。

设立一个基金，其发行额必须达到一定数额方可设立。一个基金只有其资产超过一定金额时，基金可以减少投资过程中各项费用支出的优越性才能体现出来，基金运作的规模效益才能实现。未达到规模的基金，其固定开支如律师费、上市费等都会加大单位经营成本，结果使基金收费标准过高，其总额甚至会超过投资者直接投资的成本，使基金降低成本的目的无法达到。

基金的发起人也必须具备一定的资格。基金的发起人必须是拥有相当的资产并具备良好的经营管理水平的机构。凡在基金申报前一定时期内有过违法行为或受到过主管机关处分的机构则不具备发起人资格。

另外，证券市场的规模也是必须考虑的一个因素。如果共同基金的总规模过小或过大，都会加剧市场的供需矛盾，同时也不利于基金分散投资风险。因此，不能不顾市场规模盲目设立基金。

在申请设立基金时，发起人需向主管机关提交以下文件：

（1）申请设立基金报告，说明设立该基金的必要性和可行性；

（2）基金设计方案；

（3）基金章程；

（4）基金受益凭证发行说明书草案；

（5）管理公司、受托公司、会计师、律师等接受委托的信件；

（6）有关信托契约或重大协议书；

（7）主管机关要求提供的其他文件。

二、对投资基金管理公司的管理

对基金管理公司的管理主要包括以下几个方面：

1. 基金管理公司的成立

基金管理公司需要具有一定的资格方可设立，其资格主要包括：

（1）资本金要求。基金管理公司要有能力动用足够的财力，去有效处理业务及承担债务。所以对它要有最低资本金的要求。

（2）人员要求。基金管理公司的管理人员及业务人员必须具备相当的学历和工作经验。其董事应具备良好的声誉，管理人员在过去一段时期内不能有违法行为或受过纪律处分。

（3）经营前景。基金管理公司要具有良好的收支前景。

2. 申报文件

申报文件包括以下内容：

（1）基金管理公司申请报告；

（2）基金发起人委托书；

（3）投资计划；

（4）信托契约或重大协议书；

（5）受益凭证发行公开说明书；

（6）主要管理人员和业务人员情况；

（7）其他文件。

3. 基金管理公司信托契约的签订

基金管理公司签订信托契约必须以法律规定的契约的条款内容为依据，在契约中必须包括以下内容：

（1）基金设立方式，是开放式还是封闭式，封闭式要注明存续期间；

（2）基金的发行总额及受益凭证发行方式，单位受益凭证的认购金额及发行价格；

（3）基金的基本目标及投资范围，必须在契约中注明基金是增长基金、收益基金还是平衡基金，基金的投资范围包括各种股票、债券、其他有价证券中的种类；

（4）基金管理公司的委托和义务；

（5）受托公司的责任和义务；

（6）受益凭证记载的事项；

（7）基金投资限制；

（8）基金本金偿还及收益分配的有关事项；

（9）基金管理公司、受托公司取得报酬及手续费的计算方法、支付方法、时间；

（10）卖回给经理单位受益凭证净资产值的计算方法；

（11）其他事项。

信托契约在签订后，需要报主管机关同意后方可成立。当主管机关发现契约有违反法令或对投资者的保护不适当时，或者契约中有虚假陈述和重大遗漏时，可以不同意该契约。主管机关不批准契约时，应以书面形式陈述不予批准的原因。另外，契约的变更和解除也须主管机关批准。

三、基金的投资限制

设立基金的优势之一在于资金分散于不同种类的证券，使投资风险降低。因此，对基金投资要有效经营。

1. 投资范围

主管机关应将基金的投资范围限定在一定的信用等级之上的公司发行的股票或债券内，规定基金不能投资于房地产等风险过大的行业。另外，基金不可从事买空、卖空、期权等风险较大的交易活动。

2. 投资限制。

对投资的限制在于分散投资风险和限制基金介入风险较大的投资行业，其有关规定如下：

（1）投资在一家公司的股份不能超过基金资产的一定百分比；

（2）投资于非上市证券的总额不能超过基金资产的一定百分比；

（3）投资于另一基金的总金额不能超过基金资产的一定百分比；

（4）基金的借款不能超过基金资产的一定百分比；

（5）基金不可投资于基金管理公司经理人员持有一定百分比以上股份公司的股份；

（6）基金公司不可在基金资产上设定抵押和担保；

（7）基金不可投资于任何可能使其承担无限责任的资产；

（8）基金投资于国外证券时，必须是上市证券，且证券发行公司的信用等级一定要达到主管机关规定的等级之上。

如果出现违反投资限制的情况，管理公司的首要目标是在合理的时间内，采取一切必要措施进行补救，并且适当地考虑持有人的利益。

四、对基金托管公司的管理

设立共同基金，需要受托公司负责监督基金的运作及保障投资者的利益，它还负责保管基金财产及处理投资组合的交易事宜，因此受托公司在基金中处于非常重要的地位，需要对其进行必要的管理。

1. 受托公司的资格

受托公司必须是具有一定资格的银行或信托公司，其必备的条件有：

（1）资本金。受托公司必须拥有雄厚的资金实力，一般要求它的资本金是基金发行额的 2 倍以上。

（2）其他条件。受托公司必须有一定年限以上经营金融业务的经验，在此之前有若干年的盈利记录，并在此期间从未有违法行为或损害投资者利益的行为，同时要求它与管理公司没有利益和行政上的关系。

一家银行或信托公司要取得受托公司地位，必须报请主管机关批准，在申报时，需要向主管机关提交申请报告、信托契约及其他一些主管机关认为必要的文件。

2. 受托公司的职责和义务

在基金管理法规中，必须明确受托公司的职责和义务，以使其在职权范围内运作并充分行使监督职责。其职责和义务一般包括：

（1）保管某一基金或多个基金的资产；

（2）遵照管理公司的指令，办理有价证券的交易和清算交割；

（3）在每一信托决算期后，向基金提交报告，说明信托契约和重大协议的执行情况、基金资产的增值情况，或者基金上市后的交易和价格情况；

（4）代基金收取其投资的股息和利息；

（5）建立基金资产有关账户、保存交易、清算交割的资料，保存有关基金收益的原始凭证；

（6）受托公司对于基金管理公司的不符合有关法规及信托契约的指令应拒绝执行；

（7）受托公司对于基金资产的投资超过了有关规定及信托契约的投资限制时，应及时向基金管理公司指出，并监督基金尽快予以纠正；

（8）受托公司应把基金资产和自己的资产分账管理。

五、基金的报告制度

主管机关加强对基金运作的管理，应要求基金公司在每一营业年度，依主管机关的要求在指定的报刊上公布基金最新的赎回价或资产净值。基金必须每年制定一份年度报告和中期报告，这些报告必须事先经过审计部门审计，并在指定报刊上刊出，该报告还须呈交主管机关存档，年度和中期报告必须按主管机关要求包括以下内容：

1. 资产负债表

分别公开：投资总值；银行存款余额；成立费用；股息及其他应收款项；应收的认购款项；银行贷款及透支或其他形式的贷款；应付的购回款项和应付的红利；资产总值；负债总值；净资产值；已发行的受益凭证数量；每份受益凭证的净资产值。

2. 收入项目

应包括：扣除预扣税及按照类别分类的投资总收入；受益凭证的发行和取消的调整；各类从基金中扣除的支出，包括付给管理公司的费用、托管公司的佣金、董事的酬金、预付投资顾问的费用、预付基金其他关联人士的费用等；税款；投入资本账及从资本账中拨出的款项；结转下期供分派的净收入。

3. 分配项目

应包括：期初转承上期的款项；期间净收入；中期分配及分配日期；期末分配及分配日期；结转下期的未分配收入。

4. 资本项的调整表

应包括：期初基金的价值；已发行的受益凭证的数目及经此次发行而收到的款项；已赎回而支付的费用；出售投资的盈余和亏损；该基金的期终价值。

第四节　投资基金的风险、收益与分配

在市场经济条件下，任何投资活动和投资行为都要承担一定风险。风险大，收益高；风险小，收益也小。基金投资也不例外。本节主要讲述投资基金存在的风险、投资基金的费用与收益以及投资基金的利润及分配方式。

一、投资基金的风险

基金风险也同其他金融商品的风险一样，分为市场风险和公司风险。

1. 市场风险

它是由于外在因素，如政治、经济、政策或法令的变更导致市场行情波动产生的投资风险。由于基金是一种间接的投资工具，因而基金的风险主要是间接性风险，它是基金投资的市场风险的反映。由于基金有组合投资、减少风险的功能，因而基金的风险一般比其他有价证券投资的市场风险要小。

2. 公司风险

公司风险也称非市场风险，是指基金管理公司的经营能力和可靠程度，以及财务顾问、信托人、投资经理的经验和才干对基金的业绩和表现所产生的影响。

由于基金投资市场广阔，具体到每一个基金品种来说，风险各不相同，所以投资基金不应仅看某一段时间内的表现而追求高回报，投资者还必须了解所投资基金的风险程度，以及自身能否承受这种风险。

一般来说，基金的风险分为三个档次：低风险、中等风险和高风险。

低风险就是投资于风险较低的金融产品上的基金。如债券基金，主要投资于优质公司债券和政府债券上。任何债券都要还本付息，所以投资债券能获得经常性收益，到期还可以取回本金，虽然回报率较低，但风险也很小。

中等风险是投资于中等风险的金融产品上的基金，包括蓝筹股基金、国际债券基金等。蓝筹股基金多属股市指数的成分股，其中还有一些公用事业股。其市场表现一般都比较稳健，内在风险比较低，总体风险也就相应降低。国际证券基金由于投资目标为世界上各个金融市场，总体风险也大大分散在不同投资目标上。

高风险就是投资于风险较高的金融产品的基金，如期货基金、二三线股票基金等。

二、投资基金的收益和费用

1. 投资基金的收益

对于不同种类的基金，由于基金投资目标和投资策略不同，取得收益的来源和方式也不一样。基金收益来源有以下几种：

（1）股利。基金以其信托财产投资股票后，每到年终都能从发行公司领到股息红利，这部分收益来源即为基金的股利收入。

（2）利息收入。基金以基金资产购买债券、商业本票、可转让定期存单或其他短期债券，这些证券在一定时期后均能产生一定的利息收入。此外，基金往往以一定的比率保持部分现金，以备投资者卖回基金股份时付现，这些现款存在银行或其他金融机构的户头里，所以隔一段时间也会有利息收入。

（3）资本收益。基金投资各类有价证券后，经理人为充分获利，经常在交易市场上采取"低进高出"的操作方法，赚取差价。这些差价即为资本收益。

（4）资本增值。经理公司操作基金的运行，由于所投资证券的增值，且不断取得投资收益，基金的净资产值也就不断增长，投资者所持有的基金在一定时期后，其单位的净资产值比投资时有一定程度的增加，这部分增加额即为基金的资本增值。

2. 投资基金的费用

基金以委托的方法请人进行投资证券的管理和操作，要支付一定的费用。这些费用包括以下几个方面：

（1）经理费。即经理公司和投资顾问委员会为管理、操作基金收取的费用。经理费一般是以基金净产值的一定比率按年收取，比率的大小与基金规模有关。在美国，每年的经理费一般不超过基金总资产的1%，通常在0.7%左右。经理费的计算和提取一般是逐日累计、按月支付。

（2）保管费。即保管公司为保管、处理基金资产而收取的费用。每年的费用标准一般为总资产净值的0.2%。计提方式也是按日计算、按月支付。

（3）操作费用。基金除支付经理费和保管费之外，尚需支付会计师费、律师费、召开年会的费用、季（年）报表及公开说明书的印刷费、买卖证券的手续费等，这些费用统称操作费用。基金的操作费用所占的比例较小，一般按有关规定或当事人的收费标准适时支付。

不同类型的基金，其费用比率也有一定的差别。一般表现不好的基金，费用比率较高。因为表现不好，投资人就不断把资金撤出，资金减少而固定开销不减少，单位费用比率就因此而增大；一些投资额较小的基金，由于投资人多，须花更多的人力、物力，费用比率也较高。还有一些投资于国际的海外基金，需支付驻外人员和机构的开支，费用比率也较高。

三、投资利润的分配

基金在获取投资收益并扣除费用后，需把投资利润分配给受益人。基金投资利润的分配对于不同国家或不同基金，均有不同的分配方式。

在美国，有关法律规定，基金至少把获利的95%分配给投资者，很多基金都是把利润全部分配给投资者。在分配方式上，货币市场基金的收入全部是利息，通常每月分配一次；债券基金则每月或每季分配，分配项目包括利息和资本利得；其他购买股票的基金，通常每年分配一次，包括利息、股利和资本利得。与此相对应，投资者领取获利的分配，可以有三种选择：①取得利息和股利，资本利息滚入本金再投资；②领取资本利得、利息和股利再投资；③利息、股利和资本利息都滚入本金再投资。所谓再投资就是把应分配的收益按基金单位净资产值折换成相应的基金份额。投资者要做哪一样选择，通常在填写认购基金申请书时即要声明，如有更改，须提出书面申请。

就税收而言，各国和地区的税法一般都规定基金公司是免税的。但投资者在取得基金分配后所需缴纳的所得税，可由基金公司代缴，也可由投资者直接缴纳。

第五节　中国投资基金的发展现状及趋势

投资基金在我国是一个新生事物，从无到有，在十多年的发展中取得了长足的进步，为我国改革开放政策的顺利实施和国民经济的迅速发展做出了巨大的贡献。尽管目前我国的投资基金还不健全、不规范，还存在一些不足之处，但在今后的发展中将发挥更大的作用。本节主要通过对投资基金的发展现状及存在的问题进行分析，揭示投资基金在我国的发展趋势。

一、投资基金在中国的发展现状

1. 投资基金在中国的兴起

中国最早的投资基金发源于 1987 年，当时由中国新技术创业公司和汇丰集团与渣打集团在香港联合发起成立中国置业基金，首期集资 3 900 万港币，直接投资于以广东珠江三角洲为中心的乡镇科技企业，随即在香港联合交易所挂牌交易。随后由中国农村发展信托投资公司等 5 家金融机构发起组建淄博乡镇企业投资基金公司，于 1991 年私募基金 5 000 万元人民币，用于淄博乡镇企业的发展，1992 年经中国人民银行批准。1991 年末和 1992 年初，深圳、上海股市的大起大落，对我国投资基金的兴起发挥了催生作用。1992 年在深圳、广州、海南、天津、沈阳、大连、山东等经济开发区和沿海开放地区纷纷组建各种基金，并在全国呈现出迅速发展的态势。1992 年 6 月，深圳率先公布了《深圳市投资基金投资信托管理暂行规定》，全国投资基金管理办法也在拟定与审批之中。

我国已建立的投资基金主要有四个类型：

（1）公司型基金。组成基金公司，作为独立法人自主进行基金的运作，基金的投资对象较广。

（2）契约型基金。基金特点是不作为独立法人而由发起人设立的一种独立运作、独立核算的资产，投资人、管理人、托管人之间是一种信托契约关系。

（3）信托受益型基金。由信托投资公司自己发行，独立管理，不设管理人或托管人，收益浮动或固定加浮动。

（4）单项型基金。为单个项目筹措资金，单独核算，项目完成后，基金即告终止，退本分利，所有费用摊派后所剩资产和利润全部分给投资者。

2. 我国投资基金的特点及其存在的问题

（1）我国投资基金发展的特点。

第一，自发性。由于目前全国性的投资基金管理法规正在讨论和审批之中，我国的投资基金首先由地方政府、金融机构自发组建，自定章程，自行审批，自主运作，而后再由中央主管部门总结经验，制定法规进行规范化管理。这种自下而上的自发性可能带来一些难以避免的问题，如规模失控、投资方向不完全符合国家产业政策、投资收益不高、管理不善等。

第二，综合性。目前组建的基金一般投资领域较宽，缺乏国际通行的严格的投资限制，既从事国内已上市的有价证券和其他金融资产投资，也从事高新技术和其他实业投资，甚至从事房地产投资。

第三，福利性。通过建立投资基金，将一些利润丰厚的投资项目的经济效益转化为本单位和本地区居民的个人收益或集体收益，或率先改革、试点，享受各类优惠政策和待遇，将改革效益变为本地区、本单位的经济利益。

第四，融资性。按国际惯例，投资基金仅是一种投资工具，是一种取得稳定收益的金融工具。但在我国目前情况下，许多金融机构却把投资基金当成一种纯粹的融资手段，旨在借投资基金这块牌子，趁一般投资者还不熟悉这一投资工具、政策不完善的背景，大规模融资，以便能使自身的某些投资计划和项目得以完成。这也是中国投资基金不成熟、不规范的表现。

（2）我国投资基金发展中存在的主要问题。

第一，缺乏统一的国家法规，基金运作的盲目性、随意性都很大。各地成立基金种类繁多，真正参照国际惯例运作的却不多，基金经纪人、信托人、受益人三者之间的关系不顺，各方面利益得不到法律保护。立法滞后、监管不力，导致大多数基金在发起、文件制定、发行、托管、内部管理、信息披露等各个环节上存在着许多问题，为未来基金业和基金市场的进一步发展留下了隐患。

第二，投资者对基金认识不足，既影响基金的发展也不能保护投资者的合法权益。很多投资者将基金当成一种炒股工具，甚至将基金作为一种福利，并将基金受益凭证当做原始股采购，而对他们自己在基金中充当的角色并不了解，给基金的运作增大了难度。很多地方仅将投资基金作为一种便捷的筹资方式，忽视其风险性，无视最基本的投资限制并大量涉足高风险领域。在实际操作中，许多投资者并不理解基金的含义，甚至将投资基金与股票、债券混为一谈，盲目投资。

第三，同行之间缺少沟通和交流，不利于基金的规范和发展。我国基金业不仅没有自己的特定组织，而且国家也没有一个部门分管基金行业，使基金投资制度的发展处于一种自发状态。

第四，专业人才缺乏，机构能力不强。目前，我国熟悉基金业务的专业人士不多，投资专家亦不能充分适应需求，基金保管人尚不熟悉业务，基金律师、审计会计师形同虚设，投资咨询顾问业不发达，机构在信息收集、分析和处理方面能力不强。基金发起人、基金管理人、托管人自律意识差，不重视保护投资者利益。

二、中国投资基金的发展趋势

自 1987 年以来，我国投资基金得到迅速发展，随着《证券法》以及中国人民银行总行《投资基金管理办法》的出台，投资基金发起人、经理人、托管人的资格以及基金投资限制等将更加规范化，这对我国走向完善的市场经济十分有利。

尽管普通的公众对基金仍然陌生，但基金能够"稳定股市，平抑股市"却是公认的事实。港股这些年来繁荣昌盛，得益于 900 多个基金近 300 亿美元资本的强力支持。美国的证券市场上 80% 为机构投资者。由此看来，设立多种类型的投资基金，是发展我国证券市场的长远方针，是我国市场经济发展和金融体制、投资体制改革不断深化的必然结果。

尽管我国的投资基金市场潜力很大，但我们对"基金热"仍需要加以冷静的思考。

我国与基金市场发展相对成熟的国家的差距的确很大，这正是由于长期以来我国不具备投资基金迅速成长的环境和条件所致；投资基金理论上的优越并不等于现实的成功；由于专业人士缺乏，专家管理并未真正得到体现；中国上市公司数量少，股市投资环境欠佳，市场经济不成熟，投资组合的优势并不能很好地发挥；投资在高风险领域使风险分散变得毫无意义，甚至增大了风险程度。迄今为止，基金销售均以基金一般意义上的理论优势为宣传旗帜，而非利用过去的经营业绩为宣传导向，一旦达不到投资者期望的回报，投资者将丧失购买基金的兴趣。而且，现在基金的种种不规范亦表明发起者、管理者以及托管人自律意识不强，责任心仍有待强化。以基金等机构投资者取代以个人投资者占主体地位的股票市场来稳定市场的良好愿望，因这些机构投资者本身不成熟，亦不能估计过高。

期望投资基金事业在发展的初期就踏上发展的快车，是不现实的，同时也是有害的。在我国目前发展投资基金各方面条件尚不成熟的情况下，基金的过快发展不仅不能发挥应有的积极作用，反而会发生负面影响，搞乱证券市场。所以，渐进式的、保持适度竞争的发展才会将我国投资基金事业最终引向成熟。

对我国投资基金事业的发展持谨慎态度，并不妨碍对我国投资基金事业前景的乐观估计。

（1）我国经济的增长潜质依然很大，经济的持续稳定增长和市场化的纵深推进、证券市场的发展、金融产品的不断丰富，为投资基金事业的发展提供了一个广阔的活动空间。

（2）市场经济体制的逐步建立，社会保障制度的完善，各类退休、养老、保险等专项基金将为投资基金提供充裕的资金来源，同时巨大的居民储蓄余额亦在寻求有效的投资途径。投资基金无疑在未来的资金社会化管理中扮演主要角色。

（3）金融体制的改革，竞争的加剧，使我国银行与非银行金融机构更加注重金融业务、金融品种和金融手段的创新，发展投资基金业务成为它们竞相角逐的新领域。

（4）在发达国家如美国，共同基金资产总值已超过了美国各银行的储蓄总额，无论是在金融业还是在证券业，基金均占优势地位，对国民经济有举足轻重的影响，我国的基金市场目前还处于雏形和起步阶段，发展潜力很大。

本 章 小 结

（1）基金证券是同时具有股票和债券某些特征的证券。投资基金本身就是集资的一种形式，是将分散的资金集中起来创设一个基金，然后委托专门的投资机构从事能保证投资人收益的组合投资，证券持有人则对基金拥有财产所有权、收益分配权和剩余财产分配权。投资基金具有其不同于股票和债券的特点。

（2）根据不同的标准，基金可划分为许多类型。如公司型与契约型投资基金、开放型与封闭型投资基金、国内基金与国家基金、股权式基金和有价证券基金等。

（3）投资基金的组成要素包括基金受益人、基金管理人。

（4）投资基金从设立与认购到上市与变更再到清盘与终止具有一系列的法律程序。

（5）对投资基金的管理主要有四方面的内容，即共同基金的审批、对基金管理公司的管理、对基金投资的管理、对委托公司的管理。

（6）投资基金涉及到其风险、费用与收益以及投资基金的利润和分配方式。

（7）投资基金在我国是一个新生事物，在十多年的发展中取得了长足的进步，为我国改革开放政策的顺利实施和国民经济的迅速发展做出了巨大的贡献。尽管目前我国的投资基金还不健全、不规范，还存在一些不足之处，但在今后的发展中将发挥更大的作用。

复习思考题

1. 什么是投资基金？与其他投资工具相比，投资基金具有哪些特点？

2. 什么叫做公司型投资基金和契约型投资基金？它们之间有何区别？

3. 什么叫做开放型投资基金与封闭型投资基金？它们之间有何区别？

4. 什么叫做股权式基金和有价证券基金？它们之间有何区别？

5. 作为投资基金的组成要素，基金受益人和基金管理人又各指哪些人和机构？它们的主要职责是什么？

6. 投资基金的设立程序是什么？

7. 什么叫做投资基金的受益凭证？受益凭证的认购与转让需要哪些条件？

8. 投资基金的上市与变更、清盘与终止具体包括哪些程序？

9. 对投资基金的管理包括哪几方面的内容？

10. 基金报告包括哪些内容？

11. 投资基金的风险、费用、收益都包括哪些具体内容？

12. 基金的投资利润是如何进行分配的？

13. 我国投资基金存在的主要特点及其存在的问题是什么？

第五章

金融衍生工具

本章学习目的和要求

随着金融市场的国际化和自由化的发展，由传统金融工具派生出来的金融衍生产品不断地推陈出新，其市场规模迅速扩大，交易量迅速上升，交易手段日益多样化和复杂化。本章在对金融衍生工具的产生、发展、特点和主要类型做系统讲述的基础上，重点论述金融期货、期权以及其他金融衍生工具。

通过本章的学习，使学生在全面了解金融衍生工具的基础上，主要掌握金融衍生工具的特点、主要类型以及金融期货、期权的基本知识。

第一节　金融衍生工具概述

金融衍生工具（*Financial Derivatives*），又称"派生金融工具"，是指在原形金融资产交易基础上派生出来的各种金融合约。金融合约的标的物，可以是原形金融资产，也可以是原形金融资产的价格（如利率、股票价格指数等），还可以是买卖某种金融资产的权利。

一、金融衍生工具的产生和发展

金融工具的产生也是生产力水平发展到一定阶段的必然产物。社会分工不断细化使交换行为的频率大为提高，形式日渐复杂。社会交换促使货币这个一般等价物诞生。早期的货币基本是以贵重金属为原材料加工而成的，随着经济活动的规模扩大和地域拓展，货币的缺点越来越明显。信用的介入催生了金融工具，使之取代了实物货币成为媒介现代社会经济活动的主体。

金融工具产生于信用活动之中，它是一种能够证明金融交易的金额、期限及价格的书面文件，对于债权债务双方的权利和义务具有法律上的约束意义。金融工具一般应具备流动性、风险性和收益率等基本特征。流动性是指一种金融工具不遭受损失的情况下迅速变现的能力；风险性是指金融工具有受信用风险和市场风险的影响导致金融工具的购买者在经济上遭受损失的可能性；收益率是指持有金融工具所取得的收益与本金的比率。经济活动的日趋复杂是金融工具发展的最终动力，但金融创新的推进却是近年来金融工具种类增加和复杂程度加深的直接推动力。

20世纪七八十年代以来，世界各国都出现了金融创新的浪潮。引起金融创新的一般原因包括技术进步、政府管制的逆效应和较高的通胀率等等。从国际金融创新的角度看，它产生的条件有其特殊性，这些条件主要包括：

第一，国际信息传播领域的技术进步。先进技术在国际金融领域的运作体现为计算机的广泛运用，并在一定程度上替代了传统的电讯业。时至今日，通过计算机的终端把各银行联结起来所形成的国际间的银行计算机网络，已经成为银行间同业国际金融交易最重要的工具。近年来，国际互联网的飞速发展更是为国际金融活动提供了前所未有的便利机遇。

第二，国际金融市场上存在各种风险。除一国国内金融市场上的利率风险外，国际金融市场上的汇率风险与信用风险也很突出，从汇率风险上看，国际金融市场上的交易者一般都来自不同的国家，防范汇率风险是普遍的需求。尤其是20世纪70年代实行浮动汇率制以来，汇率的变动频繁而剧烈，刺激了防范汇率风险的新金融工具的出现。从信用风险上看，与国内金融市场相比，国际金融市场，尤其是欧洲货币市场，缺乏较为严格的管制，资金的借贷更为容易，蕴含了发生债务危机的可能性。20世纪80年代以来，债务违约事件尤其是发展中国家以政府出面借贷的违约事件时有发生，使国际金融市场的发展受到重大影响。因此，如何规避乃至于解决信用风险也成了市场的需要。

第三，国际金融市场面临的政策因素。各国对资本流出的管制及这一管制的最终取消是刺激国际金融创新的政策因素。我们知道，英美等国对资本流动及利率的管制是导致欧洲货币市场形成的重要原因，而欧洲货币市场本身就被称为最成功的国际金融创新。20世纪70年代以来，西方国家陆续放松了资本管制，导致了跨国资本流动数量的增加，使得对新金融工具与融资技术的需求更加强烈了。另外，巴塞尔协议对资本充足率的要求，也使越来越多的银行通过开发表外业务来寻求利润。因此，规避管制始终是国际金融创新的重要诱因。

第四，统计制度的完善使人们有可能把数学、工程学的方法运用到金融领域，形成新的研究方法，从而为金融新产品和工具的开发奠定了技术上的基础。

国际金融创新包括创造新的金融工具、创造新的交易技术、创造新的组织机构与市场等。其中，最为核心的是国际金融市场上金融工具的创新，由于这种创新是在市场上原有的金融工具的基础上创造出来的，因此它们又被称为金融衍生工具（*Financial Derivatives*）或派生工具。

总之，引发金融创新的原因主要有两个：转嫁风险和规避监管。

汇率和利率的波动使一项跨国的或长周期的经济活动的结果变得难以预料。商业银行、投资银行和大公司都需要某种新型的金融工具以使其以很小的代价锁定自己的收益，各种衍生工具便应运而生。衍生工具，尤其是金融衍生工具最大的特点就是它的风险转嫁功能。在完善的交易规则和稳固的清算体系下，套期保值者只要以很小的代价（保证金）就可以锁定自己的收益，而将价格波动的风险转嫁给投机者。

规避监管是进行创新的又一动力。1929年大危机之后，以美国为代表的西方各国都对金融业的经营施行了极其严格的管理和限制。随着时间的推移，许多法规变得陈旧落后，阻碍了金融企业的业务拓展。在竞争的压力和利益的驱使下，极富智慧和创造力的金融专家利用金融电子化的进步所带来的便利，在金融理论的最新成果指导下，积极推出新的业务形式以绕开监管并在不违法的前提下满足客户的需求。

二、金融衍生工具的特点

金融衍生工具作为原生工具的派生，具备以下特点：

1. 杠杆性

杠杆性是金融衍生交易的最显著的特征之一，即交易者能以较少的资金成本控制较多的投资，从而提高投资的收益，达到"以小博大"的目的。金融衍生工具在交易时一般只需缴存一定比例的押金或保证金，便可以得到相关资产的经营权和管理权，杠杆特征十分突出。高杠杆性既为交易者提供了以较低成本进行风险管理的可能性，也为投机者带来因预期错误造成的巨额损失的潜在风险。因此，高杠杆性使金融衍生工具成为一把双刃剑。

2. 风险性

金融衍生工具是在国际市场动荡不安的环境下为投资者交易保值和防范风险的一种金融创新，但是其内在的高杠杆性和工具组合的高复杂性、高技术性决定了金融衍生工具的高风险性。金融衍生工具的风险主要包括：

（1）市场风险（Market Risk），即金融衍生工具因为市场价格变化造成亏损的风险。金融衍生工具价格的波动幅度往往超过基础资产现货价格的波动幅度，为交易者带来极大的风险；

（2）信用风险（Credit Risk），即交易对手无法履行合约的风险。这种风险主要表现在场外交易中，包括交易对方违约造成损失的多少等方面内容；

（3）流动性风险（Liquidity Risk），即某些金融衍生工具难以在二级市场流通转让的风险。这种风险大小取决于合约标准化程度、市场交易规模和市场环境的变化；

（4）操作风险（Operation Risk），由于金融衍生工具均采用先进通讯技术和计算机网络交易，因此存在着电子转账系统故障，以及计算机犯罪或人为失误等操作风险；

（5）法律风险（Legal Risk），即由于金融衍生工具创新速度比较快，可能游离于法律监管之外，从而存在某些金融合约得不到法律保障和承认的风险；

（6）管理风险（Management Risk），它是指金融衍生工具的复杂化可能给交易主体内部管理带来困难和失误以及监管机构难以实施统一监管的风险。

3. 虚拟性

虚拟性是指金融衍生工具的价格运动过程脱离了现实资本的运动，但却能给持有者带来一定收入的特征。所谓虚拟资本，如：股票和债券，其特点是本身并没有价值，但它们是代表获得一定财富的权利证书，因而是对实物财产的虚拟。由于虚拟资本的增值可以不依赖于产业资本和商业资本的运动，因而金融衍生资产的交易日益独立于现实资本运动之外。

三、金融衍生工具的主要类型

金融衍生产品主要有以下三种分类方法。

（1）根据产品形态，可以分为远期、期货、期权和掉期四大类。

远期合约和期货合约都是交易双方约定在未来某一特定时间以某一特定价格买卖某一特定数量和质量资产的交易形式。

期货合约是期货交易所指定的标准化合约，对合约到期日及其买卖的资产种类、数量、质量作出了统一规定。远期合约是根据买卖双方的特殊需求由买卖双方自行签订的合约。因此，期货交易流动性较高，远期交易流动性较低。

掉期合约是一种由交易双方签订的在未来某一时期相互交换某种资产的合约。更为准确的说，掉期合约是当事人之间签订的在未来某一时期内相互交换他们认为具有相等经济价值的现金流（*Cash Flow*）的合约。较为常见的是利率掉期；若为异种货币，则为货币掉期。

期权交易是买卖权利的交易。期权合约规定了在某一特定时间以某一特定价格买卖某一特定种类、数量、质量原生资产的权利。期权合同有在交易所上市的标准化合同，也有在柜台交易的非标准化合同。

（2）根据原生资产大致可分为四类，即股票、利率、汇率和商品。如果再加以细分，股票类中又包括具体的股票和由股票组合形成的股票指数；利率类中可以分为短期存款利率为代表的短期利率和以长期债券利率为代表的长期利率；货币类中包括不同币种之间的比值；商品类中包括各类大宗实物商品。

（3）根据交易方法，可分为场内交易和场外交易。

场内交易，又称交易所交易，指所有的供求方集中在交易所进行竞价交易的交易方式。这种交易方式具有交易所向交易参与者收取保证金，同时负责进行清算和承担履约担保责任的特点。此外，由于每个投资者都有不同的需求，交易所事先设计出标准化的金融合同，由投资者选择与自身需求最接近的合同和数量进行交易。所有的交易者集中在一个场所进行交易，这就增加了交易的密度，一般可以形成流动性较高的市场。期货交易和部门标准化期权合同交易都属于这种交易方式。

场外交易，又称柜台交易，指交易双方直接成为交易对手的交易方式。这种交易方式有许多形态，可以根据每个使用者的不同需求设计出不同内容的产品。同时，为了满足客户的具体要求，出售衍生产品的金融机构需要有高超的金融技术和风险管理能力。场外交易不断产生金融创新。由于每个交易的清算是由交易双方相互负责进行的，交易参与者仅限于信用程度高的客户。掉期交易和远期交易是具有代表性的柜台交易的衍生产品。

据统计，在金融衍生产品的持仓量中，按交易形态分类，远期交易的持仓量最大，占整体持仓量的42%，以下依次是掉期（27%）、期货（18%）和期权（13%）。按交易对象分类，以利率掉期、利率远期交易等为代表的有关利率的金融衍生产品交易占市场份额最大，为62%，以下依次是货币衍生产品（37%）和股票、商品衍生产品（1%）。1989～1995年的6年间，金融衍生产品市场规模扩大了5.7倍。各种交易形态和各种交易对象之间的差距并不大，整体上呈高速扩大的趋势。

四、金融衍生工具的功能

1. 转移价格风险

现货市场的价格常常是短促多变的，处于不断的流动之中，这给生产者和投资者带来了价格波动的风险。以期货交易为首的衍生工具的产生，就为投资者找到了一条比较理想的转移现货市场上价格风险的渠道。衍生工具的一个基本经济功能就是转移价格风险，这是通过套期保值来实现的，即利用现货市场和期货市场的价格差异，在现货市场上买进或卖出基础资产的同时或前后，在期货市场上卖出或买进相同数量的该商品的期货合约，从而在两个市场之间建立起一种互相冲抵的机制，进而达到保值的目的。正是衍生工具市场具有转移价格波动风险的功能，才吸引了越来越多的投资者，这也是其生命力之所在。

2. 形成权威性价格

在市场经济中，价格信号应当真实、准确；如果价格信号失真，必然影响经营者的主动性和决策的正确性，打击投资者的积极性。现货市场的价格真实度较低，如果仅仅根据现货市场价格进行决策，则很难适应价格变动的方向。期货市场的建立和完善，可形成一种比较优良的价格形成机制，这是因为期货交易是在专门的期货交易所进行的。期货交易所作为一种有组织的正规化的统一市场，聚集了众多的买方和卖方，所有买方和卖方都能充分表达自己的愿望，所有的期货交易都是通过竞争的方式达成，从而使期货市场成为一个公开的自由竞争的市场，影响价格变化的各种因素都能在该市场上体现，由此形成的价格就能比较准确地反映基础资产的真实价格。

3. 调控价格水平

期货交易价格能准确地反映市场价格水平，对未来市场供求变动具有预警作用。如果某一工具价格下跌，则反映其在市场上需求疲软；反之，则反映该工具的市场需求旺盛。投资者可根据期货市场价格的变化，选择自己的调控策略。

4. 提高资产管理质量

就投资者来讲，为了提高资产管理质量，降低风险，提高收益，就必须进行资产组合管理。衍生工具的出现，为投资者提供了更多的选择机会和对象。同时，工商企业也可以利用衍生工具达到优化资产组合的目的。例如，通过利率互换业务，就会使企业降低贷款成本，以实现资产组合最优化。

5. 提高资信度

在衍生工具市场交易中，交易对方的资信状况是交易成败的关键之一。资信评级为 *AA* 级或 *A* 级的公司很难找到愿意与它们交易的机构。但是，并非只有少数大公司才可以进入衍生工具市场，因为该市场提供了制造"复合资信"（*Syn-*

thetic Creditworthiness）的机制，即由母公司对子公司的一切借款予以担保，再经过评估机构的参与，子公司的资信级别会得到提高。此外，还有许多中小公司通过与大公司的互换等交易，无形中提高了自己的信誉等级。

6. 可使收入存量和流量发生转换

收入存量是指人们拥有财富的数量，而收入流量是指财富给人们带来的定期的收入或支出。收入的存量和流量给人们带来的效用是不同的。一般来讲，中年人对额外的收入流量的需要程度很低，而老年人则对收入的存量需要不高。从存量和流量关系看，虽然有了存量才有流量，但两者却可以分离。黄金储蓄只有存量无流量。英国的永久性公债仅有流量而无存量，因而永远不还本付息，当然，如将其在二级市场抛售，则流量可重新转为存量。

能够提供流量和存量之间转换的衍生金融工具是除息债券，它的基础资产是长期国债。除息债券将本金索取权和利息索取权一分为二，投资者既可保留利息索取权，又可出售本金索取权，这对老年人来讲是一条很好的投资选择。

五、金融衍生工具的缺陷

金融衍生工具虽然是为规避投资风险和强化风险管理目的而设计并发展的，但由于发展时间较短，各种配套机制尚不完善，导致金融衍生工具的大量运用对社会金融经济发展存在潜在的负面影响，存在成为巨大风险源的可能性。

首先，金融衍生工具的杠杆效应对基础证券价格变动极为敏感，基础证券的轻微价格变动会在金融衍生工具上形成放大效应。其次，许多金融衍生工具设计上实用性较差，不完善特性明显，投资者难以理解和把握，存在操作失误的可能性。第三，金融衍生工具集中度过高，影响面较大，一旦某一环节出现危机会形成影响全局的"多米诺骨牌效应"。

第二节　金　融　期　货

一、期货概述

1. 期货交易的产生和发展

（1）商品期货交易的产生和发展。商品的远期合约（*Forward Contract*）是由商品买卖双方签订的正式协议，协议中规定买卖双方以某一约定的日期交割，这种以签订远期合约来进行的商品买卖，叫做商品的远期交易。这种远期交易，在几个世纪前就已存在，主要是在商品生产者（如农民）和收购者之间进行。远期交易对象、交易的数量也要对双方合适等等。

为了克服远期交易的种种问题，芝加哥期货交易所（又称芝加哥商会、芝加哥贸易委员会、芝加哥谷物交易所，*CBOT*）在 19 世纪 60 年代开始了期货合约（*Future Contract*）的交易，该交易所是由 82 位商人发起并组建的。

期货合约与远期协议不同，它是一种对所交易商品的质量、数量、交货地点、时间都有统一规定的标准化合约。同时，交易所建立了保证金制度。投机者的加入使期货交易更加活跃，商品期货交易的范围也不断扩大。19 世纪末 20 世纪初不断涌现出新的交易所，极大推动了商品期货的发展。当时，上市的商品除谷物外，还包括棉花、黄油、咖啡、可可，并扩大至贵金属、制成品、加工品和非耐用储存商品。

（2）金融期货交易的产生和发展。随着金融体制的变化、金融市场的动荡日益加剧。为适应这一形势，管理好金融工具的价格风险，在商品期货交易的基础上，期货业推出了新颖的投资工具——金融期货合约，由于商品期货的投资需分析商品的供求特征，但是大部分投资者的专长是分析金融资产如股票、债券，因此，金融期货合约很快为投资者接受和欢迎。

第一份金融期货合约是 1972 年美国芝加哥商品交易所推出的货币（外汇）期货，包括英镑、加拿大元、西德马克、法国法郎、日元和瑞士法郎期货合同。1975 年，芝加哥期货交易所推出了第一张抵押证券期货合同（*Mortgage Backed Certificates—GNMA*），同年，开始交易美国政府国库券期货合约。此后，多伦多、伦敦等地也开展了金融期货交易。第一份股价指数期货合约的交易于 1982 年在堪萨斯交易所展开。1982 年，商品期货交易委员会允许期货、证券交易所开展期货的期权（*Option On Futures* ）的交易。所谓金融期货的期权，即期权交易的标的是期货合约，包括国库券期货合约、外汇期货合约、股价指数期货合约。如，一份期货合约的买入期权，允许期权持有者按规定价格买入该期货合约，如果形势对他不利，他也可以放弃购买。期货合约的交割日就是期权的到期日。

金融期货一经引入就迅速发展，在许多方面超过了商品期货。

（3）商品期货与金融期货比较。商品期货和金融期货在交易机制、合约特征、机构安排方面并无二样，但两者也有不一样的地方：第一，有些金融期货没有真实的标的资产（如股价指数期货）；第二，股价指数期货在交割日以现金清算，利率期货可以通过证券的转让清算，商品期货可以通过实物所有权的转让进行清算；第三，金融期货合约到期日都是标准化的，一般有到期日在 3 月份、6 月份、9 月份、12 月份几种，商品期货合约的到期日根据各商品特性的不同而不同；第四，金融期货适用的到期日比商品期货要长，美国政府长期国库券的期货合约有效期限可长达数年。

2. 期货合同和交易所

（1）期货合约。期货合约是期货交易所为期货交易而制定发行的标准化合同。一切成交的合约要求购买者和出售者在合同规定的未来时间，按约定价格分别买入和卖出一定数量的某种资产。每种商品期货合约对该商品的等级数量、交货期、交货地点都有统一的规定，只有商品的价格是由买卖双方协定的。如CBOT玉米期货合约的标准规格如下：合约规模（即交易单位）：5000蒲式耳；最小变动价位：每蒲式耳1/4美分（每份合约约12.50美元）；每日价格最大波动限制：每蒲式耳不高于或低于上一交易日结算价格10美分（每份合约500美元）；合约到期月份：1，2，3，5，7，9；最后交易日：交割月最后营业日往回数的第七个营业日；交割等级：以2号黄玉米为准，替代品种价格差由交易所规定。金融期货合约也是标准化，如CBOT主要市场指数（MMI）期货合约规格如下：合约规模：用250美元乘以MM1，如MM1为472.00点时，期货合约值为118 000美元（250×472.00）；最小变动价位：0.05个指数点（每份12.50美元）；每日价格最大波动限制：不高于上一交易日结算价80个指数点，不低于上一交易日结算价50个指数点；合约月份：最前的3个连续月份以及3，6，9，12月合约周期内的后3个月份；最后交易日：交割月的第三个星期五；交割方式：MM1期货根据MM2期货收盘价格采取逐日"计价"，按最后交易日之MM2收盘价格以现金结算。

（2）期货合约的交易。投资者购买或出售了一份期货合约称为"开首"（Opening），这是期货合约的最初买卖，它们导致买方卖方拥有了期货合约的开首头寸，卖方称为空头，买方称为多头。由于期货合约的买方和卖方都可以自由地将他们在交易中的权利转让给第三者，因而期货合约实际上是可流通的金融工具，任何一方可以通过冲销交易（Reversing Transaction）又称反冲交易，冲销他们的头寸。购买了一份期货合约的投资者在以后出售同样一份期货合约，就算冲销了他的多头头寸，结清了在交易中的权利义务。对出售期货合约的投资者同样如此。

实际上，只有很少（不足5%）的商品期货合约用实际商品的交割进行清算，金融期货合约实际交割更少。但是，一旦合约的一方要求在到期日那天以实际资产进行交割，那么期货交易的标的——资产的所有权将从卖方转移到买方。

与其他有价证券一样，期货合约的价格由供求关系决定，期货交易的经纪人为卖方争取以最高价成交，为买方争取以最低价成交。

期货交易的最初目的是为农民或商品制造者提供保值避险的一种手段，以避免商品价格下降带来损失。商品使用者也可用期货交易来避免价格上涨带来的损失。投机者通过承担价格涨落的风险来获得投机的收益。因而，在期货市场上存在两种人，保值者试图利用期货市场转嫁风险，投机者则追求利润，因为很少有期货合约真正交割，因而投机者既作为买者又作为卖者，起着非常重要的作用。

（3）期货交易所。标准化的期货合约的交易是在期货交易所进行的，期货交易所的组织机构和运行机制与股票交易所类似。一般组织机构由三大部分组成：理事会、会员委员会和清算所。理事会受政府主管部门统辖，下设各部，会员可以为自己或为他人交易，期货交易也是通过场内经纪人（*Floor Broker*）在场内交易部（*Trading Pit*）以公开竞价程序进行，与股票交易所不同的是，期货交易所内没有特种经纪人（*Specialist*）。在交易中，实际期货合约并不传到买卖者手中，只是将交易结果记录在册。

交易所除提供交易场所外，还负责交易的清算，由清算所承担清算功能。清算所实际上就是期货合约买卖双方的中介机构，图5—1表明了清算所的作用，图5—1中A图表示没有清算所的情况。一旦有了清算所，对于期货交易的双方而言，清算所起到了第三方的作用，它是每一份期货合约卖方的买方，买方的卖方，所以期货合约买卖双方无须向交易对方负责，清算所对每一笔交易的买卖双方负责，如图5—1B所示。

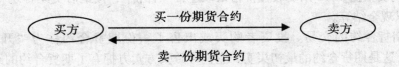

A:没有清算所的期货交易

B:清算所成为买卖双方中介机构

图5—1

（4）保证金。为了保证期货合约交易的安全性，清算所从交易中收取费用建立一笔基金，担保每一笔期货的履行。除此而外，在英美等国规定，经纪人必须是清算所的会员，必须向清算所交纳履约保证金，由交易所和清算所规定保证金的数量。保证金不是交易的预付款，只是一种履约保证，这与股票保证金交易的保证金截然不同，同样，投资者也必须向他的经纪人（清算所会员）缴纳保证金。这种保证金也叫初始保证金（*Initial Margin*）大约相当于期货合约价值的5%~10%。保证金的高低影响投资的杠杆效应和交易的活跃程度。

初始保证金存入后，随着期货合约价格的变化，期货合约的价值也要随之变化，交易双方在每日市场收盘后，清算所根据市场调整保证金账户，即将盈余划入账户贷方、亏损记入借方，这种记账方法称为"盯市计价"（*Marking To The Market*）。客户在其账户中，必须维持所规定的最终保证金水平，即根据每一未结清合约所计算出的维持保证金（*Maintenance Margin*）。如果客户因交易亏损，账户中的保证金余额低于维持保证金水平，经纪人将要求他的客户再存入一笔现金或国库券，以使账户达到初始保证金水平。这种要求补交保证金的做法称为追加保证金要求（*Margin Calls*），因为清算所对客户的账户每天都要计价，因而所需缴纳的保证金只要求足以应付每日价格的变动，所以期货交易的保证金相对较低。

下面举例说明保证金问题。某投资者购入12月份到期的小麦期货合约一份，合约规模为5 000蒲式耳，价格是每蒲式耳2.5美元，初始保证金为10%，期货合约价值为12 500美元，因此初始保证金为1 250美元。例如维持保证金为初始保证金的75%，那么账户中至少应维持937.5美元，因此，当价格的下降超过了每蒲式耳6.25美分时［即（1250-937.5）/5000］，保证金账户中就须再存入现金或国库券。当每蒲式耳价格上升6.25美分时，顾客就可以从账户中提出312.50美元（0.0625×5000）。

由于期货合约价格变化和清算所的每日计价活动，导致顾客账户每日都会有现金的流入流出，为了减少麻烦，一般保证金账户中总留有一些盈余，在大多数情况下，初始保证金足以应付每日市场出现的最大价格波动。

保证金的运用意味着在购买期货合约时只需缴纳期货合约成本的一小部分，比如，某年11月，纽约商品交易所一份黄金期货合约的初始保证金为4 643美元（10%），一份黄金合约代表100盎司黄金。在同年12月以每盎司464.3美元交割。保证金实际上是期货合约价值的一小部分现金支付，这给投资者提供了一个十分可观的杠杆，黄金价格上升（下降）1%，将导致该投资者财富增加（减少）10%。

期货合约保证金与股票债券交易保证金另一个不同之处在于：期货的保证金可以用短期国库券支付，投资者可以享受存入这一期间的利息收入，因此假如投资者在其投资组合中包括了短期国库券，那么，期货合约上的初始投资实际上可以等于 0。

（5）价格停板。在一个未加管制的自由市场上，价格完全由供求因素决定，随市场行情的波动而波动。

假如，一场严重的霜冻袭击了某地区，使大批柑橘冻死冻伤，那么该地区市场上新鲜的浓缩柑橘汁的供给将大量下降，如果没有大量库存的冷冻柑橘汁上市，短缺马上反馈到市场上来，但是由于交易所为期货合约价格制订了涨跌停板，就可缓和其价格的剧烈波动。再如市场上，一个柑橘汁期货合约代表15 000磅浓缩冷冻柑橘汁，交易所为每日价格波动制定了每磅 5 美分（上升或下降）的价格涨跌停板，即每个合约涨跌最高为 750 美元（0.15 × 15 000）。每日每磅的价格波动范围只能是 10 美分，任何买方询价或卖方开价超过这个范围都要受到禁止。

价格涨跌停板的限制明显降低了期货合约的价格在短期内的剧烈波动，但在长期内，价格最终反映商品的供求状况。涨跌停板是为了市场的稳定和秩序，这有利于保值者，而对那些希望依靠价格短期波动来获得额外收益的投机者不利。

在某些紧急情况下，由于价格有或潜在着巨大变化，交易所可能暂停这种期货合约的交易，这叫停牌。

3. 期货的经济功能

期货市场之所以能够产生、存在和发展，是因为它具有两个基本经济功能：转移价格风险和价格发现。

在期货市场上，商品生产者和使用者因为担心价格的上涨或下降带来损失，而参与商品期货交易。他们通过期货市场将价格风险转移给了投机者。金融期货市场发展起来以后，投资者又用金融期货市场将金融工具价格的风险转嫁给了投机者。

另一个功能是价格发现功能。所谓价格发现，就是指期货市场上供需双方通过公开讨价还价，通过激烈竞争，通过买卖双方对未来供需状况的预测，使价格水平不断更新，并且不断向全世界传播，从而使该价格成为全世界价格的过程。期货市场价格发生作用不应该被肆意夸大。关于这一作用尚缺少有力的实证研究结论。

二、利率期货

利率期货实际上就是附有利率的有价证券的期货。利率期货合约买卖双方保证在将来某一时间购买或出售一定数量的某种固定收益证券，这些证券包括：美国政府短中长期国库券，政府全国抵押协会（GNMA）存单，欧洲美元存单等。无论是买方或卖方，其目的都是利用合约有效期内利率的变化进行保值或投机。

以下介绍两种利率期货。

1. 短期国库券期货

（1）短期国库券期货合约特征。美国政府短期国库券（Treasury Bills）具有安全性高、流动性强的优点，而且可作为一般利率指标，它的价格是以贴现方式按面值的折扣形式出现。短期国库券期货合约的规模为100万美元，对象为90天的国库券。

短期国库券期货报价是用百分比表示的，如1988年12月国库券期货合约的报价为93.75，也就是93.75％。短期国库券期货报价用下列公式计算：

$$期货报价 = 100\% - 短期国库券年收益率 \tag{5.1}$$

如上例中，短期国库券年收益率为6.25％，因此期货报价为93.75，随着收益率（利率）上升，期货合约的价值将下降。

短期国库券期货合约最低价格波动幅度为1基点（0.01％），即25美元，

$$期货合约价值变化 = 变化一个基点 \times（到期天数/360）\times 期货交割价值$$
$$25 美元 = 0.01\% \times（90/360）\times 1000000 \tag{5.2}$$

上面期货报价93.75并不代表期货合约的实际价值，2000年12月90天国库券期货合约的实际价值为：

$$实际价值 = [1.0 - \{90 \times（1 - 期货合约报价）\}/360] \times 合约交割价值$$
$$= [1.0 - \{90/360\} \times（1 - 0.9375）] \times 1000000$$
$$= 984\ 375 \tag{5.3}$$

假定投资者购买了上述期货合约，随后利率下降了10个基点，那么期货合约的价值将上升。利率变化后的新价值为（收益率下降了10个基点，合约报价随之变化，为93.85）：

$$[1.0 - \{90/360\} \times（1 - 0.9385）] \times 1000000 = 984625 \tag{5.4}$$

即国库券价格上涨了250美元（984625 - 984375），该投资者的盈利。其实，利率（收益率）下降了10个基点，投资者盈利可用下述简单方法计算：

$$盈（亏）= 变化的基点数 \times 25 美元 \tag{5.5}$$
$$250 = 10 \times 25$$

如果知道了期货合约的实际价格，那么这份合约的国库券贴现收益率计算如下：

$$贴息率 = [（面值 - 价格）\times（360/90）]/面值 \tag{5.6}$$

如上面提到的期货合约实际价格为984375美元，那么贴息率为：

$$[（1000000 - 984375）\times（360/90）]/1000000 = 6.25\%$$

注意，上面计算用的一年都是360天，且不考虑复利因素，如果考虑季度复

利因素、一年 365 天和货币时间价值,实际年收益率为:

$$实际年收益率 = (面值/价格)^{365/到期天数} - 1$$
$$= (1000000/984375)^{365/90} - 1$$
$$= (1.0159)^{4.0556} - 1 = 6.60\% \tag{5.7}$$

(2)短期国库券期货保值。

①空头保值。投资者手中持有短期国库券,但担心在到期前或售出之前利率上升而带来损失,就可以用短期国库券期货空头来保值,即投资者出售短期国库券期货合约(空头),其价值等于所持国库券面值。假如利率上升,持有国库券的价值和期货合约价格都会下降,但投资者已出售期货合约,所以他可以较低价格购买一份同样的合约与之对冲,这种价格差异带来的盈利将弥补所持国库券的损失,具体例子见表 5—1。

表 5—1　　　　　　　　　**短期国库券期货空头保值**

Ⅰ. 资料:

多头:投资者持有 90 天期国库券,面值 1000000 美元,买价 984349 美元,实际年收益率 6.60%

空头:投资者出售一份 90 天期国库券期货合约,价格 94.33,假定此后,国库券实际收益率上升了 15 个基点

Ⅱ. 国库券多头的损失

用公式(5.7)计算利率上升后国库券价格

$$[1000000/价格]^{365/90} = 1 + 实际年收益率$$
$$= 1 + 0.0675$$

价格 = 984058

损失 = 984058 - 984349 = -291

Ⅲ. 国库券期货合约空头的盈利:

用公式(5.5),盈利 = 15 × 25 = 375

---

②多头保值。投资者目前并没有短期国库券,但在不久的将来预期有一笔现金流入用来购买短期国库券,这样的投资者可用国库券期货多头来对利率的下降保值。虽然在购买国库券时,利率已下降,但已购买的期货合约价值会上升,其盈利将弥补在低利率情况下购买国库券的机会损失。如表 5—2 中的例子。

表 5—2	国库券期货多头保值

Ⅰ.资料:

    多头:投资者现在没有持有国库券,但 30 天内将有 984 349 美元投资于国库券

    多头:立即购买短期国库券期货合约,价格 94.33。假定在投资者购买国库券之前,利率下降。

Ⅱ.期货合约多头的盈利:

年收益率变化基点	合约多头盈利
−5	+125
−10	+250
−15	+375
−20	+500

Ⅲ.盈利率将弥补利率下降时购买国库券的机会损失

(3)短期国库券期货投机。先看表 5—3 中的例子。

因为利率期货投资的佣金(在美国大约每笔 $45)和保证金(合约价值的 0.25%)较低,投机者可以预测收益率(利率)在合约期内的升降,采用空头多头战略获利。利息率的微小变动将带来盈利率的巨大变化,在表中会看到这一点。

表 5—3	短期国库券期货投机策略说明

A:空头战略盈利:

    出售一份短期国库券期货合约,价格 93.75,初始保证金 $2500,假定一个月内短期国库券收益率上升了 20 个基点。

期货合约盈利: $20 \times 25 = 500$

月 HPR(考虑杠杆效应) $500/2500 = 20\%$

B:多头战略盈利:

    购买一份短期国库券期货合约,价格 93.75,初始保证金 $2500,假定一个月内国库券收益率下降了 20 个基点。

合约盈利: $20 \times 25 = 500$

月 HPR(考虑杠杆效应) $500/2500 = 20\%$

C:多头战略损失:

    购买一份短期国库券期货合约,价格 93.75,初始保证金 $2500,投资者预测利率下降,但一个月内上升了 20 个基点。

合约损失: $20 \times 25 = 500$

月 HPR(考虑杠杆效应) $-500/2500 = -20\%$

2.长期国库券期货

每份美国政府长期国库券期货的合约规模是 10 万美元,利率为 8%,但利率

不是 8% 的长期债券也可用来交割。这之间有一个调整的程序。

在期货报价中,我们知道,长期国库券期货的报价是用"点"和三十二分之一点来表示的。例如,一份长期国库券的价格为 94 – 30,那么它的真实价格等于面值 10 万美元的 94.9375%([94(30/32)%])。

同样,长期国库券期货可用来保值和投机,下面,简单介绍一下长期国库券期货的某些重要特征:

(1) 价格波动性。期货合约的价格与作为其标的资产的价格紧密相关,长期债券的价格波动要比短期债券更加厉害。因此,长期国库券期货合约的价格波动也甚于短期国库券期货合约。实际上,期货合约的风险直接与标的债券的期限相关。

(2) 基差风险(*Basis Risk*)。债券期货的投资者必须承受基差风险,长期债券期货的基差风险较高,基差在合约有效期内升降波动,但到交割日趋向于 0,合约有效期内基差的变化代表着参与期货交易的投资者的盈利或亏损。

(3) 杠杆效应(*Leverage Effect*)。少量初始保证金和维持保证金的存入就可以做长期国库券期货合约的多头或空头,因此,低保证金比率和强杠杆效应导致期货合约的 *HPR* 比市场收益率(利率)的变化要敏感得多。从这个意义上来说,购买长期国库券期货合约要比购买短期国库券期货合约风险大得多。

(4) 流动资金。因为清算所每天对顾客的账户进行"盯市计价",因此顾客必须维持足够的流动资金以应付追加保证金要求。*Kolb*、*Gay* 等人做了一个模型来估计交易者需持有的现金数量。他们的模型认为,现金持有量取决于几个因素:第一,期货合约多头或空头头寸保持的时间长度;第二,期货合约的数量;第三,期货合约价格波动性。因此,长期国库券、期货投资的现金需要量大于短期国库券期货。

三、外汇期货

1. 外汇期货概述

外汇期货交易是一种买卖外汇期货合约的一种交易,外汇期货合约是交易双方订立的,约定在未来某日期以成交时所确定的汇率交收一定数量某种外汇的标准化契约。

(1) 它是集中在交易市场中进行的。外汇期货交易则是在一个有严格交易规则,有统一的交易时间,有集中的交易场所进行的,成交也采取公开竞价的方式,双方竞价成交后,均与交易所签订买卖合约,即买方与交易所签订买入合约,卖方与交易所签订卖出合约,买卖双方之间不直接发生合约中的法律责任关系,而交易所直接与买卖双方发生直接的法律责任关系。

（2）外汇期货交易实行经纪人制度。为对整个交易进行监督管理，外汇期货交易都采用经纪人制度，只有交易所的会员才能直接进场从事交易，而非会员的交易者只能委托属于交易所会员的经纪商或经纪人参与交易，并由清结算中心统一清算交割。

（3）外汇期货交易实行标准化合约。期货合约是一种标准化的合约，即交易的品种、每份合约的交易数量、价格的变动、交割的时间、交割的地点、每份合约应缴纳的保证金等都由交易所统一规定。

下面以芝加哥商品交易所（*IMM*）中的期货合约为例：

第一，合约的交易数量。交易所对不同种货币规定合约标的物的交易数量。

澳大利亚元：每份合约 100000 澳元

加拿大元：每份合约 100000 加拿大元

日元：每份合约 1250000 日元

英镑：每份合约 62500 英镑

单位合约标的物交易数量的标准化，有利于期货合约的对冲交易，简化期货交易的结算过程。每份合约标的物的交易数量是固定的，因此人们在交易中只能买卖这一标准数量的某一整倍数。以买卖合约的份数来折算买卖某一标的物的数量。

第二，最小变动价格。外汇期货交易中通常以某一单位货币的汇率来报价，在竞价成交中，成交价往往随行变动，但是成交价之间的最小变动值是由交易所规定的。

第三，每日价格波动限制。为了防止期货价格发生过分剧烈的波动，引起期货交易的混乱，各交易所通常对每种期货合约都规定每日价格波动的最大幅度，当某时点的价格达到了规定的最大幅度的波动，交易所就采取限制交易或停止交易的措施。

第四，交割。交易所对每种外汇期货合约只规定一个交割时点，在 *IMM* 市场中，对于到平仓的期货合约都必须在交付月份的第三个星期三，按合约规定的价格和指定的银行进行交割。

第五，保证金缴付比例。为确保履行合约，交易所规定期货的交易者都必须缴纳一定比例的交易保证金，并按市价的变动逐日计算保证金的余额。

总之，实行标准化合约对于提高期货合约的流动性，控制交易中的风险是十分必要的。

（4）实行逐日浮动保证金制度。期货交易者都必须按规定向交易所缴纳一定数量的保证金。缴纳的保证金称为初始保证金。在 *IMM* 中，每份英镑合约的初始保证金为2800美元，期货交易者在开仓时每买或卖1份合约都必须在其保证金账户中存入2800美元。交易所的结算机构根据每天的结算价格（平均成交价）计算出每个交易者未平仓合约的盈亏金额，并以此来增减其保证金账户的余额，当交易者保证金账户中的余额低于维持保证金限额以下时，交易所就通知交易者追加保证金，否则就强行对其持有的合约进行平仓。

假如，某外汇期货交易者，在 T_0 时买入1份9月份到期的英镑期货合约，成交价为£1 = \$1.5000；在 T_1、T_2、T_3 时点，英镑期货（9月）结算价分别为1.4950美元、1.4900美元、1.4872美元。那么其保证金账户中的余额见表5—4。

表5—4　　　　　　　　**逐日浮动保证金制度简表**　　　　　货币：美元

时点	成交价	结算价	盈亏	保证金余额
T_0	1.5000	1.5000	0	2800
T_1		1.4950	−312.5	2487.5
T_2		1.4900	−312.5	2175
T_3		1.4872	−175	2000

到 T_3 时，交易所就通知该交易者追加保证金。如该交易者无力追加保证金，交易所就对其英镑期货合约进行强行平仓，即在市场中卖出1份9月的英镑期货合约。假设，即时的成交价为£1 = \$1.4870，那么，其亏损额为812.5美元，即：$(1.4870 - 1.5000) \times 62500 = -812.5$，交易所交还其保证金1987.5美元。如果在 T_1、T_2、T_3 时点，英镑期货（9月）结算价分别为1.5050，1.5100，1.5128，那么同期的保证金余额分别为3112.5美元，3425美元，3600美元。显然，外汇期货交易通过实行逐日浮动保证金制度，实现其无负债的交易，并通过这一制度来确保交易双方履行合约。由于在外汇期货交易中，保证金在合约总值中占一个很小的比重，因此只要市场价格稍有一些变动，就会对交易者的收益率产生较大的影响。

2. 外汇期货的交易运作

（1）多头投机交易。例如，某年12月20日芝加哥商业交易所国际货币市场中，3月份到期的英镑期货价格为1.5591美元。某交易者预计，在近一二个月内英镑的汇率将上涨，他决定买入100份3月份到期的英镑期货合约，价格为1.5591美元，支付保证金280000美元。到了次年的1月25日，英镑的汇率上升，3月份到期的英镑期货也升到1.5800美元，这时期货账户中的保证金余额增至为410625美元，增加了130625美元。其计算方法如下：

$(1.5800-1.5591)\times62500\times100=130625$ 美元

再加上初始保证金 280000 美元，保证金余额为 $130625+280000=410625$ 美元。

此时该交易者认为，英镑汇率还将上升，英镑期货价格还将上涨，故继续持仓。到 2 月 10 日，英镑的期货价格升至 1.5900 美元，这时该交易者认为，英镑的价格可能升至顶部，价格将下调，于是卖出 100 份 3 月份到期的英镑期货合约，对原有的仓位进行平仓，这时他获毛利 193125 美元。计算方法如下

$(1.5900-1.5591)\times62500\times100=193125$ 美元

毛利率为：$193125\div28000=69\%$

如果该交易者买入 3 月份到期的英镑期货后，英镑期货价格一路下跌，到 1 月 25 日已跌到 1.5500 美元。他预计在近 2 个月内英镑汇率还将继续下跌，为了止损，他被迫对原有的多头仓位进行平仓，结果亏损 56875 美元。计算方法如下：

$(1.5500-1.5591)\times62500\times100=-56875$

亏损率为：$56875\div28000=20.31\%$

（2）空头投机交易。假设，某年 12 月 20 日芝加哥商业交易所国际货币市场中，3 月份到期的英镑期货价为 1.5591 美元。某交易者认为，在近 2 个月内英镑的汇率将下调，英镑的期货价必然下跌，于是决定卖出 100 份 3 月份到期的英镑期货合约，支付保证金 280000 美元。到 2 月 1 日，3 月份到期的英镑期货合约的价格果真跌到了 1.5400 美元，这时该交易者决定对其原有仓位进行平仓，即买入 100 份 3 月份到期的英镑期货合约，价格为 1.5400 美元。在结算时他的毛利为 119375 美元，计算方法如下：

$(1.5591-1.5400)\times62500\times100=119375$

毛利率为：$119375\div280000=42.63\%$

如果该交易者卖出 3 月份到期的英镑期货后，英镑期货一路上涨，而且上涨趋势在近期内不会改变，为了止损，该交易者被迫平仓，平仓价为 1.5700 美元，其亏损达 68125 美元，计算方法如下：

$(1.5591-1.57000)\times62500\times100=-68125$

亏损率为：$68125\div280000=24.33\%$

四、股票价格指数期货

股票价格指数期货交易问世于 20 世纪 80 年代初。它是指以约定的股票价格指数的期货合约为交易对象的期货交易。

现在，股票价格指数期货的种类繁多，但主要有：美国的纽约股票交易所综

合指数期货（*New York Stock Exchange Composite Index Futures*）、标准普尔股票指数期货（*Standard and Pool's Stock Index Futrues*）、价值线综合指数期货（*Value Line Index Futures*）、英国的伦敦股票交易所 100 种股票价格指数期货（*FT-SE 100 Index Futures*）、日本的日经道氏平均股票价格指数期货和香港恒生指数期货。

股票价格指数期货交易的主要特点是：

（1）期货合约的价格用"点"来表示。指数升降一个"点"，期货合约价格则升降一个确定的金额。恒生指数每点为 50 港元，标准普尔 500 种股价指数和纽约证交所综合指数每点为 500 美元。假如每个"点"的金额为 500 美元，指数每升降一个"点"，期货合约的价格就升降 500 美元。如指数升至 101 时，合约的价格便升为 50500 美元（500 美元×101）。

（2）股票价格指数期货交易的标的不是某一种股票，而是股票价格指数，因而交割时不是交割某种股票，而是采取现金结算的方式。假设：期货买卖双方成交后第一天的股票指数为 85.00，最后交割日指数为 86.51。那么，在交割日，合约的价格变动为：500 美元×（86.51 – 85.00）＝755 美元。这样，做多头就收进 755 美元，做空头的则付 755 美元。

（3）股票价格指数期货交易具有高杠杆作用。交易者在买卖股票时缴纳的保证金一般不少于股票价值的 50%，而买卖股价指数期货合约只需缴纳合约价值的 10% 左右，从而使交易者可"以少博多"，大大降低了交易成本。

（4）股票价格指数期货交易既可以防范系统性风险（*Systematic Risk*），又可防范非系统性风险（*Unsystematic Risk*）。系统性风险是指整个股市大幅起落的风险，非系统性风险则指个别股票价格急剧升降的风险。

第三节　金　融　期　权

一、期权概述

1. 期权的含义

所谓"期权"是指期权买入者在支付了一定的期权费后，能在未来某特定时间以特定价格买进或卖出一定数量的某种特定商品的权利，同时作为收取期权费的期权卖者则必须负履约的责任。期权交易无非是一种选择权的买卖。

期权交易与期货交易主要差别在于：合同成交后，期权的拥有者可以按规定履行合同，也可以放弃合同。如果日后的价格走势有利于买方时，期权买入者就要求期权卖出者按规定履行合同，当日后的价格走势不利于买方时，期权买入者就可以放弃履行合约的权利。

但是无论其履行合同还是放弃合同，他所支付的 3000 美元期权费是不能收回的。期权交易对于期权买入者来讲，具有固定价格风险，牟取差价收益的作用，他所承担的最大的价格风险为支付的期权费，牟取差价收益从理论上讲是无限的。

2. 期权的种类

（1）期权按其履行权利的灵活程度可分为欧洲式期权和美国式期权。欧洲式期权（*European Option*）是指买卖双方在达成期权交易协议后，期权买方只有到双方议定的时日才拥有是否履行合约的权利。

美国式期权（*American Option*）是指买卖双方达成期权交易协议后，期权买方可在合约有效期任何一个营业日内，行使要求期权卖方履行合约的权利。通常美国式期权的期权费要高于欧洲式期权的期权费。

（2）按期权合约中标的物的流向可分为看涨期权（*Call Option*）和看跌期权（*Put Option*）。看涨期权是指期权买卖双方在达成协议后，期权的买入者只能按协议的规定买入期权协议中的标的物。例如某投资者以 500 美元的价格，买入一份 25000 英镑的看涨期权，这就意味着在规定的期限内，他只拥有按协议价买入 25000 英镑的选择权，而无卖出 25000 英镑的权利。

看跌期权是指期权买卖双方在达成协议后，期权的买入者只能按协议的规定卖出期权协议中的标的物。例如，某投资者以 400 美元的价格，买入一份 25000 英镑的看跌期权，这就意味着在规定的期限内，他只拥有按协议价卖出 25000 英镑的选择权。

3. 协议价格和期权费

协议价格（*Strike Price*），又称"履约价格"或"敲定价格"，是指期权购买者在行使期权时，向期权出售者买入或卖出一定数量金融商品时所执行的价格。这一价格通常在期权合约成交时，由买卖双方协议确定。这一价格一经确定，在规定的期限内，无论市场价格如何变动，只要期权买入者要求履行合约，期权卖出者必须无条件地按协议价执行合同。

期权费是指期权买方在买进某种期权时，必须支付给期权售出方的费用，这一费用一经支付，不管期权买入者是否行使期权，均不予退还。通常期权费的价格低于该期权的内在价值和时间价值。内在价值是指目前以协议价履行期权合约时可获取的总利润，一份期权的内在价值是按协议价与现行市场价格之间的差额来决定的。

例如，一份英镑看跌期权的协议价为 1.5500 美元，现时英镑的即期汇率为 1.5480 美元，两者之差为 0.002 美元，那么这时协议价为 1.5500 的英镑看跌期权的内在价值为 0.002 美元/英镑 × 62500 英镑 = 125 英镑。人们通常把即时履约就可获利的期权称为实值期权；把即时履约将亏损的期权称为虚值期权；把即时履约无亏盈的期权称为平值期权。

期权费的高低，在相当程度上取决于期权的内在价值。由于市场的即期价格受各种因素影响经常发生波动，而期权买入者所拥有的权利在一个有效期内是固定不变的，因此有效期越长，期权买入者获利的机会越多，而期权卖出者承担的风险也就越大。通常把期权的剩余有效时间内，由于市场价格变动所可能带来的增值，称为期权的时间价值。期权的剩余时间（有效期）越长，期权的时间价值越大，期权费也会相应增加。

二、股票指数期权

1. 股票指数期权的发展

第一份普通股股价指数期权合约于 1983 年 3 月 11 日在芝加哥期权交易所出现。该期权的标的是标准普尔 100 种股票指数（S&P100）。随后，美国证券交易所和纽约证券交易所迅速引进指数期权的交易。1983 年 4 月，美国证交所引进了一种指数：主要市场指数（*Major Markets Index MMI*）这种指数与道琼斯工业股票平均指数类似。1983 年 9 月，纽约证交所开始进行纽约证券交易所综合指数（*NYSE Composite Index*）期权的交易。在美国以外，伦敦国际金融期货交易所也提供指数期权。以上这些都是"广基"（*Broad - Based*）指数期权，后来，有些专门行业的股价指数，如石油股票指数（*Oil Stock Index*）也参与了期权交易。

2. 股票指数期权的标的和清算

指数期权以普通股股价指数作为标的，其价值决定于作为标的的股价指数的价值及其变化。每种指数代表了股票市场不同组成部分的价值，计算方法也各不相同。比如，S&P100 指数是按照这 100 种股票每一股票的市场价值在总价值中的权益相加得到的。*Value Line*（价值线）指数是按照约 1700 种股票简单平均相加的。

与股票期权不一样，指数期权合约不包含一定数量的股票，指数期权合约的额度由乘数（*Multiplier*）决定。指数期权合约的价值是通过期权的报价与乘数相乘后得到的。S&P100 和 MMI 的乘数都是 100，如果该指数期权报价为 18.25，那么一份指数期权合约的价值就是 1825 美元。

指数期权的施权程序基本上与股票指数一样。但是，指数期权必须用现金交割方式清算。这是因为指数期权没有可以用来实际交割的标的资产，其标的资产是虚拟的。清算的现金额度是指数现值与施权价之差。比如，一个以 *S&P*500 指数为标的的买入期权的施权价为 520 美元，而 *S&P*500 指数的价值为 540 美元，则买入期权的持有者将得到 20 美元的现金。

3. 股票指数期权投资

指数期权可用来进行投机和套期保值。用指数期权投机和套期保值与股票期权最大的区别在于：指数期权投资没有非系统风险，因为它的标的是代表多种不同股票的组合。

下面举例说明指数期权的保值作用。假设一投资者三个月后可以筹集到 100 000 00美元资金，并将分别投资于几家公司股票。但是，如果股价上涨，这笔资金投资将遭受股价上涨的损失。因此，在芝加哥商品交易所购进适当数量的 *S&P*500 指数买入期权来保值。如该投资者购买的三月期 *S&P*500 买入期权施权价为 185，报价为 5.55。购买的合约数量为 108 份（即 10000000/（185 × 500），*S&P*500 乘数是 500），支付的期权费为 299700 美元（即 108 × 5.55 × 500），那么投资者的盈利损失情况如下表 5—5 所示。

表 5—5   **指数期权盈利损失**

三月后 *S&P*500	175	180	185	190	195	200	205
盈（亏）	– 299700	– 299700	– 299700	– 299700	240300	510300	780300

即，如股票价格指数上涨，投资者将从指数期权中盈利以抵补所要购买的股票价格上涨可能带来的损失。如股价指数下跌，则最大损失为购买指数期权的费用 299700 美元。

三、外汇期权

第一笔货币期权交易是 1982 年 12 月在费城证券交易所交易的英镑期权。1983 年开始，其他几种主要国际货币如西德马克、瑞士法郎、日元、澳大利亚元、加拿大元的期权合约相继问世。货币期权主要采用美式期权进行交易。

1985 年 6 月伦敦国际金融期货交易所引进了英镑货币期权。1988 年 11 月，阿姆斯特丹的欧洲期权交易所成功地引入了欧洲货币单位（*ECU*）期权合约。

费城的货币期权都是用美元来买卖外汇的期权，施权价和期权标价也用美元表示。如十二月份加拿大元买入期权施权价为 0.75 美元，表示该期权持有者可以 0.75 美元的价格买进加拿大元。根据买卖外汇币种的不同，期权合约的金额也不一样，一份英镑期权合约的规模是 12500 英镑。日元期权合约的规模为 625

万日元。各个期权交易所对货币期权合约的规模的大小规定不一样。如表所示。

表 5—6 部分货币期权合约规模

	费城证券交易所	芝加哥商品交易所	伦敦国际金融期货交易所
瑞士法郎	US＄62500	SF125000	—
西德马克	DM62500	DM125000	US＄500000
英镑	￡12500	￡25000	￡25000
日元	￥6250000	—	—
加元	Can＄50000	—	—

四、其他期权

1. 债券期权

1982 年 11 月，芝加哥期权交易所开始美国政府国库券期权交易，这个期权的施权价高于或低于当时国库券市场价格两个基点（*Basic Point*，一基点相当于一个百分点的 1%）。随着国库券价格的变化，施权价也作相应变化。长期国库券期权合约规模为十万美元，短期为一百万美元。

1985 年 5 月，费城交易所通过费城贸易局（*Philadelphia. Board of Trade*），开始交易三个月期欧洲美元存款期权，合约规模为一百万美元。1985 年秋，伦敦国际金融期货交易所也开始了欧洲美元存款期权交易，除此而外，它还提供英镑债券期权交易。

债券买入卖出期权的价格取决于其标的债券价格的波动。当利率上升时，债券价格下降。当利率下降时，债券价格上升。因此，利率下降时，债券买入期权的价格上升，卖出期权价格下降。正因为如此，这种期权又称之为利率期权。当投资者预测利率上升时，将会出售买入期权，购进卖出期权，反之亦然。同样，债券期权可用来进行利率投机和利率保值。

2. 期货期权（*Future Option*）

期货期权的性质与股票期权相类似。二者的差异仅在于股票期权的标的资产是股票，期货期权的标的资产是期货合约。因此，期货期权的施权价就是针对期货合约的价格。但是，期货期权在履约时可以与股票期权有所不同。期权的持有者不一定要得到期货合约，而可以接受施权价与合约价格间的价差。比如，某期货合约的价格为 40 元，而买入期权的施权价为 35 元，则买入期权的持有者将得到 5 元的价差收入。

3. 奇异期权（*Exotic Options*）

由于期权市场取得了极大的成功，因此，各种新型期权形式不断涌现。当这些期权形式在近年内纷纷诞生之际，由于其同传统的期权形式有较大的差异，故被称为"奇异期权"（*Exotic Options*），下面就介绍其中的几种。

（1）亚洲期权（*Asian Options*）。亚洲期权的收益（价值）状况是与期权有效期内一段时间内标的资产的平均价格相联系的期权。比如，一个亚洲买入期权的收益（价值）可能等于最近 3 个月内标的股票的平均价格与施权价之差。当然，如果上述平均价格小于施权价，该买入期权的收益（价值）为零。这种期权对那些想将公司盈利与一段时间内商品的平均价格挂钩的企业是很有吸引力的。

（2）"约束"期权（*Balrrier Options*）。这类期权的价值不但同执行期权时标的资产的价格相关联，而且还同标的资产的价格是否突破某些约束有关。比如，一个 *Down - And - Out* 期权，当标的股票价格低于事先确定的价格下限时，将被自动执行且一文不值。与此类似，*Down - And - Out* 期权只有在期权有效期内标的资产的价格至少有一次低于事先确定的价格下限时才能得到收益。

（3）"回顾"期权（*Lookback Options*）。这类期权的收益在一定程度上取决于期权有效期内标的资产的最高价格或最低价格。比如，一个"回顾"买入期权的收益可能是期权有效期内标的股票的最高价格与施权价之差，而不是期权到期时标的股票价格与施权价之差。同时持有这种期权和标的股票可以使其持有者不致因未来股票价格最近时出售标的股票而遭受价差损失。

（4）货币转换期权（*Currency - Translated Options*）。货币转换期权的标的资产或施权价是以外币标价的。比如，"*Quanto*"期权允许投资者按照事先确定的汇率将外币转换为本币（在美国即为美元）。但是，转换成美元的外币数量取决于国外证券的投资业绩。因此，*Quanto* 期权类似于一个"随机数"期权。

（5）二元期权（*Binary Options*）。这类期权将根据标的资产的价格是否满足某些条件而提供固定收益。比如，一个二元买入期权的标的股票如果在期权到期时的价格近于施权价，期权持有者将得到一笔确定的收入（如 100 美元）。

目前，市场上的"奇异"期权种类很多，而且不断有新的品种出现，此处不再一一介绍。

第四节 其他金融衍生工具

一、互换交易

1. 互换交易（Swap）

互换交易产生于1981年，是迅猛发展的一种金融衍生工具。它是指两个或两个以上当事人在约定的时间内，按预定条件交换一系列支付款项的金融交易。互换交易最基本的类型是货币互换（Currency Swap）和利率互换（Interest Rate Swap）。

（1）货币互换。指当两个筹款人各自借取的货币不同，但金额等值、期限相同时，按照约定的条件，互相偿付对方到期应偿付的本息。例如，假定：1英镑＝1.60美元；A筹款人需要美元资金，但实际在欧洲货币市场借取了年利率6％、期限3年的10万英镑（半年付息一次）；B筹款人需要英镑资金，但实际借取了年利率8％、期限3年的16万美元（半年付息一次）。双方商定，B向A提供美元资金，并偿付A的借款利息；A向B提供英镑资金，并偿付B的借款利息。待借款到期时，双方互相支付对方的借款本金，来结束互换协议。

（2）利率互换。根据交易双方存在的信用等级、筹资成本和负债结构的差异，利用各自在国际金融市场上筹集资金的相对优势，将同一种货币的不同利率的债务进行对双方有利的安排。例如：中国银行需要1亿美元的浮动利率借款，而美国银行需要1亿美元的固定利率借款。两国银行面临两种选择：一是两国银行分别按照自己所能获得的利率去借自己所需的款项，即中国银行直接以LIBOR借浮动利率美元，而美国银行直接以12.5％的固定利率借1亿美元。二是进行利率互换，即美国银行在浮动利率借款上有比较优势，让其以LIBOR＋0.5的利率借浮动利率美元，让中国银行以10％的固定利率去借固定利率美元，然后按双方约定的条件进行利息支付的互换。具体情况见下表5—7和表5—8。

表5—7   **两国银行筹资成本表**

	固定利率	浮动利率
中国银行	10.0%	LIBOR
美国银行	12.5%	LIBOR＋0.5%
借款成本差额	2.5%	0.5%

表5—8   **利率互换的经济效果表**

中国银行	美国银行
固定利率	固定利率
支付 10.0%	支付 11.0%
收到 11.0%	直接借款 12.5%
收益 1.0%	收益 1.5%
浮动利率	浮动利率
支付 LIBOR	支付 LIBOR + 0.5%
直接借款 LIBOR	收到 LIBOR
收益 0.0%	亏损 0.5%
净收益 1.0%	净收益 1.0%

可以看出，交易双方都从中获益，降低了融资成本，这正是利率互换的收益之所在。

二、远期利率协议 （Forward Rate Agreement）

远期利率协议于 1983 年问世于伦敦欧洲货币市场。它是指买卖双方同意按未来的清算日，对某一协议期限的名义存款或名义贷款金额，就协议利率（Strike Rate）与参考利率（Reference Rate，通常为 LIBOR.）的差额而进行现金支付所签订的协议。协议期限定为：交易日后第几个月对交易日后第几个月，如"3×6"的意思是交易日后的第 3 个月为起息日，交易日后的第 6 个月为清算日（到期日）。市场进行交易的协议期限，除 3×6 外，还有 6×9、9×12、12×18 和 18×24 等。协议利率是买方所支付的固定利率，而参考利率则是卖方所支付的市场利率。买方是希望防止利率上升风险损失的一方，而卖方则是希望防止利率下降风险损失的一方。交易双方在清算日根据当天市场利率与协议利率清算利差，由一方向另一方进行现金支付。若 LIBOR 高于远期利率协议利率，则由卖方将差额支付给买方；若 LIBOR 低于远期利率协议利率，则由买方将差额支付给卖方。

三、利率上限与下限

利率上限：用来保护浮动利率借款人免受利率上涨的风险。如果贷款利率超过了规定的上限，利率上限合约的提供者将向合约持有人补偿实际利率与利率上限的差额，从而保证合约持有人实际支付的利率不会超过合约规定的上限。

利率下限：浮动利率贷款人可通过利率下限合约来避免未来利率下降的风

险，因为如果利率下降至下限以下，合约持有人可得到市场利率与利率下限之间的差额。

四、票据发行便利

是指银团承诺在一定期间内（5—7年）对借款人提供一个可循环使用的信用额度，在此限额内，借款人依照本身对资金的需求情况，以自身的名义连续、循环地发行一系列短期票券，并由银团协助将这些票券卖给投资者，取得所需资金；未售出而剩余的部分则由银团承购，或以贷款方式补足借款人所需资金。

因此，无论短期票券销售情况如何，借款人仍能按时取得所需数额的资金。利用票据发行便利，能以短期市场利率取得中长期资金，筹资成本低，分散风险，同时使投资者获得较大利润。

本 章 小 结

（1）金融衍生工具是在20世纪七八十年代以来，世界各国都出现了金融创新的浪潮下不断发展起来的。其产生主要归结于两个基本原因：转嫁风险和规避监管。

（2）金融衍生工具作为原生工具的派生，具有原生工具不具备的特点和原生工具、现货市场无法实现的功能以及无法规避的缺陷。

（3）金融衍生产品根据不同的分类方法，拥有丰富的交易品种和技术。

（4）期货合约与远期协议不同，它是一种对所交易商品的质量、数量、交货地点、时间都有统一规定的标准化合约。19世纪末20世纪初商品期货的发展促进了金融期货的发展。金融期货一经引入就迅速发展，在许多方面超过了商品期货。

（5）期货合约是期货交易所为期货交易而制订发行的标准化合同。一切成交的合约要求购买者和出售者在合同规定的未来时间，按约定价格分别买入和卖出一定数量的某种资产；只有很少（不足5%）的商品期货合约用实际商品的交割进行清算，金融期货合约实际交割更少；与其他有价证券一样，期货合约的价格由供求关系决定；标准化期货合约的交易是在期货交易所进行的，期货交易所的组织机构和运行机制与股票交易所类似；交易所除提供交易场所外，还负责交易的清算，由清算所承担清算功能；为了保证期货合约交易的安全性，清算所从交易中收取费用建立一笔基金，担保每一笔期货的履行，由交易所和清算所规定保证金的数量，保证金不是交易的预付款，只是一种履约保证，这与股票保证金交易的保证金截然不同，同样，投资者也必须向他的经纪人（清算所会员）缴纳保证金；交易所为期货合约价格制定了涨跌停板，以缓和期货价格的剧烈波动；期货市场具有两个基本经济功能：转移价格风险和价格发现。

（6）利率期货实际上就是附有利率的有价证券的期货。利率期货合约买卖双方保证在将来某一时间购买或出售一定数量的某种固定收益证券，本书以美国政府短中长期国库券为例介绍两种利率期货。

（7）外汇期货交易是一种买卖外汇期货合约的一种交易，外汇期货合约是交易双方订立的，约定在未来某日期以成交时所确定的汇率交收一定数量某种外汇的标准化契约。外汇期货交易有其固有的基本特征。外汇期货的交易主要通过多头和空头来运作的。

（8）股票价格指数期货交易是指以约定的股票价格指数的期货合约为交易对象的期货交易。股票价格指数期货交易的标的不是某一种股票，而是股票价格指数。

（9）所谓"期权"是指期权买入者在支出了一定的期权费后，能在未来某特定时间以特定价格买进或卖出一定数量的某种特定商品的权利，同时作为收取期权费的期权卖者则必须负履约的责任。期权交易无非是一种选择权的买卖。期权有欧式期权、美式期权，买入期权、卖出期权之分。期权交易的关键是协议价格和期权费。

（10）期权交易有股票指数期权、外汇期权、债券期权、期货期权和奇异期权等。

（11）其他衍生工具这里主要介绍互换交易、远期利率协议、利率上限和下限、票据发行便利等。

复习思考题

1. 试总结金融衍生工具产生的主要原因。
2. 金融衍生工具的主要特点是什么？
3. 根据衍生产品形态，可将金融衍生工具分为哪几类？具体说明。
4. 试述金融衍生工具的主要功能及缺陷。
5. 期货交易的主要特点是什么？
6. 如何看待期货交易中保证金的作用？
7. 期货市场的主要功能是什么？
8. 美国长期国库券期货的特征是什么？
9. 外汇期货交易的主要特征是什么？说明其逐日浮动保证金制度的内容。
10. 什么叫做股票价格指数期货交易？其主要特征有哪些？
11. 什么是期权交易？有哪些交易种类？什么叫做协议价格和期权费？协议

价格和期权费在期权交易中起何作用？

12. 请解释下列金融衍生工具：互换交易、利率互换、远期利率协议、利率上限和下限、票据发行便利等。

第六章

股票的发行与承销

本章学习目的和要求

本章从介绍股票发行和承销的基本内容入手，详细阐述了股票发行的条件和程序，以及股票承销机构和承销方式的选择。

通过本章的学习，要掌握确定股票发行价格的方法，并对股票发行价格的影响因素和承销过程中的风险因素加以了解。

第一节　股票的发行

一、股票发行的目的

股票发行是经国家证券管理部门核准后，股份有限公司通过证券机构募集股份和社会投资公众认购股份的过程。大多数情况下，股份有限公司发行股票是为了筹措资金，但有时候发行股票也会出于其他目的。具体而言，股票发行的目的有下列几种情形。

1. 为新设立股份公司而发行股票

新的股份公司的设立需要通过发行股票来筹集股东资本，达到预定的资本规模，为公司开展经营活动提供必要的资金条件。

2. 现有股份公司为改善经营而发行新股

（1）增加投资，扩大经营。现有股份公司为了扩大经营规模或范围，提高公司的竞争能力而新建项目或筹措周转资金，就需要发行新股票来筹集资金，人们把这类追加投资称为增资发行。增资发行股票的主要目的在于：①新建厂房，更新或扩充设备，以扩大公司经营规模。②筹措周转资金。

（2）调整公司财务结构，保持适当的资产负债比率。发行股票所筹集的资金形成公司的自有资本，自有资本在资金来源中所占比率的高低是衡量该公司财务结构和实力的重要标志。在经营中，公司自有资本和负债应保持适当的比例。若短期内这一比例不合理，如负债比例过高，说明公司有资不抵债的危险；负债比例过低，又似乎显示公司信誉不好。为保证公司自有资本与负债的合理比例，公司以发行新股的方式，调整资本负债比例，以改善财务结构。

（3）巩固本公司经营权，增加资本。这种发行是出于两方面的考虑：一是维护经营支配权，防止被其他公司兼并；二是为本公司经营前景考虑，谋求与其他公司合并，以股权交换方式实现资产重组，达到减少竞争对手、扩大市场份额、引进其他公司先进生产技术等目的。

（4）维护股东的直接利益。经营状况良好的股份公司可以将超过规定比例的资本公积金和任意公积金，全部或部分地转为资本金，并按增加的资本金额发行股票，无偿地交付股东。另外，还可以将本应分派现金的红利转入股本，发行相应数额的新股票分配给股东，这种股票派息分红可以使股东从中受益。

3. 为其他目的发行股票

如为了争取更多投资者而降低每股股票价格并进行股票的分割，或为了便利业务处理而对面额过低的股票进行股票合并，以及在公司减资时，都需要发行新股票来替换原来发行的老股票。

二、股票发行的方式

1. 股票发行的方式

股票发行方式按目的不同，可分为初次发行和增资发行。

（1）初次发行。它是指新组建股份公司时，或原非股份制企业改制为股份公司时，或原私人持股公司要转为公众持股公司时，公司首次发行股票。初次发行一般都是发行人在满足发行人必备的条件，并经证券主管部门审核批准或注册后，通过证券承销机构面向社会公众公开发行股票。通过初次发行，发行人不仅募集到所需资金，而且完成了股份有限公司的设立或转制。

（2）增资发行。它是指随着公司的发展，业务的扩大，为达到增加资本金的目的而发行股票的行为。股票增资发行，按照取得股票时是否缴纳股金来划分，可分为有偿增资发行、无偿增资发行和有偿无偿混合增资发行。

第一，有偿增资发行。有偿增资发行是指股份公司通过增发股票吸收新股份的办法增资，认购者必须按股票的某种发行价格支付现款方能获取股票。这种发行方式可以直接从外界募集股本，增加股份公司的资本金。具体方式有股东配股、公募增资、私人配售三种方式。

股东配股也称股东分摊，是公司按股东的持股比例向原股东分配该公司的新股认购权，准其优先认购增资的方式，即按旧股一股摊配若干新股，以保护原股东的权益及其对公司的控制权。这种新股发行价格往往低于市场价格，事实上是对原股东的一种优惠，一般股东都乐于认购。原股东对公司的配股，没有必须应募的义务，他可以放弃新股认购权，也可以把认购权转让他人，从而形成了认购权的交易。

公募增资是股份公司以向社会公开发售新股票的办法而实现的增资方式。公募增资的目的是扩大股东人数，分散股权，增强股票的流通性，并可避免股票过分集中。公募增资的股票价格大都以市场价格为基础，是社会上最常用的增资方式。

私人配售也称第三者配股，是指股份公司向特定人员或第三者分摊新股购买权的增资方式。特定人员一般包括董事、职员、贸易伙伴以及与公司业务有关的第三者，如公司顾问、往来银行等。认购者可在特定的时间内，按规定的优惠价格优先购买一定数额的股票。这种发行方式一般在以下情形采用：当增资金额不足，需要完成增资总额时；当需要稳定的交易关系或金融关系，应吸收第三者入股时；当考虑到为防止股权垄断而希望第三者参与，从而使公司股权分散时。这种增资方式会直接影响公司原股东利益，需经股东大会特别批准。

第二，无偿增资发行。无偿增资发行是指公司原股东不必缴纳现金就可无代价地获得新股，发行对象仅限于原股东。这种发行方式主要是依靠公司的盈余结存、公积金和资产重估增资等增加资本金，目的是为了使股东获益以增强股东信心和公司信誉，或为了调整资本结构。无偿增资发行分为三种类型：公积金转增资、红利增资和股票分割。

公积金转增资也称累积转增资、无偿支付，即将法定公积金和任意公积金转为资本金，按原股东持股比例转给原股东，使股东无偿取得新发行的股票。公积金转增资可以进一步明确产权关系，有助于使投资者正确认识股票投资的价值所在，提高股东对公司长期发展和积累的信心，从而形成企业积累的内外动力机制。公积金转增资应遵循国家有关法律的规定，公司的积累基金应首先用于弥补历年的亏损。为了使公司留有应付亏损的余地，法定公积金的金额必须达到注册资本的50%，才可将其中不超过一半的数额转为增资，任意公积金则可由股东大会决定全部或部分转为增资。

红利增资又称股票分红、股票股息或送红股，即将应分派给股东的现金股息红利转为增资，用新发行的股票代替准备派发的股息红利。这种无偿增资的方式使现金派息应流出的现金保留在公司内部，将当年的股息红利开支转化为生产经营性资金。公司股东既取得了参与盈余分配的同样效果，又可免缴个人所得税（大多数国家规定将收入作再投资免交所得税），而且派息的股票有将来增加股息收入的希望。从宏观上讲，有助于将消费转化为投资。

股票分割又称股票拆细，即将原有的大面额股票细分为小面额股票。股票分割的结果只是增加股份公司的股份总额，而资本额并不发生变化；股票分割的目的在于降低股票价格，便于中小投资者购买，以利于扩大股票发行量和增强流动性。

第三，有偿无偿混合增资发行。有偿无偿混合增资发行是指公司对原股东发行新股票时，按一定比例同时进行有偿无偿增资。在这种增资方式下，公司对增发的新股票一部分由公司的公积金转增资，这部分增资是无偿的；一部分由原股东以现金认购，这部分增资是有偿的，增资分配按原股东的持股比例进行。这种发行方式一方面可促使股东认购新股，迅速完成增资计划；另一方面也是对原有股东的优惠，使他们对公司的前途充满信心。混合增资发行又可分为两种方式：有偿无偿并行发行、有偿无偿搭配发行。

有偿无偿并行发行是按股东的持股比例，同时进行股票的有偿发行和无偿发行，而且有偿无偿两部分是相互独立的，股东即使放弃有偿新股的认购权也能获得无偿新股的分配，通常是既送又配，送配互不影响。

有偿无偿搭配发行是按股东的持股比例，同时进行股票的有偿发行和无偿发行，但有偿无偿两部分不可分割，股东若不支付购买有偿部分的现金，就不能得到增发的新股，也就丧失了无偿发行部分的收益。通常是先配后送，因配股后持股数量增加，相应地可得到较多的送股。

2. 选择发行方式的原则

股票发行市场是整个股票市场的基础，股票发行工作的好坏直接影响到股票市场的发展，股票发行中的技术问题可能转化为社会问题，因此，在确定股票发行方式时，应遵循下列原则：

（1）公开、公平、公正原则。所谓公开，即股票发行方式应面向每一个潜在的投资者，披露有关发行的信息并对其进行宣传，做到政策透明、信息公开；

所谓公平，即股票发行方式应为每一位投资者提供平等的认购机会，不应限制投资者，而应为投资者提供认购的便利条件；所谓公正，即股票发行方式应有利于杜绝营私舞弊行为的发生，从而有利于维持社会秩序的稳定。

（2）经济、效率原则。即发行方式的选择应该有利于降低发行过程中人力、物力、财力和时间的耗费，最大限度地压缩发行成本，减轻政府、发行公司、承销机构和投资者的负担。

3. 我国的股票发行方式

我国的股票发行市场，基本上采取公募间接发行方式。就具体的发行方式而言，早期曾采用限量发售认购证方式、无限量发售认购证方式、与储蓄存款挂钩方式和上网竞价方式。在总结前几年经验的基础上，国务院证券监管机构规定目前股票发行方式为：公司股本总额在4亿元以下的公司采用上网定价方式、全额预缴款或与储蓄存款挂钩方式发行；公司股本总额在4亿元以上的公司，可采用对一般投资者上网发行和对法人配售相结合的方式发行。这里所称的法人是指在中华人民共和国境内登记注册的、除证券经营机构以外的、有权购买人民币普通股的法人。法人分为两类：一类是与发行公司业务联系紧密且欲长期持有发行公司股票的人，称为战略投资者；一类是与发行公司无紧密联系的法人，称为一般法人。对法人配售和对一般投资者的上网发行为同一次发行，须按同一价格进行。同时规定公开发行量在5000万股（含5000万股）以上的新股，按不低于公开发行量20%的比例供各证券投资基金申请配售。

为保护投资者合法权益，加强市场约束，完善股票发行价格形成机制，中国证监会2004年12月公布了《关于首次公开发行股票试行询价制度若干问题的通知》，按照此规定，自2005年1月1日起，所有首次公开发行股票的发行人，都要求采用询价方式发行。试行询价制度后，目前采用的网上市值配售的发行方式没有变化。

（1）全额预缴款发行方式。它包括"全额预缴、比例配售、余额即退"和"全额预缴、比例配售、余额转存"两种方式。前一种方式是指投资者在规范的申购时间内，将全额申购款存入主承销商在收款银行设立的专户中，待申购结束后转存银行专户进行冻结。承销商在对到账资金进行验资和确定有效申购后，根据股票发行量和申购总量计算配售比例进行股东配售（配售比例：股票发行量/有效申购总量），余款返还投资者；后一种方式则将配售后的余款转存为专项存款，但这种方式目前已暂停使用。全额预缴款发行方式分为申购、冻结与验资、配售和余款即退三个阶段，其发行时间不得超过8天。

（2）与储蓄存款挂钩发行方式。它是指在规定期限内无限量发售专项定期额存单，根据存单发售数量、批准发行股票数量及每张中签存单可认购股份数量多少确定中签率，通过公开摇号抽签方式决定中签者，中签者按规定要求办理预缴手续的新股发行方式。

（3）上网定价发行方式。它是指主承销商利用证券交易系统，由主承销商作为股票的惟一卖方，投资者在指定的时间内，按规定的发行价格委托买入股票的方式进行认购。主承销商在上网定价发行前应在证券交易所设立股票发行专户和申购资金专户。申购结束后，根据实际到位资金，由证券交易所主机确认有效购数，若出现超额认购情况，则由摇号抽签确定中签号，每一中签号只能认购1000股。

为了进一步完善股票发行方式，促进证券市场健康稳定发展，中国证监会于2000年初规定，在新股发行中可试行向二级市场投资者配售新股的办法。向二级市场投资者配售新股，是指在新股发行时，将一定比例的新股由上网公开发行改为二级市场投资者配售，投资者根据其持有上市流通证券的市值和折算的申购限量自愿申购新股。中国证监会已于2002年重新启动向二级市场投资者配售新股的规定，其流程见表6—1。

表6—1　　　　　新股同时向二级市场配售和上网定价发行的流程

日期	向二级市场投资者配售	上网定价发行
$T-2$	刊登招股说明书概要； 证券交易所计算各投资者持有本所上市市值	
$T-1$	刊登发行公告； 证券交易所计算各投资者可申购新股的数量	
$T+0$	投资者自主申购，无需缴款，交易所确认有效申购，配号	投资者自主申购，预先缴款
$T+1$	公布配号结果，摇号抽签	冻结资金
$T+2$	公布中签结果	验资，确认有效申购，配号
$T+3$	收缴股款	公布配号结果，摇号抽签
$T+4$	清算、登记、划款	公布中签结果，清算、登记、划款
$T+5$	主承销商将募集资金划入发行公司账户	主承销商将募集资金划入发行公司账户

（4）询价制发行方式。询价分为初步询价和累计投票询价两个阶段。发行人及其保荐机构应向不少于20家询价对象进行初步询价，确定发行价格区间及相应

的市盈率区间,通过累计投标询价确定发行价格。其中公开发行股数在 4 亿股(含 4 亿股)以上的,参与初步询价的询价对象应不少于 50 家。发行人及其保荐机构应向参与累计投票询价的询价对象配售股票:公开发行数量在 4 亿股以下的,配售数量应不超过本次发行总量的 20% ;公开发行数量在 4 亿股以上(含 4 亿股)的,配售数量应不超过本次发行总量的 50% 。经证监会同意,发行人及其保荐机构可以根据市场情况对上述比例进行调整。询价对象确定为证券投资基金管理公司、证券公司、信托投资公司、财务公司、保险机构投资者和合格境外机构投资者(QFII)等六类机构。国际上成熟市场的经验表明,向专业从事证券投资的机构投资者询价是形成股票发行价格的有效方式。该制度的实施标志着我国首次公开发行股票市场化定价机制的初步建立,将对中国的证券市场产生积极的影响。

三、股票发行的条件

股票发行条件是指股票发行者在以股票形式筹集资金时所必须考虑的因素,它通常包括初次发行条件、增资发行条件和配股发行条件。

1. 初次发行条件

所谓初次发行,指以募集方式设立股份有限公司时,公开募集股份或已设立公司首次公开发行股票,应当向中国证监会递交募股申请,经批准后方可发行。

发行人申请公开发行股票时,应当符合下列条件:

(1)股票发行人必须是具有股票发行资格的股份有限公司,包括已经成立的股份有限公司和经批准拟成立的股份有限公司。

(2)其生产符合国家产业政策。

(3)发行的普通股限于一种,同次发行的股票,每股的发行条件和发行价格相同,同股同权。

(4)发起人认购的股本数额不少于公司拟发行的股本总额的 35% 。

(5)公司拟发行的股本总额中,发行人认购的部分不少于人民币 3000 万元,但是国家另有规定的除外;本次发行后,公司的股本总额不少于人民币 5000 万元。

(6)向社会公众发行的部分不少于公司拟发行的股本总额的 25% ,其中公司职工认购的股本数额不超过拟向社会公众发行的股本总额的 10% ;公司拟发行的股本总额超过人民币 4 亿元的,证监会按照规定可以酌情降低向社会公众发行的部分的比例,但是最低不低于公司拟发行的股本总额的 15% 。

(7)发行人在最近三年没有重大违法行为,财务报表无虚假记载。

(8)证监会规定的其他条件。

原有国有企业改组设立股份有限公司申请公开发行股票,除应当符合上述条件以外,还应当符合下列条件:发行前一年年末,净资产在总资产中所占比例不低于 30%,无形资产在净资产中所占比例不高于 20%,但是证监会另有规定的除外;近三年连续盈利。

2. 增资发行条件

股份有限公司增资申请发行股票,除应当符合上述条件以外,还应当符合下列条件。

(1)前一次公开发行的股票所得资金的使用与其招股说明书所述的用途相符,并且资金使用效益良好。

(2)距前一次公开发行股票的时间不少于 12 个月。

(3)从前一次公开发行股票到本次申请期间没有严重违法行为。

(4)证监会规定的其他条件。

对于 1994 年《公司法》正式实施以前已经根据《股份有限公司规范意见》成立的定向募集股份有限公司,申请公开发行股票,除了应当符合上述第(1)项和第(2)项的要求外,还应当符合下列条件。

(1)定向募集所得资金的使用与其招股说明书所述的用途相符,并且资金使用效益良好。

(2)距最近一次定向募集股份的时间不少于 12 个月。

(3)从最近一次定向募集到本次公开发行期间没有重大违法行为。

(4)内部职工股权证按照规定范围发放,并且已交国家指定的证券机构集中托管。

(5)证监会规定的其他条件。

3. 配股发行条件

配股是指上市公司在获得有关部门的批准后,向其现有股东提出配股建议,使现有股东可按其所持股份的比例认购配售股份的行为,它是上市公司发行新股的一种方式。配股集资具有实施时间短、操作简单、成本较低等优点。同时,配股也是上市公司改善财务结构的一种手段。

根据中国证券监督管理委员会 1994 年 9 月 28 日发布的《关于执行〈公司法〉规范上市公司配股的通知》,上市公司必须符合下列基本条件才能进行股东配股。

(1)配股募集资金的用途必须符合国家产业政策的规定。

(2)前一次发行的股份已经募足,并间隔 1 年以上。其中“前一次发行”包括配股等发行方式;“间隔时间”是指从公司前一次募足股份后的工商注册登记日或变更登记日至本次配股说明书的公布日,其间隔不少于 12 个月。

(3)公司在最近 3 年内连续盈利;公司净资产的利润率 3 年平均在 10%以

上；属于能源、原材料、基础设施类的公司可以略低于 10% 。

（4）公司在最近 3 年内财务会计文件无虚假记载或重大遗漏。

（5）公司预期利润率达到同期存款利率水平，即本次配股募集资金后，公司预测的净资产税后利润率应达到同期银行个人定期存款利率。

（6）配售的股票限于普通股，配售的对象为根据股东大会决议规定的日期在册的本公司全体普通股股东。

（7）公司一次配股发行股份总数，不得超过该公司前一次发行并募足股份后其普通股股份总数的 30% 。

上市公司凡有下列情况的，地方政府或中央企业主管部门及中国证监会对其配股的申请将不予批准。

（1）不按有关法律、法规的规定履行信息披露义务的。

（2）近 3 年有重大违法行为，特别是有以违反国家现行规定的方式和范围发行或变相发行股票的行为，有证券欺诈等行为的。

（3）前一次发行股票所募集的资金用途与当时该公司的招股说明书、配股说明书或股东大会有关决议不相符的。

（4）有关本次配股的股东大会的召集、召开方式和表决方式不符合《公司法》及有关规定的。

（5）其申报材料存在虚假陈述的。

（6）公司所确定的配股价格低于该公司配股前每股净资产的。

上述第（2）、第（3）和第（5）项如在有关主管部门的审查中未能通过，公司 1 年内不得再次提出配股申请。到境外募集股份并上市的股份有限公司同时在国内发行股份并上市的，其配股亦应符合上述条件，同时还应遵守《到境外上市公司章程必备条款》的有关规定。

四、股票发行的时机

决定股票发行成功与否的最重要因素之一是发行时机的把握。抓住好的或较好的发行时机，发行人就能以较低的成本在较短的时间里筹得较多的资金，并使股票在二级市场有良好的表现，为公司进一步筹资奠定基础。要想抓住有利的发行时机，发行公司必须严密跟踪市场，进行市场分析及预测，尽可能熟悉和把握市场。

在发行公司与承销机构协商决定发行时机时，一般应考虑以下因素：

1. 宏观经济环境

公司应选择社会经济稳定、物价比较平稳、投资者对未来经济发展持乐观态度时发行。

2. 银行利率变动

公司应选择银行利率稳定或降低时发行，否则应对利率变化有所把握，并在发行价格等发行条件上有所反应。

3. 市场行情

公司应选择股票市场活跃、股价看涨、投资热情高涨时发行。此外，还应选择各种证券发行量较小的时机。此时由于社会公众投资选择不多，则在适当的发行条件下应能取得较好的效果。

4. 公司的发展状况

一般应选择企业财务状况良好，发展前景看好，或公司有某项重大举措可能吸引投资者时发行。譬如企业新项目奠基、新产品推向市场、产品获奖的时候，投资者的认购热情会较高。

5. 投资者的购买力

应选择投资者大量取得货币收入、多余资金寻求投资途径时发行。

五、股票发行的程序

各国对股票发行都有严格的法律程序。由于股票发行目的、发行方式不同，其发行程序也有所差异。一般可分为首次公募发行的程序和增发股票的程序。

1. 首次公募发行的程序

（1）准备阶段。发行公司拟定了资金使用计划和新股发行计划后，需要聘请一家证券承销商负责本公司此次发行事宜，并由承销商负责组织一个包括律师、会计师、资产评估师等组成的专家小组，负责对发行公司的尽职调查和发行前的准备工作。准备工作主要包括：第一，对发行公司进行改造，重组整合成适于公开发行及随后上市的公司；第二，对发行公司进行评估，准备招股说明书等申请文件并为大致确定公司的价值和发行价格准备各类资料；第三，编制招股说明书。

（2）申请阶段。主承销商会同发行公司将申请书、招股说明书、承销协议等申请文件送交证券管理机关，申请公开招股。各国公开发行股票的审核制度分为注册制和核准制两种。注册制在生效期后发行公司可销售股票，核准制只有在申请被批准后发行公司才能销售股票。

（3）推介（促销）阶段。从提出发行申请到发行申请被批准或注册生效之间的时间内，发行公司与主承销商可以推介或促销拟发行的证券，包括提前通知市场有关新股发行情况，大致确定目标投资群体，通过巡回展示或其他推介形式创造对新股的需求，引起投资者的购买兴趣。

（4）发售阶段。在注册期满或申请被批准后，发行公司须提交并公开招股说明书的最后文本，同时要与主承销商正式签署承销协议，并由主承销商负责组织承销团。承销团成立后，便可以在公开发行日向投资者发售股票。股票全部发售完毕，主承销商负责公布认购结果并将所筹资金转交发行公司办理股份登记。如果发行公司想成为上市公司，主承销商还要负责上市事宜及上市后的市场维持。

我国新股的发行程序与上述过程基本相同，大致要经过发行准备、上报审批、签订承销协议、组织承销团、公布招股文件、组织销售几个阶段才能发行成功。

2. 增发股票的程序

增发股票主要是向原股东配股，大致程序如下：

（1）制定新股发行计划，召开董事会形成增资配股决议，并经股东大会讨论通过；

（2）公告配股日期，停止公司股东名册记载事项的变更；

（3）提出增资配股申请文件；

（4）向股东发送配股通知书、认购申请书、配股说明书；

（5）办理配股认购申请事务；

（6）确定或处理失权股或转配事宜；

（7）股东支付配股认购款；

（8）交付股票，发行公司办理股份变更登记。

第二节　股票的承销

发行股票的最后一个环节就是如何把股票推销给投资者。发行人推销股票的方法有两大类：一种是自己销售，称为自销；另一种是委托他人代为销售，称为承销。一般说来，股票发行以承销为多。

一、承销机构的选择

1. 选择承销机构的原则

股票承销机构是指那些专门从事股票代理发行业务的金融中介机构。从发行公司的角度看，它必然希望选择实力最强、信誉最为卓著的机构来承销其股票。但选择这样的机构，发行公司未必能获得最好的服务，并取得最佳的发行条件。其原因是：这类机构一般业务量大，如果公司在其客户名单上并未处于显要位置，则不可能由这类机构的最佳人员来进行公司的发行工作。因此，退而求其次，很可能取得很好的结果。因此，发行公司对承销机构的相对重要性是选择承销机构必须考虑的问题。

2. 确定承销机构的方式

（1）竞标方式。其程序是：发行公司向各个承销机构发出标的要约，通常两个或多个承销机构会出于分散风险、增加销售能力的考虑组成承销团共同出标。发行公司指明投标的日期，参与竞标的各承销团在规定时间内将标书送至指定地点，出标最高者即取得股票发行的承销权。

（2）协议方式。在该方式下，发行公司可在与多家承销机构接触后，自行选择较为满意的一家，并直接与其共同决定该次发行的重要问题，如发行规模、发行时机和发行价格等。如发行规模很大，则被选中的承销机构一般应组成承销团。

（3）两种方式的比较。从发行公司的角度看，两种方式主要考虑的都是其所能得到的净发行价格。竞标方式固然可能因参与竞标的各方的竞争，使发行公司获得高于协议方式的净发行价格，但竞标方式下，承销机构无法在充分了解发行公司的情形下判断市场需求，因此定价盲目性较大，而且，竞标时所确定的发行价格往往因形势变化而脱离市场实际。太高则影响投资人的认购热情，增加承销机构的风险；太低则影响发行公司的实际筹资额。相反，协议方式下发行公司可能不会获得太高的净发行价格，但是承销机构有更多的时间了解市场需求，从而制定出更有利的价格，这在股市不景气和发行规模较大时尤为重要。

二、承销方式的选择

1. 股票的承销方式

所谓承销就是将股票销售业务委托给专门的股票承销机构代理。按照发行风险的承担、所筹资金的划拨及手续费高低等因素划分，承销方式有包销和代销两种。

（1）包销。股票发行的包销是指证券公司将发行人的证券按照协议全部购入或者在承销期结束时将售后剩余的证券全部自行购入的承销方式。采用该种方式，当实际招募额达不到预定发行额时，剩余部分由承销商全部承购下来，并由承销商承担股票发行风险。包销一般可以分为全额包销和余额包销两种：全额包销是指由承销商（承销团）先全额购买发行人该次发行的股票，然后再向投资者发售。全额包销的承销商承担全部发行风险，因此手续费很高。这种承销方式可以保证发行人及时得到所需的资金。余额包销，又称助销，是指承销商（承销团）按照规定的发行额和发行条件，在约定期限内向投资者发售股票，到销售截止日，如投资者实际认购总额低于预定发行总额，未售出的股票由承销商负责认购，并按约定时间向发行人支付全部证券款项。余额包销的承销商要承担部分发行风险，因此手续费也较高。

包销的特点是：股票发行风险转移。包销协议签订后，股票发行的风险和责任由承销人承担；而在代销条件下，该股票发行风险由发行人自己承担。这是包销与代销两种承销方式的实质区别。

包销的费用高于代销。因发行人不承担股票发行风险，所以要向承销人支付较高的报酬。

发行人可以迅速可靠地获得资金。

（2）代销。代销是指证券公司代发行人发售证券，在承销期结束时，将未售出的证券全部退还给发行人的承销方式。在代销条件下，在承销协议规定的承销期结束后，如果投资人实际认购总额低于发行人的预定发行总额时，承销人（承销团）将未售出的股票全部退还给发行人或包销商。

采用代销方式时，股票发行的风险由发行人自行承担。证券的代销、包销期最长不得超过90日。

2. 承销方式的决策

发行公司选择承销方式时，应考虑以下因素：

（1）发行公司的信誉和知名度。一般而言，承销商愿意包销业绩良好、规模较大、信誉良好、前景乐观的公司的股票。而默默无闻、名不见经传的发行公司，由于信誉尚未建立，包销风险大，因而只能选择代销方式。

（2）发行公司筹资的紧迫性。运用包销方式，可以使发行公司拿到欲筹集的全部资金。而运用代销方式，发行公司能否及时、足额地拿到所欲筹集的资金并不能得到保证。

（3）发行成本的高低。相比较而言，在包销方式下，承销商承担着更大的风险，因此包销的承销费比代销的承销费要高。因此，如发行公司确信自己的股票能够顺利地在短期内售出，则从降低发行成本的角度考虑，可选择代销方式。

（4）市场情况。如果发行市场上股票供不应求，发行公司应争取代销方式，反之，则应争取包销方式。

三、股票承销的风险防范

股票承销是证券经营机构投资银行业务的重点。虽然股票承销能给承销商带来相当可观的收益，但其中的风险也是不容忽视的。

股票承销的风险因素很多，既有承销决策不当、技术操作的失误等主观因素造成的风险，也有因宏观政治、经济形势和股票市场状况发生变化等客观原因而导致的风险。因此，在承销过程中，发行人与承销商都应当充分认识到这些风险的存在，对整个经济形势和证券市场的变化趋势进行全面、客观、准确地分析和预测，并采取有效的风险防范措施，努力把承销风险降到最低程度。

1. 确定合理的股票发行价格

股票发行价格是影响股票承销能否顺利成功的关键因素。合理的发行价格应根据市场的承受能力、发行人的经营业绩及未来发展潜力、同类型上市公司的交易价格等因素来确定，一般说来，新股发行价格的市盈率应低于股票市场上同类型股票的市盈率。过高的发行溢价会使投资者不愿购买，股票发售不出去，不仅严重影响发行人筹集资金的目标和企业的公众形象，而且给承销商带来沉重的包销负担和风险。而太低的股票发行价格又会使发行人不能筹集到尽可能多的低成本资金，削弱了股票发行的筹资功能。

2. 组织承销团分散承销

在公开发行股票的规模和募集资金额很大的情况下，一家机构可能无法全部包销下来，需要组织承销团共同承销，将过大的风险分散给多个承销商承担。这种承销团在国际投资界又称为"承销辛迪加"，即一种以契约为基础的临时联合组织，各成员按照承销团协议规定的数额、价格、期限和发行方式进行承销，并分享承销收益，同时，仅以其在承销团协议中约定承销的股票份额为限承担责任。

3. 确定适当的承销方式

目前我国对公开发行的股票普遍采用余额包销方式。但由于我国严格限制国有股、法人股的上市交易，影响了承销商包销股票余额的变现能力，因而许多承销商往往采取灵活的承销方式，以减轻股票承销的负担和风险。

4. 选择适当的发行时机

在"牛市"中，股票交易活跃，股票发行会比较顺利，并且发行价格也可以适当提高，股票承销风险较小；而在"熊市"中，由于股市行情低迷，交易清淡，股票承销风险就会增加。

5. 采用适当的发行方式

股票发行的具体方式和渠道有多种选择，我国采取的发行方式有认购证、上网竞价、全额预缴比例配售及上网定价几种。不同的发行方式有不同的特点，发行的工作量和费用也有一定的区别。由于网上发行便捷、安全、费用低廉，目前我国首选网上定价发行方式。

第三节　股票的发行价格和费用

一、股票发行价格的类型

股票发行价格指股份有限公司将股票公开发售给特定或非特定投资者所采用的价格。一般有以下几种类型：

1. 面额发行

面额发行又称平价发行、等价发行，是以股票面额为发行价格发行股票。例如，票面额为一元，则发行价格也是一元。一般说来，股票面额并不代表股票的实际价格，也不能表示公司每股实际资产的价值。票面价值仅具有簿证方面的作用，表示每一股占公司资本的份额。面额发行可以准确确定每一股份在公司所占有的比例，而且发行价格不受市场行情波动的影响。由于市价往往高于面额，以面额发行能使认购者得到因价格差异带来的收益，因此股东乐于认购，又保证了股份公司顺利地实现筹资的目的。面额发行较简便、易行。不足之处在于发行价格与流通价格不能联系在一起，不能反映股票的市场情况。一般在新公司成立及向老股东配股时采用这种方法。目前，面额发行在发达的证券市场用得很少，多在证券市场不发达的国家和地区采用。

2. 时价发行

时价发行是以股票在流通市场上的价格为基础而确定的发行价格。时价发行的发行价格一般并不等于市价，而是接近于股票流通市场上该种已发行股票或同类股票的近期买卖价格。时价发行价一般高于股票面额，两者的差价称为溢价，溢价带来的收益计入公司资本公积金。时价发行是成熟证券市场最基本、最常用的方式，通常在公募发行或第三者配售时采用。

3. 中间价发行

中间价发行是指介于面额与市价之间的价格发行。中间价发行通常在股东配股时采用。采用中间价发行可以增强配股对原有股东的吸引力，实际上是将发行溢价收入的一部分返还给股东。

上述三种发行价格是最常见的股票发行价格，其中，时价发行是股票发行价格的主要形式，中间价发行和面额发行是次要及辅助的形式。此外，股票很少有折价发行的，在美国，许多州甚至规定股票折价发行是非法的，我国《公司法》也规定股票发行价格不得低于票面金额。

二、影响股票发行价格的因素

1. 公司盈利水平

公司税后的利润水平反映了一个公司的经营能力和上市时的市值，税后利润的高低直接关系着股票发行价格。这里所说的公司盈利水平，主要是指发行人公司募股当年的预测盈利水平，包括每股盈利水平，尤其包括税后利润总额水平，它实际上决定着发行人公司全部股份的最大市值。从理论上说，在总股本和市盈率已定的前提下，税后利润越高，发行价格也越高。

2. 公司潜力

公司经营的增长率（特别是盈利的增长率）和盈利预测是关系股票发行价格的又一重要因素。在总股本和税后利润量确定的前提下，公司的潜力越大，未来盈利趋势越确定，市场所接受的发行市盈率也就越高，发行价格也就越高。

3. 发行数量

不考虑资金需求量，单从发行数量上考虑，若本次股票发行的数量较大，为了能保证销售期内顺利地将股票全部售出，取得预定金额的资金，价格应适当定得低一些；若发行量小，考虑到供求关系，价格可定得高一些。

4. 行业特点

发行公司所处行业的发展前景会影响到公众对本公司发展前景的预期，同行业已经上市企业的股票价格水平，剔除不可比因素以后，也可以客观地反映本公司与其他公司相比的优劣程度。如果本公司各方面均优于已经上市的同行业公司，则发行价格可定高一些；反之，则应低一些。此外，不同行业的不同特点也是决定股票发行价格的因素。

5. 股市状态

二级市场的股票价格水平直接关系到一级市场的发行价格。在制定发行价格时，要考虑到二级市场股票价格水平在发行期内的变动情况。若股市处于"熊市"，定价太高则无人问津，使股票销售困难，因此，要定得低一些；若股市处于"牛市"，价格太低会使发行公司受损，股票发行后易出现投机现象，因此，可以定得高一些。同时，发行价格的确定要给二级市场的运作留有适当的余地，以免股票上市后在二级市场上的定位会发生困难，影响公司的声誉。

三、确定股票发行价格的方法

确定股票发行价格的方法主要有市盈率法、净资产倍率法、竞价确定法、现金流量折现法和协商定价法。

1. 市盈率法

市盈率又称本益比（P/E），是指市场价格与盈利的比率。计算公式为：

市盈率 = 股票市价 / 每股收益

通过市盈率法确定股票发行价格，首先应根据注册会计师审核后的盈利预测计算出发行人的每股收益；然后可根据二级市场的平均市盈率、发行人的行业情况（同类行业公司股票的市盈率）、发行人的经营状况及其成长性等拟定发行市盈率；最后依发行市盈率与每股收益之乘积决定发行价。

按市盈率确定发行价格的计算公式为：

发行价 = 每股收益 × 发行市盈率

确定每股收益或每股税后利润有两种方法：一种为完全摊薄法，即用发行当年预测的税后利润总额除以发行后的总股本，直接得出每股税后利润；另一种是加权平均法，即用发行当年预测的税后利润总额除以发行当年公司股本的加权平均数。采用不同的每股收益计算方法将得到不同的发行价格。

完全摊薄法的计算公式为：

每股税后利润 = 发行当年预测税后利润 / 发行后的总股本数

加权平均法计算公式为：

每股税后利润 = 发行当年预测税后利润 / [发行前总股本数 + 本次公开发行股本数 ×（12 - 发行月份）÷ 12]

2. 净资产倍率法

净资产倍率法又称资产净值法，指通过资产评估（物业评估）和相关会计手段确定发行人拟募股资产的每股净资产值，然后根据证券市场的状况将每股净资产值乘以一定的倍率，以此确定股票发行价格的方法。其公式是：

发行价格 = 每股净资产值 × 溢价倍率

净资产倍率法在国外常用于房地产公司或资产现值要重于商业利益的公司的股票发行，但在国内一直未采用。以此种方式确定每股发行价格不仅应考虑公平市值，还须考虑市场所能接受的溢价倍数。

3. 竞价确定法

投资者在指定时间内通过证券交易场所的交易网络，以不低于发行底价的价格并按限购比例或数量进行认购委托，申购期满后，由交易场所的交易系统将所有有效申购按照"价格优先、同价位申报时间优先"的原则，将投资者的认购委托由高价位向低价位排队，并由高价位到低价位累计有效认购数量，当累计数量恰好达到或超过本次的发行数量时，即为本次发行的价格。

如果在发行底价上仍不能满足本次发行股票的数量，则底价为发行价。发行底价由发行人和承销商根据发行人的经营业绩、盈利预测、项目投资的规模、市盈率、发行市场与股票交易市场上同类股票的价格及影响发行价格的其他因素共同研究协商确定。由于此种方法下，机构大户易于操纵发行价格，因此，经试验后停止使用。

4. 现金流量折现法

现金流量折现法是通过预测公司未来盈利能力来计算出公司净现值，并按一定的折现率折算，从而确定股票发行价格的方法。具体讲，首先是用市场接受的会计手段预测公司每个项目若干年内每年的净现金流量，再按照市场公允的折现率，分别计算出每个项目未来的净现金流量的净现值，公司的净现值除以公司股份数，即为每股净现值。采用此方法应注意两点：第一，由于未来收益存在不确定性，发行价格通常要对上述每股净现值折让 20% ~ 30%。第二，用现金流量折现法定价的公司，其市盈率往往远高于市场平均水平，因此这类公司发行上市时套算出来的市盈率与一般公司发行的市盈率之间不具可比性。

国际主要股票市场上对新上市公路、港口、桥梁、电厂等基建公司的估值发行定价一般采用此方法。因为这类公司的特点是前期投资大，初期回报不高，上市时的利润一般偏低，如果采用市盈率法发行定价则会低估其真实价值。

5. 协商定价法

根据我国《证券法》的规定，股票的发行价格由发行人与承销的证券公司协商确定，并报中国证监会核准。发行公司应当参考公司经营业绩、净资产、发展潜力、发行数量、行业特点、股市状态，提供定价分析报告，说明确定发行价格的依据。

四、股票的发行费用

发行费用指发行公司在筹备和发行股票过程中发生的费用，该费用可在股票发行溢价收入中扣除，主要包括以下内容：

1. 中介机构费

支付给中介机构的费用包括承销费用、注册会计师费用（审计、验资、盈利预测、审核等费用）、资产评估费用、律师费用等。

承销费用一般根据发行人股票发行规模确定，发行的规模越大，承销费用总额越高。股票发行过程中文件制作、印刷、散发、刊登发行公告和招股说明书等的费用，应由股票承销机构在承销费用中列支，发行人不得将上述费用在承销费之外计入发行费用。但在发行外资股时，境外的承销商往往会在承销费用以外收取一笔文件制作费。根据中国证监会的规定，目前承销费用的收费标准是：以包销方式承销股票收取的佣金为包销股票总金额的 1.5% ~ 3%；以代销方式承销时佣金为 0.5% ~ 1.5%。

2. 上网费

采用网上发行方式发行股票时，由于使用了证券交易所的交易系统，发行人须向证券交易所缴纳上网发行手续费。目前，证券交易所对上网发行的收费标准为发行总金额的 3.5‰。

本 章 小 结

（1）股票发行市场是整个股票市场的基础，股票发行工作的好坏直接影响到股票市场的发展，股票发行中的技术问题可能转化为社会问题，因此，在确定股票发行方式时，应遵循下列原则：公开、公平、公正原则和经济、效率原则。

（2）决定股票发行成功与否的最重要因素之一是发行时机的把握。抓住好的或较好的发行时机，发行人就能以较低的成本在较短的时间里筹得较多的资金，并使股票在二级市场有良好的表现，为公司进一步筹资奠定基础。要想抓住有利的发行时机，发行公司必须严密跟踪市场，进行市场分析及预测，尽可能熟悉和把握市场。

（3）发行股票的最后一个环节就是如何把股票推销给投资者。发行人推销股票的方法有两大类：一种是自己销售，称为自销；另一种是委托他人代为销售，称为承销。一般说来，股票发行以承销为多。

（4）股票承销的风险因素很多，既有承销决策不当、技术操作的失误等主观因素造成的风险，也有因宏观政治、经济形势和股票市场状况发生变化等客观原因而导致的风险。

（5）股票发行价格指股份有限公司将股票公开发售给特定或非特定投资者所采用的价格。常见的类型有面额发行、时价发行和中间价发行。

（6）影响股票发行价格的因素主要有公司盈利水平、公司潜力、发行数量、行业特点和股市状态。

（7）确定股票发行价格的方法有市盈率法、净资产倍率法和竞价确定法。

（8）发行费用指发行公司在筹备和发行股票过程中发生的费用，该费用可在股票发行溢价收入中扣除，主要包括中介机构费、上网费等。

复习思考题

1. 解释重要概念：股票发行、承销方式、发行方式、发行价格。
2. 发行公司与承销机构协商决定发行时机时，一般应考虑哪些因素？
3. 简述证券经营机构在股票承销中采用哪些风险防范措施降低承销风险？
4. 简述股票发行价格的类型有哪些？
5. 简述影响股票发行价格的因素有哪些？

第七章

债券的发行与承销

本章学习目的和要求

本章从介绍债券发行的目的、条件、方式等基本内容入手，详细地阐述了金融债券、企业债券、公司债券、可转换债券以及国债的发行和承销的相关内容。

通过本章的学习，要掌握债券发行的目的、条件及方式，并对各类债券的发行方式及程序以及国债在承销中的价格、风险、收益等问题加以了解。

第一节 债券的发行

一、债券发行的目的

债券发行是发行人以借贷资金为目的，依照法律规定的程序向投资人要约发行代表一定债权和兑付条件的债券的法律行为。债券发行是证券发行的重要形式，其法律意义在于使认购人在债券期满时，取得其对本金和利息收益请求返还的债权；其经济意义在于实现现有资金从投资者（债券购买人）向发行者的转移。

1. 国债发行的目的

量减少其发行费用，减少发行成本。

14. 有无担保

发行的债券有无担保是债券发行的重要条件之一。由信誉卓著的第三者担保或用发行者的财产作抵押担保，有助于增加债券的安全性，减少投资风险。一般来说，政府、大金融机构、大企业发行的债券多是无担保债券，而那些信誉等级稍差的中小企业一般都发行有担保的债券。

三、债券发行的方式

债券发行方式主要有三种类别。

1. 按发行对象的范围划分

（1）公募发行。它是指对非特定对象公开发行债券。所谓非特定，就是不明确哪些人是债券的发行对象，即由承购集团首先把新发行的债券认购下来，再向广大投资者推销，收取手续费，使发行者从繁杂的发行事务中解脱出来。为了防止弄虚作假欺骗投资者，法律规定公募债券发行者必须向主管机关提供债券发行申报书、公开公司内部财务情况，以便于投资者选择和决策，并要求接受证券评级机构的资信评定或提供抵押或担保。这样，可以提高发行者的知名度，筹集更多的资金。此外，公募发行还有直接公募和间接公募之分。

（2）私募发行。它是指向特定的少数者发行债券。所谓特定，一是指个人投资者，如经常使用发行单位产品的用户或本企业职工；二是指机构投资者，如与发行人有密切业务关系的公司或大的金融机构。私募债券的特征是：第一，可以不办理发行注册手续，因而节省时间和注册费用；第二，一般采取直接销售方式，故可节省承销费用；第三，因有确定的投资人，所以发行能得到保证；第四，一般不允许转让；第五，投资人因转让条件受到限制往往向发行人提供优惠条件，如提高利率等。

2. 按是否有中介单位划分

（1）直接发行，即无中介单位。优点是不必支付代理费，可降低筹资成本。但也有不少缺点：如债券集中在少数人手里，购回困难；涉及的发行事务繁杂，需要有专门知识、技术的人才以及庞大的销售网络，往往有发行失败的危险。一般都由那些信誉很高的大企业或金融单位发行。

（2）间接发行，即有中介单位。发行中通常由一些资金实力强、销售网点多、专门人才多及信息情报多的中介单位来承担，以便债券顺利发行。目前多数债券以中介单位为媒介发行。

3. 按发行条件及投资者的决定方式划分

（1）招标发行。它又分两种形式：一是价格招标，也叫竞价发行。发行人只确定发行额和债券票面利率，发行价格和认购额则由投资者投标。中标的投资者以其出价和所报认购额认购；二是利率招标。发行者只确定发行总额，利率则由投资者投标决定。发行者从中选择其中的最低利率，依次按最低利率为起点认购（包括认购额）。直到满足金额为止。

（2）非招标发行，也叫协商议价发行。它指的是发行人与债券承销商或投资银行直接协商发行条件。协商议价的好处：一是承销商与发行人直接协商可以了解更多的情况，减少承销风险；二是发行人通过协商，使债券的推销及收益底码更清楚。

第二节　我国商业债券的发行

一、金融债券的发行

金融债券是由银行和非银行金融机构发行的债券。在英、美等欧美国家，金融机构发行的债券归类于公司债券；在我国及日本等国家，金融机构发行的债券称为金融债券。

我国经济体制改革以后，国内发行金融债券的开端为 1985 年由中国工商银行、中国农业银行发行的金融债券。1994 年我国政策性银行成立后，发行主体从商业银行转向政策性银行，首次发行人为国家开发银行，随后，中国进出口银行、中国农业发展银行也加入到这一行列。

1. 发行人

政策性金融债券是由我国政策性银行（国家开发银行、中国进出口银行、中国农业发展银行）为筹集信贷资金，经中国人民银行批准，用计划派购市场化的方式，向国有商业银行、区域性商业银行、商业保险公司、城市合作银行、农村信用社、国家邮政局以及邮政储汇局等金融机构发行的债券。

2. 发行资格

具有发行政策性金融债券资格的是我国的三大国有政策性银行，即国家开发银行、中国进出口银行和中国农业发展银行。

3. 发行审核

准备发行金融债券的各银行与非银行金融机构根据实际需要，按照规定的要求和程序向人民银行总行报送本单位发行金融债券的计划，其主要内容包括：

（1）金融债券的发行额度；

（2）金融债券的面额；

（3）金融债券的发行条件；

（4）金融债券的转让、抵押等规定；

（5）金融债券的发售时间与发售方式；

（6）所筹资金的运用。

同时，中国人民银行总行根据信贷资金的平衡情况确定金融债券的年度发行额，并向各银行与非银行金融机构下达发行金融债券的指标。省级非银行金融机构如果需要发行金融债券，要向同级人民银行申报，由人民银行分行在人民银行总行下达的控制额度内进行审批，在申报的同时也要报送类似前面所述的有关发行金融债券的计划。

4. 发行方式及其程序

金融债券的发行方式有自办发行和代理发行两种。由于金融债券的发行主体是金融机构，其业务网络广泛，因此完全可以由金融机构自己发行，自己承销。这时，发行主体与承销主体为同一主体。

金融债券的发行程序一般如下：

（1）银行或金融机构在拟发行的规模被批准之后，首先应发布发行债券的通告，在其中详细说明发行的目的、发行数额、发行办法、债券期限、债券利率、认购对象、认购和缴款的地址等事项。

（2）发行金融债券的银行或金融机构同其分支机构或其他单位签订金融债券的分销或代理协议，分担一定数量的金融债券的发行任务。

（3）发行金融债券的银行或金融机构同其分支机构或相关单位利用业务关系和推销网络，将金融债券卖给企事业单位和社会公众。

（4）在规定的期限内，各分销和代理机构将款项划入发债主体的账户，发债主体再将手续费划到各承销单位的账户上。

二、企业债券的发行

根据 1993 年 8 月国务院颁布的《企业债券管理条例》规定，我国目前企业债券的发行受以下基本规则的规范。

1. 发行人

《企业债券管理条例》规定企业债券的发行主体是在中华人民共和国境内具有法人资格的企业。

2. 发行资格

《企业债券管理条例》要求发行企业债券的企业必须符合下列条件：

（1）企业规模达到国家规定的要求；

（2）企业财务会计制度符合国家规定；

（3）具有偿债能力；

（4）企业经济效益良好，发行企业债券前连续 3 年盈利；

（5）所筹资金的用途符合国家产业政策。

3. 发行审核

按照《企业债券管理条例》的规定，国家计划委员会同中国人民银行、财政部、国务院证券委拟定全国企业债券发行年度规模内的各项指标，报国务院批准后，下达各省、自治区、直辖市、计划单列市人民政府和国务院有关部门执行。因此，企业发行企业债券必须受到国家计划发行规模的限制。中国人民银行及其分支机构和国家证券管理部门依照规定的职责，负责对企业债券的发行和交易活动进行监督检查。

企业发行企业债券时，要经过配额与发行的双重审核。

（1）配额审核程序。一是发行人在发行债券前，须向其行业主管部门提出申请，只有在行业主管部门正式批准并且推荐的条件下，才能申请发行债券。二是该企业主管部门向省、自治区、直辖市或计划单列市的人民银行分行、计划委员会申报发行配额。三是省、自治区、直辖市或计划单列市人民银行分行、计划委员会共同编制当地企业的年度债券发行计划，并报人民银行总行和国家计划委员会审核。四是人民银行总行、国家计划委员会综合各地申报的发行计划，共同编制企业的年度债券发行计划，并报国务院办公会议批准。五是全国企业债券年度发行计划被批准之后，由人民银行总行、国家计划委员会联合将发行配额分给各省、自治区、直辖市和计划单列市。六是省、自治区、直辖市、计划单列市的人民银行分行与计划委员会共同将发行配额分给企业或企业主管部门，企业获得发行配额，需得到省、自治区、直辖市、计划单列市人民银行分行发放的《发放企业债券申请表》。七是发行债券所筹的资金如果用于固定资产的投资，还必须被列入我国的"固定资产投资规模"之中，按照国家有关规定需要经有关部门审批的，还应当向审批机关报送有关部门的审批文件。

（2）发行审核程序。《企业债券管理条例》规定："中央企业发行企业债券，由中国人民银行会同国家计划委员会审批；地方企业发行企业债券，由中国人民银行的省、自治区、直辖市、计划单列市分行会同同级计划主管部门审批。"

主管部门在对发行申请进行审核时，主要考虑四个方面的问题，即发行人的资格、发行条件、禁止发行事由和债券募集办法中所列的各项条件。在对这几个方面进行审查之后，做出批准发行或不予批准的决定。

4. 发行方式和程序

根据《企业债券管理条例》规定，"企业发行企业债券，应当由证券经营机构承销"。我国企业债券的发行采用包销和代销两种方式，即先由某家证券经营机构同发行债券的企业签订承销协议，企业拟发行的债券由该机构承销，未销完部分按协议规定处理。此外，对于一些数额较大的企业债券，多采用组织区域性承销团承销的方式。具体程序如下：

（1）证券承销商审查发行债券的企业的发行章程和其他有关文件的真实性、准确性和完整性后，与企业签订承销协议，明确双方的权责。

（2）主承销商与分承销商签订分销协议，协议中应对承销团成员在承销过程中的权利与义务等作出详细规定。

（3）主承销商与其他证券经营机构签订代销协议，未销出的部分可退还给主承销商。

（4）开展广泛的宣传活动。

（5）承销团各成员利用自己的销售网络，向金融机构、企事业单位及个人投资者销售。

（6）在规定时间内，承销商将所筹款项转到企业的账户上。

从目前的中国企业债券市场来看，发展是缓慢的。究其原因，主要有两点：一是从 1999 年起，国家计委全面负责企业债券的额度安排与监管发行，中国人民银行负责企业债券利率管理，中国证监会与证券交易所负责企业债券上市审批。多头审批、额度严格控制，造成企业债券发行申报复杂，审批周期漫长，通常一只企业债券从申请到发行，需要一年的时间。在这种情况下，企业债券的扩容速度是非常有限的。二是定价方式尚未市场化。企业债券发行利率基本是根据"不得高于银行同期存款利率的 40%"，由发行人与券商定价报批。因此，国内企业债券的监管体制及思路还有待进一步理顺。

三、公司债券的发行

根据我国《公司法》和《证券法》的规定，我国公司债券的发行受以下基本规则的规范。

1. 发行人

《公司法》中规定：股份有限公司、国有独资公司和两个以上的国有企业或者其他两个以上的国有投资主体投资设立的有限责任公司，为筹集生产经营资金，可以发行公司债券。

2. 发行资格

根据《公司法》第 161 条规定，发行公司债券必须符合下列条件：

（1）股份有限公司的净资产额不低于人民币 3000 万元，有限责任公司的净资产额不低于人民币 6000 万元。

（2）累计债券总额不超过公司净资产额的40%。

（3）最近3年平均可分配利润足以支付公司债券1年的利息。

（4）筹集的资金用途符合国家产业政策。

（5）债券的利率不得超过国务院限定的利率水平。

（6）国务院规定的其他条件。

发行公司债券筹集的资金，必须用于审批机关批准的用途，不得用于弥补亏损和非生产性支出，不得用于股票、房地产和期货买卖等与本企业生产经营无关的风险性投资。若用于固定资产投资，还须经有关部门批准。

凡有下列情形之一的，不得再次发行公司债券：

（1）前一次发行的公司债券尚未募足的。

（2）对已发行的公司债券或者其债务有违约或者延迟支付本息的事实，且仍处于继续状态的。

3. 发行审核

公司债券的发行规模由国务院确定。发行公司债券，必须依照《公司法》规定的条件，报经国务院授权的部门审批。发行人必须向国务院授权的部门提交《公司法》规定的申请文件和国务院授权的部门规定的有关文件。

股份有限公司、有限责任公司发行公司债券，由董事会制定方案，股东会做出决议。国有独资公司发行公司债券，应由国家授权投资的机构或者国家授权部门作出决定。上述决定或决议应报主管部门批准。主管部门审批公司债券的发行，不得超过国务院确定的规模。

公司债券的发行审核包括配额审核与资格审核两部分。其主要内容类似于企业债券的发行审核。

4. 发行方式及程序

公司债券由证券经营机构负责承销。证券承销采取代销或者包销方式。发行人应与承销的证券公司签订代销或包销协议。向社会公开发行的公司债券，票面总值超过人民币5000万元的，应由承销团承销。

公司债券的发行程序一般如下：

（1）公司发行债券应向国务院证券管理部门申请批准，在得到批准后应当公告公司债券募集办法，在其中应载明公司名称、债券总额、债券的票面金额、债券利率、还本付息的期限和方式、债券发行的起止日期、公司净资产额、承销机构等内容。

（2）证券承销商审查发行债券的公司的发行章程和其他有关文件的真实性、准确性和完整性后，与公司签订承销协议，明确双方权责。

（3）主承销商与分承销商签订分销协议，协议中应对承销团成员在承销过程中的权利与义务等作出详细规定。

（4）主承销商与其他证券经营机构签订代销协议，未销出的部分可退还给主承销商。

（5）开展广泛的宣传活动。

（6）承销团各成员利用自己的销售网络，向金融机构、企事业单位及个人投资者销售。

（7）在规定时间内，承销商将所筹款项转到公司账户上，发行主体再将手续费划到各承销单位的账户。

四、可转换公司债券的发行

1. 发行人

可转换公司债券是公司债券的一种，是指发行人依照法定程序发行，在一定时期内依据约定的条件可以转换成股份的公司债券。根据国务院证券委员会1997年3月发布的《可转换公司债券管理暂行办法》规定，我国股份有限公司经批准可以在中华人民共和国境内发行以人民币认购的可转换公司债券。可转换公司债券采取记名式无纸化发行方式，期限最短为3年，最长为5年。可转换公司债券可以依法转让、质押和继承。

2. 发行资格

公司发行可转换公司债券，应当符合下列条件：

（1）最近3年连续盈利，且最近3年净资产利润率平均在10%以上；属于能源、原材料、基础设施类的公司可以略低，但是不得低于7%。

（2）可转换公司债券发行后，资产负债率不高于70%。

（3）累计债券余额不超过公司净资产额的40%。

（4）筹集资金的投向符合国家产业政策。

（5）可转换公司债券的利率不超过银行同期存款利率水平。

（6）可转换公司债券的发行额不少于人民币1亿元。

（7）有具有代为清偿债务能力的保证人的担保。

3. 发行审核

公司发行可转换公司债券，应当经省级人民政府或者国务院有关企业主管部门推荐，报中国证监会审批。申报发行可转换公司债券，应当向中国证监会报送下列文件：

（1）发行人申请报告。

（2）股东大会作出的发行可转换公司债券的决议。包括：可转换公司债券的发行总额、票面金额、可转换公司债券利率、转股价格确定方式、转换期、募集资金用途、可转换公司债券还本付息的期限和方式、赎回条款及回售条款、股东大会决定的其他事项。

（3）省级人民政府或者国务院有关企业主管部门的推荐文件。

（4）公司章程。

（5）可转换公司债券募集说明书。

（6）募集资金的运用计划和项目可行性研究报告。

（7）偿债措施、担保合同。

（8）经会计师事务所审计的公司最近3年的财务报告。

（9）律师事务所出具的法律意见书。

（10）与承销商签订的承销协议。

（11）中国证监会要求报送的其他文件。

4. 发行方式及程序

可转换公司债券采取记名式无纸化发行方式。

发行可转换公司债券，发行人必须公布可转换公司债券募集说明书。募集说明书应包括发行人名称、批准发行可转换公司债券的文件及其文号、发行人的基本情况介绍、最近3年财务状况、发行的起止日期、可转换公司债券票面金额及发行总额、可转换公司债券利率和付息日期、募集资金的用途、可转换公司债券的承销和担保事项、可转换公司债券偿还方法、申报转股的程序、转股价格的确定和调整方法、转换期、转换年度有关利息及股利的归属、赎回条款及回售条款、转股时不足1股金额的处理、中国证监会规定的其他事项。

发行人应当在承销期前2至5个工作日内，将可转换公司债券募集说明书刊登在中国证监会指定的至少1种全国性报刊上。

可转换公司债券的发行应由证券经营机构承销，证券经营机构需具有股票承销资格。承销方式有代销或包销，具体采用哪种方式，可由发行人与证券经营机构在承销协议中约定。

可转换公司债券发行的一般程序如下：

（1）发行可转换公司债券应首先报请国务院证券管理部门批准。在得到批准后，公司应发布发行可转换公司债券的募集说明书。

（2）证券承销商审查发行可转换公司债券的公司的发行章程和其他有关文件的真实性、准确性和完整性后，与公司签订承销协议，明确双方的权责。

（3）主承销商与分销商签订分销协议，协议中应对承销团成员在承销过程中的权利义务等作出详细规定。

（4）主承销商与其他证券经营机构签订代销协议，未销出的部分，可退还给主承销商。

（5）开展广泛的宣传活动。

（6）承销团各成员利用自己的销售网络，向金融机构、企事业单位及个人投资者销售。

（7）在规定时间内，承销商将所筹款项转到公司的账户上。

从严格意义上讲，中国到目前为止，没有公司债券。中国城市化进程的加快和积极财政政策的逐步淡出，为公司债券发展创造了有利契机，不同的公司债券可以满足不同投资者的需要。目前，财政部对此表示积极的支持。因此，公司债券监管应纳入证券监管部门统一监管范畴。

第三节　我国国债的发行与承销

一、我国国债的发行方式

国债是财政部代表国家发行的债券，我国实践中又称之为"国库券"、"国债券"。我国自1981年恢复国债以来，随着改革开放的深化，对于国债发行方式进行了一系列的试点和改革，经历了债券发行方式不断向市场化方向发展的过程。1981年我国恢复国债发行后，首先采取的是行政分配的国债发行方式；1991年，我国试行以承购包销方式发行国债，当年的国债发行采取了由中央承购包销、地方承购包销和行政分配同时进行的办法，其中以承购包销方式发行的国债占发行总额的65%；1993年在国债一级自营商政策试点的基础上，我国开始全面推行国债承购包销的发行方式；1995年8月，我国在1年期记账式国债的发行中首次采用了以缴款期为标的的公开招标发行方式；而自1996年起，我国开始全面试行国债公开招标发行方式，招标标的扩展到发行价格招标和债券收益率招标。概括地说，我国国债目前的发行方式主要包括以下三类：

1. 公开招标方式

国债公开招标发行是由承销商按照财政部确定的当期国债招标规则，以竞标方式确定各自包销的国债份额及承销成本，财政部则按规定取得债券发行资金。国债公开招标发行方式依其招标标的可分为以缴款期招标、以发行价格招标和以债券收益率招标三种；依国际资本市场中普遍采用的招标规则，又可分为"美国式"招标与"荷兰式"招标两种。国债发行的招标模式依照对各个招标要素的不同组合，我国共采用过六种招标模式发行国债。

（1）以价格为标的的荷兰式招标，即以募满发行额为止所有投标商的最低中标价格作为最后中标价格，全体投标商的中标价格是单一的。1996年记账式一期国债、1996年记账式二期国债、1996年记账式三期国债、1996年记账式四期国债（第二阶段）都采用了这种发行模式。

（2）以价格为标的的美国式招标，即以募满发行额为止的中标商各自价格上的中标价作为各中标商的最终中标价，各中标商的认购价格是不同的。1996年记账式四期国债（第一阶段）和1997年记账式一期国债采用了这种模式。

（3）以缴款期为标的的荷兰式招标，即以募满发行额为止的中标商的最迟缴款日期作为全体中标商的最终缴款日期，所有中标商的缴款日期是相同的。1996年无记名二期国债采用了这种发行模式。

（4）以缴款期为标的的美国式招标，即以募满发行额为止的中标商的各自投标缴款日期作为中标商的最终缴款日期，各中标商的缴款日期是不同的。1995年记账式一年期国债采用了这种发行模式。

（5）以收益率为标的的荷兰式招标，即以募满发行额为止的中标商最高收益率作为全体中标商的最终收益率，所有中标商的认购成本是相同的。1996年记账式五期国债和1996年无记名二期国债采用了这种发行模式。

（6）以收益率为标的的美国式招标，即以募满发行额为止的中标商各个价位上的中标收益率作为中标商各自最终中标收益率，每个中标商的加权平均收益率是不同的。1996年记账式六期国债和1997年记账式二期国债采用了这种发行模式。

一般来说，对利率（或发行价格）已确定的国债，采用缴款期招标；对短期贴现国债，多采用单一价格的荷兰式招标；对长期零息和附息国债，多采用多种收益率的美国式招标。

经过多次招标发行的实践和改进，国债招标规则日趋完善和稳定。目前我国在以公开招标方式发行国债中采用的是一种无区间、价位非均匀分布、以价格或收益率为标的的多种价格招标，它符合国债市场化改革和建设的需要。由于采用这种招标方式，承销商的中标成本不一致，因而财政部允许承销商在发行期内自定分销价格，随行就市发行，使国债的发行效率迅速提高。

2. 承购包销方式

国债承购包销方式是由各承销机构依约定的包销数额与条件为财政部或地方财政部门承销国债，并由其负责在市场上组织分销，未能发售的国债余额将由承销机构自行购买。国债承购包销方式实质上是以承购包销协议确定承销人包销数额与承销条件的发行方式。在我国目前的实践中，承购包销方式不仅涉及到承销人与承销团，而且还涉及到承担分销任务的财政金融机构网点，与行政分配方式相比，这一发行方式减少了发行环节，提高了发行效率，降低了发行成本，同时也缓解了地方财政的推销压力。

我国目前对于某些事先已确定发行条件的国债仍采取承购包销方式，目前主要运用于不可上市流通的凭证式国债的发行。此外，1997 年无记名可上市流通国债也恢复采用了承购包销方式。随着 1997 年凭证式国债发行规模和比例的扩大，这种发行方式对于全年国债的顺利发行而言是相当重要的。

3. 行政分配方式

国债发行的行政分配方式是我国早期采取的以计划分配、计划动员为特征的发行方式。在这种方式下，一部分国债由财政部按一定比例分配给各省、市财政部门，通过行政动员再分配给企业和个人认购；另一部分国债由财政部委托中国人民银行推销，分配的对象是各级银行。

国债的还本付息工作由各地财政部门组织办理，一般由各级银行和各省市的国债服务部代理。行政分配的发行方式造成国债发行周期长、成本高、效率低下，限制了国债发行规模的扩大。另外，由于市场条件不足，行政动员往往成为半强制性的"摊销"，影响了国债的信誉和形象。

目前，我国财政部根据需求情况向社会养老基金和保险基金发行特种国债，由于数量少、规模有限，所以仍可采取定向私募的行政分配方式发行。

二、国债承销程序

1. 记账式国债的承销程序

记账式国债是一种无纸化国债，主要借助于证券交易所的交易系统来发行，实际运作中，承销商可以选择场内挂牌分销或场外分销两种方法。

（1）场内挂牌分销的程序。承销商在分得包销的国债后，向证券交易所提供一个自营账户作为托管账户，将在证券交易所注册的记账式国债全部托管于该账户中。同时，证券交易所为每一承销商确定当期国债各自的承销代码，以便于场内挂牌。在此后发行期中的任何交易时间内，承销商按自己的意愿确定挂牌卖出国债的数量和价格，进行分销。投资者在买入债券时，可免交佣金，证券交易所也不向代理机构收取买卖国债的经手费用。买卖成交后，客户认购的国债自动过户至客户的账户内，并完成国债的认购登记手续。客户的认购款通过证券交易锁定，每日清算并于当日划入承销商在证券交易所的清算账户中。发行结束后，承销商在规定的缴款日前如期将发行款一次划入财政部在中国人民银行的指定账户，托管账户中分销的国债余额转为承销商所有。财政部在收到承销商缴纳的发行款后将国债发行手续费拨付至各承销商的指定银行账户。

（2）场外分销的程序。发行期内承销商也可以在场外确定分销商或客户，并在当期国债的上市交易日前向证券交易所申请办理非交易过户。证券交易所根据承销的要求，将原先注册在承销商托管账户中的国债依据承销商指定的数量过户至分销商或客户的账户内，完成债券的认购登记手续。国债认购款的支付时间和方式由买卖双方场外协商确定。

2. 无记名国债的承销程序

（1）场内挂牌分销的程序。承销商在分得包销的国债后，立即确定各自无记名国债场内的注册数量和场外分销数量，以及各种券面的需求情况，由中央国债登记结算有限公司在发行期之前完成实物券的调运工作。同时承销商必须向证券交易所提供无记名国债托管的主席位和注册账户，以便于场内挂牌分销。承销商确定的在场内注册的那部分国债直接运入证券交易所的托管库房，不再由承销商提取。证券交易所经过清点核对后，就可以允许承销商在注册入库的额度内进行挂牌分销，挂牌后无记名国债的承销程序与记账式国债相同。

另外，在发行期内，承销商也可随时将原先准备用于场外分销的实物券调运至证券交易所的托管库房注册，进行场内挂牌分销。由于这种方法较为主动灵活，因此更多地被承销商采用。

（2）场外分销的程序。承销商在分得包销的国债后，所确定的那部分用于场外分销的国债，由承销商在发行开始前从中央国债登记结算有限公司在全国各大城市中的指定库房提取。发行期内，承销商以发售实物券的形式进行柜台销售或提供给分销商，完成国债的发行。

3. 凭证式国债的承销程序

凭证式国债是一种不可上市流通的储蓄型债券，主要由银行承销，各地财政部门和各国债一级自营商也可参与发行。承销商在分得所承销的国债后，通过各自的代理网点发售。发售采取向购买人开具凭证式国债收款凭证的方式，发售数量不能突破所承销的国债量。由于凭证式国债采用"随买随卖"、利率按实际持有天数分档计付的交易方式，因而在收款凭证中除了注明投资者身份外，还需注明购买日期、期限、到期利率等内容。凭证式国债的发行期限一般较长，所以发行款的收取采取分次缴款办法，国债发行手续费也由财政部分次拨付。各经办单位对在发行期内已缴款但未售完及购买者提前兑取的凭证式国债，仍可在原额度内继续发售，继续发售的凭证式国债仍按面值售出。

为了便于掌握发行进度，担任凭证式国债发行任务的各个系统一般每月要汇总本系统内的累计发行数额，上报财政部及中国人民银行。

三、国债承销的价格、风险和收益

1. 国债承销的价格及其影响因素

（1）国债承销的价格。国债承销价格不等同于国债的发行价格，它是指国债承销人承销国债的价格。在传统的行政分配发行方式下，国债须按规定以面值出售，不存在承销商确定承销价格的问题；在现行多种价格的公开招标方式下，每个承销商的中标价格与财政部按市场情况和投标情况确定的发售价格是有差异的。如果按发售价格向投资者销售国债，承销商就有可能发生亏损。因此，财政部允许承销商在发行期内自定承销价格，随行就市发行。

（2）国债承销价格的影响因素。根据我国目前的国债发行实践，影响国债承销价格确定的主要因素包括以下六方面：一是银行利率水平。银行作为金融企业，其利率水平对同期国债利率水平起着导示作用。二是承销商承销国债的中标成本。国债承销的价格一般不应低于承销商与发行人的结算价格，反之，就有可能发生亏损。所以，通过投标获得较低成本的国债有利于分销工作的顺利开展。三是流通市场中可比国债的收益率水平。如果国债承销价格定价过高，即收益率过低，投资者就会倾向于在二级流通市场上购买已流通的国债，而不是直接购买新发行的国债，从而阻碍国债分销工作顺利进行。四是国债承销手续费收入。在国债承销中，承销商可获得其承销金额一定比例的手续费收入，对于不同品种的国债，该比例可能不一样，一般为千分之几。由于该项手续费收入的存在，为了促进分销活动，承销商有可能压低承销价格。五是承销商所期望的资金回收速度。降低承销价格，承销商的分销过程会缩短，资金的回收速度会加快，承销商可以通过获取这部分资金占用期中的利息收入来降低总成本，提高收益。六是其他国债分销过程中的成本。

2. 国债承销的风险

承销商的国债承销活动可能面临一定的风险。一般因承销而产生亏损有两种情况：一种是在整个发行期结束后，承销商仍有部分国债积压，从而垫付相应的发行款，并且这部分非留存自营的国债在上市后也没有获得收益；另一种是承销商将所有包销的国债全部予以分销，但分销的收入不足以抵付承销成本。国债承销风险与国债本身发行条件、国债市场因素以及宏观经济因素有关。

（1）国债本身的条件。这主要指国债的利率水平、期限结构、还本付息情况、发行价格、发行数量、票面金额、税收效应等。这些发行条件直接决定了债券对投资者的吸引力大小。发行条件越优越，国债的发行就越顺利，承销的风险也就越小。

（2）发行市场状况。这主要包括以下几方面的因素：

第一，发行市场的资金供给状况。在货币供给比较宽松的条件下，社会闲置资金比较充足，有利于降低承销风险。

第二，发行市场上其他证券品种的供给状况。在发行期内，如果市场上还有其他的证券品种可供投资者选择，该种国债的承销风险将增大。

第三，债券发行市场的平均利率水平。对于承销商来说，应考虑发行市场上各种债券的平均利率水平，作出适当的决策，否则，会导致较大的承销风险。

第四，投资者的投资偏好。这主要是指投资者在有剩余资金的情况下，是偏好于储蓄，还是股票与债券等。同样是债券投资者，也会对追求强流动性或高收益产生不同的偏好。

（3）宏观经济因素。这主要指社会经济环境的稳定性、物价和利率状况。

第一，社会经济环境的稳定性。一般来说，在经济环境比较稳定的条件下，企业生产经营状况良好，人们对于经济发展也有比较乐观的态度，对债券的需求量也会上升，有利于债券的发行。

第二，物价状况。在物价比较平稳时，人们偏向于投资储蓄及有价证券，以求保值的同时获得增值；如果物价上升幅度较大，人们就会倾向于实物储蓄，从而抑制了对债券的需求。

第三，利率状况。一般来说，利率水平处于低谷时，人们在利率将上调的预测下，会倾向于投资短期国债；而当利率水平较高时，在利率将下降的预测下，人们更倾向于投资长期债券。

3. 国债承销的收益

在国债承购包销的过程中，国债承销的收益来源主要有四种：

（1）差价收入。在承销商于发行期内自己确定国债分销价格的情况下，分销价格与承销商同发行人的结算价格之间存在着差价，这种差价可能是收益也可能发生亏损。

（2）发行手续费收入。承销商发行国债同其他的发行活动一样，发行人应按承销金额的一定比例向其支付手续费。这几年一般记账式国债手续费率为3.8‰，无记名国债为4.7‰，凭证式国债为6.2‰。

（3）资金占用的利息收入。如果承销商提前完成了国债的分销任务，那么在缴款日前承销商就免于占用这部分资金，并取得利息收入。

（4）留存自营国债的交易获益。如果承销商认为所承销的国债有较高的投资价值，就可以留存一部分国债自营，在国债上市后既可以通过二级市场的交易获益，也可以一直持有该部分国债直至到期兑付。

本 章 小 结

（1）债券发行是发行人以借贷资金为目的，依照法律规定的程序向投资人要约发行代表一定债权和兑付条件的债券的法律行为。债券发行是证券发行的重要形式，其法律意义在于使认购人在债券期满时，取得其对本金和利息收益请求返还的债权；其经济意义在于实现现有资金从投资者（债券购买人）向发行者的转移。

（2）债券发行条件是指债券在发行过程中所应具备的各方面要素以及涉及的有关条款和规定，它表明了特定债券发行的实质要素。债券发行条件对债券发行人来说，直接关系到筹资成本；对中介机构来说，关系到债券是否能顺利推销出去；对购买人来说，则是提供选择和决断的重要依据。

（3）我国国债目前的发行方式主要包括以下三类：公开招标方式、承购包销方式、行政分配方式。

（4）国债承销价格不等同于国债的发行价格，它是指国债承销人承销国债的价格。

（5）承销商的国债承销活动可能面临一定的风险。一般因承销而产生亏损有两种情况：一种是在整个发行期结束后，承销商仍有部分国债积压，从而垫付相应的发行款，并且这部分非留存自营的国债在上市后也没有获得收益；另一种是承销商将所有包销的国债全部予以分销，但分销的收入不足以抵付承销成本。

复习思考题

1. 解释重要概念：债券发行、可转换公司债券、公开招标发行、承购包销发行、国债承销
2. 简述债券发行的目的。
3. 简述债券发行的条件。
4. 简述国债承销价格主要应考虑的因素。
5. 简述国债承销的风险与哪些因素有关。

第八章

证券上市与交易

本章学习目的和要求

本章主要阐述了证券上市制度以及交易机制，详细介绍了上市的条件、程序及交易的方式和程序。

通过本章的学习，要求深入了解上市制度和交易机制的相关内容，并掌握各类交易的费用标准。

第一节　证券上市制度

一、证券上市的含义

证券上市包含两层含义，一是指证券经过证券管理机构批准，向社会公开发行，称发行上市；二是已发行的证券经过证券交易所批准在交易所内公开挂牌买卖，称交易上市。交易上市的证券必须是发行上市的证券，但发行上市的证券不一定都能上市交易。

政府债券不必经过证券交易所和证券主管部门审核便可直接上市发行并交易；公司债券只需达到一定数额，经过交易所登记批准即可上市，所以证券上市主要是指股票上市。股票要进入证券交易所交易必须由发行公司提出申请，经证券交易所和证券主管机构审批后，方可在证券交易所公开买卖，所以，证券上市制度，就是证券交易所和证券监管机构制定的有关证券上市的规则。

二、证券上市的意义

股份公司一般都希望其股票能够上市，因为股票上市可以获得好处。股票上市的好处应该从两方面来看，一是对发行公司，二是对投资者。

1. 证券上市对发行公司有如下好处

（1）有利于推动发行公司建立完善、规范的经营管理机构。股票上市后，公司成为公众公司，公司的股票成为大众的投资对象，有利于实现公司资本的大众化和股权的分散化。上市公司必须充分、及时地披露信息，按时公布公司的经营业绩和财务状况，接受股东和社会监督，促使公司完善法人治理结构，并有利于经营者以市场为导向，自主运作，不断提高运行质量。

（2）有利于提高发行公司的声誉和影响。各国对股票上市都制定了明确的标准，股票上市前须经过证券交易所和证券监管机构的严格审查，所以股票上市本身就说明公司的经营管理、发展前景得到了管理机构和市场的认可。同时，股票上市后，交易信息和公司的有关信息通过报纸、广播、电视等媒介不断向公众发布报道，有利于提高公司的知名度和市场影响力，提高公司的竞争力。

（3）有利于发行公司进入资本快速、连续扩张的通道。股票上市提高了股票的流动性，上市以后股票价格的变动，形成对公司业绩的市场评价机制。尤其是那些业绩优良、成长性好的公司的股票价格一直保持在较高的水平上，使公司能以较低成本继续筹集大量资本，不断扩大经营规模，进一步壮大公司的竞争实力，增强公司的发展潜力和发展后劲。

2. 证券上市对投资者有如下好处

（1）买卖便利。投资者可以随时委托证券经纪人买进和卖出所需的各种股票，可迅速成交。

（2）成交价格公平合理。上市股票的买卖，须经买卖双方公开竞价，只有买卖双方报价一致时方可成交，因此，交易所内的股票成交价格远比场外市场的成交价格公平合理。

（3）行情公布迅速、规范。证券交易所利用各种传播媒介迅速公布上市股票的成交行情，这样能使投资者迅速了解行情变化，便于作出投资决策。

（4）证券商佣金统一标准。证券交易所规定证券经纪商按统一标准向客户收取佣金，童叟无欺。

（5）投资风险相对较小。由于上市公司的经营状况和财务状况要符合交易所的上市标准，而且上市后，须定期公布公司相关财务报表，所以能大大减少投资者的投资风险，避免盲目投资。

三、证券上市的条件

1. 股票上市的条件

根据我国《公司法》第152条的规定，股份有限公司申请其股票上市必须符合下列条件：

（1）股票经国务院证券管理部门批准已向社会公开发行。

（2）公司股本总额不少于人民币5000万元。

（3）开业时间在三年以上，最近三年连续盈利；原国有企业依法改建而设立的，或者公司主要发起人为国有大中型企业的，可连续计算。

（4）持有股票面值达人民币1000元以上的股东人数不少于1000人，向社会公开发行的股份达公司股份总数的25%以上；公司股本总额超过人民币4亿元的，其向社会公开发行股份的比例为15%以上。

（5）公司在最近三年内无重大违法行为，财务会计报告无虚假记载。

（6）国务院规定的其他条件。

2. 债券上市的条件

根据我国《证券法》第51条的规定，公司申请其发行的公司债券上市，必须符合下列条件：

（1）公司债券的期限为一年以上。

（2）公司债券的发行额不少于人民币5000万元。

（3）公司申请其债券上市时仍符合法定的公司债券发行条件。

3. 基金上市的条件

我国《证券投资基金管理暂行办法》规定，封闭式基金成立后，基金管理人、基金托管人可以根据证券交易所制定的基金上市条件，向中国证监会及证券交易所提出上市申请。

四、证券上市的程序

根据我国《公司法》、《证券法》的规定，证券发行人在证券发行完毕后，可以依一定的程序申请在证券交易所上市交易。

1. 股票上市程序

（1）提出上市申请。《证券法》规定，股份有限公司申请其股票上市交易，必须报经国务院证券监督管理机构核准。国务院证券监督管理机构可以授权证券交易所依照法定条件和法定程序核准这一申请。

（2）报送相关文件。即根据《证券法》要求，报送《上市报告书》等七项规定文件。

（3）安排上市时间。股份有限公司被批准股票上市后，即成为上市公司，由证券交易所安排股票上市的具体时间。

（4）发表上市公告。上市公司在上市交易的 5 日前公告拟上市股票的有关文件，并将该文件置备于指定场所供公众查阅。

根据我国《公司法》、《股票发行与交易管理暂行条例》和有关法规的规定，我国股票上市的一般程序为：

（1）股份有限公司发行股票募集的资金到位后，由有证券从业资格的会计师事务所出具验资报告并在工商行政管理部门办理变更登记手续。

（2）股份有限公司提出上市申请。

（3）股份有限公司聘请有资格的证券机构担任上市推荐人，由上市推荐人出具上市推荐书。

（4）证券交易所上市委员会审批。

（5）订立上市协议书。

（6）股东名录送证券交易所或证券登记公司备案。

（7）在上市前三天，披露上市公告书。

（8）交付上市费用。

（9）股票上市交易。

股票上市的一般程序见图 8—1：

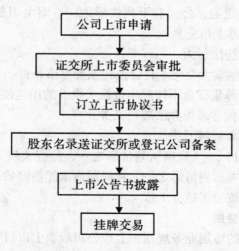

图 8—1 股票上市的一般程序

2. 债券上市程序

各国对于债券上市都有一定的标准，上市过程也就是各有关机构对其债券审查是否达到标准的过程。综合各国债券上市的实际操作，一般债券上市的程序为：发行公司提出上市申请；证券交易所初审；证券管理委员会核定；订立上市契约；发行公司交纳上市费；确定上市日期；挂牌买卖。

五、证券暂停上市与终止上市

公司股票或债券上市后，如果公司的情况发生了变化或经营不善，有可能被暂停上市或终止上市。

1. 股票的暂停上市与终止上市

我国《公司法》规定，上市公司有下列情形之一，即由国务院证券管理部门决定暂停其股票上市。

（1）公司股本总额、股权分布等发生变化不再具备上市条件。

（2）公司不按规定公开其财务状况，或者对财务会计报告作虚假记载。

（3）公司有重大违法行为。

（4）公司最近三年连续亏损。

公司有上述第（2）、（3）项所列情形之一，经查实后果严重的，或有上述第（1）、（4）项所列情形之一，在期限内未能消除，不具备上市条件的，国务院证券管理部门可以决定终止其股票上市。

2. 债券的暂停上市与终止上市

我国《证券法》规定，公司有下列情形之一，即由国务院证券监督管理机构决定暂停其公司债券上市交易。

（1）公司有重大违法行为。

（2）公司情况发生重大变化不符合公司债券上市条件。

（3）公司债券所募集资金不按照审批机关批准的用途使用。

（4）未按照公司债券募集办法履行义务。

（5）公司最近两年连续亏损。

公司有上述第（1）、（4）项所列情形之一，经查实后果严重的，或有上述第（2）、（3）、（5）项所列情形之一，在期限内未能消除的，国务院证券监督管理机构可以决定终止该公司债券上市。

六、股票上市的费用

根据证券交易所的市场业务规则，上市公司股票上市后，应当按照上市协议的承诺和证券交易所的收费规则缴纳上市费用。上市费用分为上市初费和上市月费两类，其收费标准依上海证券交易所和深圳证券交易所的规则有所不同。

1. 上海证券交易所上市收费标准

上海证券交易所的上市初费最迟应当在证券上市的 3 天前缴纳，上市月费应当在上市日的第 2 月起每月 15 日前缴纳，也可按季或年预交。

2. 深圳证券交易所上市收费标准

按照深圳证券交易所的收费规则，上市公司应在签署证券上市合同后的 5 天之内缴纳上市初费和当季上市月费；此后每季度的上市月费应当在前一季度结束之前缴纳。

上述上市费用标准见表 8—1、表 8—2、表 8—3。

表 8—1　　　　　　　　　　　上海证券交易所上市费用标准　　　　　　　单位：元

股票	费用类别	金额		
		占上市总面额	起点	最高
A 股（一部）	上市初费 上市月费	0.02% 0.001%	10000 500	50000 2500
A 股（二部）	上市初费 上市月费	0.05% 0.0025%	10000 500	50000 2500
B 股（美元）	上市初费 上市月费	0.01% 0.005%	1500 50	5000 200

表 8—2　　　　　　　　　　深圳证券交易所股票上市初费标准　　　　　　单位：元

费用类别	第一类	第二类	第三类
基本费用	50000	30000	20000
比例费用费率	0.06%	0.08%	0.1%

注：基本费用为每只股票依基本股本额应交的最少费用；比例费用是对每只股票上市股本额超过基本股本额部分的收费比例；上市初费的合计最高限额为 35 万元。

表 8—3　　　　　　　　深圳证券交易所股票上市月费标准（第一类）

股本额（万元）	费率（十万分之一）	级差（元）	月费（元）
0 ~ 2000		1000	1000
2000 ~ 5000	4	1200	2200
5000 ~ 10000	3	1500	3700
10000 ~ 20000	2	2000	5700
20000 ~ 35000	1	1500	7200
35000 ~ 50000	0.5	750	7950
50000 ~ 100000	0.3	1500	9450
100000 以上	0.2	2000	11450

注：上市月费最高限额为 1.5 万元；

第二类股票同级差的费率比第一类高 0.0005%。

第二节　证券交易机制

证券交易是指已发行证券的流通转让活动。证券交易在证券发行之后，又与证券发行有着密切的联系，两者相互促进、相互制约。一方面，证券发行是证券交易的前提，因为证券发行为证券交易提供了对象；另一方面，证券交易又是证券发行的保证，因为证券交易使证券的流动性特征显示出来，从而有利于证券发行的顺利进行。

交易市场的形成经历了一个由分散走向集中的过程。早期的证券发行是分散、零星的，以变现为目的的证券交易也是小规模、分散地进行的，而且交易的地点不确定，更没有固定的场所。经过300多年的演变，证券交易市场已经形成比较完备的形式。

我国大陆设有两家证券交易所，即上海证券交易所和深圳证券交易所。两家证券交易所均为全国性的证券交易所，接受全国各地的证券上市交易；两家交易所均为会员制、非营利性的事业法人；进入交易所进行交易的，均为具有交易所会员资格的证券公司；两家交易所的交易时间，均为每周一至周五，上午9:30~11:30，下午1:00~3:00。两家交易所，均依据我国《证券法》和《证券交易所管理办法》制定相应的章程和规则，在接受中国证监会直接管理的同时，实行自律性管理。

一、交易原则和交易规则

证券交易所内的证券交易又称场内交易，即证券买卖双方是在证券交易所内成交的。场内交易采用经纪制方法进行，投资者必须委托具有会员资格的证券经纪商在交易所内代理买卖证券，经纪商通过公开竞价形成证券价格，达成交易。为了保证场内证券交易的公开、公平、公正，使其高效有序地进行，证券交易所制定了交易原则和交易规则。

1. 交易原则

证券交易通常都必须遵循"价格优先"和"时间优先"原则。

（1）价格优先原则。它是指较高的买入申报价比较低的买入申报价优先满足；较低的卖出申报价比较高的卖出申报价优先满足。

行交割日进行交割，但无论是否交割，买卖双方一旦成交，便不可解约。现货交易是证券交易所最基本最常用的交易形式。

在我国，《证券法》规定证券交易均以现货交易的方式进行。

2. 信用交易方式

信用交易，又称保证金交易，是指客户按照法律规定，在买卖证券时只向证券商交付一定的保证金，由证券商提供融资或融券进行的交易方式。信用交易有两种形式：

（1）信用买空交易。信用买空交易即是当股市行情看涨，投资者欲购买所期望的股票时，只需支付部分价款作保证金，其余部分由经纪商以代理客户购买的股票作抵押向银行借款垫付，待股票价格上升后，投资者再委托经纪商卖出，所赚的差价首先偿付经纪商垫付的资金及利息，剩下的差价收益为投资者所有。由于这一交易方式使没有资金的买者户头上多出了股票，因此称为信用买空交易。

（2）信用卖空交易。信用卖空交易即是当股市看跌时，投资者只需交纳部分价款作保证金，向经纪商借入股票抛售。如果该股票日后果然下跌，再按市价购买等额相同股票交还经纪商，从中赚取差价。在这个过程中，由于投资者没有股票却卖出了股票，因而称为信用卖空交易。

在信用交易中，无论是融资买进或融券卖出，都涉及保证金问题。在具体操作中，证券经纪商往往要求投资人以既定的保证金比率交纳保证金，以规避信用风险；经纪商也常常通过保证金账户的清算，及时地向投资者发出预警信号。充当保证金的资产，可以是现金，也可以是其他动产或不动产。由于信用交易风险大，不少国家都有一定的限制。在允许信用交易的国家或地区，一般都要由政府批准，成立一家专门的证券融资公司经营融资融券业务。

在我国，信用交易是禁止的。我国没有证券融资公司。《证券法》也明确规定，证券公司不得从事向客户融资或者融券的交易活动。

3. 期货交易方式

期货交易是指买卖双方约定在将来某个日期按成交时双方商定的价格、数量交割的交易方式。

期货交易具有发现价格、套期保值两大基本功能。

（1）发现价格。期货交易是千百万商品生产者、经营者通过经纪人，在集中交易的场所、按既定的规则进行的市场竞争，集中反映了广泛的供需关系，所以能体现商品的真实价格水平。期货交易发现的价格具有很高的权威性，往往可以影响现货市场的价格。

（2）套期保值。套期保值是指交易者将期货市场上的亏损或盈利冲抵现货市场的盈利或亏损，从而避免现货价格风险的交易行为。套期保值所遵循的经济原理是：同种商品的期货价格走势与现货价格走势基本一致，且现货市场价格与期货市场价格随期货合约到期日的临近，二者会逐渐接近。套期保值就是利用两个市场上的价格关系，取得在一个市场上出现亏损的同时，在另一个市场上必定会盈利的结果。

此外，期货交易还具有节约流通费用，稳定产销关系，提高合约的兑现率等功能。

我国目前暂不实行期货交易。

第三节　交易程序

证券市场是各种证券交易关系的总和。证券交易活动需要按照一定的交易程序和交易方式来组织，这不仅保证了数额巨大的证券能以很快的速度成交，也保证了证券市场的交易秩序，有利于加强对证券市场的管理，以建立一个公开、公平、公正和高效的市场。

随着商品经济的发展和世界经济形势的变化，证券交易方式也在不断地发展和更新，出现了金融期货交易和期权交易。按照证券交易从订约到履约的期限关系，证券交易方式可分为现货交易、信用交易、期货交易和期权交易。

证券交易程序主要是指投资者通过经纪人在证券交易所买卖股票的交易要经过开户、委托、竞价成交、结算、过户登记等程序。

一、开户

投资者要在证券交易所买卖股票，首先要选定一家信用可靠、服务优良的证券公司办理开户手续，开户包括证券账户和资金账户。

1. 开设证券账户

证券账户是指证券登记机构为投资者设立的，用于准确记载投资者所持有的证券种类、名称、数量以及相应权益和变动情况的一种账册。投资者在开设证券账户的同时，即已委托证券登记机构为其管理证券资料、办理登记、结算和交割业务。

我国的证券账户分为个人账户和法人账户两种。一般的证券账户只能进行A股、基金和债券现货交易，进行B股交易和债券回购交易需另行开户和办理相关手续。投资者买卖上海或深圳证券交易所上市证券应当分别开设上海或深圳证券账户。证券账户分别由上海证券中央登记结算公司、深圳证券结算公司以及由它们授权的证券登记公司或证券经营机构办理开户。证券账户全国通用，投资者可以在开通上海或深圳证券交易业务的任何一家证券营业部委托交易。

2. 开设资金账户

资金账户是证券经纪商为投资者设立的账户，用于记录证券交易的币种、余额和变动情况。由于投资者不能直接进入证券交易所买卖证券，必须到交易所会员证券公司开设的营业部委托其代理买卖，所以资金账户一般由证券公司管理，投资者可以查询和打印资金变动情况。为保证资金安全，证券商为资金账户设置交易密码。投资者到证券营业部开设资金账户，必须持证券账户及有效身份证件，并交纳一定数量的资金作为保证金。

二、委托

1. 委托方式

委托方式指投资者为买卖证券向证券公司发出委托指令的传递方式，有递单委托、电话委托、电脑委托、网上委托和远程终端委托等。

递单委托又称当面委托，这是最基本、最常见的委托方式。投资者凭本人的股票账户、身份证等证件，亲自到会员证券公司营业部，填写委托买卖单，经证券营业部业务员审核确认后，将委托指令通过电话传送给公司派驻在证券交易所内的经纪人，经纪人以公司营业部的名义代理投资者买卖证券。这也是一种传统的委托方式，中小投资者多采用这种方式。一方面证券公司对中小投资者不大熟悉，当面委托比较可靠；另一方面中小投资者也需要在股市现场观察大市的变化和了解各种信息，以便判断和决策。

电话委托指投资者通过电话向证券商计算机系统输入委托指令，以完成证券买卖委托和有关信息查询的委托方式。投资者要进行电话委托必须开设电话委托专户，与证券商签订电话委托买卖契约并设定电话委托交易密码。开通电话委托专户后，投资者可拨通证券商电话委托热线，并借助电话机上的数字和符号输入委托指令，证券商的电话委托交易系统在投资者确认委托内容后，会将委托输入交易所电脑系统并将委托指令打印以备查验。

电脑委托是指投资者通过与证券商自动委托交易系统连接的电脑终端，按照系统发出的指示输入买卖委托指令，以完成证券买卖委托和有关信息查询的一种先进的委托方式。投资者可以用证券商在营业厅或专户室设置的电脑自动委托终端亲自下达买卖指令，也可以通过与证券商柜台电脑系统联网的远程终端或互联网络下达交易指令。

网上委托是通过因特网来委托买入卖出指令。

2. 委托内容

买卖证券的委托单一般包括以下几项内容。

（1）证券名称。即买入或卖出证券的名称或代码。

（2）委托买入还是委托卖出，委托买卖的数量。数量一般以交易单位（俗称"手"）的整倍数计。

（3）出价方式及委托价格，即是市价委托还是限价委托。市价委托是投资者要求证券经纪人按市场价格买入或卖出证券；限价委托是投资者要求证券经纪人按限定价格或更优的价格买入或卖出证券。如果不指明价格，证券经纪人即作为市价委托处理。我国目前的合法委托为限价委托。

（4）交易方式。有现金交易和信用交易之分，若投资者不在委托单上特别注明，即按现金交易处理。

（5）委托有效期。委托有效期指明委托指令的最后生效限期，可分为当日有效、本周有效、本月有效、撤销前有效、一次成交有效、立即成交有效、开市（收市）有效等。当日有效是发出委托指令的当天收盘前有效；本周有效或本月有效是发出委托指令当周或当月的最后一个营业日收盘前有效；撤销前有效是委托指令在客户撤销前始终有效或是可在证券经纪公司保留6个月；一次成交有效是投资者委托买卖的证券数量若一次只成交了其中一部分则未成交的部分不再有效；即时成交有效、开市有效、收市有效，是限定成交时间于指令发出的短暂时间内、开盘时或收盘时。投资者若不在委托单上注明委托有效期，证券商均按当日有效办理。我国目前的合法委托为当日有效委托。

（6）交割方式。证券买卖交割的种类有普通日交割、当日交割、特约日交割等几种，若投资者不在委托单上特别注明，一律按普通日交割处理。

（7）其他。除上述内容之外还有投资人姓名、身份证号码、股票账户号、联系地址、委托日期和委托时点、保证金金额等。

3. 委托的执行

证券公司营业部业务员在受理递单委托并确认投资者身份的真实性和合法性后，应立即通知本公司派驻在证券交易所的交易员，由他们负责执行受理的委托并处理成交后的有关事宜。

电话自动委托和电脑自动委托的身份证确认由密码控制，柜台电脑终端在收到委托指令时会自动检测委托密码是否正确，委托是否符合要求和相应账户中是否有足够数量的证券或资金等。如果检查无误，则冻结相应账户并将此笔委托传送给主机。如果证券商采用有形席位进行交易，需要柜台工作人员通过电话将委托口述给交易所内出市代表（红马甲），由出市代表利用场内席位终端将委托输入撮合主机；如果证券商采用无形席位与交易所电脑交易主机联网，证券商柜台电脑系统会自动将委托传送给交易所电脑交易主机。投资者的委托如果未能全部成交，除一次成交有效委托外，证券经纪商可在委托有效期内继续执行委托，直至有效期结束。在委托有效期内，只要委托尚未执行，投资者有权变更和撤销委托并应立即通知场内交易员。证券商有责任将委托指令执行结果及时通报给投资者。

4. 委托双方的责任

委托单一经接受，投资者和证券公司之间就建立起受法律约束和保护的委托和受托关系。证券公司作为受托人，要忠实地执行委托指令，在委托有效期内按指令要求买卖有价证券，不得以任何方式损害委托人的利益。如果因为证券经纪商的过失而造成委托人的损失，须负赔偿责任。投资者作为委托人，在发出委托指令前应对自己所下的委托指令及可能的后果有足够的认识，委托指令一旦执行，在有效期内，不管证券行情如何变化，委托人必须履行交割清算的责任。如果因为委托人的违约或过失造成证券公司的损失，也须负赔偿责任。

三、竞价成交

证券市场的市场属性集中体现在竞价成交环节上，特别是高度组织化的证券交易所内，会员证券商以经纪人身份代表着众多的买方和卖方按照一定规则和程序公开竞价，达成交易。正是这种竞价成交机制使证券市场成为最接近充分竞争和高效、公开、公平的市场，也使市场成交价成为最合理、公正的价格。

证券市场上竞价的方法有相对买卖、拍卖招标和公开申报竞价等多种，分别在不同的场合使用。

1. 竞价方式

证券交易所一般采取公开申报竞价方式产生成交价格。公开申报竞价是由多数买方和多数卖方共同公开竞价，最终以最低卖出价和最高买入价成交的方法。这种方法能大量地集中供求双方，迅速达成成交价，是最佳的竞价方法。大多数证券交易所采用这种方法，具体又可分为集中竞价和连续竞价两种形式。

上海、深圳证券交易所均采用计算机申报竞价方式。在每个营业日开市前采用集合竞价方式形成开盘价，在交易过程中采用连续竞价方式形成成交价。

2. 成交规则

证券买卖成交的基本规则是"价格优先"和"时间优先"原则。除此之外，在计算机终端申报竞价和专柜书面申报竞价时，还实行"市价优先"原则，即市价申报比限价申报优先满足。有的证券交易所还实行"客户优先"原则和"数量优先"原则。前者是指客户的申报比证券商自营买卖申报优先满足，后者是指申报买卖数量大的比数量较小的优先满足。

四、结算

结算是指一笔证券交易成交后，买卖双方结清价款和交收证券的过程，即买方付出价款并收取证券，卖方付出证券并收取价款的过程。证券结算包括证券交收和资金清算两项内容，并分为交易所与证券商之间的一级结算和证券商与投资者之间的二级结算两个层次。

证券交易成交后并不意味着交易行为的了结，还需要一个交收清算的过程，并由证券交易所规定一个交收期，证券交易需要一定的交收期是由它的交易特点决定的。首先，证券交易所采取经纪制，各证券经纪商汇集了投资者的委托买卖，并集中表现为证券商之间的交易。交易结束后，先要在证券商之间办理清算交收，才能分别与各自的委托人办理交收手续。交易的经纪制决定了需要一个两重交收清算过程，也就需要一定的清算交收期限；其次，证券交易从发出委托指令到成交，是在不同时间、不同地点进行的，委托指令发出后，最终能否成交，是全部成交还是部分成交，以什么价格成交，事先难以确定。只有在确定成交后才能办理交收清算，这就需要一个信息传递和了解的过程。清算交收既是证券成交的后续处理环节，又是进行下一轮交易的前提，结算能否顺利进行，直接关系到交易双方权责关系的了结，直接关系到证券交易的持续进行和市场的正常运转。

目前大多数交收清算工作可分为两步，第一步是委托买卖证券的投资者与受托证券商之间的交收清算，第二步是证券商相互之间的交收清算。

1. 投资者与证券商之间的交收清算

证券商在投资者的委托买卖成交后，应立即通知投资者，投资者则必须接受证券商按委托要求成交的价格和数量，并如期履行交收手续。

（1）交收的种类。按交收日期安排，有会计日交收和滚动交收两种。

会计日交收。它是指一个时期发生的所有交易在交易所规定的特定日期交收。这种交收方式不利于提高市场效率，容易发生结算风险，已很少使用，目前比利时、奥地利、印度证券市场尚在使用。

滚动交收。它是指所有交易的交收安排于交易日后固定天数内完成，又称例行日交收。滚动式交收日期短至 $T+0$ 日、长至 $T+40$ 日而有所不等。$T+0$ 日是指证券买卖双方于成交当日完成证券和价款的收付，完成结算手续。这种交收方式可缩短交收时间，有利于提高市场效率、防止发生结算风险，但也容易助长投机性，并且需要完善的清算制度和高效的清算手段配合，所以一般只适用于证券商的自营买卖，但最终实现 $T+0$ 交收是国际证券界倡导的方向。$T+1$ 交收是指成交次日办理证券和价款的结算,其他依次类推。目前,大多数证券市场已采用滚动交收方式,其中美国、日本、法国、加拿大、丹麦、瑞士、卢森堡等国采用 $T+3$ 交收,韩国、巴西、墨西哥、中国香港、中国台湾采用 $T+2$ 交收,英国采用 $T+5$ 交收,我国上海、深圳证券交易所对 A、B 股实行 $T+1$ 交收。

（2）交收清算办法。交收清算办法随证券流通形式的发展而进步,具体有如下三种。

实物交收。在实物券流通情况下,投资者对证券的所有权以其对证券的持有和证券上所记载的姓名为依据,相应地以实物交收办法进行交收清算。买方必须在规定的时间内向证券经纪商交出全部价款,卖方则必须在规定时间内向证券商交出全部证券,如果交易的是记名证券,还需附加过户申请书或转让背书。交收完毕,买方收到买入的证券,卖方则收到相应的价款。这种交收办法需要对证券进行鉴别真伪、清点、运送,工作量大,效率低,交收期长,风险大。

动账不动券。在证券集中保管制度下,投资者的证券由某一金融机构或证券交易所集中保管,并由代保管机构建立证券库存分户账。证券交收通过库存分户账的划转解决,投资者无须交收证券,价款则可通过资金账户划转清算。

自动交收清算。在实行股票无纸化交易的情况下,交易过程中并无实物券流通,相应地实行一整套电脑自动交易、自动交收清算、自动过户制度,买卖双方凭股票账户和资金账户进行交易,投资者对证券的所有权不再凭持有证券和证券上的记名,而是以结算机构的电脑记载为依据。与此相对应,证券的交收不再需要交付证券和更改持有人姓名,只需要由结算机构对有关电脑记载做出更改,通过银行划转资金账户价款,从而大大减少了结算过程工作量,提高了工作效率。我国上海、深圳证券交易所采用自动交收制度。

2. 证券商之间的交收清算

证券商之间的交收清算涉及的证券种类多,证券和资金的数量大,交易对象相互交叉,手续比较复杂,一般在交易所主持下进行。交易所通常专门设立清算部并根据不同交收方式,采取个别交收和集中交收制度。

个别交收制度是买卖双方证券公司一对一地进行证券和价款交收的制度。可以通过结算机构进行,也可由买卖双方直接进行,比较适合以大宗交易为主、成交笔数较少的证券市场和交易方式。

集中交收制度是按净额交收原则办理的清算交收制度。这种制度无须对每个会员证券商的所有交易逐笔进行交收,而只要在营业日结束后,分别计算每个会员证券商当天全部应收应付价款相抵后的净额,并对其净额进行清算,同时分别计算每个证券商当天成交的所有应收应付证券的各自净数,并按其净数进行交收。这一制度可大大简化交割清算手续，提高工作效率，但必须通过结算机构进行。

价款清算。证券交易所为了保证清算交收顺利进行，要求会员证券公司必须交存一定数额的清算准备金，并且在入市参加交易前一次交清。清算准备金由结算机构统一掌握使用，当证券商不能履行清算交收事务时，由结算机构动用清算准备金支付，以维持清算交收连续性。证券公司交存的清算准备金，除法院强制执行外，不得提出动用要求。如果证券公司不如期交存或动用后不如期补交，证券交易所可以暂停其交易。为保证日常的清算工作顺利进行，各会员证券公司必须按规定在证券交易所指定的金融机构开立资金账户，并保持足以支付日常清算交收的资金。每个营业日结束后，当天交易额相抵属应付价款的证券公司，应按应付净额如数开具转账凭证，通过开户银行将款项转至清算机构账户；属应收价款的证券公司，由清算机构按应收净额如数开具转账凭证，通过开户银行转入证券公司账户，如期完成证券价款的清算。

证券交收。在实行实物券流通和实物交割的情况下，当天成交的证券收付相抵将应付证券按不同牌名如数交至证券交易所清算机构，并可领取应收证券。在实行证券集中保管或无纸化交易的制度下，各会员证券公司之间的证券交收由清算机构通过库存证券账户划转来完成。

在我国，上海、深圳证券交易所均已实现完全的电子化交易，投资者所持有的证券必须办理托管。2001年3月30日，经国务院同意，中国证监会批准，中国证券登记结算公司成立，原沪深两个证券交易所的登记结算公司，改制为中国证券登记结算公司的上海、深圳分公司。建立以 *DVP*（钱券两清）为核心的风险防范体系，并进一步规范市场交易的登记、托管、清算与结算工作，加强会员管理。

五、登记过户

证券登记是指通过一定的记录形式确定当事人对证券的所有权及相关权益产生、变更、消失的法律行为。过户是指买入股票的投资者到股票发行公司或其指定的代理金融机构去办理变更股东名簿登记的手续。过户是股票交易的最后一个环节。

1. 登记过户的必要性

大多数股票是记名股票，在股票发行时，公司股东名册上记载有原始股东的姓名。以后股票在市场上不断流通转手，但股份公司在分派股息红利及处理股东其他权益时仍以股东名册为准，因此，买入股票后，应及时办理过户手续，只有办理过户手续后才是法定意义的股东，才真正拥有股份并可享受股东应有的权益。登记过户的另一个作用是，若不慎将股票遗失或毁坏，可挂失并向发行公司申请补发。

2. 登记过户的办法

股票要过户，首先必须是在证券市场公开交易的上市股票，并且是记名股票。新买人股票的投资者必须持有股票出让人填写的过户申请书或是出让人在股票过户登记的出让栏中加盖印鉴（又称背书）的股票，以及自己的身份证明和印章去股票发行公司或其指定的代理机构办理过户手续。过户申请书和出让人在股票上背书是出让人愿意并已经出让股票的证明，没有这种证明股票就无法过户。投资者如果是公司的老股东，只要将股票记入原来的股东账户即可；如果投资者是新股东，则要开立新户，登记股东姓名、地址、身份证号码并留下印鉴，登录股票号码和数量，作为公司留底。

各公司在召开股东大会或发放有关股东权益之前，需要有一段时间整理股东名册，以免发生重复发放或漏发等差错。通常根据有关规定，事先公告一段冻结股东名册的时间，即"停止过户"，待冻结期满后再恢复过户。

在我国，通常在下列三种情况下需要进行证券登记：一是托管登记，即原有的少量实物证券经过托管后进行登记；二是发行登记，即结算机构对投资者认购的新发行证券进行登记；三是过户登记，即当证券所有权从一个证券账户名下转移到另一个证券账户名下时进行的登记。过户登记又分为交易过户登记和非交易过户登记两种。交易过户登记是指买卖双方成交并结算后，证券登记机构办理证券所有权转移的登记；非交易过户登记是指因赠予、继承、协助司法判决执行等非交易方式而使证券所有权转移的登记。为数最多的登记是交易过户登记。

上海、深圳证券交易所采取无纸化登记方式，实行电脑自动过户办法，投资者无须再另外办理过户手续。在股东享受其应得权益时，证券交易所电脑会打印出股东名册提供给股票发行公司作为股东的受益证明。

办理完过户手续，整个股票交易过程就全部结束了。

第四节　交　易　费　用

证券经纪商对投资者提供中介服务是为了收取佣金作为业务收入，作为投资者在委托买卖证券时应支付各种费用并交税，这些支出主要有委托手续费、印花税、佣金、过户费。

一、委托手续费

1. 委托手续费的定义

它是投资者在办理委托买卖证券时，所缴纳的一项费用，一般是用于单据、通信方面的开支，按委托买卖证券的笔数计算，如一笔（或买卖一次）收5元人民币，对于大户投资者，多数券商不收此项费用。

2. 收费标准

委托手续费的收费标准主要是由交易所和证券经纪商共同制定并征得主管机关认可，所以，委托手续费收费标准也是不固定的，一般交易所所在地较低，异地则较高，原因是异地通信费用较高一些。如目前，每笔手续费，上海本地为1元，而异地一般为5元，深交所也类似。国债和回购买卖，本地为1元，异地为3元。

二、佣金

1. 佣金的定义

这是证券经纪商的业务收入，是投资者在委托买卖成交后按规定向证券经纪商支付的费用。

2. 收费标准

佣金的收费标准是按实际成交金额的规定比例计收的。A股股票、基金/A股权证的计收比例为0.35%，但最低起点为10元。B股股票，在上海证券交易所成交金额在50万元以下按0.6%的比例计收，起点为20美元；若成交金额在50万元~500万元按0.5%记收；若成交金额在500万元以上，则按0.4%计收；在深圳证券交易所的佣金为成交金额的0.6%（起点为5港元）。对于债券的佣金收费比例为：不超过成交金额的0.2%，起点为5元，对于面值10000元以上的大宗交易，比例可由券商掌握下浮。回购业务佣金计收比例为：3天、7天、14天、28天和28天以上回购品种分别按成交金额的0.015%、0.025%、0.05%、0.1%和0.15%以下计收，下浮幅度由经纪商自行掌握。证券投资基金的佣金比例为成交金额的0.25%，起点为5元。可转换公司债券佣金比例为成交金额的0.2%，起点为5元。

三、过户费

1. 过户费的定义

股票、基金等证券委托买卖成交后，买卖双方为变更股权登记所支付的费用。这笔费用归证券登记清算机构收取，由证券经纪商在同投资者清算交割时代为扣收。

2. 收费标准

过户费收费标准是按成交的股票、基金面值总额的 0.1% 支付，其中经纪商得 0.05%，另外 0.05% 由经纪商交证券登记公司所得，个人账户起点为 1 元，机构账户起点为 10 元。对于 B 股，上海证券交易所的过户费为成交金额的 0.1%，起点价为 1 美元；而深圳证券交易所的过户费为成交金额的 0.3%。

四、印花税

1. 印花税定义

这是国家税法规定的一项税种。按现行印花税法规定，股份制试点企业公开发行的股票，因购买、继承、赠与等方式发生股权转让行为的，均依股权转让书据书立时的证券市场当日实际成交价格计算的金额，由买卖股票的双方当事人（投资者）分别依规定税率缴纳征收的一项税金。印花税一般由证券经纪商在同证券投资者交割中代为扣收，然后，经纪商在同证券交易所或所属中央结算公司的清算交割中进行结算，之后，由结算公司统一向国家税务机关缴纳。

2. 收费标准

印花税的收费比例为：对于股票，自 2005 年 1 月 23 日起下调至成交金额的 0.1%，基金、国债不收印花税。B 股交易的印花税 1999 年 6 月 1 日起从 0.4% 降至 0.3%。

本 章 小 结

（1）证券上市包含两层含义，一是指证券经过证券管理机构批准，向社会公开发行，称发行上市；二是已发行的证券经过证券交易所批准在交易所内公开挂牌买卖，称交易上市。交易上市的证券必须是发行上市的证券，但发行上市的证券不一定都能上市交易。

（2）股份公司一般都希望其股票能够上市，因为取得股票上市可以获得好处。股票上市的好处应该从两方面来看，一是对发行公司，二是对投资者。

（3）证券交易是指已发行证券的流通转让活动。证券交易在证券发行之后，又与证券发行有着密切的联系，两者相互促进、相互制约。

（4）按订立证券交易合约到履行合约的期限关系来划分，证券交易方式基本上可以分为现货交易方式、信用交易方式、期货交易方式。

（5）证券交易程序主要是指投资者通过经纪人在证券交易所买卖股票的交易要经过开户、委托、竞价成交、结算、过户登记等程序。

（6）证券经纪商对投资者提供中介服务是为了收取佣金作为业务收入，作为投资者在委托买卖证券时应支付各种费用并交税，这些支出主要有委托手续费、印花税、佣金、过户费。

复习思考题

1. 解释重要概念：证券上市、证券交易、竞价方式、时间优先、价格优先、印花税
2. 简述证券上市的条件。
3. 简述证券交易的原则是什么？交易规则有哪些？它们对证券交易有何意义？
4. 简述证券交易的程序分为哪几个步骤？它们各有什么必要性？
5. 简述投资者在委托买卖证券时应支付的各种费税。

第九章

证券投资分析的步骤和方法

本章学习目的和要求

改革开放以来，我国证券市场迅速发展，它给我国广大公众提供了广阔的投资场所，增加了投资渠道和投资机会。但同时也应承认，我国的证券市场刚刚建立不久，是一个发展中的市场、不完善的市场和不成熟的市场。在证券市场进行投资是个很复杂的过程。为了使更多的投资者对证券投资分析有所了解，降低投资的盲目性，有效地规避风险，掌握基本的投资方法，有必要首先学习证券投资分析的基本知识。

通过本章的学习，要明确证券投资分析的意义，明确证券投资过程和证券投资分析的关系，掌握证券投资分析的步骤和证券投资分析的主要方法。

第一节 证券投资分析的意义和步骤

一、什么是证券投资分析

证券投资是指投资者购买股票、债券、基金券等有价证券以及这些有价证券的衍生物以获取红利、利息及资本利得的投资行为，是直接投资的重要形式。证券投资的概念有三层含义：①投资的主体是法人或自然人，是能够承担民事义务和民事责任的独立的经济主体；②投资对象包括股票、债券、基金券以及这些有价证券的衍生物；③投资的目的是为了获得红利、利息及资本利得。

根据证券投资的定义，一个理性的投资者进行证券投资，其过程通常包括以下四个步骤：①确定证券投资目标和投资范围；②进行证券投资分析；③构建证券投资组合；④修正证券投资组合。证券投资的这四个步骤是相辅相成的，是紧密相连的有机整体。

证券投资分析作为证券投资的一个重要步骤，它是指在确定的投资目标和投资范围内，对个别证券或证券群的具体特征进行的考察与分析。这种考察分析的一个目的是明确证券的价格形成机制和影响证券价格波动的诸因素及其作用机制；另一个目的是发现那些市场价格偏离其内在价值的证券。

二、证券投资分析的意义

证券投资分析在证券投资过程中占有相当重要的地位，是证券投资中不可或缺的一个环节。它是投资者在第一阶段确定投资目标并初步选定投资范围后，对投资对象所做的进一步的、具体的考察和分析，同时也是对第三阶段实际的资金投入提供理论上的准备，进行证券投资分析的意义主要体现在以下几个方面：

1. 最大限度地规避风险

"一盈二平七个赔"，这句股市流传的俗语描述了投资者的投资业绩，从中可以对证券市场的风险有所了解。如果投资者在确立了投资目标后，跨越投资的第二个阶段——证券投资分析，而匆匆地选定若干只股票，真金白银地去买入，无异于赤膊上阵的战士，我们不得不佩服这位投资者的勇气，但结果如何呢？也许十分之一盈的概率让他幸运地碰上了，这会更加坚定他的勇气和信心，但上帝总是偏爱那些有准备的头脑，终于有一天，这位投资者在证券市场中遍体鳞伤地倒下了，他可能再也不想或没有资金投入到这个变幻莫测的市场中了。因此，在这个机会和风险并存的市场中，一个理智的投资者要学会规避各种陷阱、暗礁，而投资者规避各种风险的有利武器就是证券投资分析。风险分为系统性风险和非系统性风险。系统性风险指某种因素会以同样方式对所有证券的收益发生影响而产生的风险。例如，国有股的减持引发了 2001 年 6 月份股市的下跌，直至 2005 年 7 月，中间虽然经历几次反弹，但始终没有摆脱下跌的趋势。非系统性风险是指这种风险只影响某一种证券收益的某些独特事件，这些事件不影响其他证券的收益。进行证券投资首先要看大势，判断目前处于牛市还是熊市，是牛市或熊市的哪一个阶段，选择在熊市的末期或牛市的初期入市，则能最大限度地规避系统性风险。其次在大盘处于上升过程中，重点要对个股进行研判。通过基本面分析，了解公司所处的行业的成长性，透过公司的财务报表判断公司财务是否稳健，运用技术分析看该种证券是否处于相对底部，有无启动的可能。投资者应尽量选择行业成长性好、公司财务稳健和尚处于底部的个股。

2. 发现价值被低估的证券

从理论上讲，证券的价格等于其未来收益的净现值之和。在一个强势有效市场中，证券价格应等于其理论值。但影响证券价格的因素千变万化，一个时点的均衡价格在另一个时点则成了非均衡价格，更何况现实中的市场在信息批露、信息传递、信息解读、信息反馈等四个环节中的一个或几个环节中的有效性受到损害，证券市场的价格往往偏离其价值。证券分析的意义之一就在于将内在价值与市场价格进行比较，若前者高于后者，说明证券价格被低估，买进；反之，则说明证券价格被高估，卖出。

三、证券投资分析的步骤

证券投资分析作为证券投资过程的一个重要环节，对投资的成败起着十分重要的作用。分析结论的正确程度取决于以下几个方面：①分析人员获得信息的多少和信息的可靠性；②所采用的分析方法、分析手段和分析过程的合理性和科学性；③分析人员自身的素质也是决定分析结论的正确程度的重要因素。证券投资分析具有较强的科学性，只有科学合理地安排每一阶段的各项工作，才能提高效率，得出较为准确的结论。一般来说，比较合理的证券分析应由以下几个步骤构成：①收集与整理信息资料；②对所获资料进行案头研究；③实地考察所研究的对象；④撰写分析报告。

1. 收集与整理信息资料

信息资料的来源主要的三个方面：一是公开发布的信息资料。二是计算机储存的信息资料。三是通过实地调查获得的信息资料。公开发布的信息资料主要是通过各种书刊、报纸、杂志、其他公开出版物以及电视、广播等媒体公开发布的信息。计算机储存的信息资料是和计算机的迅速发展分不开的。随着计算机技术、材料技术的发展以及计算机在证券领域的广泛应用，有关证券投资方面的计算机可读信息的数量增长很快。许多公司、机构把诸如证券价格、公司的财务报表、宏观经济数据等方面的数据经过处理后，以特殊的格式制成光盘、软盘等出售。通过实地调查获得的信息资料是指证券分析人员直接到有关证券公司、上市公司、交易所、政府部门等机构去实地考察进行分析所得的信息。

收集与整理信息资料阶段的主要工作包括：①收集证券投资的信息资料，主要从上面提到的三个方面收集。②整理信息资料。根据不同的标准对所收集的证券投资信息进行分类归档，编制分类目录，便于查阅。③保存和管理信息资料。

证券投资的技术分析不仅注重短期分析，也重视长期分析，因此，各个时期的资料保管是很重要的，这样才能保证信息资料能发挥比较高的效益。

2. 对所获资料进行案头研究

认识事物是一个复杂的过程，要从事物的表面挖掘出其本质，需要去粗取精、去伪存真的过程。收集来的资料如果不进行分析，就变成了一堆废纸。案头研究首先是根据自己的研究主题和分析方向，确定所需的分析资料。可以根据是宏观分析、行业分析、公司分析还是技术分析分别选取相应的材料。其次是利用证券投资分析的专门方法和手段，对占有的资料进行仔细的分析。证券投资所采用的方法和手段，既包含了经济学、会计学、金融学长期研究的结果，又是人们长期实践经验的总结，它们所揭示的是影响证券价格变动的一些规律性的东西。案头研究就是要寻找这些指标对证券价格的影响力度，得出有关指标与证券价格之间相关关系的正式结论。

3. 实地考察所研究的对象

俗话说"耳听为虚，眼见为实"，通过各种途径收集来的信息尽管无所不包，但都是经别人加工整理的，带有他人的主观色彩，因此，对一些关键问题进行实地考察就变得十分重要。实地考察是指分析人员就自己的研究主题到实际工作部门或公司企业等单位进行实地的考察调查。实地考察出于两个目的：一是验证信息资料的真实性；二是就某些阶段性分析结论的公正性和客观性到实际工作部门或公司进行调查核实。实地考察并不单纯指亲自到相关部门进行面对面的交谈，还可以通过电话、电传、传真或问卷等方式进行调查。

4. 撰写分析报告

前面三个步骤都是对证券进行分析，分析的结果最后要以书面的形式反映出来，这就是撰写分析报告。分析报告的种类很多，有关于上市公司、投资基金等投资工具的投资价值的报告，有关于投资风险的报告，有关于某个行业发展前景的报告，有关于国家政策、法规对行业、企业及产品影响的分析报告等等。分析报告一般包括以下几个方面的内容：①分析的主题；②所使用的数据来源和数据种类；③采用的分析方法和分析手段；④形成分析结果的理由；⑤所得出的分析结论和建议及其适用期限；⑥分析报告撰写者和撰写时间。

第二节　证券投资分析的主要方法

证券投资分析的目的是为了测定证券价格的走势，在收益和风险面前做出合理的决策。由于分析的侧重点不同，从而产生了不同的方法，主要有基本分析法和技术分析法两大类。

在影响证券市场价格的诸多因素中，宏观因素、行业因素和公司因素主要是通过影响证券发行主体即公司的经营状况和发展前景来影响证券市场价格，它们在证券市场之外，被称为基本因素。基本因素的变动形成了证券市场价格变动的主要利多和利空依据。市场因素则主要通过投资者的买卖操作来影响证券市场的价格，它存在于证券市场内部，与基本因素没有直接关联，因而被称为技术因素。技术因素是技术分析的对象。

一、基本分析法

证券投资的基本分析，是从影响股票价格变动的因素出发，分析研究公司外部的投资环境和公司内部的各种因素，并进行综合整理，从而发现股票价格变动的一般规律，为投资者作出正确的投资决策提供科学的依据。

1. 理论基础

证券投资基本分析的理论基础主要来自于以下几个方面：

（1）宏观经济学和微观经济学。这两门学科是整个经济学的基础，也是证券投资技术分析的基础。基本分析首先要探讨宏观经济环境是否适合证券投资，而运用宏观经济学和微观经济学的原理，能够揭示各经济主体、各经济变量之间的关系，为探索经济变量与证券价格之间的关系提供了理论基础。

（2）财政学和金融学。国家的财政政策通过税收、转移支付等手段改变居民的可支配收入和公司的业绩，货币政策通过调整货币供应量来改变个人和企业的行为，居民和企业行为的变化会影响证券市场的价格。财政学和金融学为探索财政政策和货币政策与证券价格之间的关系提供了理论基础。

（3）财务管理学。基本分析中至关重要的一环是对公司的分析，包括对公司的财务分析，这就需要分析人员熟练掌握财务管理的知识。财务管理学所揭示的企业财务指标之间的关系原理为探索企业财务指标与证券价格之间的关系提供了理论基础。

（4）投资学。投资学所揭示的投资价值、投资风险、投资回报率等的关系原理为探索这些因素对证券价格的作用提供了理论基础。

2. 分析内容

一般来说，基本面分析包括三个方面：一是对宏观经济形势的分析，证券分析人员通过对影响宏观经济形势的分析，预测证券市场的中长期趋势。二是行业分析，通过对行业的态势以及对行业所处的产业生命周期的研判，把握行业未来的发展趋势。三是公司分析，通过对公司的财务报表和产品和服务所具有的市场竞争力等来综合判断该公司证券的投资价值和投资风险。

（1）基本分析的实质——研究证券价格变动的成因。基本分析法认为，证券价格是由其内在的价值和外在的供求关系决定的，证券的内在价值是证券市场价格的基础，证券市场价格不能偏离其内在价值太远，市场价格围绕证券的内在价值而变动。此外，当供求关系发生变化时，证券价格会偏离其内在价值。当供过于求，证券价格下跌；当供小于求，证券价格上升。当供求平衡时，证券价格将回归到其内在价值。

证券的价值即投资价值，它所代表的是上市公司的经营业绩或潜在的经营业绩，同时还包括投资者对公司未来业绩的心理预期。基本面分析中的供求关系是整个证券市场的供求关系，因为某个证券上市后，其数量不会轻易发生变化，而源源不断流向证券市场的是其他上市公司的证券，因此，证券供给是指证券总量供给。同样，与证券供给相对应的是社会总体购买力，即资金面。证券供求关系所分析的是证券供给总量与社会需求总量的相互关系，它揭示的是证券价格指数的波动方向。显然，基本面对证券供求关系的分析就是对宏观经济因素的分析。

（2）基本分析的优缺点。基本分析的优点主要有两个：一是能够全面把握证券价格的基本走势。基本分析对宏观经济、行业以及公司进行了全方位的分析，考虑问题全面客观，善于从大的方向把握问题，没有被证券市场各种小的波动所左右。二是基本分析把握住证券价格变动的内在因素，适合长期价值型投资者使用。

基本分析的缺点主要有两个：一是预测的时间跨度较长，对短线投资者的指导作用较弱。二是不适合投机气氛浓厚的新兴市场，因为这类市场人为操纵的可能性大，多数投资者的投资素质低，证券价格大起大落，不适合应用基本分析来决定证券的买卖。

（3）基本分析适用的范围。根据基本分析的优缺点，我们可以确定基本分析的适用范围：一是周期较长的证券价格预测；二是相对成熟的证券市场；三是适用于预测精度要求不高的领域。

二、技术分析法

技术分析法种类繁多，形式多样。其共同特点是：它们都试图从证券市场的统计资料中归纳出预测证券价格变化趋势的合理、简洁的方法。概括起来，技术分析法主要有技术分析理论、技术分析图表和技术分析指标等。技术图表法和技术指标法因涉及内容较多，我们将设专门章节阐述，在此简要介绍技术分析的有关理论。

1. 技术分析理论

（1）道氏理论。道氏理论的创始人是美国人查尔斯·道。道氏理论摆脱了过去那种支离破碎的技术分析，使技术分析形成一个完整的体系。道氏理论的内容很多，但集中地表现在以下三个方面：

第一，市场有三种不同的运动趋势。通常，趋势可划分为三种不同的方向，即主要趋势、次要趋势和短暂趋势。主要趋势是一段时期内市场价格走势所呈现出来的总的方向，按方向分为牛市、熊市和鹿市。只要后面的波和谷都高于前面的波和谷，上升趋势基本确立，通常把这段时期的趋势称为牛市；反之，只要后面的波和谷都低于前面的波和谷，下降趋势基本确立，通常把这段时期的趋势称为熊市。另外，不明显的趋势或横向趋势有时称之为鹿市。次要趋势是在主要趋势演进过程中与主要趋势呈相反方向的趋势。它们可以是一个基本上升趋势中发生的回档，或是下跌过程中的反弹。次要趋势持续的时间相对较短。短暂趋势是相对次要趋势而言的。一个中等规模的次要趋势通常是由一连串的多个极小的短暂趋势构成。短暂趋势的时间持续最短。

第二，两种市场平均价格指数的相互印证可以解释和反映市场的大部分行为。股票价格指数是对股市动态的综合反映。道氏理论认为，股市的走势只有在互相验证的情况下，才能明确显示出来。互相验证是指两种股价平均数向同一个方向变动时，表示一个股价平均数被另一个股价平均数确认，则主要趋势或者次要趋势就会产生。如果两种股价的平均数反向变动，说明相互间不确认。互相验证可用两种方法表示，第一种是两种股价平均数同时创出新高或新低，可以判断主要趋势是牛市还是熊市；第二种是两种股价平均数在小幅度的升降波动后，突然一同上升或下滑，主要用以判断次要趋势。

第三，成交量和收盘价起重要作用。趋势的反转点是进行投资的关键，在判断各种反转形态的过程中，成交量的变化是至关重要的，价格的上涨要有成交量的推动，成交量是价格变化的重要源泉。在各种价格中，收盘价是最重要的价格，是多空双方一天战斗结束的均衡价格，反映了多空双方力量的对比，因此在技术分析中具有举足轻重的地位。

道氏理论开创了技术分析的先河，为我们提供了一种研究市场趋势的方法。但在实际应用中，也并不是尽善尽美，还有一些不尽人意的地方。首先，对主要趋势、次要趋势和短暂趋势的划分是相对的，不同的投资者有不同的分类，缺少统一的标准。对次要趋势的延续时间和价格波动的范围难以把握。其次，道氏理论对长期趋势的判断有一定的准确性，但对每日每时发生的小波动则显得有些无能为力。

（2）波浪理论。波浪理论的形成经历了一个较为复杂的过程，最初是由艾略特发现并应用于证券市场，但是他没有将这些结果形成完整的体系。直到20世纪70年代，柯林斯的专著出版后，才使波浪理论正式以技术分析的面孔登上证券市场的技术分析的舞台。

众所周知，社会经济的大环境有一个经济周期问题，证券价格的上升和下跌也受到宏观经济的影响。不过，证券价格波动的周期规律比经济发展的循环周期复杂得多。艾略特试图从证券价格波动中找到其上升和下降的周期性。波浪理论的周期性，时间长短可以不同，一个大周期之中可能存在小的周期，而小的周期可以再细分为更小的周期。每个周期都以8浪结构的模式进行。当8浪结构完成以后，周期结束，进入另一个周期，新的周期仍然遵循上述的模式。图9-1是一个上升阶段的8个浪的全过程。

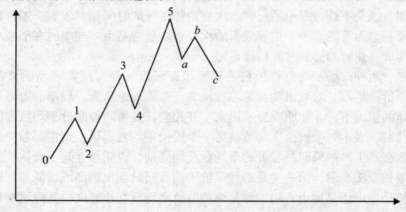

图9—1

0—1是第一浪，1—2是第二浪，2—3是第三浪，3—4是第四浪，4—5是第五浪。在这5浪中，第一、第三和第五浪为上升主3浪，而第二浪和第四浪称为对第一浪和第三浪的调整浪。上述5浪完成后，紧接着会出现一个3浪的向下调整，这3浪是：从5到a的a浪，从a到b的b浪和从b到c的c浪。

如果我们明确了价格当前所处的位置是8浪结构中的何种浪，就可以知道价格将向何处去了。如果投资者发现了一个5浪结构，而且目前这个5浪结构已经经历了相当长的时间，就应该清楚地知道，一个3浪的回头调整浪正等在前面，应该立即采取行动。

从表面上看，波浪理论会给投资行动带来较好的利益，但是从波浪理论自身的构造我们会发现它的不足。首先是学习和掌握的困难，虽然8浪结构形成一个完整的过程，但主浪和调整浪的变形会产生复杂多变的形态，波浪所处的层次又会产生大浪套小浪、浪中有浪的多层次形态，这些会使投资者在数浪中发生偏差。其次是面对同一个形态，不同的人会产生不同的数法，而且都有一定的道理。此外，波浪理论只考虑了价格因素，而忽略了成交量的影响，为人为制造形状提供了机会。

（3）相反理论。相反理论认为，当投资者与大多数人的行动一致时，是不可能获得高额投资回报的。相反理论的出发点是基于这样一个理由：证券市场本身不能创造新的价值，所有的投资者持有的市值总和是固定的，一个人的盈利是建立在其他人亏损的基础上的，因此，如果行动与多数投资者一致时，是不大可能获得大的收益的。

根据相反理论，一个明智的投资者应该在市场火爆人头攒动的时候退出，在市场冷清门可罗雀的时候进入，这样才有可能获得较高的投资收益。相反理论已经存在了很久，但是由于人们普遍存在的贪婪和恐惧心理，经常在证券价格已经到达高位时，还幻想获得更高的收益，而在低位时，则又害怕价格会进一步下跌而不敢买入。

应当指出，相反理论只是告诉我们与大众一致肯定不会获得高收益，并不是说与大众的行动相反就一定能获利。此外，相反理论的前提也存在着一定的局限性，由于证券市场是国民经济的晴雨表，当经济高速增长时，证券市场的证券总市值自然会随之增加。

2. 技术分析的优缺点

技术分析是对市场行为进行分析，考虑比较直接。与基本分析相比，通过技术分析指导证券买卖见效快，获得利益的周期短。此外，技术分析对市场的反映比较直接，分析的结果也更接近于市场的局部现象。

技术分析也存在着不可避免的缺点。首先，技术分析的目光相对短浅，尽管技术分析也有对长期趋势的分析，但由于技术分析容易被证券市场中一些微小的波动所左右，在对大势的判断上容易出现失误。其次，技术分析是建立在三大假设之上的，现实中三大假设可能因为各种各样的原因而不能全部得到满足，这就使技术分析失去了赖以生存的土壤。例如，假定历史不一定会重演，那么根据过去经验总结的技术分析对当前的情况就没有借鉴的价值。因此应根据不断变化的市场，完善和创新技术分析。

3. 技术分析的适用范围

根据技术分析的优缺点，就可以确定技术分析的适用范围。一般来说，技术分析适合于对短期的分析，能较准确地给出证券的买卖点。而进行周期较长的分析则必须依靠别的方法，这是应用技术分析特别注意的问题。技术分析的另一个值得注意的问题是，它所得到的结论只是相对的，是基于一定的概率的准确性，特别是单一技术分析工具更容易发出错误信号。因此，在应用技术分析时，要多种分析工具同时使用，并结合基本面来进行综合的研判。

三、证券投资分析中需要注意的问题

1. 要具备良好的心态

证券投资分析不仅要求投资者具有良好的技术分析和基本分析的知识，还要求投资者具有良好的心态。贪婪和恐惧是投资者最常见的两种心态，当一名投资者身处证券市场中时，由于贪婪和恐惧的作用，往往他的智力水平会降低两至三等以至做出愚蠢的决定。经常遇到这样的情况，一个证券投资者进入证券市场之前已经决定要买哪只股票，可到了市场听到别人说这只股票庄家要出货，另一只股票庄家要拉升之后，就会匆匆改变主意，去购买自己并不熟悉的股票。证券投资者要保持一颗平静的心，不要被证券市场微小的价格波动所左右，这是成为一名成功的证券投资者所必备的素质。

2. 基本分析和技术分析要联合使用

基本分析判断该种证券的内在价值，技术分析则给出具体的买卖的时间和价位。如果只注重基本分析，虽然可以在一定程度上规避风险，但往往丧失了获得最大收益的机会。如果只注重技术分析，则可能由于庄家操纵股价而被漂亮的图表所迷惑。基本分析和技术分析相互结合，能使投资者在风险和收益的权衡中达到效用最大化。

3. 多种技术分析手段要联合使用

技术分析有很多种，但每种技术分析只考虑了市场的某些因素，因此可能会发出错误的信号，同时单独一种技术分析可能会出现判断上的盲点，因此，有必要应用多种技术分析来对证券未来的价格走势作出判断，这样可以相互补充、取长补短，判出准确率较高的判断，减少投资中的失误。

4. 要学会空仓

如果一名投资者一年之中一直都处于满仓状态，则可以判断他决不会是一个赢家。证券价格起伏跌荡，满仓会使投资者在下跌过程中非常被动，只能任人宰割。在行情看淡的时候果断退出，利用这段时间充分休息和充实新的知识，以备行情来临时有充足的财力、精力和智慧，这样才能成为真正的赢家。证券市场并不奖赏勤奋的人，而总是青睐那些有头脑的人。

5. 要考虑交易成本和股利的影响

交易成本是初次入市的投资者在计算利润和风险管理的时候容易忽略的问题。尽管现在交易费用呈下降趋势，但仍然是一个不可低估的数目。股利是上市

公司对股东的回报。在成熟的证券市场中，投资者通过获得股利来分享上市公司的业绩增长，上市公司也只有通过回报投资者才能更顺畅长久地在证券市场中融资，证券市场才能充分发挥其在配置资源方面的作用。如果投资者只能靠买卖差价获得收益，则说明这是一个投机气氛浓厚的市场，一时的繁荣背后可能隐藏着长期的萧条。

本 章 小 结

（1）证券投资是指投资者购买股票、债券、基金券等有价证券以及这些有价证券的衍生物以获取红利、利息及资本利得的投资行为，是直接投资的重要形式。

（2）投资的主体是法人或自然人，是能够承担民事义务和民事责任的独立的经济主体。

（3）证券投资过程包括四个步骤，证券投资分析是其中的一个重要步骤。

（4）证券投资分析的意义在于最大限度地规避风险，同时发现价值被低估的证券。

（5）证券投资分析由收集与整理信息资料、对所获资料进行案头研究、实地考察所研究的对象和撰写分析报告四个步骤构成。

（6）证券投资分析的方法主要有基本分析法和技术分析法两大类。

（7）技术分析有诸多理论，如道氏理论、波浪理论等。这些理论是建立在三个重要假设基础之上的。

复习思考题

1. 证券投资分析的含义和意义是什么？
2. 证券投资分析有哪些步骤？
3. 试对基本分析和技术分析作一简要比较。
4. 技术分析主要有哪些理论？试述其主要内容。
5. 证券投资分析应注意哪些问题？

第十章

证券投资的基本面分析

本章学习目的和要求

证券市场是一个充满机会和风险的地方。证券价格变幻莫测，但通过证券投资的基本分析，就能挖掘出决定证券内在价值的因素。基本分析通过对宏观经济形势和行业的分析以及对单个公司的分析，帮助投资者确定证券的内在价值，判断证券走势，为投资者选择证券提供依据。

通过本章的学习，要了解宏观经济分析的意义和方法，能够运用所学知识分析宏观经济指标和经济政策对证券市场的影响；掌握影响行业兴衰的因素并能够进行行业投资的选择；学会运用公司分析特别是用财务报表分析对特定的公司进行实际分析。

在证券投资过程中，确定公司证券的内在价值是一个十分重要的环节。基本分析就是证券投资分析人员根据经济学、金融学、管理学、投资学的基本原理，对影响证券的宏观经济环境、行业发展状况、公司财务状况的经营绩效等因素进行分析，评定内在价值，将内在价值与证券市场的价格进行比较，发现被低估的证券，作为买入的依据；找到被高估的证券，以备在合适的时机卖出。

一般来说，基本面分析包括三个方面：一是对宏观经济形势的分析，证券分析人员通过对宏观经济形势的分析，预测证券市场的中长期趋势。二是行业分析，通过对行业的态势以及对行业所处的产业生命周期的研判，把握行业未来的发展趋势。三是公司分析，通过对公司的财务报表和产品和服务所具有的市场竞争力等来综合判断该公司证券的投资价值和投资风险。

第一节　宏观经济分析

宏观经济分析是证券投资的基本面分析中的第一步。显然，投资前一定要考虑整体的经济形势是否适合证券投资，因此，这一步骤至关重要。宏观经济分析就是以宏观经济运行和政策等影响经济形势的因素为研究对象，并对一个国家或地区的经济发展状况和发展趋势进行研判，进而从大方向上把握证券市场的变化动态。

一、宏观经济分析的意义和方法

1. 宏观经济分析的意义

股市是国民经济的晴雨表，预示着宏观经济的变化，因此，宏观经济分析对证券投资来说是至关重要的，不仅投资对象要受到宏观经济形势的影响，就证券业本身的发展也和宏观经济因素息息相关。理论研究和经济发展的实证表明，由于受多种因素影响，宏观经济的运行总是呈现出周期性的变化。宏观经济周期一般经历四个阶段，即萧条、复苏、繁荣和衰退。从证券市场的情况看，证券价格变动大致与经济周期一致。一般是经济繁荣，证券价格上涨；经济衰退，证券价格下跌。在萧条阶段，百废待兴，公司经营不景气，证券价格低位徘徊，大部分投资者离场观望。当经济走出萧条，步入复苏时，公司经营业绩开始上升，信用水平提高，随着投资者的不断买入，证券价格不断抬高。随着经济的日渐活跃，繁荣阶段就会来临，公司的规模不断提升，市场占有率增加，经营业绩越来越好，证券市场价格大幅上扬。由于繁荣阶段的过度扩张，社会总供给开始超过社会总需求，存货增加，经济增长减速，公司业绩日渐下滑，随着越来越多的投资者对衰退的认同，从而使整个证券价格开始形成向下的趋势。证券市场价格变动的周期大体上与经济周期相一致，只是比经济周期四个阶段皆有提前。作为一名证券投资者，如果能通过宏观经济形势分析对目前经济处于经济周期的哪一个阶段做出较为正确的判断，在萧条阶段的尾声或复苏阶段的开始买入证券，在繁荣阶段即将结束时卖出证券，就抓住了证券市场上升的主旋律，同时最大限度地规避系统性风险。当然在上升过程中，证券市场经常出现一些小的波动。但关键要辨清大方向，而不必为一些小的反复过分担忧，证券市场的短期波动，并不表示宏观经济状况变坏或趋淡。

2. 宏观经济分析的方法

由于宏观经济的复杂性，要对经济处于周期中的哪一个阶段作出判断，是一件比较困难的事。目前常用的分析方法有经济指标分析、计量经济模型和概率预测。

（1）经济指标分析。经济指标是反映经济活动的一系列数据和比例关系。按照对经济状况的预测能力分为三类：一是先行指标，主要有货币供应量、股票价格指数、机器设备的定单数量、房屋建造许可证的批准数量等。先行指标的高峰和低谷一般比宏观经济的实际高峰和低谷提前半年，因此，先行指标可以对经济状况提供预测性的信息。第二类是同步指标，主要包括 GNP、失业率等，这些指标的高峰和低谷与经济周期相同，反映的是国民经济正在发生的情况。第三类是滞后指标，主要包括银行短期商业贷款利率、工商业未还贷款、生产成本、物价指数等，这类指标的高峰和低谷一般比宏观经济的实际高峰和低谷滞后半年。上述三类指标可以相互配合共同验证宏观经济的发展变动趋势。例如，在先行指标已经调头向上的情况下，如果同步指标也在上升，就可以判断经济正走向复苏。

（2）计量经济模型。计量经济模型首先用代数形式把所有的经济变量之间的关系表示出来，在模型的参数被估计出来后，还要对模型进行检验以判断参数和模型的正确性，经过估计参数和模型检验确认是可靠的计量经济模型，才可以用于实际的计量经济分析，如对宏观经济形势的预测、对宏观经济政策作出评价等等。计量经济模型主要有经济变量、参数和随机误差项三大要素。经济变量是反映经济变动情况的量。从变动的因果关系看，可分为解释变量和被解释变量，被解释变量是我们要分析研究的变量，解释变量是说明被解释变量变动原因的变量。从变量的性质看，又可把变量分为内生变量和外生变量。内生变量是其数值由模型所决定的变量，外生变量是其数值由模型以外所决定的变量。在计量经济模型中，外生变量数值的变化能够影响内生变量的变化，而内生变量却不能反过来影响外生变量。计量经济模型的第二大要素是参数，参数是模型方程中的常数或常系数，它反映的是解释变量和被解释变量之间的相对稳定的比例关系。选择参数应符合无偏性、最小方差性和一致性原则。计量经济模型的第三大要素是随机误差项，代表着未知影响因素；无法取得数据的已知因素和众多细小影响因素；以及模型的设定、变量的观测、变量的随机性等过程中出现的差错。由于误差项一般较小，而且有正有负，即误差的期望为零，因此可以忽略不计。

为证券投资而进行的宏观经济分析，主要用宏观经济计量模型。宏观经济计量模型是以宏观经济理论为指导，从总体水平上反映宏观经济的动态特征，在宏观经济结构上研究宏观经济变量之间相互依存关系的经济数学模型。宏观经济计量模型主要用于宏观经济分析、政策评价和经济发展预测。

（3）概率预测。概率是指某随机事件发生的可能性大小。概率论则是一门研究随机现象的数学规律的科学，宏观经济变量的变化常常在一定区间内以某种概率发生，是一种随机事件，因此用概率论的方法预测未来经济变量的水平，就成为一种行之有效的方法。西方早在20世纪初期即已用概率论的方法分析宏观经济，并在战后得到蓬勃发展。概率预测用得较多也比较成功的是对宏观经济的短期预测。如对实际 GNP 及其增长率、通货膨胀率、利息率、失业率、个人收入、个人消费、企业投资、企业利润及对外贸易差额等指标的未来水平或变动率的预测。西方很多公司机构使用这一技术进行预测并定期公布预测数值。十多年来，用概率论预测宏观经济在我国也已普遍开展，并取得了一定的成就。要使经济预测更具准确性，需要科学的理论和方法来指导，同时提供可靠及时的资料，并有先进的计算机系统提供强有力的硬件支持。

二、影响证券市场的宏观经济变量分析

1. 国内生产总值（GDP）

国内生产总值是指一定时期内生产的（通常为一年）在一国国土范围内所生产的全部的产品和提供的劳务的价值总和。国内生产总值的计算是以国土来衡量的，只要在本国国土上新创造出的价值均计入 GDP，而不管其是否由本国居民还是外国居民创造的。排除了通货膨胀的国内生产总值被称为实际国内生产总值，只有根据实际国内生产总值作出判断，才是有价值的。股市是国民经济的晴雨表，如果经济保持实际增长，证券价格的上涨有实体经济的支撑才是健康的，否则暂时性的投机炒作也会把证券价格抬高，但这只是空中楼阁，迟早会走向市场价格向其内在价值的回归之路。

2. 通货膨胀率

由于通货膨胀的存在，使得货币意义上的利润不能完全反映公司的盈利水平，因此，我们要把通货膨胀率和利润结合起来考虑对证券价格的影响。

通货膨胀主要是由于过多地增加货币供应量造成的。货币供应量开始小幅增加时，人们有一种货币幻觉，工人以为自己的实际工资增长了，企业所有者以为实际利润上升了，因此，企业增加投资，工人愿意提供更多的劳动，使得居民收入和企业利润均得到提高，企业可分派的股息增加，从而刺激股价上扬。如果通货膨胀率超出正常范围，原材料和工资成本大幅上升，经济的不确定性降低了企业的投资意愿，企业利润下降，人们普遍对经济失去信心而纷纷抛售手中的证券，从而使证券价格下跌。

3. 失业率

失业率是失业人数占全部劳动力的比率。它的高低可以从一个侧面衡量宏观经济的好坏。当失业率上升时，人们的可支配收入降低，证券市场中的投资者就会减少，从而导致证券价格下跌。反之，失业率较低时，则表明企业处于扩充和发展阶段，人们的收入增加，大量的资金流入证券市场，证券价格上扬。

4. 汇率

在资本项目开放程度较高时，汇率对证券价格有较大影响。本币贬值时资本从本国流出，证券市场的资金减少，从而使证券价格下跌。本币升值时资本从国外流入，证券市场的资金增多，从而使证券价格上扬。

三、宏观经济政策对证券市场的影响

1. 货币政策对证券市场的影响

货币政策是指中央银行为实现一定的经济目标，运用各种货币政策工具调节货币供应量的方针和策略的总称。央行运用的主要货币政策工具有公开市场业务、再贴现业务和法定存款准备金率。当经济出现衰退征兆，为了刺激经济发展，央行实行扩张性的货币政策，采取降低法定存款准备金率、降低对商业银行的再贴现率或在公开市场上买入国债的方式来增加货币供应量，扩大社会总需求。当经济过度繁荣，通货膨胀压力较重时，为了抑制经济的过热现象，央行采用适当紧缩的货币政策。通过提高法定存款准备金率、提高对商业银行的再贴现率或在公开市场上卖出国债的方式来减少货币供应量。一般来讲，如果一国金融体系较为发达，其调节货币供应量最常用的工具就是以公开市场业务为主，配合以法定存款准备金率和再贴现业务，共同调节货币供应量和利率水平的高低。

中央银行实施的货币政策对证券市场的影响主要有以下几个方面：（1）通过货币供应量影响宏观经济状况与通货膨胀，进而影响国内生产总值的变动，而股市又是国民经济的晴雨表，股价的变动预示着国内生产总值的变动。（2）通过利率对实体经济和虚拟经济产生双重影响。实体经济方面，利率的变化使私人投资成本发生变化，从而改变私人投资支出，还使人们重新分配消费和储蓄的比例。虚拟经济方面，证券价格和利率是成反比的，利率的改变影响证券价格的高低，又通过财富效应影响实体经济中的消费支出。

2. 财政政策对证券市场的影响

财政政策是政府依据宏观经济规律制定的指导财政工作和处理财政关系的一系列方针、准则和措施的总称。财政政策的手段包括国家预算税收、国债、财政

补贴、财政管理体制、转移支付制度等。这些手段可以单独使用，也可以配合使用。财政政策分为扩张性财政政策和紧缩性财政政策。当经济出现衰退，失业率上升时，政府实行扩张性的财政政策，从而防止经济衰退，降低失业率；反之，则实行紧缩性的财政政策，防止经济过热及高通货膨胀的出现。

第二节 行业分析

上一节我们从宏观层面考察了主要宏观经济变量和政府实行的宏观经济政策对证券市场的影响。现在，我们把目光对准到行业的分析。行业分析又称产业分析，是介于宏观分析和微观分析之间的中观分析。行业分析的目的是为了弄清各行业的独特之处，投资者通过对比权衡，从而弄清楚各行业的风险和收益的关系，并预测行业的发展趋势，以此为据制定相应的投资策略。

一、行业的一般特性分析

所谓行业，一般是指生产同类产品或具有相同工艺过程或提供同类劳务划分的经济活动类别。同一行业由于其产品、工艺或劳务在很大程度上的可相互替代性而处于一种彼此紧密联系的状态，而与其他行业有显著区别。

1. 经济周期与行业分析

根据行业的发展与经济周期之间存在的关系，可以将行业分为以下四类：一是成长型，这类行业的运动状态与经济活动总水平的周期及其振幅无关，因为它们主要依靠技术进步、新产品的推出及更优质的服务等实现可持续成长。例如在过去的几十年内，计算机行业是典型的成长型行业。这类行业对投资者具有很大的吸引力，但投资者无法根据经济周期的变动来决定购买时机。二是周期型行业，这类行业的运动状态直接与经济周期相关，当经济处于繁荣阶段，这类行业随之扩张。例如房地产业、汽车业就是典型的周期型行业。投资者可结合经济周期，具体地对行业的走势及盈利前景进行预测分析。三是防御型行业，这类行业的特点是其运动状态相对稳定，不受经济周期的影响。食品业和公共事业就属于防御型行业。对这类行业的投资收益虽不高，但比较稳定，适合风险厌恶型的投资者。四是成长周期型行业，这种行业既包含成长状态，又随经济周期而波动。许多行业都属于这种类型。

2. 市场结构与行业分析

西方经济学把市场结构划分为四种类型，分别为完全竞争、垄断竞争、寡头垄断和完全垄断。这四种市场结构取决于厂商的数量、产品的差异性、价格的控制程度等等。我们也可以把行业按这四种市场结构来进行分类，即完全竞争行业、垄断竞争行业、寡头垄断行业和完全垄断行业。

3. 行业的生命周期

通常每个行业都要经历一个由成长到衰退的发展演变过程，这个过程就是行业的生命周期。一般行业的生命周期分为四个阶段：即初创阶段、成长阶段、成熟阶段和衰退阶段。下面我们来考察一下每阶段的情况。

（1）初创阶段：在这一阶段，新产品刚刚诞生不久，行业初步形成，因而，行业中的公司数目较少。由于初创阶段研究开发费用较高，而人们对新产品缺乏了解，较低的销售额尚不足以弥补高昂的成本，处于这一阶段的行业通常是亏损的，风险很高，这类行业更适合投机者而非投资者。

（2）成长阶段：在这一阶段，产品逐渐被市场认可，销售收入迅猛增长，技术的成熟化、产品的多元化和标准化使生产成本降低，利润增加，因而整个行业由亏损变为盈利。利润的增加又吸引了更多竞争者的加入，竞争的加剧使产业内部发生分化，资本技术实力雄厚、营销管理水平较高的大公司处于竞争中的有利地位，而一些实力较弱的公司常常被兼并或倒闭。

（3）成熟阶段：这是一个相对较长和稳定的时期。经过了成长期的激烈竞争，在竞争中生存下来的少数大厂商垄断了整个行业的市场，由于彼此势均力敌，其市场份额变化较小。这时厂商之间的竞争逐渐从价格手段转向非价格手段，如提高产品质量、加强售后服务等。由于垄断势力的强大，新企业很难进入该行业，由于缺乏竞争，整个行业的增长速度已经放缓。

（4）衰退阶段：产品呈现饱和，拥有更新技术和产品的相关替代行业逐步兴起，整个行业的销售额下降，利润也继续变薄。甚至出现亏损，行业中公司的数目越来越少。从历史上看，真正完全被淘汰下的行业很少，多数情况是行业自此进入一个发展停滞、随波逐流的状态。

二、影响行业兴衰的因素分析

根据行业的生命周期理论，我们知道一个行业要经历初创、成长、成熟和衰退四个阶段，这四个阶段只是对行业发展变化历程的一个总体描述，影响行业兴衰的因素很多，这些因素主要有技术进步、政府政策和社会习惯的改变等。

1. 技术进步

技术是指科学在工业和商业上的应用。技术进步对行业兴衰的影响是巨大的。它一方面决定了新行业的兴起和旧行业的消亡，另一方面推动现有行业升级换代。例如，汽车的出现削减了对自行车的需求，节能灯逐渐取代普通灯管等等。

目前人类科技发展一日千里，不仅新的科学发明层出不穷，从科学理论向技术的转化速度大大加快。一旦科学发明转化为技术，在新的产业中得到应用，需求的增加使大规模生产成为可能，单位产品的价格大幅下降，使新产品的竞争力很快超过甚至替代旧产业。因此，投资分析人员必须时刻关注新兴技术对现有技术的冲击，了解各种行业发展的状况和趋势。

2. 政府政策

政府对行业兴衰的影响主要体现在两个方面：一是与大众利益密切相关的行业和行业垄断的管制。与大众利益密切相关的行业包括交通运输业、金融行业和公共事业。这些行业必须遵守政府机构制定的规程，反过来，政府机构通过限制其产品价格影响公司利润。政府不但对与大众利益密切相关的行业进行管制，同时还制定法律严格限制行业垄断。垄断短期内也许能给行业内厂商带来超额利润，但从长远看，大大降低了消费者的福利，不利于提高行业的整体竞争力，因此，必须由国家出面对行业垄断进行管制，以限制垄断厂商的扩张，保护中小企业，维护自由竞争的市场秩序。二是通过制定一系列的政策扶植和促进相关行业的发展，使行业结构更趋合理，并向高级化方向发展。例如，日本通过实施强有力的经济政策实现了战后经济的起飞，说明政府的政策对行业的兴衰和经济的发展具有不可估量的作用。

3. 社会习惯的改变

随着经济的不断增长，人们的生活水平和劳动者受教育程度的不断提高，人们的消费心理、消费习惯和社会责任感会逐渐改变，从而引起某些商品的需求变化并进一步影响到行业的兴衰。例如，社会公众对信息重要性认识的增强，促进了通讯产品和网络服务的蓬勃发展，生活节奏的加快使超市、快餐业成为新的消费热点等等。

国际文化交流对社会习惯变迁起着重要作用。随着对外开放的不断深入，中西方文化日益融合，西方的一些消费习惯、消费心理逐渐为我国国民特别是青年人所接受，如超前消费的观念使许多人贷款买房、买车；西方的一些节日也在中国悄然兴起，如圣诞节、情人节、母亲节等。

三、行业投资的选择

行业是影响证券投资的一个重要因素，因此，要顺应行业演进的趋势，分析行业在生命周期中所处的阶段，并结合国家的政策作出相应的决策。

（1）顺应行业结构演进的趋势，选择有潜力的行业进行投资。

（2）判断不同行业在生命周期中所处的阶段，并做出不同的投资决策。

由于行业生命周期不同阶段的风险和收益特征不同，以及实际投资过程中投资者资金的来源、资金的可使用周期和投资者的投资理念的差异，不同投资者对所投资行业的选择应符合自己的实际情况。

处于初创期的行业，介入这一行业的厂商数目很少，投资者可选择的余地狭小，初始投入成本大，需求较少，销售收入有限，风险较大。因此，此类行业不适合一般的投资者，是投机者和风险投资家冒险的乐园。

处于成长期的行业，整个行业的发展蒸蒸日上，但利润的诱惑，很多厂商纷纷涌入这一行业，行业的竞争激烈，破产倒闭的概率大。投资的风险主要来源于公司的经营管理水平和市场开拓能力。如果能选择具有较强竞争力的公司，投资者可随着行业的快速成长而获得高额回报；如果决策失误，投资者可能会血本无归。

处于成熟期的行业，风险较小，收益稳定。投资者选择这类行业投资，一般能获得稳定的收益。从证券市场史来看，处于成熟期的行业蓝筹股历来为工薪阶层和长线投资者所青睐。

衰退型行业已经几乎没有发展空间，而且会逐渐被新的行业所取代。一般的投资者应对此行业敬而远之。对衰退型行业的投资只是一些特殊机构的特殊需要，或是为了做庄获利，或是为了调控指数。

（3）正确理解国家的行业政策。

国家扶植某些行业就会给这些行业更多的优惠政策，使这类行业有更大的发展空间和更多的发展机会。在宽松的条件下，该行业的利润会高于其他行业，该行业在证券市场的表现自然会更出众。因此，投资于国家扶植的产业，就等于抓住了未来的主流方向，能更好地提高投资收益。

第三节 公司分析

公司分析在整个基本分析中具有非常重要的地位，是基本分析中必不可少的一个环节。公司分析比起宏观经济分析和行业分析要具体得多，包括对公司的基本素质分析和对公司的财务分析两个部分。

一、基本素质分析

基本素质分析就是对公司的行业选择以及公司在本行业中的竞争地位加以分析，据此判断公司的获利能力，并推断出公司的长期投资价值的大小。

1. 公司的行业选择对获利能力的影响

统计数据表明不同的行业的资本利润率是有很大差别的，所以，企业的行业选择对其影响能力甚大。下面我们具体分析以下决定行业竞争程度的因素。

一个行业的竞争程度如何，取决于以下三个因素：首先是行业内现有企业之间的竞争程度。其次是由于行业内部并不是完全封闭的，总会有旧企业的倒闭和新企业的进入，这些都会影响行业的竞争水平。

（1）现有企业之间的竞争程度。大多数行业的平均利润率主要取决于现有企业之间的竞争程度，企业之间的竞争主要采取两种手段：价格竞争手段和非价格竞争手段。以下几个因素决定企业是否以削价作为竞争的主要手段。

第一，行业成长性的高低。前面在行业的生命周期中曾经讲过，每个行业都要经历一个由成长到衰退的发展演变过程，这个过程就是行业的生命周期。一般行业的生命周期分为四个阶段：即初创阶段、成长阶段、成熟阶段和衰退阶段。在初创阶段，行业内厂商数目很少，同行之间的竞争不大，这个时期公司的竞争并不主要来自行业内部，而是行业的产品是否被市场所认可。在成长阶段，现有企业只要拓展市场份额就可以获得快速发展，无需采取削价竞争的方式从市场中获得份额，比如，20世纪80年代和90年代初期的电脑行业。在成熟阶段，市场的需求平稳，这时企业如果想扩大自己的份额，就只有靠大幅降价才能把竞争对手挤出市场，当发展到成熟阶段的尾声时，只剩下少数几个大企业，行业内竞争又趋于平淡。

第二，行业中是否存在规模经济。当一个行业存在规模经济时，要想使成本达到最低或较低，必须扩大生产能力，客观上的要求和行业内竞争的结果促使主要生产能力集中于一个或几个大公司手中，形成了行业内的完全垄断或寡头垄断，这些处于垄断地位的公司就有能力为自己的产品定价，从而减弱了行业内的竞争。

第三，产品的差异性和顾客的转换成本。当产品是无差异的时候，对于顾客而言，买什么公司的产品都是一样的，这时行业内的公司处于完全竞争的状态，竞争非常激烈。而当产品存在差异的时候，对于顾客而言，买什么公司的产品并不完全相同，这时行业内的竞争取决于产品之间差异程度的大小和顾客从一种产品转换到另一种产品的成本大小。如果产品的差异性较大，在顾客看来，同行业的不同产品之间不能相互替代，或者顾客在产品转换过程中要付出相当大的代价，都会阻止顾客在两种产品之间的转换。产品的差异性大和顾客的转换成本高，这对于公司来说可以减少原有的客户的流失，降低行业内公司之间的竞争程度。

（2）新入企业的威胁。即使行业内现有企业之间达成协议维持超额利润，但资本总在寻求更高的投资回报，除非有强制的法律规定某种行业不允许进入某种行业，否则新企业总要千方百计地进入利润率高的行业。新企业进入现有行业的门槛高低，受以下几个因素的制约。

第一，规模经济的大小。如果一个行业存在着巨大的规模经济效应，新入企业就面临着两难选择。新进入企业必须承受巨额的资本投入却没有收益的压力，否则，缺少巨额的资本投入，就意味着新入企业的生产成本要高于已实现规模经济的原有企业，所以新企业要想在竞争中取得有利地位，必须孤注一掷，但这要以承受巨大的投资风险为代价。

第二，原有企业的优势。行业中的原有企业可能依靠技术领先建立了一种行业标准。例如 *VCD* 和 *DVD* 行业的制式标准，也可能获得了某些稀缺资源的所有权或政府的特许经营权，原有企业的这些技术、资源优势都会巩固其竞争地位，阻止新企业的进入。

第三，销售渠道。原有企业之间的相互竞争，使原有企业独自或共同占据着某一局部市场，行业中的所有原有企业的销售网络已经覆盖了整个市场。新入企业要想生存，必须从原有的市场份额中分得一杯羹，而要建立自己的分销网络又必须付出成本。例如，一个新品牌的家电企业要想打入外地市场。或者想在超级市场的货架上找到一个好的位置，都将面临着一个问题。

2. 公司竞争力的分析

前面我们主要从整个行业的视角来看一个行业的竞争程度，但一个行业的竞争程度只能说明这个行业比其他行业而言是处于优势还是劣势，并不能判断行业内的某个公司在整个行业中的竞争地位。而确定某个公司在行业中所处竞争地位，是基本分析中的最后一步，也是最关键的一步。市场经济的规律就是优胜劣汰，在本行业无竞争优势的企业，注定要随着时间的推移逐渐萎缩直到消亡。只有确立了竞争优势，并不断通过技术更新和加强企业管理来保护这种竞争优势的企业，才能长期存在并不断发展壮大。也只有这样的企业，才有长期的投资价值。我们从以下几个方面对公司的竞争地位加以分析。

（1）公司的技术水平。对公司技术水平高低的评价可以分为评价技术硬件部分和评价技术软件部分。技术硬件部分包括机械设备，单机或成套设备等。软件部分包括生产工艺技术、工业产权、专利设备制造技术和经营管理技术等等。软件部分作用的发挥依赖于企业所拥有的技术人才。特别是在资本技术密集型的行业，公司的技术水平的高低对决定公司在行业内的竞争力是至关重要的。

（2）公司的管理水平。一个公司经营管理能力水平的大小，直接体现为能否最充分地利用各种生产要素，它直接关系到公司的生存和发展。对公司的经营管理能力的分析，主要从公司各层管理人员的素质及能力和公司的管理组织来入手。公司的各层管理人员从上到下分成决策层、高级管理层、部门负责层和执行层四个层次。其中决策层和高级管理层应是分析的重点。一般地，衡量公司管理人员的常用指标有以下几个：第一，是否具有保持高效率生产的能力和合理安排财务的能力。第二，是否能够顺利地解决劳动纠纷并促进业务的发展。第三，是否会应用现代科学管理方法以及能否吸收并培养新的优秀员工。第四，在对外宣传、推销、谈判和处理法律事务等方面是否具备卓越的才能。

公司的管理组织也对公司的管理水平有重要影响。公司的生产经营实际上是一个非常复杂的系统，必须有科学、高效的管理组织体系，这个系统才能顺利运行。因此，管理组织是公司的中心，它的优劣可以影响公司在行业中的竞争地位。在我国的上市公司，都建立起了以股份制为核心的法人治理结构。其目的是董事会、经理层和监事会三者相互制衡，但普遍存在着公司治理结构不完善的问题，最典型表现是上市公司股权结构不合理，这个问题是造成我国上市公司经营绩效低下的一个重要原因。

二、财务分析

财务分析即财务报表分析，就是将公司财务报表及其他有关会计记录中的资料进行综合整理，找出各项信息间有意义的相关关系，以帮助投资者了解公司的生产经营情况并预测公司未来发展前景。

一个股份公司成为上市公司后，必须定期公布自己的财务状况，其中最重要的是财务报表。财务报表是会计人员按照一般公认的或法定的会计原则，以及会计处理程序和方法，将企业一定时期内的会计事项做一系统的汇总表示，用来显示企业实际的财务状况和经营业绩的优劣。而在这些财务报表中，对投资者最重要的是：资产负债表、利润及利润分配表和现金流量表。

1. 资产负债表

资产负债表是反映公司在某一特定日期的财务状况的静态报告，资产负债表反映的是公司的资产、负债和股东权益之间的平衡关系。资产代表公司拥有或掌握的资源，由流动资产和固定资产两个主要部分组成。流动资产主要包括现金、有价证券、应收账款、存货和预付款。固定资产主要包括企业的房地产、工厂的设备等。负债的两个主要组成部分是流动负债和长期负债。流动负债是一年内到期的负债，主要包括应付账款、应付票据、应计费用和应付税金。长期负债包括长期借款、应付债券、长期应付款和其他长期负债等项目。总资产减去总负债就是股东权益，代表公司的资产净值，即在清偿公司各种债务后，公司所拥有的资产价值。资产、负债和股东权益的关系用公式表示如下：资产＝负债＋股东权益。

2. 利润及利润分配表

利润及利润分配表既反映企业在某一段时期内发生的各项经营收支和盈亏的实际情况，还反映企业的利润分配和未分配利润结余情况。利润分配表是分析企业经济效益和经营业绩的依据，是投资者了解公司利润分配的重要途径。

3. 现金流量表

现金流量表是以企业的现金和现金等价物的流入和流出为基础编制的会计报表，通过揭示企业经营、投资和筹资三大活动中的现金流入和流出的情况，分析企业现金变化的原因以及未来获取现金的能力。与财务状况变动表相比，现金流量表有以下优点：①会计数据更为真实。资产负债表和利润表是以权责发生制为原则编制的，收入和费用的会计数据不可避免地含有主观成分，但账面利润的虚增并不能导致现金流量的增加，因此，编制现金流量表增大了企业扭曲经营业绩的难度，提高了会计数据的真实性。②不同企业之间会计数据的可比性增强。现金流量表是以现金和现金等价物的流入流出为基础编制的，现金和现金等价物的概念比较统一，且现金净流入量的增减能准确反映企业的清偿能力。以前的财务状况变动表是以营运资金为基础编制的，营运资金不仅包括现金和现金等价物，还包括存货和应收账款等，内容过于宽泛，缺乏可比性。③进一步完善了会计报表体系。资产负债表和利润表只是对过去经营活动成果的静态反映，而现金流量表则反映了会计期间现金流入流出所引起的资产、负债的变化的动态过程。现金流量表可作为联系资产负债表和利润表的纽带，使会计报表体系在信息披露方面更为完善。

4. 比率分析

比率分析是财务分析中最广泛应用的一种工具。比率分析是同一张财务报表的不同项目之间、不同类别之间，或在两张不同的财务报表和资产负债表、利润表的有关项目之间，用比率来反映它们之间的相互关系，要求从中发现问题并据以评价企业的财务状况和经营中存在的问题。

比率分析的指标很多，大致可分为以下几类：

（1）资本结构比率。

股东权益比率：股东权益比率是股东权益总额与资产总额的比率，其计算公式为：

股东权益比率＝（股东权益总额/资产总额）×100%＝股东权益总额/（负债总额＋股东权益总额）

一般来说，股东权益比率大，说明公司通过负债筹集的资金较少，还本付息的压力较小，但由于债券的利息可以免税，通过债券筹资的成本较低，所以，股东权益比率大，是低风险、低收益的财务结构。

资产负债比率：资产负债率是负债总额除以资产总额的百分比，用数学公式表示为：

资产负债率 ＝ （负债总额/资产总额）×100%

资产负债率反映了债权人所提供资本占全部资本的比例。从债权人的角度看，这个比例越高，则企业的风险主要由债权人来承担，因此，他们希望这个比例越低越好。从股东的立场看，股东关心的上述全部资本利润率是否超过借入款项的利息率，如果前者超过后者，股东得到的利润就会增大，反之，则对股东不利。因此，在全部资本利润率超过借入款项的利息率时，股东希望资产负债率越大越好。

（2）偿债能力比率。债务按期限时间长短可分为长期债务和短期债务，根据债务的长短，偿债能力也可分为短期偿债能力比率和资本化比率，除此以外，还有利息保障比率。短期偿债能力比率用于判断偿还到期短期债务和流动资产的充足性。这里涉及到两个比率，流动比率和速动比率。

流动比率：流动比率是流动资产除以流动负债的比例，其计算公式为：

流动比率 ＝ 流动资产/流动负债

流动资产和流动负债在期限结构上是相互匹配的，所以流动比率是反映企业流动性和短期偿债能力的主要指标。当流动比率大于1时，说明企业的短期资产在数值上大于流动负债。但流动资产中一个重要组成部分是不易变现的存货，而流动负债下的大部分项目必须在短期内由现金交纳，因此从流动资产中扣除存货因素的速动比率反映的流动性更为可靠。

速动比率：速动比率是从流动资产中扣除存货部分，再除以流动负债的比率。计算公式为：

速动比率 ＝ （流动资产－存货）/流动负债

通常认为正常的速动比率为1，低于1的速动比率被认为是短期偿债能力偏低。这只是一个一般的看法，不同的行业速动比率会有一定的差别。影响速动比率可信性的重要因素是应收账款的变现能力，账面上的应收账款不一定都能变成现金。

资本化比率：资本化比率是投资分析人员用以判断公司用其权益资本开展业务的程度以及因此产生的财务杠杆，这些比率也称为财务杠杆比率。衡量公司财务杠杆的资本化比率一般有两个：

长期负债与股东权益比率 ＝ 长期负债/股东权益

负债与股东权益比率 ＝ （流动负债＋长期负债）/股东权益

利息保障比率：利息保障比率的计算是用给定年份可偿付利息的收益除以年利息费用。利息费用是免税的，所以所有的税前利润都可用于支付这类费用。利息保障比率的计算公式为：

利息保障比率 =（税前收益 + 已付利息费用）/已付利息费用

利息保障比率反映企业经营收益为所须支付的债务利息的倍数。只要这个比率足够大，企业就有充分的能力偿付利息，否则相反。合理确定利息保障比率，需要将该企业的这一指标与行业平均水平进行比较，来分析本企业连续几年的该项指标，并选择最低指标年度的数据作为标准。这是因为，采用指标最低年度的数据，可保障最低的偿债能力。

（3）资产营运能力比率。

资产周转率：资产周转率等于净销售额除以总资产，即平均每一元资产带来的收入，它是衡量公司资产营运能力的一个指标。总资产周转率的计算公式为：

总资产周转率 = 净销售额/总资产

提高资产周转率，就要提高组成资产的各个部分的周转能力，因此有必要分析资产的各个组成部分的周转能力，下面我们主要分析一下应收账款周转率和存货周转率。

应收账款周转率和应收账款周转天数：应收账款是公司为了扩大销售向客户提供信用而引发的销售款项暂时不能收回的部分。应收账款的扩大可以提高销售额，但应收账款过大且其周转率又较低，则有货款收不回来的潜在损失。因此，分析应收账款周转率具有重要的意义。应收账款周转率的计算公式如下：

应收账款周转率 = 净销售额/平均应收款

应收账款周转天数 = 360/应收账款周转率

应收账款是每一个公司进行经营活动的必然产物。通过分析应收账款周转率，对若干年份的比率进行比较，可以发现公司是否通过种种积极的促销活动或低价倾销而将制成品从公司手中转移到客户手中。应收账款周转率越快，表明应收账款的流动性越强，应收账款管理中存在的风险越小，但同时也说明企业对客户所提供的信用水平较低，不利于扩大销售。因此，企业必须在增加销售收入和提高应收账款周转率之间进行权衡。

存货周转率和存货周转天数：存货是指原材料和制成品、半成品的储存。在流动资产中，存货所占的比重较大。存货的流动性，将会影响前面讲到的关于短期偿债能力分析中的两个比率：流动比率和速动比率。因此，必须重视对存货的分析。存货周转率是销售成本除以平均存货得到的比率，用数学公式表达为：

存货周转率 = 销货成本/平均存货

存货周转天数 = 360/存货周转率

一般来讲，存货周转率越快，存货的占用水平越低，流动性越强，存货转为现金或应收账款的速度越快。提高存货周转率可以提高企业的变现能力。但存货周转率是一个相对的数值，要同本企业历年的数据和本行业的平均存货周转率相比较。低存货周转率表明对销售收入来说存货可能过高，因为存货投资中的利息成本和储存成本将会降低公司未来的盈利能力。

（4）盈利能力比率分析。

销售毛利率：销售毛利率是毛利占销售收入的比率，其计算公式为：

销售毛利率 = （销售收入 – 销售成本）/销售收入 × 100%

销售毛利率表示每一元销售收入扣除销售产品或商品成本后，有多少钱可以用于期间各项费用和形成盈利。毛利率是企业销售净利率的最终基础，只有足够大的毛利率才能保证最终的盈利。

销售净利率：销售净利率是净利与销售收入的百分比，其计算公式为：

销售净利率 = （税后利润/销售收入） × 100%

销售净利率表示一单位销售收入所带来的税后利润是多少，反映了一个企业销售收入的收益水平。从公式可以看出，销售净利率和税后利润成正比，与销售收入成反比。销售收入增加一般来说会相应地获得更多的税后利润，但问题的关键是随着销售收入的增加，税后利润是否同比提高。通过分析销售净利率可以使企业在扩大销售的同时，促进企业改进经营管理，提高盈利水平。

资产收益率：资产收益率是企业净利润与平均资产总额的百分比，用公式表示为：

资产收益率 = （净利润/平均资产总额） × 100%

平均资产总额 = （期初资产总额 + 期末资产总额)／2

资产收益率表明企业资产利用的综合效果。这一比率越大，说明资产的利用效率越高，企业在增加收入节约资金等方面取得了良好效果；否则相反。资产收益率是一个综合指标，在评价一个企业的资产收益率时要多方面同时考虑。既要与本企业自身在不同时期相比较，又要与本行业平均水平和本行业先进水平相比较。

股东权益收益率：股东权益收益率就是净利润与平均股东权益的比率。其计算公式为：

股东权益收益率 = （净利润/平均股东权益） × 100%

股东权益收益率越高，表明股东通过股权投资所获得的收益越大。

（5）投资收益分析。

普通股每股净收益：普通股每股净收益是公司普通股在一年中所赚得的盈余，其计算公式为：

　　普通股每股净收益＝(净利润－优先股股利)/发行在外的加权普通股股数

发行在外的加权普通股股数是计算普通股每股净收益的关键。一般，年度中股数未发生变化，以年终股数计算；年度中增发新股时，新股需按实际流通期间占全年之比例折算计算。该指标反映普通股的获利水平，指标值越高，则股东的投资收益越高，否则相反。

市盈率：市盈率是证券技术分析中特别常见的一个指标。市盈率是股票市场价格与每股盈利的比率，其计算公式为：

　　市盈率＝股票市场价格/每股盈余

其中每股盈余就是前面所讲的普通股每股净收益。原则上，市盈率越高，说明投资者愿意为每股盈余所支付的价格越高，股票上涨潜力越大。但在市场充满浓重的投机气氛时，常有被扭曲的现象，所以投资者要格外小心。

本利比：本利比与市盈率有些相似，只是用每股股利代替每股盈余。其计算公式为：

　　本利比＝每股市价/每股股利

本利比越高，说明投资者愿意为每股股利所支付的价格越高，股票上涨潜力越大。由于上市公司分配的股利一般要小于每股盈余，因此本利比通常比市盈率高。

投资收益率：投资收益率等于卖出价与买入价的价差加上持有期间的红利所得，再除以买入价。用公式表示为：

　　投资收益率＝（卖出价－买入价＋红利）/买入价

该指标越高，说明投资者同样的投资金额所获得的回报率越高。

本 章 小 结

（1）证券投资的基本分析包括宏观经济分析、行业分析和公司分析三个部分。宏观经济分析是证券投资分析中的宏观分析，包括宏观经济的各个指标和经济政策对证券市场的影响；行业分析属于中观层次上的分析；公司分析是微观层次的分析。

（2）宏观经济分析的主要方法有经济指标分析、计量经济模型和概率预测。

（3）国内生产总值、通货膨胀率、失业率、汇率等都是影响证券市场的宏观经济变量，财政政策、货币政策等宏观经济政策也影响证券市场，这些都是宏观经济分析的重要内容。

（4）根据行业发展与经济周期之间的关系，可以将行业分为成长型、周期型、防御型和成长周期型行业。

（5）技术进步、政府政策、社会习惯等是影响行业兴衰的主要因素。

（6）通常每个行业都要经历一个由成长到衰退的发展演变过程，这个过程就是行业的生命周期。一般行业的生命周期分为四个阶段：即初创阶段、成长阶段、成熟阶段和衰退阶段。

（7）公司分析主要包括基本素质分析和财务分析等内容。

复习思考题

1. 宏观分析的方法有哪些？
2. 试分析财政政策和货币政策的变动对证券市场的影响。
3. 影响行业兴衰的原因是什么？
4. 选择投资行业的基本出发点是什么？
5. 公司的基本素质分析包括哪些内容？
6. 进行财务分析要使用哪些报表？这些财务报表反映了什么方面的情况？
7. 比率分析有哪些类别？每一类别中有哪些指标？

第十一章

新世纪

高校经济学·管理学系列教材

证券投资的技术分析

本章学习目的和要求

基本分析可以帮助投资者确定公司证券的内在价值，但由于影响证券内在价值的因素千变万化，尤其是当证券市场还不完善、投资者还比较热衷于追风的时候，技术分析的作用将凸现出来。技术分析对于提高证券投资人个人判断能力有一定的帮助作用。从某种程度来说，涉足证券市场的投资者都应该掌握技术分析这一有用的工具，增强对证券市场的预见性，避免即将到来的风暴。

通过本章的学习，要了解证券投资分析的基本假设，学会用基本的 K 线组合和形态理论进行证券分析，掌握几种常见的技术指标的计算和应用，并能适当运用所学技术分析对某一公司证券进行综合分析判断。

上一章我们介绍了证券投资的基本分析，基本分析的目的之一在于确定证券的内在价值，发现价值被低估和高估的证券，以备在适当的时候买进或卖出。基本分析回答的是某个证券将来值多少钱，但不能确定在何时以及在何种价位上买卖证券。要回答这个问题，需要了解和掌握技术分析的有关知识。本章将介绍技术分析方面的内容。

第一节 技术分析概述

技术分析是通过分析证券的市场行为，对市场未来的价格变化趋势进行预测和研究活动。价格、时间、空间和成交量是描述市场行为的四个要素。

价格和成交量是市场行为的最基本因素。某一时点上的价和量反映了多空双方斗争后所取得的暂时均衡。随着时间的推移，多空双方的力量要发生改变，均衡点也随之变动。买卖双方对价格的认同程度可以通过成交量的大小来确认，成交量是价格变动的重要因素。时间因素体现的是事物发展循环往复的特性。例如，每只证券在市场上所表现出来的周期不一样，通过对时间因素的分析可以了解证券价格波动的局部的高点和低点，为预测行情服务。空间在这里的含义是价格波动的范围，其实就是价格的变化，也可以归属于价格因素。

技术分析在创立之初，是人们对市场行为的一种经验总结。随着技术分析的不断深入，人们对它的理解也越来越深入，各种技术分析之所以能够并存并被应用，是以三个基本假设为基础的。

1. 市场行为包含一切信息

该假设认为，影响证券价格变动的所有内外因素都将反映在市场行为中。无论是政治、经济、心理、公司业绩等信息，都已经反映到价格中去，投资者不必花费大量时间去研究宏观经济的形势和对公司素质进行分析，投资者应尽力寻找价格本身变化的规律性。

2. 价格趋势一旦形成，一般会持续若干时间

当一种趋势形成后，并不可能马上发生改变，价格会沿着已形成的趋势继续前进，价格有保持原来方向的惯性。正是由于这一条，技术分析的支持者们才千方百计地找出价格变动的规律。技术分析中强调顺势而为就是以这个假设为前提的。

3. 历史会重演

技术分析认为，一个人在某一场合得到某种结果，当下一次碰到相同或相似的场合，这个人的心理反映认为，历史会重演，应采取和第一次相同的行动。证券价格表面上是由供求决定的，但隐藏在背后决定供求的因素却是人的行为、心理和投资环境。技术分析人员认为，只要在历史中找到与现实中人们的行为、心理和环境特征相似的一幕，就可以借鉴历史来预测未来。

在三大假设下，技术分析有了自己的理论基础。假设 1 认为市场行为已经包

含了一切信息，所以研究市场行为是有意义的。假设2和假设3使我们能够找到规律并在实践中加以应用。

第二节　基本技术分析

一、K线分析

K线图分析法最早源于日本，并流传到亚洲和欧美的国家。K线起源于200多年前的米市交易，后被广泛应用于股市技术分析中。K线图所表达的含义直观丰富，使投资者容易掌握短期股价的波动，并可判断市场上买卖双方的强弱，是技术分析的一项重要内容。

1. K线的基本画法

K线是一条柱状的线条，由实体、上影线和下影线组成。把开盘价和收盘价用粗线表示，绘成直立的长方形，称为实体。如果收盘价高于开盘价，则用空心长方形表示，称为阳线；如果收盘价低于开盘价，则用黑色长方形表示，称为阴线；如果收盘价等于开盘价，则用一条横线表示，称为平盘线。价格超出实体范围，向上延伸的线叫上影线，上影线的顶部为当天最高价，向下延伸的线叫下影线，下影线的底部为当天最低价。通过观察K线图，就可知道当天的最高价、最低价．开盘价和收盘价。把一段时间内K线的逐日变动用坐标表示出来，就可看出行情的趋势。另外，用同样的方法还可画出周K线、月K线等来观察价格的长期走势。

2. 单根K线及其含义

根据实体的阴阳长短和影线的长短有无，可把K线分为7种基本形状。读懂单根K线是进行K线分析的基础。

（1）实体（图11—1）。长实体表示当天开盘价和收盘价有很大的不同，当天价格变动较大。如果是阳线，大实体就是大阳线；如果是阴线，大实体就是大阴线。此外，判断实体的长短是个相对的概念，必须考虑K线前后的情况。

（2）短实体（图11—2）。短实体表示当天开盘价和收盘价差别较小。如果是阳线，短实体就是小阳线；如果是阴线，小实体就是小阴线。此外，判断实体的长短是个相对的概念，必须考虑K线前后的情况。

（3）光头光脚线（图11—3）。光头光脚线是K线的上下两头都没有影线的长实体K线，分为光头光脚阳线和光头光脚阴线两种。实体为阳线的光头光脚线即为光头光脚阳线，这种类型的K线被认为是非常强壮的K线，预示着牛市的继续或者熊市的反转。实体为阴线的光头光脚线即为光头光脚阴线，这种类型的 K 线被认为是非常脆弱的 K 线，预示着熊市的继续或者牛市反转组合形态的一部分。

（4）无实体线（图 11—4）。当开盘价和收盘价几乎或完全相同时，就被称为无实体线。无实体线影线的长度是可以变化的。如果无实体单独出现，那么就应该引起重视，单靠无实体自己还不足以预测价格改变的趋势，仅仅是即将到来的趋势改变的警告。当无实体线有很长的上、下影线时，就是大无实体。大无实体当天的实体在居中的部分，有很长的上下影线，明显地反映了买卖双方力量对比的不确定性。

（5）无影线（图 11—5）。无影线是没有上影线或下影线的 K 线，可分为收盘无影线和开盘无影线两种。收盘无影线的 K 线没有从收盘方向向外伸出的影线。如果是阳线，则没有上影线，此时该 K 线称为光头阳线，代表强势；如果是阴线，则没有下影线，此时该 K 线称为光脚阴线，代表弱势。开盘无影线的 K 线没有从开盘方向向外伸出的影线。如果是阳线，则没有下影线，此时该 K 线称为光脚阳线，代表强势；如果是阴线，则没有上影线，此时该 K 线称为秃头阴线，代表弱势。

（6）墓碑线和蜻蜓线（图 11—6）。墓碑线和蜻蜓线都属于无实体线。当没有下影线或下影线很短的时候，就会出现基础线。如果上影线很长，墓碑线有强烈的下降含义。价格开盘后，曾经达到一个较高价位，但收盘又回到了开盘。这说明开盘后多方试图进攻，但由于空方力量的强大，多方最后只能无功而返，预示着后市行情可能发生逆转。当开盘价和收盘价几乎或完全相同且是全天的最高点时，这天的 K 线就是蜻蜓线。这说明当天空方曾经发起进攻，并达到了一个较低的价格，但最终被多方收复失地。墓碑线和蜻蜓线通常出现在市场的转折点。

（7）一字线（图 11—7）。一字线是指开盘价、收盘价、最低价和最高价都相同的 K 线。这种 K 线常在特殊情况下出现，例如，开盘后直接达到涨跌停板并且全天也没打开，或数据来源只有收盘价时等等。

3. K 线的组合及分析

在进行技术分析时，单凭一根 K 线很难做出准确的判断，如果把多个 K 线组合起来分析，就会提高预测的准确性。下面是几种常见的 K 线组合。

（1）三阳线组合（图 11—8）。俗称："三白兵"，有以下三个特征：第一，连续三天长阳线，且收盘价一天比一天高；第二，每天开盘价均在前一天的小实体内；第三，每天均以最高价或接近最高价收盘。三阳线组合发生在下降趋势末

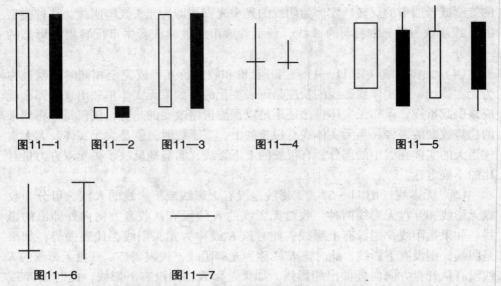

图11—1　　　图11—2　　　图11—3　　　图11—4　　　　　图11—5

图11—6　　　　　　　　图11—7

期，是市场中强烈反转的代表物。每天均以最高价或接近最高价收盘，显示多方力量的强大，应该给予重视。

（2）三阴线组合（图11—9）。俗称"三只乌鸦"，有以下三个特征：第一，连续三天长阴线，且收盘价一天比一天低；第二，每天开盘价均在前一天的小实体内；第三，每天均以最低价或接近最低价收盘，且创出新低。三阴线组合发生在上升趋势末期，说明市场一致看空，空方力量强大，多方认输，导致价格下跌，此时应观望或退出。

（3）锤形线和上吊线（图11—10）。锤形线和上吊线是常见的 K 线组合，具有以下几个特征：第一，小实体在交易区域的上方；第二，上影线很短甚至没有，下影线很长，一般为实体长度的 2 倍以至于 3 倍；第三，小实体的阴阳并不重要。对于锤形线，市场处在下跌趋势之中。开盘空方疯狂地卖出，但经过多方的反攻，在收盘时市场又回到或接近了当天的最高点。此时，更多的投资者开始背叛空方的阵营，加入多方的行列。如果第二天高开高走，则使锤形线的牛市含义得到确认。至于上吊线，市场处在上升趋势之中。当天开盘价较高，但全天的成交价位在低于开盘价的位置，之后的反弹使收盘价几乎是在最高价的位置。K线上出现了很长的下影线，显示了一个疯狂的卖出是怎样开始的。如果小实体是阴线并且第二天开盘较低，将使上吊线的熊市含义得到确认。

（4）倒锤线和射击之星（图11—11）。倒锤线和射击之星与前面的锤形线和上吊线相似，只不过在锤形线和上吊线的最后一根 K 线有长长的下影线，小实体在价格区域的较高位置形成；而在倒锤线和射击之星的最后一根K线有长长的上影线，小实体在价格区域的较低位置形成。对于倒锤线，当天多方试图上攻，但以失败告终。第二天的开盘价高于倒锤线的实体，才能使倒锤线的含义得到确认。射击之星处在上升趋势中，市场跳空向上开盘，出现新高，最后收盘在当天的较低位置，后面的跳空行为只能当成是看跌的熊市信号。

（5）包含型（图11—12）。包含型分为牛市和熊市两种，有以下特征：第一，形态出现之前已经有明确的趋势；第二，第二天的实体必须完全包含第一天的实体，第一天的K线反映趋势，第二天K线的实体阴阳与第一天相反。牛市包含型处在下降趋势中，只有小成交量配合和小实体阴线发生。第二天新低开盘，但随后多方的大量买入使价格迅速攀升，并以最高价收盘，且收复了第一天的失地。牛市包含型预示着下降趋势即将结束，新一轮牛市又要来临。熊市包含型处在上升趋势中，只有小成交量配合和小实体阳线发生。第二天以新高开盘，但随后空方的大量卖出使价格迅速下跌，并以最低价收盘，且丢失了第一天的成果。熊市包含型表示上升趋势将要反转。

（6）被包含型（图11—13）。被包含型与包含型有相似之处。表现在：一是都分为牛市和熊市两种；二是形态出现之前已经有明确的趋势；三是第一天的K线反映趋势，第二天K线的实体阴阳与第一天相反。不同之处主要有：在包含型中，第一天的K线为小实体K线，第二天的K线为大实体K线，即第二天的K线包含第一天的K线；而在被包含型中，第一天的K线为大实体K线，第二天的K线为小实体K线，即第一天的K线包含第二天的K线。牛市被包含型处在下降趋势进行了一段时间之后，第一天的长阴线维持了熊市的含义，第二天，价格高开，动摇了空头的信心，引起价格的上升，最终以小阳线报收，说明趋势出现了不确定性，第三天如果能高开高走，则证明了趋势的反转。熊市被包含型处在上升趋势进行了一段时间之后，第一天的长阳线维持了牛市的含义，第二天，价格低开，动摇了多头的信心，引起价格的下降，最终以小阴线报收，说明趋势出现了不确定性，第三天如果真的低开低走，则证明了牛市的反转。

（7）早晨之星和黄昏之星（图11—14）。早晨之星和黄昏之星是相互对称的图形，分别发生在下降和上升市场的三根K线组合形态。这种形态具有以下特征：第一，第一天与第三天的K线都是长实体，但阴阳相反；第二天的K线为小实体星形线，且与第一天的K线有缺口，阴阳并不重要。早晨之星第一天的长阴线加强了下降的趋势，第二天的小实体星形线的出现显示了不确定性的开始，第三天的高开高走，确认了趋势的反转。黄昏之星的情况正好和早晨之星相反。黄昏之星第一天的长阳线加强了上升的趋势，第二天的小实体星形线的出现显示了不确定性的开始，第三天的低开低走，确认了牛市的结束，熊市的开始。

（8）强弩之末（图11—15）。强弩之末是发生在上升末期的三根 K 线组合形态，其基本特征是：第一，第一和第二根 K 线是长实体阳线；第二，第三根 K 线是纺轴线并极有可能是星形线，且开盘价接近第二天的收盘价。前二天维持了上升的趋势，但第三天的纺轴线甚至星形线说明行情出现了不确定性，强弩之末展示了原来上升趋势的弱化，上升过程持续的时间越长，幅度越高，强弩之末出现后不能继续上升甚至发生反转的可能性越大。

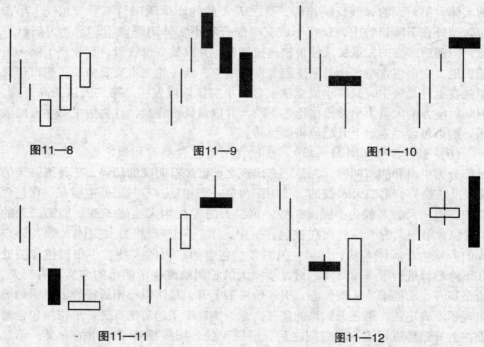

图11—8　　　　　　　　图11—9　　　　　　　　图11—10

图11—11　　　　　　　　图11—12

K 线组合种类繁多，在有限的篇幅中我们不可能逐一介绍，上面所列举的组合形态只是起到抛砖引玉的作用罢了。K 线组合虽然在一定程度上反映市场趋势，但只是一种经验的总结，没有严格的科学逻辑，因此 K 线分析的出错率是比较高的，例如虽出现了 K 线的反转形态，但行情也许并不反转，这一方面是由于 K 线分析缺乏科学性，另一方面可能和 K 线分析毕竟属于短期分析，受庄家操纵的可能性有一定关系，总之，K 线分析只能作为战术手段，不能作为战略手段。战术手段是指从其他的途径已经作出了战略决策的决定以后，选择具体的行动时间和价位的手段。战术决策所决定的内容是相对小的范围。同时我们要注意，K 线分析是靠人的主观印象而建立的经验的产物，所以要根据实际情况，不

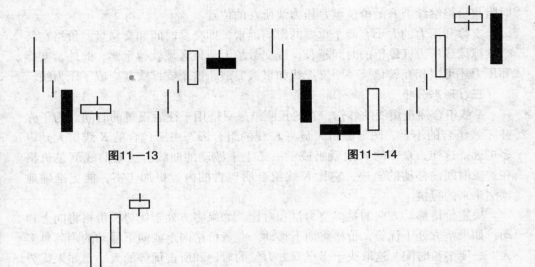

图11—13　　　　　　　　　　　图11—14

图11—15

断修改、创造地调整已有的 *K* 线组合形态。

二、趋势分析

1. 上升趋势线和下降趋势线

趋势线反映一定时期内价格的走向，可以用来判断证券的买卖时机。趋势线一般有两种：一种是上升趋势线，当一段时期内价格呈上升趋势时，把上升过程中出现的低点和次低点连成一条直线，就形成了上升趋势线。当价格回落至上升趋势线时，就是买入时机。当一段时期内价格呈下降趋势时，把下降过程中出现的高点和次高点连成一条直线，就形成了下降趋势线。当价格反弹至下降趋势线时，就是卖出时机。

2. 支撑线和压力线

支撑线和压力线。支撑线对价格有支撑作用，阻止价格的继续回落。当价格下降到某个价位时，价格会停止下跌，甚至有可能回升，这是由多方在此买进造成的。这个起着阻止或暂时阻止价格继续下跌的价位就是支撑线所在的位置。压力线对价格有压力作用，阻止价格的继续上升。当价格上升到某个价位时，价格会停止上升，甚至有可能回落，这是由空方在此卖出造成的。这个起着阻止或暂时阻止价格继续上升的价位就是压力线所在的位置。

支撑和压力的大小有两个重要的影响因素，即交易时间和交易量。价格在某个支撑区或压力区停留的时间越长、成交量越大，该区域就越重要。此外，支撑和压力还可以相互转化。一个支撑线如果被突破，这个支撑线就变成了压力线。

三、形态分析

K 线组合注重短线的炒作，它的预测结果只适用于往后很短的时间。为了弥补 K 线组合的不足，图形分析人员将 K 线的组合形态中所包含的 K 线扩大到更多更远。这样，众多的 K 线就组成了一条上下波动的曲线。这条曲线就是价格在这段时间内移动的轨迹，它比 K 线组合所包含的内容更加丰富，能更准确地预测未来的行情。

决定价格移动方向的是多空力量和对比。如果多方处于优势，价格将向上移动；如果空方处于优势，价格将向下移动。究竟价格向上或向下移动的距离是多大？需要多长时间？这取决于多空双方力量的对比和所占优势的大小。如果优势不大，价格朝优势的方向走一段之后，不久还会回来，这时多空双方的平衡并未改变。如果优势足够大，足以摧毁另一方的抵抗，则价格会沿优势方向移动很远距离，多空双方原来的平衡位置发生了改变。但取得决定性优势的一方并不是无限制地可以随意把价格拉到任意位置。随着价格向自己一方的移动，原本属于本方的力量将逐渐跑到对方的行列中去，会阻止价格无休止地向一个方向移动。综上所述，我们知道，价格的移动主要是保持平衡的持续整理和打破平衡的反转突破这两种过程，据此，可以把价格曲线的形状分为两个大的类型：持续整理形态和反转突破形态。反转突破形态主要包括双重顶底、三重顶底、V 形反转、头肩形、圆弧顶底等。持续整理形态包括三角形形态和矩形形态。

1. 双重顶和双重底（图 11—16）

图 11—16 双重底和双重顶

双重顶又称为 M 头，双重底又称为 W 底，是典型的反转形态。双重顶是行情由上升转为下跌的一种反转形态。行情创下新高后在颈线位获得支撑，然后继续爬升，但一般不到前次高点即开始下跌，当向下突破颈线位时，行情可以继续下跌。双重底是行情由下跌盘整转为上升的一种反转形态。一般来说，双底形态的第二个底部不能低于第一个低部，而且上升时，成交量有明显的放大，而下降时，成交量萎缩。这种形态以突破颈线位压力为标志，一旦突破，行情可以继续上升。

2. V形反转（图11—17）

V形反转有V形底和V形顶两种。和双重底相比，V形反转只有一个顶或底，上升和下降幅度较大、速度较快。投资者如果能及时把握，那么差价利润相当可观。但当V形反转正式形成时，股市已上涨或下跌一大截子了。因此，投资者要配合成交量、趋势线和其他投资分析工具，提前确认，以免错过良机。

图11—17　V形反转

3. 头肩形（图11—18）

头肩形一般分为头肩顶和头肩底两种形态。头肩顶由一个主峰、两个低峰组成，其形状很像人的头和两肩。头肩顶的形成开始于一个很强的上升过程中，那时成交量很大，股价在上升一段幅度后受阻回落，这样一涨一跌就形成了左肩。随后在成交量的推动下。股价二次上升并创出新高，回调途中在左肩回调的低点获得支撑，形成一个头。第三次上升时，形成右肩，但成交量较少。在第三次下跌穿过颈线，而且收盘价在这条线下距离约为3%左右时，头肩顶正式形成。头肩顶是卖出信号，投资者可根据形态和成交量来研判头肩顶是否形成，一旦是头肩顶，则在跌破右肩颈线时一定要卖出股票。头肩底形态正好和头肩顶相反，头部、左肩和右肩都在颈线下方。在股价突破右肩颈线时应买入股票。

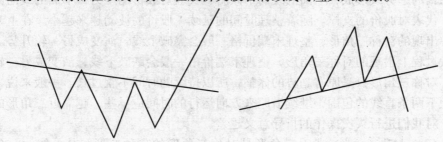

图11—18　头肩底和头肩顶

4. 圆弧顶和圆弧底（图11—19）

如果将证券价格某一段时间的顶部高点用折线起来，有时会得到一条类似于圆弧的弧线，盖在价格之上，这就是圆弧顶。圆弧顶是行情由升转跌的形态。价格经过一段时间上涨后，买方不愿意在高位介入，由于价位已高，主动性抛盘开始出现，开始价格略微下跌，随着卖方力量的增强，下跌的幅度越来越大，行情由牛转熊。圆弧底是行情由跌转升的形态。价格经过一段时间下跌后，卖方不愿意在低位卖出，由于价位已低，主动性买盘开始出现，开始价格略微上升，随着买方力量的增强，上升的幅度越来越大，行情由熊转牛。识别圆弧形时，一是看形态，另外，成交量也是非常重要的。无论是圆弧顶还是圆弧底，在它们的形成过程中，都是两头大、中间少，即圆弧的底和顶成交量最少。圆弧形代表缓慢上升和下跌的形态。圆弧形形成所花的时间越长，今后反转的力度越强。

图 11—19　圆弧底和圆弧顶

5. 三角形形态（图11—20）

三角形是中继整理形态，一般分为对称三角形、上升三角形和下降三角形三种。

（1）对称三角形。对称三角形大多发生在一个大趋势进行的过程中，它表示原有的趋势暂时休整，之后还要沿原来的趋势继续前进。对称三角形由两条逐渐相聚的趋势线形成，上面的线向下倾斜，代表对股价的压力，下面的线向上倾斜，代表对股价的支撑。随着整理时间的延续，股价的波动越来越小。在上升过程中出现的对称三角形，整理末端价格一般会突破上线，演变成另一轮升势。在下跌过程上出现的对称三角形，整理末端价格一般会跌破下线，演变成另一轮跌势。对称三角形只是原有趋势的休整，所以持续的时间不宜过长。一般来说，突破上下两条直线的包围，继续沿原来方向运行的时间应早些，越靠近三角形的顶点，对我们进行买卖操作的指导意义越差。

（2）上升三角形。上升三角形是对称三角形的一种变形，其上线为一条水平线，下线仍为一条向上倾斜的直线。在这种形态中，可以看出，压力保持不变，但下档支撑却越来越强。如果发生在上升过程中，上升三角形的出现几乎可以肯定今后会向上突破。如果原有的趋势是向下，则判断行情的演变有一定的难度。一方面要保持原来下降的趋势，另一方面支撑却越来越强，有上涨的意愿，二者发生矛盾。如果在下降的末期出现了上升三角形，还是以看涨为主。这样，上升三角形就成了底部反转形态。

（3）下降三角形。下降三角形是对称三角形的一种变形，其下线为一条水平线，是支撑位。价格一旦突破该区域，则下降趋势成立。

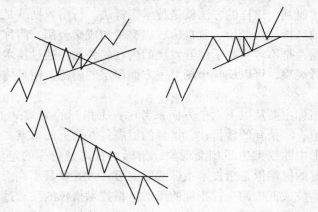

图 11—20 对称三角形、上升三角形、下降三角形

6. 矩形形态（图 11—21）

矩形形态是指股价在经过一段上升或下降后，开始进入整理区域。股价在两条横着的水平直线之间上下震荡，其中上面的线是压力线，下面的线是支撑线。经过一段时间矩形整理后，价格会继续沿原来的趋势运动。

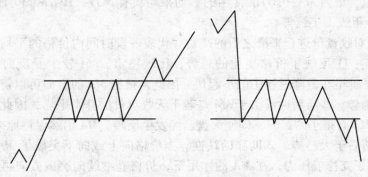

图 11—21 矩形形态

第三节　技术指标分析

一、技术指标的本质和应用法则

技术指标是按一定的数学方法对行情数据进行处理，处理后得到的结果就是技术指标的数值。将连续不断得到的技术指标值制成图表，并根据所制成的图表对市场进行行情研判，这样的方法就是技术指标法。行情数据就是原始数据，指的是开盘价、最高价、最低价、收盘价、成交量和成交金额，简称4价2量。仅仅通过原始数据，是不容易揭示证券发展的内在趋势的，通过技术指标以特定的方式对市场进行观察，可以反映市场某一方面深层的内涵，使具体操作的精确度提高。

应用技术指标主要从以下六个方面来考虑：①指标的交叉；②指标的背离；③指标的极端值；④指标的转折；⑤指标的形态；⑥指标的盲点。指标的交叉是指技术指标图形中曲线发生了相交现象；指标的背离是指标的走势与K线的走势不一致；指标的极端值是指技术指标的取值极其大或极其小；指标的转折指技术指标曲线在高位或低位调头；指标的形态是指技术指标的波动过程中出现了形态理论中所介绍的反转形态；指标的盲点是指没有信号的时候。

二、MA 指标

MA 是移动平均线（Moving Average Index ）的英文首字符，是技术分析中最常见的一项指标。MA 计算连续若干交易日的收盘价的算术平均。连续的交易日数就是 MA 的参数。例如参数为 10 的移动平均线就是连续 10 个交易日收盘价的算术平均值，记为 MA（10）。常用的移动平均线有 5 日，10 日，30 日，60 日，120 日，半年线，年线等。

MA 是对收盘价进行平滑之后的产物，代表一段时间内价格的平均成本，具有以下特点：①反映了价格变化的趋势，比较稳定。MA 较少受反向波动的影响，消除了价格在升降过程中的小起伏。因此，根据 MA 的方向可以辨别股价运行的主要趋势。②滞后性。由于 MA 是若干天收盘价的算术平均，因此一天的价格变动对 MA 有很小的影响，即使大盘已经发生反转，MA 仍然保持原来的趋势，反映速度落后于大趋势。③助涨助跌性。当价格向上或向下突破了 MA 曲线时，MA 就变成了支撑或压力，在 MA 的作用下，价格有继续向突破方向再走一段的愿望。

人们根据 MA 的这些特点，总结出许多买卖规律，其中最为经典的是葛蓝碧法则，对利用移动平均线交易具有一定的意义。①当平均线从下降（上升）开始走平，价格从下（上）向上（下）穿越平均线时，买入（卖出）。②当价格已经跌至移动平均线下方，突然暴跌，远离平均线，由于价格有可能再次逼近平均线，所以，此时为买入信号。反之，为卖出信号。③当价格从移动平均线上方下跌，但在平均线附近再度企稳，为买入信号。反之，则是卖出信号。葛蓝碧法则的原理之一是根据压力线和支撑线的作用，当价格向上突破压力线时，压力线变成支撑线，对价格起到了助涨的作用，当价格向下跌破支撑线时，支撑线变成压力线，对价格起到了助跌的作用，法则①和③就是从这一角度出发设计而成的。葛蓝碧法则的原理之二是应用了物极必反的原理，法则②为这一原理的应用。

当然，用 MA 预测股价也会出现失误。在趋势形成后的中途休整阶段、局部的回档或反弹以及盘整阶段，MA 的方向极易改变，常常发出错误的信号。此外，移动平均线只是反映价格的变化，未能反映成交量的大小，容易受庄家操纵。

三、MACD 指标

MACD 是平滑异同移动平均线（*Moving Average Convergence and Divergence*）的英文首字母，是我国证券市场的常用指标。MACD 主要是利用快速和慢速的二条指数平滑线，计算两者之间的正负差 DIF，并求出 DIF 的算术平均 MACD，根据 MACD 和 DIF 的关系来分析、研究市场的走势。

1. DIF 的计算

MACD 是由正负差（DIF）、异同平均线（MACD）、柱状线（BAR）三部分组成。

DIF 是 MACD 这个技术指标的核心，是快速指数平滑线和慢速指数平滑线的差。DIF 正负差的名字由此而来。指数平滑线（EXPMA）的计算从数学角度讲是个递推公式，公式为：

$$今日 EXPMA = a \times (今日收盘价) + (1 - a) \times 前一交易日 EXPMA$$

其中 a 是计算指数平滑线的参数，通常要求 $0 < a < 0.5$，第一个 EXPMA 等于第一天的收盘价。现在常用的参数为 12 和 26，DIF 的计算公式为：

$$DIF = EXPMA (12) - EXPMA (26)$$

其中，$EXPMA_{n+1}(12) = EXPMA_n(12) \times 11/(12+1) + P_{n+1} \times 2/(12+1)$

$$EXPMA_{n+1}(26) = EXPMA_n(26) \times 25/(26+1) + P_{n+1} \times 2/(26+1)$$

单独一个 DIF 也能预测行情，但为了使信号更准确，引入了另一个指标 MACD。

2. *MACD* 的计算

MACD 是计算若干个交易日的 *DIF* 的移动平均值。这样，可以消除 *DIF* 的一些偶然现象，提高信号的准确性。

计算 *MACD* 要引入另一个参数，即对 *DIF* 进行移动平均的天数，假设天数为 10，则公式为：

$$MACD（12，26，10）=（DIF_{t+1}+DIF_{t+2}+\ldots DIF_{t+10}）/10$$

BAR 的计算公式

$$BAR=2\times（DIF-MACD）$$

在分析软件中，*BAR* 被画成柱线，分为红色和绿色两种。

3. *MACD* 的应用法则

（1）*DIF* 和 *MACD* 均为正数时，在较低的位置 *DIF* 向上突破 *MACD* 时，一般为买入信号。*DIF* 和 *MACD* 均为负数时，在较高的位置 *DIF* 向下跌破 *MACD* 时，一般为卖出信号。

（2）当 *DIF* 取值达到很大时，就考虑卖出；当 *DIF* 取值达到很小时，就考虑买入。当然，*DIF* 取值的大小是一个相对的问题，需要有主观的判断。

（3）行情逐步创出新高，而 *MACD* 却呈现一波比一波低的格局，这就是所谓的顶背离，就及时卖出；当价格创出新低，而 *MACD* 的底部却在抬高，这种底背离的出现意味着行情即将好转。

MACD 除掉了 *EXPMA* 和 *MA* 所产生的频繁出现的买入卖出信号，增加了发出信号的要求的限制，过滤了一部分虚假信号的影响。但在盘整行情中，*MACD* 的失误率极高，另外，*MACD* 也不能预测未来价格上升和下降的幅度。

四、*RSI* 指标

RSI 是相对强弱指标（*The Relative Strength Index*）英文缩写 。*RSI* 从一固定长度的时期内价格上升和下降波动的整体情况来推测买卖力量的大小，进而判断价格未来变动的方向，并根据价格涨跌幅度显示市场的强弱。

1. *RSI* 的计算

计算 *RSI* 涉及到 1 个参数，即时间区间的长度，一般用交易日的天数。常用的参数一般有 5、9、14 等几种选择。*RSI* 的计算分为两步，下面介绍一下 *RSI*（14）的计算方法。

找到包括当天在内的连续 14 天的收盘价，每一天的收盘价减去前一天的收盘价，得到 14 个数字。当当天的收盘价比前一天的收盘价高时，所得的数为正数，反之，则为负数。

$$A=14\ 个数字中正数之和$$

$$B = 14 \text{ 个数字中负数之和} \times (-1)$$

$$RSI = A / (A + B) \times 100\%$$

2. RSI 的应用

第一，根据 RSI 数值的大小判断市场的强弱。当 RSI 值保持在 50 以上时，为强势市场；低于 50 时，为弱势市场。

第二，从 RSI 数值的大小给出买卖建议。当 RSI 上升到 80 以上，市场超买，应当卖出；当 RSI 下降到 20 以下，市场超卖，应当买入。

第三，价格在不断上升，而 RSI 却呈现一波比一波低的格局，这就是所谓的顶背离，应及时卖出；当价格创出新低，而 RSI 的底部却在抬高，这种底背离的出现意味着行情即将好转。

第四，两条不同参数的 RSI 曲线联合使用来对行情作出研判。参数小的 RSI 为短期 RSI，参数大的 RSI 为长期 RSI。短期 RSI > 长期 RSI，则属多头市场；短期 RSI < 长期 RSI，则属空头市场。

3. 应注意的问题

RSI 最易出错的情况是 RSI 第一次形成单峰或单谷的时候，RSI 在 80 以上或 20 以下，已经进入应该采取行动的区域了，这时不要盲目行动，只有等到第二峰或第二底形成后才能明确地下结论，并采取相应的行动。此外，RSI 在顶部和底部经常出现钝化现象，因此，当 RSI 在发出行动信号时，往往提不出行动的具体价位。

五、KDJ 指标

KDJ 指标也称随机指标。前面的 MA、RSI、MACD 都是用收盘价来计算的，没有考虑一日内价格的变化，而 KDJ 指标则把收盘价与近几日内的最高价、最低价综合起来加以研究，反映价格走势的强弱和超买超卖现象。KDJ 指标对价格的变化较为敏感，一般用来判断短、中期的走势。

1. KDJ 的计算

KDJ 的计算一般分为三步：

（1）产生未成熟随机值 RSV，公式如下；

$$RSV(n) = (C - Ln) / (Hn - Ln) \times 100\%$$

其中，C 为收盘价，Hn、Ln 分别为最近 n 日内（包括当天）的最高价和最低价。

（2）对 RSV 进行指数平滑，得到 K 值。公式如下：

当日 K 值 =（1 - a）× 前一日 K 值 + a × 当日 RSV

（3）对 K 值进行指数平滑，得到 D 值。公式如下：

当日 D 值 = （$1-a$） × 前一日 D 值 + a × 当日 K 值

在 K 值和 D 值的计算公式中，a 是 KDJ 指标的参数，a 一般取值为 1/3，计算公式是递推公式，K 和 D 的第一个值一般为 50%。

在介绍 KD 时，往往还附带一个 J 指标，公式如下：

$$J = 3D - 2K$$

其实，$J = D + 2（D-K）$，可见 J 是 D 加上一个修正值。J 的实质是反映 D 和 D 与 K 的差值。

2. 应用法则

KDJ 指标的使用可从四个方面来考虑：

（1）K 上穿 D 形成金叉，为买入信号。但要增加发出信号的准确性，还要看其他的条件。第一个条件是金叉出现的位置比较低；第二个条件是 K 与 D 相交的次数越多越好，以 2 次为最少；第三个条件是 K 是在 D 已经抬头向上时才同 D 相交。对于 K 从上向下突破 D 形成的死叉，则是卖出信号。

（2）根据 KD 的取值决定买卖时机。KD 的取值范围都是 0 ~ 100%，按现行的划分法，80% 以上为超买区，应考虑卖出；20% 以下为超卖区，应考虑买入。其余为徘徊区，不能根据指标给出买卖时机。

（3）通过 KD 指标的形态判断行情走势。当 KD 指标在较高或较低的位置形成了头肩形和多重顶底时，是采取行动的信号。

（4）根据 KD 和价格的走势出现背离来作出投资决策。KD 处在低位，并形成一底比一底高，而价格还在继续下跌，这构成底背离，是买入的信号。相反，KD 处在高位，并形成两个依次向下的峰，而此时股价还在涨，这叫顶背离，是卖出的信号。

3. 应注意的问题

KD 指标考虑的不仅有收盘价，还包括近期的最高价和最低价；避免了使用收盘价而忽视真正波动幅度的特点。更为重要的是使用了平滑技术，提高了结论的可靠性。但 KDJ 指标在使用中也存在着一些不足。不足之一在于，某些情况 KDJ 指标无能为力，最大的盲区是当 KD 从低点经过一段时间后，第一次到达高位，或从高位下到低位，容易出现误判，对于这种情况，建议不要理会 KDJ 指标，而采用其他的方法。另外一个不足是在顶部或底部的钝化，价格上涨或下降了很多，而 KDJ 指标可能才动一点点，对 KDJ 指标的这个不足要有充分的认识，以免发生错误。

六、BIAS 指标

乘离率 BIAS 又叫偏离率，是利用移动平均原理，测算价格波动与移动平均线的偏离程度。移动平均线就像磁铁一样牵引着价格的变动，一旦价格偏离平均线太远，就有可能重新回到平均线附近。

1. BIAS 的计算

N 日乘离率 =（当日收盘价 − N 日内移动平均收盘价）/N 日内移动平均收盘价 ×100%

BIAS 参数只有一个，即 N 日内移动平均收盘价的参数，也就是交易日的天数。BIAS 的参数一般为 6 天和 12 天。通常认为参数选得越大，则允许价格远离平均收盘价的程度越大。

BIAS 是根据物极必反的原理设计而成的，价格达到了一定的高点或低点之后就应该回头。从物理学的角度看属于离心力和向心力的问题，从经济学的角度看是价格的变化导致供求的改变，最终空方和多方在一个双方均认可的价位达到平衡，这个平衡就是价格的中心，在 BIAS 指标中把 N 日内移动平均收盘价作为价格的中心。

2. BIAS 的应用

BIAS 的应用法则主要从三个方面考虑。

（1）从 BIAS 的取值大小来考虑。设计 BIAS 的最初想法是要找到一个正负分界线，只要 BIAS 超过这个正分界线，意味着风险即将来临，就考虑应抛出股票；只要 BIAS 低于这个负分界线，意味着行情即将反转，可考虑逢低适量建仓。在有些介绍 BIAS 的书籍中，给出了 BIAS 分界线的参考数字，具体如下：

BIAS（5）> 3.5%　　BIAS（10）> 5%　　BIAS（20）> 8%　　BIAS（60）>10% 是卖出的时机。

BIAS（5）< −3%　　BIAS（10）< −4.5%　　BIAS（20）< −7%　　BIAS（60）< −10% 是买入的时机。

（2）从两条 BIAS 曲线的结合考虑。当短期 BIAS 线上穿长期 BIAS 线时，说明短期多方力量强大，为买入信号；当短期 BIAS 线跌破长期 BIAS 线时，说明短期空方力量强大，为卖出信号。

（3）从 BIAS 的形态考虑。BIAS 形成从上到下的两个或多个下降的峰，而此时价格还在继续上升，是抛出的信号；BIAS 形成从下到上的两个或多个上升的谷，而此时价格还在继续下降，是应低位吸纳的信号。

3. 应注意的问题

BIAS 指标告诫投资者要在行情高涨时保持冷静，在行情低迷时看到希望，充满哲理性，但应用 BIAS 指标也有一些要注意的问题。一是当 BIAS 首次到达波峰和波谷时不要轻易操作，要根据具体情况做出判断；二是 BIAS 的分界线的具体数字仅供参考，应在实践中根据具体情况寻找确定分界线的位置；三是 *BIAS* 指标应和 *MA* 等其他指标结合起来使用，将会提高 *BIAS* 预测的准确性。

七、*OBV* 指标

OBV 指标（*On Balance Volume Index*）又叫能量潮或人气指标。前面我们讨论的 *MA*、*KDJ*、*MACD*、*RSI*、*BIAS* 等指标只考虑了价格因素，而忽略了一个很重要的技术分析因素——成交量。技术分析认为，价格只是一种外在因素，成交量才是决定价格升降的内在因素。如果买卖双方交易情绪高，人气旺盛，成交量的增大必定带动价格上升，反之，价格则下跌。因此 *OBV* 指标是利用成交量与价格之间的辨证关系来揭示市场的走势。

1. *OBV* 的计算

OBV 的计算是按照递推的方式进行的。首先我们假设已经知道了上一个交易日的 *OBV*，然后将可以根据今日的成交量以及今日的收盘价和前一日的收盘价做比较，计算出今日的 *OBV*，计算公式为：

今日 *OBV* = 前一交易日的 *OBV* + 今日成交量

如果今日的收盘价高于前一日的收盘价，则成交量取正；如果今日的收盘价低于前一日的收盘价，则成交量取负。

OBV 构成的基本原理是根据潮涨潮落的原理，把股市比喻成潮水的涨落过程。如果多方力量强大，则向上的潮水就大，中途回落的潮水就小。如果空方力量强大，则向下的潮水就大，中途上升的潮水就小。这里用潮水比喻股市的成交量，成交量是推动股价变动的重要力量。

2. *OBV* 的应用

（1）*OBV* 的走势要和价格走势互相验证使用。当价格上升（或下降），*OBV* 也随之上升（或下降），则人们可以相信价格的上升（或下降）。如果价格的走势和 *OBV* 的方向不一致，则我们对目前的上升（或下降）趋势的认可程度要大打折扣，因为 *OBV* 已提前告知维持目前趋势的力量不足，有反转的可能。

（2）当盘整行情结束时，*OBV* 指标会率先向上或向下突破，显露出脱离盘整的信号。

本 章 小 结

技术分析是通过分析证券的市场行为，对市场未来的价格变化趋势进行预测和研究的活动。价格、时间、空间和成交量是描述市场行为的四个要素。

本章首先介绍了技术分析的三大假设和道氏理论等对于市场分析有较大影响的理论；其次主要讲述 *K* 线分析，给出了 7 种单根 *K* 线和 8 种 *K* 线组合，并介绍了目前市场上所使用的基本价格形态，以及这些形态所反映的多空双方力量的对比；最后是技术指标分析，首先介绍了使用技术指标的基本方法，之后详细地阐明了几种常用技术指标的计算过程和使用方法。

复习思考题

1. K 线是如何画出的？
2. 画出 4 种 K 线组合的反转形态并说明它们的用法。
3. 上升三角形为什么以看涨为主？
4. 画出圆弧形的基本形态，并说明如何利用圆弧形进行投资？
5. 有哪些技术指标可以使用背离原则？
6. $MACD$ 指标是如何计算的？并说明如何利用 $MACD$ 进行投资？

现代证券投资组合管理理论基础

本章学习目的和要求

马柯威茨证券投资组合理论是现代证券投资组合理论的基础，因此，学习现代证券投资理论应将马柯威茨的证券投资组合管理理论作为学习重点。本章主要阐明证券投资组合管理的一些基本问题，重点阐明马柯威茨的证券投资组合管理理论。

通过本章的学习，要了解现代证券投资组合管理理论的产生和发展及其与传统组合管理理论的区别，掌握证券投资组合的含义、分类和组合管理的必要性，掌握证券投资收益和风险的含义和计算，特别要理解和掌握马柯威茨均值—方差模型，掌握有效边界的含义和确定方法，掌握资产最优组合的思路和方法。

第一节　证券投资组合管理概述

一、证券投资组合管理及其必要性

1. 证券投资组合的含义

证券投资学中的组合一词译自于英文的 *Portfolio*，该词源自于拉丁语中的

Portafoglio。通常是指个人或机构投资者所持有的股票、债券等各种有价证券的总称。

不论是个人投资者还是机构投资者，进行证券投资都旨在获取投资收益。但收益和风险密切相关，收益和风险及其两者关系是证券投资活动中涉及最广的内容。如何使投资者在保持收益水平一定的情况下最小化风险，或者说在风险一定的条件下尽可能增大收益，证券投资组合的问题应运而生。

2. 证券投资组合管理的必要性

为有效地进行证券投资组合管理，投资学家们在一系列分散投资思路的基础上，形成了证券投资组合理论。证券投资组合理论是建立在对理性投资者行为特征的研究基础之上的。理性投资者具有厌恶风险和追求收益最大化的基本行为特征。对证券投资进行组合管理，可以在降低风险的同时，实现收益最大化。

（1）降低风险。对于构建证券组合可以降低证券投资风险的原因，可以简单地用一句话来说明：不能把鸡蛋装在同一个篮子里。资产组合理论证明，证券组合的风险随着组合所包含的证券数量的增加而降低，资产间关联性极低的多元化证券组合可以有效地降低非系统风险并使系统风险趋于正常水平。

（2）实现收益最大化。理性投资者都是厌恶风险，同时又追求收益最大化的。如果投资者仅投资于单个资产，因为风险与收益是成正比的，高收益总是伴随着高风险，所以，其选择是有限的。但如果投资者将各种资产按不同比例进行组合时，由于选择机会大大增加，就为投资者在给定风险水平下获取更高收益提供了机会。当投资者对证券组合的风险和收益作出权衡时，他能够得到比投资单个资产更为满意的收益与风险的平衡。

二、证券投资组合的类型

通常，以组合的投资目标为标准，将证券组合进行分类。以美国为例，证券投资组合可以分为避税型、收入型、增长型、收入—增长混合型、货币市场型、国际型、指数化型等。

避税型证券组合以避税为首要目的，主要服务于处于高税率档次的富人。通常投资于政府债券，因为政府债券在大多数国家都是免税的。一个处于高税率档次的富人，如果投资于高股息或高利息的证券上，纳税后，他实际上剩不下多少钱；而一个处于50%税率档次的投资者，如果购买了一种利率为6%的免税债券的话，就相当于获得了12%的税前收益率。

收入型证券组合以追求基本收益（即利息、股息收益）的最大化为目标。一般而言，年纪较大的投资者、需要负担家庭生活及教育费用的投资者及有定期支出的机构投资者（如养老基金等）会偏好这种组合。能够实现这一目标的证券有：附息债券、优先股及一些避税债券等。

增长型证券组合以资本升值（即未来价格上升带来的价差收益）为目标。投资于此类证券组合的投资者往往愿意通过延迟获得基本收益来求得未来收益的增长。这类组合通常投资于很少分红的普通股，投资风险较大。朝气蓬勃的年轻人和高税率富人往往偏好这种组合。年轻人希望通过延迟眼前的收益来获得未来收益的增长，富人们则是看重长期资本收入的所得税率低于基本收入所得税率。

收入—增长型证券组合试图在基本收入与资本增长之间达到某种均衡，因此也称为均衡组合。二者的均衡可以通过两种组合方式获得：一种是使组合中的收入型证券和增长型证券达到均衡；另一种是选择那些既能带来收益，又具有增长潜力的证券进行组合。

货币市场型证券组合是由各种货币市场工具构成的组合，如国库券、高信用级的商业票据等，其流动性较好，安全性很高。货币市场交易具有规模大、价差波动小的特点，不适宜小额投资，这种组合使中小投资者得以参与货币市场投资。

国际型证券组合是指投资于海外不同国家的证券。实证研究结果表明，这种证券组合的业绩总体上强于只在本土投资的组合，是组合管理时代的潮流。

指数化型证券组合是模拟某种市场指数的证券组合。根据模拟的指数不同，指数化型证券组合可以分为两类：一类是模拟内涵广大的市场指数，这属于常见的被动投资管理；另一类是模拟某种专业化的指数，如道·琼斯公共事业指数，这种组合属于较主动的投资管理。信奉有效市场理论的机构投资者通常会倾向于这种组合，以求获得市场平均的收益水平。

三、证券投资组合管理的步骤

对证券组合实施管理，通常按以下步骤进行。

1. 确定组合管理目标

所谓组合管理目标，就是证券投资组合要实现的预期目的。尽管说，不同的投资者有着不同的组合管理目标，但一般应包括收益和风险两个方面。

组合管理目标对外是证券组合及其管理者特征的反映，在组合营销（如基金营销）时为组合管理者吸引特定的投资者群体；反过来说，则是便利投资者根据自身的需要和情况选择基金。例如，养老金基金因其定期有相对固定的货币支出的需要，要求有稳定的资产收入，因此，就其收益方面而言，收入目标就是最基本的。

组合管理目标对内可以帮助管理者明确工作目标，以便为实现一定风险下的收益最大化而努力，也可为管理者的业绩评价提供一种基准。

2. 制定组合管理政策

组合管理政策是为实现组合管理目标、指导投资活动而制定的原则和方针。既然如此，证券组合的管理政策首先要考虑的应是投资的范围，即应将哪些证券纳入组合，哪些证券不纳入组合有一个基本规定。同时，证券组合的管理政策应与市场监管机构的有关规定相一致。

3. 构建证券组合

证券组合的构建是在组合管理政策指导下进行的一种资产配置的具体活动。现代组合管理中证券组合的构建与传统组合管理中的证券组合的构建是不同的。传统组合管理中的证券组合的构建是利用基本分析和技术分析方法对资产进行分析和选择后自发形成的一组组合，而现代组合管理中的证券组合的构建是利用现代投资理论进行的，具体可以利用威廉·夏普的单一指数模型进行，个别证券投资比例可以利用哈里·马柯威茨的最小方差资产组合模型来确定。

4. 修订证券组合资产结构

证券组合的目标是相对稳定的，但是，个别证券的价格及收益风险特征是可变的。在一定的组合管理政策指导下，利用一定方法构建的证券组合，在一定时期内应该是符合组合管理目标的，但也应看到，随着时间的推移和市场条件的变化，原有的证券组合中一些证券的市场情况与市场前景也可能发生变化。当某一证券收益和风险特征的变化足以影响到组合整体发生不利的变化时，就应当对证券组合的资产结构进行修订。

5. 证券组合管理的业绩评价

这是证券组合管理的最后一环，也是十分重要的一环。它既是对前一个时期组合管理业绩的评价，也关系到下一个时期组合管理的方向。

科学的业绩评价不能简单地归结为收益率的评价，而应从收益率和风险两个方面进行。因为风险度不同，收益率也不同，在同一风险水平上的收益率数值才具有可比性。

业绩的评价还应区分哪些是组合管理者主观努力的结果，哪些是市场客观因素造成的，这样才有利于通过评价总结经验，找出管理中的不足，进而提高管理水平。

四、现代证券投资组合理论的产生和发展

现代证券投资组合理论最早是由美国著名经济学家哈里·马柯威茨于1952年系统提出的。他在1952年3月《金融杂志》发表的题为《资产组合的选择》的论文，标志着现代证券投资组合理论的开端，奠定了投资理论发展的基石。

马柯威茨在《资产组合的选择》的论文中提出了确定最小方差资产组合集

合的思想和方法，首次对证券投资中的风险因素进行了正规的阐述。马柯威茨分别用期望收益率和收益率的方差来衡量投资的预期收益水平和风险，并建立所谓的均值—方差模型来阐述如何全盘考虑预期收益水平和风险两个目标，从而进行决策。

马柯威茨提供的方法是十分精确的。但是，这一方法涉及计算所有资产的协方差矩阵，面对上百甚至上千种可选择的资产，其计算量相当大，在当时的技术条件下难以应用。

1963年，马柯威茨的学生威廉·夏普在马柯威茨模型的基础上，提出了一种简化形式的计算方法。这一方法通过建立一种所谓的"单因素模型"来实现。这一模型假设资产收益只与市场总体收益有关，从而使计算量大大降低，打开了当代投资理论应用于实践的大门。如今，马柯威茨的模型被广泛应用于不同类型的资产组合，而夏普的模型则被广泛应用于同类型的资产内部不同资产的组合。

随着证券组合理论的传播，金融经济学家们开始研究马柯威茨模型是如何影响证券的估值的。夏普、林特和摩森三人几乎同时独立地提出了以下问题："假定每个投资者都使用证券组合理论来经营他们的投资，这将会对证券定价产生怎样的影响？"他们在回答这一问题时，分别于1964年、1965年和1966年提出了著名的资本资产定价模型（CAPM）。这一模型阐述了在投资者都采用马柯威茨的理论进行投资管理的条件下，市场价格均衡状态的形成，把资产预期收益与预期风险之间的理论关系用一个简单而又合乎逻辑的线性方程式表示出来。在实践中，很多专家用它来估计资产收益，指导投资行为，确定投资策略。

然而，理查德·罗尔在1976年对这一模型提出了批评，因为这一模型永远无法用经验事实来检验。与此同时，史蒂夫·罗斯突破性地发展了资本资产定价模型，提出所谓的套利定价理论（APT）。这一理论提出，只要任何一个投资者不能通过套利获得无限财富，那么期望收益率一定与风险有关。这一理论需要较少的假定。罗尔和罗斯在1984年认为这一理论至少原则上是可以检验的。目前，这一理论的地位已不低于CAPM。

现代证券投资理论在众多学者的讨论中不断得到完善。它不仅以各种方式被应用到实际投资管理中去，而且还编入投资学教科书，并使教科书发生了结构和内容的变革。

第二节 现代证券投资组合理论中的收益和风险

证券投资中，投资者总是希望获得尽可能大的收益，当然也希望冒尽可能小的风险。因此，证券投资收益的多少、投资风险的大小就成了所有证券投资者最为关注的问题。现代证券投资组合理论也正是基于对这些问题的正确认识而建立起来的。

一、证券投资收益及其度量

1. 证券投资收益的含义

证券投资收益是指证券投资者从事证券投资而获得的报酬，或者说，是指投资者初始投资的价值增值量。具体包括两个方面：一是投资品的利息收入或股利收入，简称收入或经常性收入；一是资本利得。投资品的利息收入或股利收入，是指投资者在投资品的持有期内所获得的利息收入或股利收入，比如债券按期支付的利息、股票支付的股息或分红。资本利得，是指投资者所持有的投资品的价格上升所带来的资本增值。

2. 证券投资收益的度量

由于证券投资收益与初始投入的资本有关，因此，证券投资收益的度量应以收益与初始投资额的百分比来表示，这个百分比叫做收益率。用公式表示为：

$$R = D_t + (P_t - P_{t-1}) / P_{t-1} \tag{12.1}$$

式中：R——投资收益率；t——特定的时间段；D_t——第 t 期持有投资品所得的利息收入或股利收入；P_t——第 t 期的投资品的价格；P_{t-1}——第 $t-1$ 期投资品的价格；$(P_t - P_{t-1})$ 为该期间投资品的资本增值。

证券投资者对投资品的选择，一般是基于对投资品收益率的评价。但是，投资者在投资前，他（她）并不知道自己所投资的投资品在持有期末的确切收益究竟是多少。这是因为，在投资品持有期内，外部环境以及公司自身经营状况等诸多因素都会直接或间接地对投资者的投资产生影响，因此，投资者所持有的投资品的收益率具有不确定性，换句话说，投资者的投资收益率总是一个随机变量。

由于证券投资的收益具有较大的不确定性，因此，为科学地评估投资的获利能力，必须既要考虑投资收益率的各种可能取值，又要兼顾各种可能的投资收益率发生的概率。鉴此，在衡量与比较各种证券投资收益水平时，我们应以平均收益率作为评价标准。由概率论与数理统计知识知道，投资的期望收益率可作为各种证券投资收益水平的综合评价指标。

如果投资收益率的概率分布为离散型的，那么期望收益率等于各种可能出现的收益率值与其发生的概率乘积之和，即：

$$E(R) = \sum_{i=1}^{n} R_i P_i \qquad (12.2)$$

式中：$E(R)$——投资期望收益率；R_i——第 i 种可能出现的投资收益率值；P_i——出现第 i 种可能投资收益率值的概率；n——投资收益率各种可能出现结果的数目。

如果投资收益率的概率分布为连续性的，期望收益率为：

$$E(R) = \int R f(R) dr \qquad (12.3)$$

式中：$f(R)$——投资收益率 R 的概率密度函数。

下面我们通过一个例子说明投资期望收益率的计算。

假定，某种证券面临五种可能的经济状况，每种状况可能的收益率及其概率如表12—1。计算结果表明，该种证券的预期收益率在19%的可能性最大。

表 12—1　　　　　　　　某证券预期收益率的计算

经济状况 i	可能的收益率 r_i（%）	概率 P_i（%）	$r_i P_i$（%）
1	0	20	0
2	10	10	1
3	20	40	8
4	30	20	6
5	40	10	4
合　计	预期收益率		19

3. 证券投资收益率的方差

证券投资收益率的不确定性越大，其取值的波动幅度就越大。统计学知识告诉我们，描述数据波动幅度的有效方法是采用方差或标准差。

如果证券投资收益率的概率分布为离散型的，那么其方差为：

$$\sigma^2 = \sum [R_i - E(R)]^2 p_i \qquad (12.4)$$

如果证券投资收益率的概率分布为连续型的，那么其方差为：

$$\sigma^2 = \int [R_i - E(R)]^2 f(R) dr \qquad (12.5)$$

方差的平方根就是标准差。很显然，方差大则标准差也大，方差小则标准差也小。

标准差的直接含义是，当投资收益率的概率分布为正态时，即人们所熟知的钟形曲线，投资收益率的实际结果，位于 $[E(R)-\sigma]$ 与 $[E(R)+\sigma]$ 的可能性为 2/3；位于 $[E(R)-2\sigma]$ 与 $[E(R)+2\sigma]$ 的可能性为 95%。当然，这一关系不是普遍成立的，因为我们没有理由预期任何一种证券投资收益率的概率分布是服从正态分布的。然而，在每一种情况下，标准差的功能是相同的，它可以用来测量投资收益的实际结果相对于预期值的可能偏离。

二、证券投资风险及其度量

1. 证券投资风险的含义

在大多数人的头脑中，"风险"总是和不好的事情联系在一起，一说到风险许多人就习惯性地想到"损失"，这种想法有一定道理，但并不准确。经济学中的"风险"，不是指损失的概率，而是指收益的不确定性。"不确定性"是风险的核心。

证券投资风险可作如下定义：证券投资风险是指由于未来的不确定性而产生的投资收益的可能值偏离其期望值的可能性和程度。准确把握其含义，需要注意以下两点：一是投资风险不等同于亏损。证券投资收益的可能值既可能低于也可能高于期望值。只有当投资者将自己的投资期望值定为保本点投资收益的可能值低于期望值时，投资者才会面临亏损的境地。例如，某投资者希望在投资中获得 25% 的盈利，但结果只获得 15% 的盈利，预期与实际盈利的差额就是风险客观存在的结果。在这个例子中，投资者虽然只获得 15% 的盈利，低于期望值 10 个百分点，经历了投资风险，但从算经济账来讲，他（她）没有把本钱搭进去，出现亏损，他（她）还是获得了 15% 的盈利，只是与其期望值相比少得了 10% 的盈利而已。二是投资风险并不一定对投资者不利。当投资收益的可能值低于期望值时，这样的风险对投资者是不利的，但当投资收益的可能值高于期望值时，这样的风险对投资者是有利的。

2. 证券投资风险的分类

证券投资中存在各种各样的风险，按照不同的标准可以进行以下分类：

（1）按风险产生的原因可将风险分为市场风险、通货膨胀风险、利率风险、汇率风险、政治风险、偶然事件风险、流动性风险、违约风险和破产风险。

市场风险是投资中最普遍、最常见的风险。它是指由于市场买卖双方供求不平衡引起的价格波动，这种波动使得投资者在投资到期时可能得不到投资决策时所预期的收益。

通货膨胀风险是指由于经济发展中出现通货膨胀而使得实际收益低于名义收益。一般而言，持有证券的期限越长，通货膨胀风险越大。

利率风险是指由于利率的升高而导致证券价格下跌，从而使投资者的收益减少。这是因为，利率升高，证券的机会成本增加，因而证券的价格与利率呈反方向变动。

汇率风险是指当投资者投资于以外币为面值发行的有价证券时，由于未曾预料到的汇率变动，当他们将收益转换为本国货币时，可能与原先的预期相去甚远。

政治风险是指因一些国内外的政治事件造成一国政局的不稳定，投资者往往预期它有较高的政治风险。

偶然事件风险是一种突发性风险，其剧烈程度和时效性因事而宜。如自然灾害、异常气候、战争危险的出现可能影响期货的价格；法律诉讼、高层改组、兼并谈判、信用等级下降等意外事件的发生，可能引起股票、债券价格的急剧变化，这些都是投资者在进行投资决策时无法预料的。每个投资者都有可能遇到这类偶然事件导致的风险。

流动性风险是指当有关公司的利空消息进入市场时，有时会立刻引起市场波动，投资者争先恐后地抛售证券时，致使投资者无法及时将手中的证券脱手而带来的风险。

违约风险是指证券交易中的一方向另一方承诺，在未来一段时间内按照有关契约履行义务向其支付一定金额，然而当一方现金周转不灵、财务出现危机甚至故意违约不履行支付义务时，这种事先的承诺就可能无法兑现，从而使对方蒙受损失。

破产风险是指一些公司由于经营管理不善、操作运转不良，或其他原因导致负债累累，难以维持时，它可能申请法律保护，策划公司重组，甚至宣布倒闭，从而给投资者造成的损失。

（2）按风险的性质以及应对的措施不同，投资风险可分为系统风险与非系统风险。

系统风险是指与市场的整体运行相关联的风险。通常表现为某个领域、某个金融市场或某个行业部门的整体变化。这类风险因其来源于宏观因素变化对市场整体的影响，因而亦称之为"宏观风险"。前面提及的市场风险、通货膨胀风险、利率风险、汇率风险和政治风险均属此类。

非系统风险是指与某个具体的股票、债券相关联而与其他有价证券无关的风险。这种风险因其来源于企业内部的微观因素，因而亦称之为"微观风险"。前面提及的偶然事件风险、破产风险、流动性风险和违约风险均属此类。

应对这两类风险的措施是不同的。对于非系统风险，可采用分散投资来弱化甚至消除。而对于系统风险，一种办法是将风险证券与无风险证券进行组合，当增加无风险证券的投资比例时，系统风险将降低，极端的情况是将全部资金投资于无风险证券上，这时风险便全部消除。但事实上，绝对的无风险证券是不存在的，即便是将资金存入银行也要承担利率风险和贬值风险。另一种办法是套期保值。其前提条件是"衍生工具"的存在。

从收益与风险的关系看，系统风险可以带来收益的补偿，而非系统风险则得不到收益补偿。这也是人们常常义无反顾地要求降低非系统风险的原因。对于系统风险，人们需根据自己的风险承受能力决定承担多大的系统风险，以期获得相应的收益，通过投资选择使系统风险处于自己认为最满意的水平。

3. 证券投资风险的度量

我们已经知道，证券投资的收益具有不确定性，即证券投资的实际收益可能偏离其预期值。根据证券投资风险的定义，由于未来的不确定性而使投资收益可能值偏离其预期值的可能性和幅度就是证券投资风险。从某种角度讲，对投资者而言，投资风险要比投资收益具有更为重要的意义。因此，我们有必要弄清楚证券投资风险如何度量的问题。

在这里，我们主要阐述单项投资风险的度量，至于投资组合的投资风险的度量，我们将在第三节加以阐述。

证券投资风险的度量，应紧紧扣住证券投资风险的定义，同时要考虑证券投资实际可能值偏离其预期值的大小和偏离的可能性。它应该能够反映投资收益的实际结果与预期值的离散程度，能够达到这个目的的常用度量手段有平均绝对离差、方差或标准差和变异系数等三种。

（1）平均绝对离差（*Average Absolute Deviation*，简称 *AD*）。平均绝对离差的计算过程为：首先计算投资品的期望收益率，然后计算投资收益的每一种可能结果与其期望值的偏差。以投资收益每一种可能结果出现的概率为权数，对偏差的绝对值进行加权，所得的结果即为平均绝对离差。

平均绝对离差的计算公式为：

$$AD = \sum_{i=1}^{n} \mid R_i - E(R) \mid P_i \qquad (12.6)$$

当用平均绝对离差来度量证券投资风险时，其判别原则是：平均绝对离差越大，投资风险越大；平均绝对离差越小，投资风险越小。

（2）标准差（*Standard Deviation*，简称 *SD*）。

标准差是方差的平方根，以符号 σ 来表示。其计算要比平均绝对离差来得复杂，但它更便于数学处理，也正由于此，标准差是度量投资风险最常用、最有效的方法。

当用标准差来度量投资风险时，其判别标准是：标准差数值越大，投资风险越大；标准差数值越小，投资风险越小。

（3）变异系数（*Coefficient Of Variation*，简称 *CV*）。我们应该注意到，采用标准差来度量证券投资风险，有时也许会造成误解。例如一个投资者正在考虑两种投资机会，一种是投资于股票 A，另一种是投资于股票 B，它们的年收益率分布如表 12—2 所示。

表 12—2

	投资于股票 A	投资于股票 B
投资的期望收益率	20%	7%
投资收益率标准差	0.20	0.09

如果仅仅以标准差作为投资风险的度量手段，那么我们肯定会得出投资于股票 A 要比投资于股票 B 所冒的投资风险大。其实不然，原因在于这两种投资所获得的投资收益率是不一样的。当两种投资的收益率不一样的情况下，用标准差来度量风险是有问题的，而应该用变异系数来度量。

变异系数是投资收益率的标准差与投资的期望收益率之比，它反映了投资的相对风险。具体计算公式为：

$$CV = \sigma / E(R) \tag{12.7}$$

当用变异系数来度量投资相对风险时，其判别标准是：变异系数值越大，投资的相对风险越大；变异系数值越小，投资的相对风险越小。按照这一准则，投资者投资于股票 B 所冒的风险要比投资于股票 A 大，这是因为股票 B 投资收益率的变异系数为 1.29，而股票 A 投资收益率的变异系数值为 1.00。

上述三种度量投资风险的方法，都能较好地反映证券投资的收益率与期望收益率的偏离程度。但是，人们通常最为推崇的是标准差方法。其主要的原因是，在现实的经济生活中，投资者很少将自己所有财富都投资到一种投资品上，而往往是将自己的财富进行分散，购买多种投资品，从而形成一个投资组合。对于组合投资，只有其标准差能够由所组合的各个投资品的标准差及其他因素方便地来确定，而不管投资收益率的概率分布是何种形式，但对于其他两种度量方法，就不存在这种简单的关系。

三、证券投资评价的 $E(R) - \sigma$ 准则

投资的期望收益率与标准差是我们在证券投资中必须考虑的两个重要方面。对于任何一种投资，我们都能测算出其期望收益率和标准差，也就是说，每一种投资都对应着一组参数值 $[\sigma, E(R)]$。这样一来，对证券投资的比较，就转化为对 $[\sigma, E(R)]$ 的比较了。如果将 $[\sigma, E(R)]$ 放入以 σ 为横坐标、以 $E(R)$ 为纵坐标的坐标系中，任何一种证券投资就对应着 $E(R) - \sigma$ 坐标系中的一个点，如图 12—1 所示。在图中，有 A, B, C, D 四种证券，现在要弄清它们孰优孰劣。就证券 A 与 B 来说，虽然它们的投资期望收益率是相同的，但由于 B 的风险大于 A，根据大多数投资者都是厌恶风险的假定，投资者会选择 A 而不选择 B。对于证券 B 与 C，虽然它们的标准差相同，但证券 B 的收益率明显高于投资品 C，因此，投资者会选择 B。

从以上分析可知，我们可以得到对证券投资的选择准则（简称 $E(R) - \sigma$ 准则）：在投资的期望收益率相同的情况下，标准差小的投资品种为优，投资者将选择标准差小的投资品进行投资；在投资收益率的标准差相同的情况下，期望收益率高的投资品为优，投资者将选择期望收益率高的投资品进行投资；在一个投资品种比另一个投资品种具有更高的期望收益率和更小的收益率标准差的情况下，该投资品种更值得投资者去投资。如果两种投资品的期望收益率与标准差都不同，比如图中的投资品 B 与 D，如何来判别它们的孰优孰劣呢？对此我们将在投资者无差异曲线中予以解答。

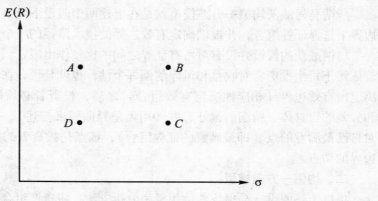

图 12—1

第三节　马柯威茨的均值—方差模型

一、基本假设

马柯威茨的资产组合理论是建立在以下基本假设基础上的。

假设一：投资者以收益率的期望（亦称收益率均值）来衡量未来实际收益率的总体水平，以收益率的方差（或标准差）来衡量风险，因而，投资者在决策中只关心投资的期望收益率和方差。

假设二：投资者是利益驱动的和风险厌恶的，即投资者总是期望收益率越高越好，而方差越小越好。

在上述假设和马柯威茨所提供的方法中牵涉到两个最基本也是最核心的概念——期望收益率和收益率的方差。根据假设一，证券或证券组合的特征完全由期望收益率和方差来描述。在图形上，以方差为横坐标，以期望收益率为纵坐标建立一个坐标系，那么每一种证券或证券组合由平面上的一点来表示。假设二则设定了判断点的"好"与"坏"的标准。由于投资者被假定为偏好期望收益率而厌恶风险，因而在给定相同方差水平的那些组合中，投资者会选择期望收益率最高的组合。而在给定相同期望收益率水平的组合中，投资者会选择方差最小的组合。这些选择会导致产生一个所谓的有效边界。

所谓马柯威茨均值—方差模型就是在上述两个假设下导出投资者只有在有效边界上选择证券组合，并提供确定有效边界的技术路径的一个数理模型。

马柯威茨的假设并没有对所有证券之间的比较作出限定，而是认为最终的比较依赖于每个投资者对收益和风险的偏好个性，也就是说，在通过马柯威茨方法决定出有效边界（相应地决定有效组合）之后，投资者必须根据其个人对均值和方差的更具体、精细的偏好态度（用无差异曲线来描述），在有效边界上选择对自己最满意的点（即最满意的证券组合），该点是投资者的无差异曲线与有效边界的切点。

二、均值—方差模型

根据上述假设，马柯威茨运用概率分析方法，将资产组合的变量定量化。他认为，资产组合的预期收益率为事件发生的数学期望值，资产组合的风险是围绕在数学期望值附近的结果的离中趋势，用方差和标准差可以测度期望值结果的离中趋势。资产组合中各项资产投资额所占比例为权数，一项资产组合的权数总和为1。马柯威茨就通过简化的数学推导得出了他的著名的均值—方差模型。

首先，他建立了单一资产、单一时期的分析模型，其过程如下：

$$\text{单一时期证券的收益率} = （\text{期末价格} - \text{期初价格}） + \text{红利} \qquad (12.8)$$

预期收益率的公式是：

$$E(r) = p_1 r_1 + p_2 r_2 + \cdots\cdots + p_n r_n = \sum_{i=1}^{n} p_i r_i \qquad (12.9)$$

式中：$E(r)$——预期收益率；p_i——第 i 种投资结果的概率，$0 \leqslant p_i \leqslant 1$；$r_i$——第 i 种资产的收益率。

根据风险是预期收益率的方差的规则，单个随机变量的收益率的方差是：

$$\sigma^2 = \sum_{i=1}^{n} p_i [r_i - E(r)]^2 \qquad (12.10)$$

式中：σ^2——预期收益率的方差；其他符号与上式相同。

由于资产组合中各资产收益率、风险变化方向决定着该种资产组合分散风险的能力，从而就必须考虑各项资产收益率的协方差。从统计角度讲，协方差是两个随机变量关系的统计测定。正的协方差表明两种资产收益率间的变动方向是一致的，负的协方差表明两种资产收益率间的变动方向是相反的。证券 i 和证券 j 的协方差可以用 $COV(r_i, r_j)$ 表示，其公式是：

$$COV(r_i, r_j) = E\{[r_i - E(r_i)][r_j - E(r_j)]\}$$
$$= (p_{ij})(\sigma_i)(\sigma_j) \qquad (12.11)$$

这里的 p_{ij} 表示第 i 种证券和第 j 种证券收益率之间的相关系数，其公式是：

$$p_{ij} = COV(i,j)/\sigma_i \sigma_j = E\{[r_i - E(r_i)] \cdot [r_j - E(r_j)]\}/\sigma_i \sigma_j \quad (12.12)$$

由（12.12）式可知，相关系数是将协方差除以这两个变量的标准差的乘积。协方差虽能说明两个随机变量之间的关系，但不能说明这种关系的密切程度，因为协方差的大小要受被描述的变量本身的大小的影响，而相关系数则排除了这种影响，因此，（12.11）式是协方差的更为恰当的描述。

资产组合中所有 N 项权数的总和为 1，即

$$\sum X_n = 1$$

其次，根据以上基本公式，马柯威茨最终建立了关于资产组合的均值—方差模型。

资产组合的预期收益率等于构造资产组合的各资产预期收益率的加权平均数。其公式为：

$$E(r_p) = \sum_{i=1}^{n} X_i E(r_i)$$

$$= X_1 E(r_1) + X_2 E(r_2) + \cdots\cdots + X_n E(r_n) \tag{12.13}$$

式中：$E(r_p)$——资产组合的预期收益率；x_i——第 i 种资产投资额所占比例；$E(r_i)$——第 i 种资产的预期收益率。

由 n 种证券构成的资产组合的方差公式是：

$$Var(r_p) = \sum_{i=1}^{n} X_i^2 \sigma_{ii}^2 + \sum_{j=1}^{n} \sum_{j \neq i}^{n} X_i X_j \sigma_{ij}$$

$$= \sum_{i=1}^{n} X_i^2 \sigma_{ii}^2 + \sum_{j=1}^{n} \sum_{j \neq i}^{n} X_i X_j \rho_{ij} \sigma_i \sigma_j \tag{12.14}$$

式中：$Var(r_p)$——资产组合的方差，资产组合的标准差可以 σ_p 表示。

马柯威茨均值—方差模型的实质是在不损失收益率的条件下最大限度地分散投资风险。因而，研究资产组合的关键是要分析资产组合内各资产之间的相关程度。一般来说，资产组合中各资产之间的相关程度越低，该资产组合的风险也就越低。马柯威茨在解释这一点时指出："由 60 种不同铁路证券构成的资产组合在分散风险方面不会好于由一些铁路、公用事业、采矿业及各种制造业等证券构成的，同样是由 60 种证券构成的资产组合。其原因在于，同一行业各公司的证券在收益率和风险方面的关系是相当密切的，而不同行业内各公司的证券收益率和风险方面的关系的密切程度则低一些。"

需要进一步指出的是，资产组合可以分散风险，但并不意味着分散所有的风险，被分散的风险只是非系统风险。下面我们通过资产组合的方差公式对这个问题加以深入探讨。

在资产组合的方差公式中，构成资产组合风险的共有 N^2 项。我们把这 N^2 项分成两类：第一类为每种证券的风险 σ_{ii}^2 乘以加权的平方 X_i^2，即 $X_i^2 \sigma_{ii}^2$，这类项数为 N。第二类是 $N^2 - N = N(N-1)$ 项。

考虑构成证券的平均风险，即平均方差：

$$\text{平均方差} = 1/N \sum_{i=1}^{N} \sigma_{ii}^2$$

和平均协方差：

$$\text{平均协方差} = 1/N(N-1) \sum_{i \neq j} COV(r_i, r_j)$$

并且考虑等加权投资组合，即

$$X_i = 1/N, \quad i = 1, 2, \cdots, N$$

那么该投资组合的风险为：

$$\sigma_p^2 = 1/N^2 \sum_{i=1}^{N} \sigma_{ii}^2 + 1/N^2 \sum_{i \neq j} COV(r_i, r_j)$$

$$= 1/N \text{（平均方差）} + N (N-1) / N^2 \text{（平均协方差）}$$
$$= 1/N \text{（平均方差）} + (1 - 1/N) \text{（平均协方差）}$$

显然，当 $N \rightarrow \infty$ 时，即构成投资组合的资产个数充分多时，投资组合的风险不能低于构成证券的平均协方差，也即充分多样化的投资组合，分散的只是个别风险，而系统风险是不可以分散的。

第四节 资产组合的效用分析

马柯威茨在建立了收益和风险的资产组合模型的基础上，推导出了资产组合的有效集。为了更好地证明有效集理论，需先介绍资产组合的投资效用函数。

一、资产组合的效用函数

资产组合的效用是指一定资产组合的收益所产生的心理效应。它是衡量投资者对不同资产组合偏好程度的一种基本尺度。由于不同投资者具有不同的投资偏好，他们对同一资产组合的优劣评判是不一样的，如有人比较喜欢冒风险，有人则讨厌风险。因此要进行资产组合分析并求出最优的资产组合，必须首先研究资产组合的效用问题。

不同资产组合的收益率产生不同的效用值，效用与资产收益率的对应关系就是效用函数。例如：

$$U = 40R - 20R^2$$

式中：R——收益率；U——效用，当收益率为 10% 时，则资产组合的效用为 3.8 个单位。

由于资产组合收益的不确定性，效用函数所反映的资产组合效用也是不确定的。这时就有必要计算效用的期望值。效用期望值的公式为：

$$E(U) = \sum_{i=1}^{n} P_i U(R_i) \tag{12.15}$$

式中：$E(u)$——效用的期望值；P_i——与收益率对应的概率；$U(R_i)$——各种收益率下的效用。

二、效用函数的基本类型

由于投资者对风险的态度不同，使得效用函数的类型也不同。具体有凸性效用函数、凹性效用函数和线性效用函数三种。

1. 凸性效用函数

若效用函数对任何意义的资产组合收益率 R_x 都能满足：

$$U(R_x) > \frac{1}{2}[U(R_x - R_0) + U(R_x + R_0)]$$

则称此效用函数为凸性效用函数。如图 12—2。

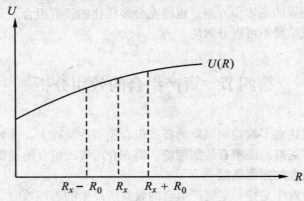

图 12—2

对凸性效用函数来说，它的斜率随着收益率的增加而变得越来越小，即可使 $\frac{dU}{dR} > 0$，$\frac{d^2U}{dR^2} < 0$（一阶导数大于 0，二阶导数小于 0）。其经济含义是投资收益率的边际效用递减，即投资者不愿意冒风险。一般而言，效用函数越凸，投资者越规避风险。

2. 凹性效用函数

若对于任意的资产组合收益率 Rx 都能满足：

$$U(R_x) < \frac{1}{2}[U(R_x - R_0) + U(R_x + R_0)]$$

则称此效用函数为凹性效用函数。如图 12—3。

对凹性效用函数来说，$\frac{dU}{dR} > 0$，$\frac{d^2U}{dR^2} > 0$（一、二阶导数均大于 0），也就是说，投资者收益率的边际效用递增，即凹性效用函数的投资者是喜欢冒风险的。

3. 线性效用函数

线性效用函数上的点，满足：

$$U(R_x) = \frac{1}{2}[U(R_x - R_0) + U(R_x + R_0)]$$

不难发现其投资收益率的边际效用是一个常数，投资者属于风险中性者。如图 12—4。

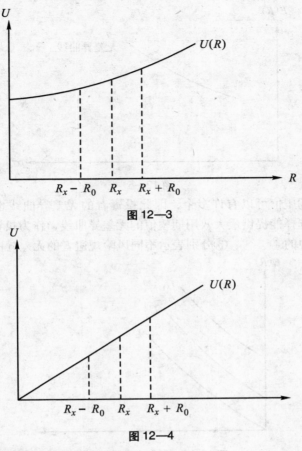

图 12—3

图 12—4

三、效用函数期望无差异曲线

前面我们已经给出资产组合效用的期望值公式，即：

$$E(U) = \sum_{i=1}^{n} P_i U(R_i)$$

由上式可知，一定的资产组合对应着一定的效用期望值。由于从理论上讲，存在无数种组合方案，因此有可能找到一些组合，在效用函数一定的条件下，这些组合具有相同的效用期望值。由于这些组合能产生相同的期望值，说明对于相应投资者而言，这些组合是没有区别的，都是可取的。如果将产生相同效用期望值的各种证券组合对应的收益率期望值和标准差列出，在 $E(R)$ 和 σ 坐标系中，指出他们对应的点，并用平滑的曲线将这些点连接起来，就得到了效用期望无差异曲线，或称风险收益无差异曲线，如图 12—5。

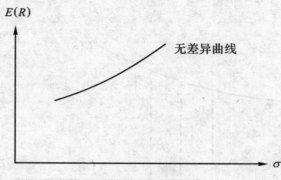

图 12—5

由于效用期望值可以有许多个，因此投资者的无差异曲线也有许多条。当然，投资者会选择能提供最大效用期望值的无差异曲线，作为投资的资产组合目标。图 12—6 中的①、②、③分别表示不同风险规避者的无差异曲线。

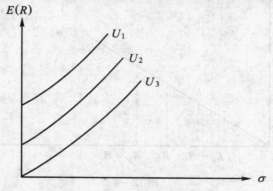

图 12—6 ①高度风险规避者

我们通常假定所有的投资者都是风险的规避者，有的高些，有的低些，也有一些可能介于两者之间。风险规避高的投资者，其无差异曲线越陡峭，斜率越大。

无差异曲线有两个重要特点：

（1）位于同一条无差异曲线上的所有资产组合，对投资者具有相同的偏好。这一特点反映在图上就是无差异曲线不能相交。

（2）在坐标系中，越是位于西北方向的无差异曲线的组合，越为投资者所偏好。这两个重要特点如图 12—7 所示。

A、B、C 三种组合，投资者对 A、B 有相同的偏好，但与 C 相比，投资者更偏好 C，因为组合 C 位于较高的效用无差异曲线上。对于 A 来说，C 组合有更大

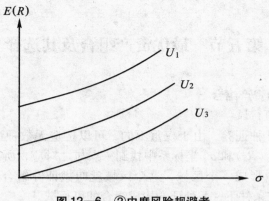

图 12—6 ②中度风险规避者

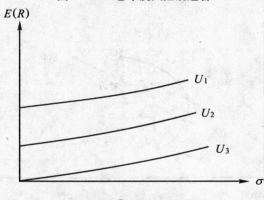

图 12—6 ③弱度风险规避者

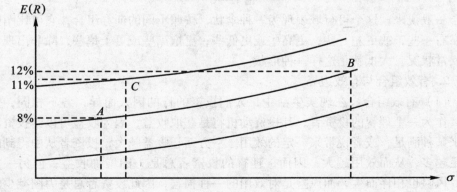

图 12—7

的预期收益率，弥补它较高的风险；对于 B 来说，C 则有更小的风险来弥补它较小的预期收益。

第五节　最优资产组合及其选择

一、有效率的资产组合

1. 资产组合可行域

对于给定的 N 种证券，由于权重不同，可以构造无数种证券组合，每一种证券组合都会在 $E(R_p)$ 和 σ_p 坐标系中找到一点与之对应，所有这些（$E(R_p)$，σ_p）点在坐标系内形成一个区域，这个区域就叫做证券组合可行域。图12—8给出了不存在卖空条件下，N 种证券构成组合的可行域。

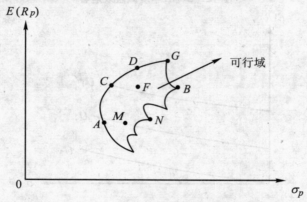

图 12—8

一般说来，这个可行域表现为一种伞状，按照不同的证券组合，它可比图中更靠右一些，或更左一些；更高些或更低些；更饱满些或更干瘪些，除非出现一些反常状况，大抵就是这样一种形状。

2. 有效组合与有效边界

（1）有效组合。在现实生活中，人们投资的目的因人而异，各不相同，然而，作为一个理智的投资者，其投资动机将是获取收益，因为收益可以给投资者带来某种满足，或者说带来一定的效用。一方面，收益越大，投资者从中得到的满足越多，从而效用越大，因而，理智的投资者总是力图增加收益；但另一方面，风险也相伴而生，而风险是对效用的一种损害，因此投资者总是力图减少风险。这样，投资者必须在风险和收益之间作出权衡，使其效用达到最大。

马柯威茨根据他的研究和西方经济学的效用理论，分析得出：投资者的行为将是一个寻找有效组合的过程。所谓有效组合是指某证券组合与其他证券组合相比，在同样的风险水平下，具有较高的收益；或者在同样的收益水平下，有较小的风险。

在图12—8中，我们可以发现在可行域内，找不到比证券组合 A 风险更小的组合。同样，也可以发现证券组合 G 是预期收益率最高的组合。证券组合 M 由于与 A 具有相同的预期收益率，而却比证券组合 A 具有更大的方差，故 M 不是有效组合。证券组合 F 与证券组合 D 具有相同的风险，但它没有证券组合 D 的预期收益率高，因此也不是有效组合。同理，组合 B、N 都不是有效组合，可见只有曲线上的 A、C、D、G 才是有效证券组合。

（2）有效边界（或称效率前沿）。有效边界就是由所有的有效组合组成的曲线，如上图中的 $ACDG$ 曲线。它实际上是落在可行域中具有最小方差的证券组合和具有最大预期收益率的证券组合之间的所有证券组合的包络线。

证券投资者只有沿着有效边界投资才是有效的，在有效边界以内各点投资都是非有效的。根据马柯威茨的观点，投资者之所以选择有效组合，是出于下述假定：①投资者都是风险厌恶者，但又追求最大效用。②投资者总是根据证券组合的预期收益率和方差做出投资决策。③投资者具有相同的持有期。

马柯威茨还认为，由于投资者对风险所持有的偏好不同，他们会选择不同的有效组合。保守型投资者（即对风险高度厌恶）将会选择一个靠近 A 点的有效组合；而进取型投资者（即对风险并不太厌恶）则会选择靠近 G 点的有效组合。

有效边界是凹的（向横轴凹，向纵轴凸）。为了证明这个结论，我们假定：两种证券 A 和 B，预期收益率和标准差分别为：$R_A = 20\%$，$\sigma_A = 10\%$，$R_B = 25\%$，$\sigma_B = 20\%$

表 12—3 　　　　　　　证券组合 $(E(R_p)，\sigma_p)$ 的值

$\rho_{AB}(W_A，W_B)$	1	0.5	0	-0.5	-1
(1,0)	(0.20,0.10)	(0.20,0.10)	(0.20,0.10)	(0.20,0.10)	(0.20,0.10)
(0.8,0.2)	(0.21,0.12)	(0.21,0.106)	(0.21,0.894)	(0.20,0.0693)	(0.21,0.04)
(2/3,1/3)	(0.217,0.133)	(0.217,0.115)	(0.217,0.0943)	(0.0217,0.667)	(0.217,0)
(0.5,0.5)	(0.225,0.15)	(0.225,0.132)	(0.225,0.112)	(0.225,0.087)	(0.225,0.05)
(1/3,2/3)	(0.233,0.167)	(0.233,0.153)	(0.233,0.141)	(0.233,0.12)	(0.233,0.10)
(0.2,0.8)	(0.24,0.18)	(0.24,0.17)	(0.24,0.161)	(0.24,0.15)	(0.24,0.14)
(0,1)	(0.25,0.20)	(0.25,0.20)	(0.25,0.20)	(0.25,0.20)	(0.25,0.20)

上面是根据预期收益率和标准差的计算公式，按照不同相关系数和权重得到

的证券组合（$E(R_p)$，σ_p）的不同值。把这些点画在坐标图中，从中可以看到，当证券 A 和 B 完全正相关时（即 $\rho_{AB}=1$），证券组合都在直线 AB 上；当证券 A 和 B 完全负相关时（即 $\rho_{AB}=-1$），证券组合都在 ACB 折线上。证券组合不可能在区域 ACB 之外，换句话说，已知预期回报的证券组合的标准差，其最大值必是在 AB 上，最小值必在 ACB 上。比如：$R=21\%$，它的标准差最大值为 12%，最小值为 4%。由证券 A 和 B 构成的证券组合随着相关系数的减小而凹向横轴（凸向纵轴）。因此相关系数在 -1 和 $+1$ 之内的有效边界是凹的。

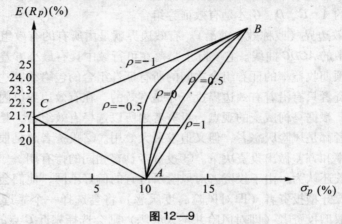

图 12—9

3. 有效边界的确定

当我们知道了什么是有效组合和有效边界后，接下来的事情就是如何确定有效边界。有效边界的确定，实质上是要通过确定恰当的投资比例，使资产组合既可实现预期收益目标，又将风险降到最低水平。

确定有效边界有三种方法：即图解法、数学分析法、线性规划法。其中，图解法只适用不超过三种证券的组合；线性规划法在实际应用中还有一些有待解决的问题，所以，这里只介绍数学分析法。数学分析法有极小微分法和极大微分法，这里介绍极小微分法。

根据有效边界定理，投资者在收益率一定的条件下，总是寻找风险最小的证券组合，也就是先给定收益条件下，求出极小的 σ_p。根据证券组合收益率、方差和不同投资比例可得到以下方程组：

$$\sigma_p^2 = \sum_{i=1}^{n} \sum_{j=1}^{n} X_i X_j \sigma_{ii} \tag{12.16}$$

$$\sum_{i=1}^{n} X_i E(R_i) = E(R_p) \tag{12.17}$$

$$\sum_{i=1}^{n} X_i = 1 \qquad\qquad (12.18)$$

（12.17）式和（12.18）式为（12.16）式的限制函数，利用拉格朗日目标函数，引入 λ_1、λ_2 拉格朗日乘数，可得如下方程：

$$Y = \sum_{i=1}^{n} \sum_{j=1}^{n} X_i X_j \sigma_{ij} + \lambda_1 \left(\sum_{i=1}^{n} X_i E(R_i) - E(R_p) \right) + \lambda_2 \left(\sum_{i=1}^{n} X_i - 1 \right)$$

$$(12.19)$$

为了使风险最小，对（12.19）式所有的 X_i 以及 λ_1、λ_2 作偏分，并使偏分后的方程为 0，得如下方程组：

$$\left.\begin{array}{l}
\dfrac{\partial Y}{\partial X_1} = 2X_1 \sigma_1^2 + 2X_2 \sigma_{12} + \cdots + 2X_n \sigma_{1n} + \lambda_1 R_1 + \lambda_2 = 0 \\[2mm]
\dfrac{\partial Y}{\partial X_2} = 2X_1 \sigma_{21} + 2X_2 \sigma_2^2 + \cdots + 2X_n \sigma_{2n} + \lambda_1 R_2 + \lambda_2 = 0 \\[2mm]
\cdots\cdots\cdots\cdots\cdots\cdots\cdots\cdots\cdots\cdots\cdots\cdots\cdots\cdots\cdots\cdots \\[2mm]
\dfrac{\partial Y}{\partial X_n} = 2X_1 \sigma_{n1} + 2X_2 \sigma_{n2} + \cdots + 2X_n \sigma_n^2 + \lambda_1 R_n + \lambda_2 = 0 \\[2mm]
\dfrac{\partial Y}{\partial \lambda_1} = X_1 R_1 + X_2 R_2 + \cdots + X_n R_n - R_p = 0 \\[2mm]
\dfrac{\partial Y}{\partial \lambda_2} = X_1 + X_2 + \cdots + X_n - 1 = 0
\end{array}\right\} \qquad (12.20)$$

（12.20）式方程组由（$n+2$）个二次方程式组成，含有 X_1，X_2，$\cdots$，X_n，λ_1，λ_2 共（$n+2$）个未知数，解这个联立方程组，结果可使 X_i 具有以下形式：

$$X_1 = a_i + b_i + R_p \qquad\qquad (12.21)$$

（12.21）式中 $i = 1$，2，$\cdots$，n；a_i，b_i 为常数。给出不同的 R_p，则可以得到不同的 X_i，并求 σ_p，这样就可以得到有效边界曲线。

当然，也可以将（12.20）式方程组转换成矩阵等式的形式：

$$\begin{pmatrix} 2\sigma_1^2 & 2\sigma_{12} & \cdots & 2\sigma_{1n} & R_1 & 1 \\ 2\sigma_{21} & 2\sigma_2^2 & \cdots & 2\sigma_{2n} & R_2 & 1 \\ \cdots & \cdots & \cdots & \cdots & \cdots & \cdots \\ 2\sigma_{n1} & 2\sigma_{n2} & \cdots & 2\sigma_n^2 & R_n & 1 \\ R_1 & R_2 & \cdots & R_n & 0 & 0 \\ 1 & 1 & \cdots & 1 & 0 & 0 \end{pmatrix} \cdot \begin{pmatrix} X_1 \\ X_2 \\ \cdots \\ X_n \\ \lambda_1 \\ \lambda_2 \end{pmatrix} = \begin{pmatrix} 0 \\ 0 \\ \cdots \\ 0 \\ E(R_p) \\ 1 \end{pmatrix}$$

如果系数矩阵用 K 表示，变数向量用 X 表示，C 为常数向量，那么上述矩阵形式可写成：$K \cdot X = C$。利用 K 的逆矩阵形式可得：$X = K^{-1} \cdot C$。结果也会得到（12. 21）式结果。

下面以三种证券组合为例，证明用极小微分法的求解过程。

表 12—4　　　　　　三种证券的预期收益率、方差和标准差

	$E(R_i)$	σ_{ii}	σ_{ij}
A	$E(R_1) = 5\%$	$\sigma_1^2 = \sigma_{11} = 0.1$	$\sigma_{12} = -0.1$
B	$E(R_2) = 7\%$	$\sigma_2^2 = \sigma_{22} = 0.4$	$\sigma_{13} = 0$
C	$E(R_3) = 30\%$	$\sigma_3^2 = \sigma_{33} = 0.7$	$\sigma_{23} = 0.3$

三种证券组合时，取得方差最小的各组 X_i 之值可由下列矩阵方程求出：

$$\begin{pmatrix} 2\sigma_{11} & 2\sigma_{12} & 2\sigma_{13} & E(R_1) & 1 \\ 2\sigma_{21} & 2\sigma_{22} & 2\sigma_{23} & E(R_2) & 1 \\ 2\sigma_{31} & 2\sigma_{32} & 2\sigma_{33} & E(R_3) & 1 \\ \overline{R_1} & \overline{R_2} & \overline{R_3} & 0 & 0 \\ 1 & 1 & 1 & 0 & 0 \end{pmatrix} \cdot \begin{pmatrix} X_1 \\ X_2 \\ X_3 \\ \lambda_1 \\ \lambda_2 \end{pmatrix} = \begin{pmatrix} 0 \\ 0 \\ 0 \\ R_p \\ 1 \end{pmatrix}$$

将表中数据带入上式得：

$$\begin{pmatrix} 0.2 & -0.2 & 0 & 0.05 & 1 \\ -0.2 & 0.8 & 0.6 & 0.07 & 1 \\ 0 & 0.5 & 1.4 & 0.3 & 1 \\ 0.05 & 0.07 & 0.3 & 0 & 0 \\ 1 & 1 & 1 & 0 & 0 \end{pmatrix} \times \begin{pmatrix} X_1 \\ X_2 \\ X_3 \\ \lambda_1 \\ \lambda_2 \end{pmatrix} = \begin{pmatrix} 0 \\ 0 \\ 0 \\ R_p \\ 1 \end{pmatrix}$$

运用初等变换得到的系数矩阵为：

$$C = \begin{pmatrix} 0.677 & -0.936 & 0.059 & 0.789 & -1.433 \\ -0.736 & 0.800 & 0.064 & 0.447 & -2.790 \\ 0.059 & 0.064 & 0.005 & 0.236 & 7.223 \\ -1.433 & -2.790 & 4.223 & 0.522 & -15.869 \\ 0.789 & 0.447 & -0.236 & -0.095 & 0.662 \end{pmatrix}$$

在矩阵方程两边同时左乘矩阵 C 得到：

$$\begin{pmatrix} X_1 \\ X_2 \\ X_3 \\ \lambda_1 \\ \lambda_2 \end{pmatrix} = \begin{pmatrix} 0.789 - 1.433E(R_p) \\ 0.447 - 2.790E(R_p) \\ -0.236 + 4.223E(R_p) \\ 0.522 - 15.869E(R_p) \\ -0.095 + 0.552E(R_p) \end{pmatrix}$$

取 $E(R_p)$ 等于一系列符合统计意义的数值时，根据

$$\begin{cases} X_1 = 0.789 - 1.433E(R_p) \\ X_2 = 0.447 - 2.790E(R_p) \\ X_3 = -0.236 + 4.223E(R_p) \end{cases}$$

就可求出对应的各组 X_i 值，也就求出了在收益率一定的条件下方差最小的证券组合，即有效证券组合。根据各组 X_1、X_2 和 X_3 的值求出对应的各组 σ_p^2 及 $E(R_p)$ 值，就可以在 $E(R_p)$ 和 σ_p 坐标系中绘出有效边界。

4. 最优证券组合的选择

有效边界说明了哪些证券组合是有效的，哪些证券组合是非有效的。无疑，投资者要选择有效组合。但必须看到，特定的投资者，其个人偏好是不同的，因此，特定的投资者在有效组合中选出自己最满意的组合，还依赖于个人偏好。投资者个人偏好通过自己的无差异曲线表现出来。前面我们讲过，越靠近西北方向的无差异曲线给投资者带来的满足程度越大，所以投资者只要在有效边界上找到一个组合相对于其他组合处于最高位置的无差异曲线上，该组合便是他最满意的组合。实际上，这个组合就是无差异曲线与有效边界切点所代表的组合。

A 点为最优组合点，因为其余有效边界上的点都在 A 点所在的无差异曲线的下方，这也就是说，尽管在无差异曲线上也存在有效组合 B 点和 C 点，但效用不是最大。L_3 有最大效用，但有效组合不在此。

二、证券组合数量的确定

在一个投资组合中，减少风险的惟一方法就是扩大证券组合的数量。但并不是证券数量越多，就越能降低风险水平，而是证券数目的增加与风险减少的程度

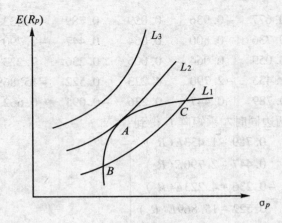

图 12—10

成反比例关系。开始增加的证券可使风险减少得多一些，以后随着证券数目的递增，风险减少的程度递减。举例证明如下：

假设证券组合中各种证券的比例是平均分配，每种证券的风险（σ）均为10%，则由两种证券构成的投资组合中，风险或方差为：

$$\sigma_p^2 = (1/2)^2 10^2 + (1/2)^2 10^2 = 2(1/2)^2 10^2$$

若包括三种证券时，则

$$\sigma_p^2 = (1/3)^2 10^2 + (1/3)^2 10^2 + (1/3)^2 10^2 = 3(1/3)^2 10^2$$

以此类推，N 种证券的风险或方差为：

$$\sigma_p^2 = (1/N)^2 10^2 + (1/N)^2 10^2 + \cdots = N(1/N)^2 10^2$$

简化：$\sigma_p^2 = \dfrac{N}{N^2} 10^2 = \dfrac{10^2}{N}$

$$\sigma_p = \sqrt{\sigma_p^2} = \frac{10}{\sqrt{N}}$$

由此可知：① 随着证券数目 N 的增加，组合风险 σ_p 在下降，当 $N=1$ 时，σ_p 为10，当数目 N 增加到50时，σ_p 为1.41，当数目 N 增加到100时，σ_p 为1。这说明投资组合具有降低风险的功能 。② 当 N 较小时，σ_p 下降较多，而当 N 达到一定数量后，σ_p 下降程度甚小。这说明，投资组合达到一定规模后，再过多地增加证券数量，不仅对降低组合风险的作用不大，反而会增加管理成本。

马柯威茨认为，一个投资组合至少应包括 10 种证券，若为 15 种最优。

金融学家埃文斯和阿切尔根据 1958~1965 年纽约证交所上市的 470 个普通股的经验数据制作的图示验证了这一结论。如图 12—11 所示。

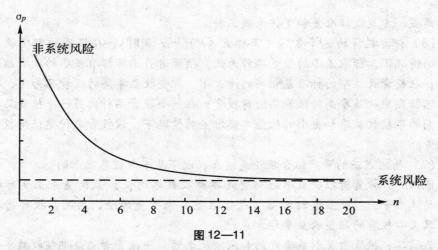

图 12—11

图 12—11 表明，当股票为 15 只左右时，将把总风险降低到市场平均的不可分散风险的水平。

本 章 小 结

（1）证券投资组合通常是指个人或机构投资者所持有的股票、债券等各种有价证券的总称。为有效地进行证券投资组合管理，投资学家们在一系列分散投资思路的基础上，形成了证券投资组合理论。证券投资组合理论是建立在对理性投资者行为特征的研究基础之上的，在降低风险的同时，实现收益最大化。

（2）以美国为例，证券投资组合可以分为避税型、收入型、增长型、收入—增长混合型、货币市场型、国际型、指数化型等。

（3）证券投资收益是指证券投资者从事证券投资而获得的报酬，或者说，是指投资者初始投资的价值增值量。具体包括两个方面：一是投资品的利息收入或股利收入，简称收入或经常性收入；一是资本利得。由于证券投资收益与初始投入的资本有关，因此，证券投资收益的度量应以收益与初始投资额的百分比来表示，这个百分比叫做收益率。

（4）由于未来的不确定性而使投资收益可能值偏离其预期值的可能性和幅度就是证券投资风险。从某种角度讲，对投资者而言，投资风险要比投资收益具有更为重要的意义。因此，我们有必要弄清楚证券投资风险如何度量的问题。

（5）证券投资风险的度量，应紧紧扣住证券投资风险的定义，同时要考虑证券投资实际可能值偏离其预期值的大小和偏离的可能性。它应该能够反映投资收益的实际结果与预期值的离散程度，能够达到这个目的的常用度量手段有平均绝对离差、方差或标准差和变异系数三种。

(6) 证券投资的选择准则（简称 $E(R)-\sigma$ 准则）：在投资的期望收益率相同的情况下，标准差小的投资品种为优，投资者将选择标准差小的投资品进行投资；在投资收益率的标准差相同的情况下，期望收益率高的投资品为优，投资者将选择期望收益率高的投资品进行投资；在一个投资品种比另一个投资品种具有更高的期望收益率和更小的收益率标准差的情况下，该投资品种更值得投资者去投资。

(7) 马柯威茨的资产组合理论是建立在以下基本假设基础上的。

假设一：投资者以收益率的期望（亦称收益率均值）来衡量未来实际收益率的总体水平，以收益率的方差（或标准差）来衡量风险，因而，投资者在决策中只关心投资的期望收益率和方差。

假设二：投资者是利益驱动的和风险厌恶的，即投资者总是期望收益率越高越好，而方差越小越好。

复习思考题

1. 什么是证券投资组合？有哪些分类？
2. 为什么要进行投资组合管理？
3. 简述构建证券投资组合的基本步骤。
4. 什么是投资收益？包括哪些内容？
5. 如何正确理解投资风险？证券投资风险有哪些分类？如何度量投资风险？
6. 什么是系统风险与非系统风险？证券投资组合的风险主要来自哪种风险？
7. 证券投资组合的风险与各证券间的相关性是什么关系？
8. 如何理解投资者的无差异曲线？
9. 怎样理解马柯威茨均值—方差模型的假定条件？
10. 什么是马柯威茨均值—方差模型？其实质是什么？
11. 证券投资组合的可行域和有效边界各指什么？
12. 怎样确定证券投资组合的有效边界？
13. 什么是最优资产组合？
14. 为什么说资产组合并非证券数量越多越好？多少为宜？

第十三章

证券定价理论

本章学习目的和要求

证券定价理论主要包括两部分内容：一是资本资产定价理论，一是套利定价理论。这两种理论在现代投资学中占据重要地位，在投资决策和公司理财中均已得到广泛应用。

通过本章的学习，可以对证券定价原理和基本方法有一个清楚的了解和掌握。要求理解资本资产定价模型的假设条件，了解资本资产定价模型和套利定价模型的意义，掌握这两种定价理论的基本原理和在实际中的具体应用。

第一节 资本资产定价模型

资本资产定价模型（*The Capital Assets Pricing Model*，简写为 *CAPM*）最初由美国经济学家威廉·*F*·夏普（*William F. Sharpe*）于 1964 年建立，后经美国经济学家约翰·林特纳（*John Lintner*）、杰克·特里诺（*Jack Treynor*）与杰恩·摩森（*Jan Mossin*）加以完善。这一模型主要描述了在证券市场均衡状态下，投资的期望收益率与风险之间的相互关系，即资产如何按照其投资风险的大小均衡地定价。

一、基本假设

资本资产定价模型在马柯威茨资产组合理论假设条件的基础上又增加了如下假设：

（1）完全竞争市场。该假设是指证券市场上有大量的投资者，每个投资者对投资品的买卖都不会影响整个证券市场价格，所有投资者都只能按照市场价格买卖证券。

（2）市场无摩擦。该假设是指证券市场上不存在与买卖证券有关的交易费用，也不存在对投资收益的征税；资产的交易数量是无限可分的；有关投资的信息向市场上的每一个投资者自由、及时、免费地传送。

（3）借贷无限制。该假设是指证券市场上存在无风险资产，所有投资者均可不受数量限制的自由借入资金或贷出资金，并且借入与贷出资金的利率是相同的。

（4）一致性预期。该假设是指每一个投资者在拥有相同信息的条件下，均采用相同的方法分析证券或投资组合，从而他们能够一致地预测市场上各种资产、投资组合的收益率、标准差及其协方差。

（5）单一投资期限。该假设是指所有投资者都在相同的单一时期中考虑他们的投资，换句话说，所有投资者都是按照单期收益与风险进行投资决策，而且他们的投资期限相同。所谓单一时期，是指证券市场上投资机会成本没有发生变化的那一段时间。

二、无风险资产

在马柯威茨的资产组合理论中，投资者的投资对象仅是各种风险证券。在资本资产定价模型中，投资者不仅投资于风险证券，还参与无风险资产的借贷活动，从而使投资进一步分散化，建立投资者对收益和风险不同偏好的组合。资本市场线就是投资者获取的一种无风险和风险资产有效组合的途径。

所谓无风险资产是指那些具有确定性收益的资产。一般把一年期的国债近似地看做无风险资产。由于收益的确定性，因而无风险资产的标准差为零。投资者对无风险资产的投资称为无风险贷款；投资者以固定利率借入资金并将其进行投资则称为无风险借款。

当投资者将无风险资产与风险资产组合结合形成新的投资组合，则新投资组合的期望收益率为：

$$E(R_p) = R_f P_f + (1 - P_f) E(R_M) \tag{13.1}$$

新投资组合的标准差为：

$$\sigma_p = \left[\ P_f^2\sigma_f^2 + (1 - P_f)^2\sigma_M^2 + 2\,P_f(1 - P_f) \cdot COV_{fM}\right]^{1/2}$$

因为 $\sigma_f = 0$, $COV_{fM} = 0$

所以 $\sigma_p = \left[\ (1 - P_f)^2 \cdot \sigma_M^2\right]^{1/2} = (1 - P_f) \cdot \sigma_M$ (13.2)

（13.1）和（13.2）式中：R_f——无风险资产收益率；$E(R_M)$——风险资产组合期望收益率；P_f——投资于无风险资产的比例；σ_f——无风险资产收益率的标准差；σ_M 为风险资产组合期望收益率的标准差；COV_{fM} 为无风险资产与风险资产组合收益率的协方差。

三、分离定理与市场组合

1. 分离定理（*Separation Theorem*）

根据一致性预期假设可知，每个投资者都将有相同的有效集。但是，由于投资者的风险偏好不同，其无差异曲线的陡峭程度不一样，因此，他们的最优投资组合也存在差异。当然他们所选择的风险资产的构成是完全相同的。

由此，我们可以得到著名的分离定理：投资者最优投资组合的确定与其偏好是相分离的。对投资者而言，其只需调整分配于无风险资产与最优风险资产的资金比例，就可以形成符合自己偏好的具有一定收益水平与风险水平的最优投资组合。分离定理告诉我们，在投资者对投资组合的选择过程中，最优风险资产组合的确定与投资者个人无关，这是一个纯技术的过程，可由专业人员来完成。

分离定理是由詹姆斯·托宾（*James Tobin*）于 1958 年提出的。该理论的提出，修正了传统的资产选择理论。传统的资产选择理论认为，由于投资者具有不同的偏好，而不同的偏好就应该选择不同类型的资产或投资组合。比如，厌恶风险的老年人应当将其全部资金投入到无风险资产上去，而富有进取精神的年轻人应当把其资金投入到风险性高的资产上去。托宾认为，这种理论是不正确的，至少在投资市场繁荣时期是不正确的。分离定理表明，无论投资者是保守型的还是敢于冒险的，在其所选择的投资组合中，都应当持有或多或少的风险资产，即应当持有最优风险资产的组合。

2. 市场组合（*The Market Portfolio*）

引入无风险资产后，投资者有了借入借出资金的可能，其投资的灵活机动性大为提高。无风险资产可以与任何一种风险资产或风险资产组合以任何投资比例构成新的投资组合。在以 σ_p 为横轴、$E(R_p)$ 为纵轴的坐标图中，从纵轴上无风险资产收益率基点（0，R_f）引出一条直线 R_fM 与资产组合理论的有效边界 AB 相切于 M，此时直线 R_fM 就是纳入无风险资产的最佳资产组合线，M 点是所有有效组合与无风险资产的最佳组合点，而且，有效边界 AB 上除点 M 外不再有效。详见图 13—1 所示。在图中，M 点就是所谓的市场组合。

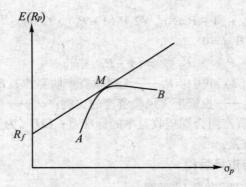

图 13—1　市场组合图

市场组合是一个风险资产组合，通过组合的完全多元化与分散化，每个风险资产的非系统风险相互抵消，但系统风险仍将保留。因此，市场组合提供了最大程度的资产多元化和投资分散化的效应。

根据分离定理，市场组合就是投资者的最优风险资产组合。无论投资者的偏好如何，在其所选择的最优资产组合中，都包含着最优风险资产组合。那么，在投资市场处于均衡状态时，投资者的最优风险资产组合是怎样的呢？

首先，最优风险资产组合必须包括投资市场上的所有风险资产。假如某种风险资产在最优风险资产组合中的比例为零，这表明这种资产不具有投资价值，人们将不会购买它，已经持有这种资产的人也将纷纷抛售它，这就使得这种资产的市场价格趋于下跌。而价格的下跌会导致该资产的期望收益率上升，当价格下跌到一定程度时，人们发现这种资产具有投资价值了，人们又开始购买它，它的市场价格开始回升。如此市场的反复调节，直到该资产达到在最优风险资产组合中的比例为止。

其次，最优风险资产组合不可能包括负比例的资产。因为，如果包括负比例的资产，则说明每个投资者都卖空该资产，从而使得该资产无人购买，而这又会引起市场的反复调节。

最后，最优风险资产组合中各资产的投资比例必等于各资产的总市值与市场上的全部资产总市值之比。这是因为，若某资产的投资比例小于该资产的总市值与市场上的全部资产总市值之比，则所有投资者投资于该资产的投资总量就小于该资产的总市值，就是说，按照现行价格，投资者对该资产的需求量小于市场上该资产的现有量。供求不一致，市场的均衡就会被打破。同样，最优风险资产组合中任一资产的投资比例也不可能大于该资产总市值占市场上全部资产总市值的比。

总之，在市场均衡的条件下，最优风险资产组合存在于投资市场中，它由投资市场上的所有资产构成，而且其中各资产的投资比例必与该资产的相对市场价值相一致。我们将由投资市场上所有资产组成，并且各资产的组合权数与资产的相对价值相一致的投资组合称为市场组合，常用 M 来表示。这样，在投资市场处于均衡状态的条件下，最优风险资产组合就是市场组合，投资者选择了市场组合就等于选择了最优风险资产组合。

市场组合是一个非常重要的概念，它在资本资产定价模型中扮演了重要角色。但是，在证券市场上，市场证券组合是无法观察的，所以通常采用全部的或样本的普通股票的证券组合来代替市场组合，如各交易所综合股价指数或成分股价指数。因为综合股价指数或具有代表性的成分股价指数变动代表着市场平均收益率的变动，而且这种变动几乎仅受系统风险的影响。因此，股价指数代表的市场证券组合可以提供与理论上的市场组合基本一致的资产多元化与投资分散化的效应。

四、资本市场线

根据一致性预期假设，所有投资者都以市场组合作为自己的风险资产投资组合。这样，市场组合 M 与无风险资产构成的全部资产组合集合的有效边界，即图 13—1 中的直线 R_fM，就是投资者选择自己的资产组合的最佳集合。这个直线型资产组合集合被称为资本市场线（CML）。因此，资本市场线就是风险资产与无风险资产结合的有效边界。所有风险资产与无风险资产的有效组合必然落在 CML 线上。

由于资本市场线（CML）是一直线，因而在这个有效边界上的任何资产组合的预期收益率与风险的关系可以清楚地表示出来。因此，也可以说，资本市场线（CML）是资产有效投资组合的期望收益率与风险关系的函数线。其关系式为：

$$E(R_f) = R_f + [E(R_M) - R_f/\sigma_M]\sigma_p \tag{13.3}$$

式中：R_f——无风险利率，也为时间价格，即推迟消费而得到的报酬；$E(R_M)$ R_f——风险报酬，即拥有风险资产组合的收益；$E(R_M)—R_f/\sigma_M$——资本市场线（CML）的斜率，表示一个资产组合的风险每增加 1% 时，需要增加的风险报酬，所以也为风险价格。

上述关系式表明，有效资产组合的总收益等于时间收益加风险收益，而风险收益等于风险价格乘以组合的风险。

资本市场线（CML）给出了每一个资产组合的风险水平应得的报酬，不同的投资者可根据自己的无差异曲线在资本市场线上选择自己的资产组合。一般而言，越是追求低风险的投资者，在无风险资产上的投资越大，所选择的资产组合越接近于纵轴上的 R_f；而风险承受能力强、偏爱高风险的投资者所选择的资产组合越远离于纵轴上的 R_f。

五、证券市场线

资本市场线对有效资产组合的风险和收益关系进行了衡量。但是并没有说明非有效资产组合和单个资产的收益和风险的关系，这是因为这些非有效资产组合和单个资产位于有效边界之下，相应地，其收益率的标准差不能合适地衡量它们的风险，因为在以标准差衡量的总风险中，有一部分可以通过分散化来消除而无需给予相应的市场报酬。就单个资产来说，其总风险分成系统风险和非系统风险，只有系统风险能得到收益的补偿，而非系统风险由于可以通过组合投资分散掉从而不会得到收益补偿。因而对单个资产来说，我们实际上需要阐述的是系统风险与预期收益率之间的关系。

1. β 系数

在 $CAPM$ 假设下，人们均选择有效资产组合，此时收益对风险提供奖励。有效资产组合的标准差是由各个资产共同贡献的，因而对单个资产来说，它对有效组合的方差的贡献才会得到奖励，因此，只有单个资产的风险中对有效资产组合的贡献部分才与我们的投资收益密切相关。下面我们用 β 系数对这部分贡献作出测定。

因为
$$\sigma_M^2 = \sum_{i=1}^{n} \sum_{j=1}^{n} w_i w_j COV_{ij} \qquad (i=j \text{ 时}, COV_{ij} = \sigma_i^2 = \sigma_j^2)$$
$$= \sum_{i=1}^{n} w_i \left(\sum_{j=1}^{n} w_j COV_{ij} \right)$$

根据协方差的性质

$$\sum_{j=1}^{n} w_j COV_{ij} = COV_{iM}$$

此时 $\sigma_M^2 = \sum_{i=1}^{n} w_i COV_{iM}$

所以可以用 $\beta = \dfrac{COV_{iM}}{\sigma_M^2}$ 来衡量资产 i 对 σ_M^2 所做的贡献。

β 值越大的资产，对 σ_M^2 所作的贡献越大，预期收益率也一定越高。如若不然，这种资产就会增加市场组合的风险，但却不同时成比例地增加市场资产组合的预期收益率。这就意味着，如果从市场资产组合中剔除这种资产，就可以使市场资产组合的预期收益率相对于它的标准差而上升。因此，这样一个市场组合就不是最优风险资产组合。这样，资产价格将失去均衡，由此可以反证，β_i 与 $E(R_i)$ 一定正相关。

2. 证券市场线

上面我们讨论了 β_i 与 $E(R_i)$ 的正相关的变动关系。下面我们对它们之间的数量关系作一探讨，进而推导出证券市场线。

如图 13—2 所示，资产 i 为任一风险资产，为了确定它对市场组合 M 方差的贡献与其预期收益率的关系，我们构造一个由资产 i 与市场组合的一个新组合 Z。令 X_i 为资产 i 的投资比例，则投资于 M 的比例为 $1-X_i$。那么新的资产组合 Z 的预期收益率 $E(R_z)$ 和标准差 σ_z 分别为：

$$E(R_z) = X_i E(R_i) + (1-X_i) E(R_M) \tag{13.4}$$

$$\sigma_z = \left[X_i^2 \sigma_i^2 + (1-X_i)^2 \sigma_M^2 + 2 X_i (1-X_i) COV_{iM} \right]^{\frac{1}{2}} \tag{13.5}$$

资产 i 与市场组合 M 组合成的任一组合 Z 都要落在由 (13.4)、(13.5) 两式所确定的曲线 iM 上，具体位置由资产 i 与组合 M 的投资比例所确定。由于资产组合 Z 仍是一个风险资产组合，它就只能在风险组合的可行域中，也就是说 iM 曲线在 M 点只能与 CML 相切，否则 iM 曲线将穿越弹丸形的边缘，也就是说 Z 可能落在 CML 的上方，这显然与 CML 的含义相违背。这样，我们就可以说，iM 曲线在 M 点的斜率将等于 CML 的斜率。

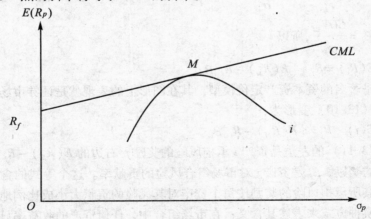

图 13—2 证券市场线

下面我们具体求出 iM 曲线的斜率。

首先，用 (13.4) 式对 X_i 求导，得

$$\frac{\partial E(R_z)}{\partial X_i} = E(R_i) - E(R_M) \tag{13.6}$$

其次，用（13.5）式对 X_i 求导，得

$$\frac{\partial E(R_z)}{\partial X_i} = X_i(X_i^2 + \sigma_M^2 - 2\,COV_{iM}) + COV_{iM} - \sigma_M^2/\sigma_z \tag{13.7}$$

$$\frac{\partial E(R_z)}{\partial \sigma_z} = \frac{\partial E(R_p)/\partial X_i}{\partial \sigma_p/\partial X_p} = \frac{E(R_i) - E(R_M)\sigma_z}{X_i(\sigma_i^2 + \sigma_M^2 - 2COV_{iM}) + COV_{iM} - \sigma_M^2} \tag{13.8}$$

在 M 点处，由于投资者将资金全部投资于 M 点所对应的投资组合，故 $1 - X_i = 1$，即 $X = 0$。而当 $X_i = 0$ 时，组合 Z 即为 M，此时 $\sigma_z = \sigma_M$，将 $\sigma_z = \sigma_M$ 代入式（13.8），得在 M 点 iM 曲线的斜率为：

$$\frac{[E(R_i) - E(R_M)\sigma_M]}{COV_{iM} - \sigma_M^2}$$

又，资本市场线的斜率为 $\dfrac{E(R_M) - R_f}{\sigma_M}$，所以有

$$\frac{[E(R_i) - E(R_M)]\sigma_M}{COV_{iM} - \sigma_M^2} = \frac{E(R_M) - R_f}{\sigma_M} \tag{13.9}$$

对式（13.9）求解 $E(R_i)$，可得

$$E(R_i) = R_f + \frac{E(R_M) - R_f}{\sigma_M^2}COV_{iM}$$

由于 $\beta_i = \dfrac{COV_{iM}}{\sigma_M^2}$，所以

$$E(R_i) = R_f + [E(R_M) - R_f]\beta_i \tag{13.10}$$

这就是著名的资本资产定价模型，其在图形上的表现就是证券市场线。

将式（13.10）变形为：

$$E(i) - R_f = [E(R_M) - R_f]\beta_i \tag{13.11}$$

式（13.11）的左边是资产 i 承担风险的奖励，右边的 $E(R_M) - R_f$ 是对整个市场风险的奖励，β_i 是资产 i 对市场组合风险的贡献率。这个等式的含义是：市场组合将其所承担风险的奖励按每个资产对其风险的贡献大小成比例地分配给单个资产。换种方式来表述其含义：在市场组合中，任何资产的收益率只与该资产对市场组合方差的贡献有关，因而在资本资产定价模型的假设下，单个资产 i 的风险用 β_i 来测定是合理的。而式（13.11）则完整地描述了单个资产 i 的期望收益率与风险的一种简单的线性关系。

值得注意的是，如果将资产 i 换成任意资产组合 P，其收益与风险的关系是怎样的呢？

我们知道，一个资产组合的 β 值，等于这个资产中各种资产的 β 值的加权平均数，这里的权值是各种资产的投资比例，即

$$\beta_p = \sum_{i=1}^{n} X_i \beta_i$$

而资产组合 P 的预期收益率等于资产组合 P 中各种资产预期收益率的加权平均数，权值也是各种资产的投资比例，这就意味着，由于每种资产都位于证券市场线上，所以每一个资产组合也都位于证券市场线上，或者说，在预期收益率和 β 构成的坐标中，不仅每一种资产而且每一个资产组合，都位于一条向右上倾斜的直线上。对于有效组合，它们既位于资本市场线上，也位于证券市场线上，而单个资产或非有效组合只位于证券市场线上。图 13—3 给出了用 β 值测度风险的证券市场线。

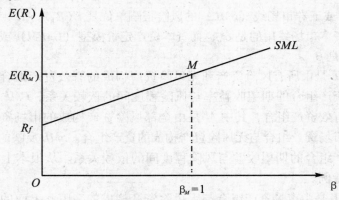

图 13—3　证券市场线示意图

资本资产定价模型的实质性含义是：

（1）资本资产定价模型是以 β 系数来度量单个资产的投资风险。市场组合的 β 系数为 $\beta_M = \sigma_{MM}/\sigma_M^2 = \sigma_M^2/\sigma_M^2 = 1$，也就是说，在资本资产定价模型中，市场组合的投资风险为 1，其他所有资产的投资风险都与市场组合风险进行比较，从比较中可以获得各种资产的投资风险，这一风险就是该资产的市场风险。如果某项资产的 $\beta = 1$，表明该资产具有市场上的平均风险；$\beta > 1$，表明该资产的风险程度高于市场平均风险；$\beta < 1$，表明该资产的风险程度低于市场平均风险。

（2）在投资市场处于均衡的条件下，资产的期望收益率与其投资风险之间存在正相关的线性关系，投资风险大的资产将具有较高的期望收益率，而投资风险低的资产期望收益率也低。

（3）资产的投资风险奖励与其 β 值成正比，β 值越大，表明该资产的投资风

险越高，投资者必然要求得到更多的奖励。投资者倾向于何种 β 值的资产，取决于投资者个人的风险偏好。

3. 资本资产定价模型（或证券市场线）与资本市场线的比较

资本资产定价模型（CAPM）或证券市场线（SML）与资本市场线（CML）都是描述资产或资产组合的预期收益率与风险状况间依赖关系的函数，很容易混为一谈，但实际上二者有一些很重要的区别。这些区别主要有以下几点：

（1）虽然二者都把每项资产的收益分为两部分，第一部分为无风险收益 R_f，即资本的时间价值。第二部分为风险收益 $[E(R_M) - R_f]\beta_i$，即资本的风险价值，或投资者因承担风险而得到的奖励。但二者风险报酬的单位和风险的衡量单位是不同的。资本市场线（CML）的风险报酬单位是 $\dfrac{E(R_M) - R_f}{\sigma_M}$，而资本资产定价模型（CAPM）或证券市场线（SML）的风险报酬单位是 $E(R_M) - R_f$；就衡量风险的单位看，资本市场线用的是 σ_p，而资本资产定价模型（CAPM）或证券市场线（SML）用的是 β_i。

（2）CML 是由所有风险资产和无风险资产构成的有效资产组合的集合，反映的是有效资产组合的期望收益率与风险程度间的依赖关系，CML 上的每一个点都是一个有效资产组合，其中 M 是由全部风险资产构成的市场资产组合，其余各点是由市场资产组合与无风险资产构成的资产组合。SML 反映的则是单项资产或任意资产组合的期望收益与风险程度间的依赖关系。从根本上讲，CML 是 SML 的一个特例。

（3）CML 是由市场资产组合与无风险资产构成的，因此上面的所有资产组合都只含有系统风险，它所反映的是这些资产组合的期望收益与其全部风险 σ_p 间的依赖关系。SML 上是由任意单项资产或资产组合构成的，它只反映了这些资产或资产组合的期望收益与其所含的系统风险的关系，而不是全部风险（包含非系统风险）的关系。因此，它用 $\beta_i = \dfrac{COV_{iM}}{\sigma_M^2}$ 来衡量资产或资产组合所含的系统风险的大小。

4. 证券特征线

资本市场线的重要用途之一在于进行资产估值。因为在 SML 上的各点，或者说根据 CAPM 计算出来的资产预期收益，是资产的均衡价格，即市场处于均衡状态时的价格。但市场均衡毕竟是相对的，在竞争因素的推动下，市场永远处于由不均衡向均衡转化，再到均衡被打破的过程中，因此实际市场中的资产收益率往往并非均衡收益率，可能比其高，也可能比其低。如果我们相信用 CAPM 计算出来的预期收益是均衡收益的话，我们就可以以它与实际资产收益率证券特征线进行比较，从而发现价值高估或低估的资产，并根据低价买入、高价卖出的原则指导投资行为。而要用预期收益率与实际收益率进行比较，就需要用 $CAPM$ 计算资产预期收益率的同时，计算实际收益率。证券特征线就是用以计算实际收益率的线性模型。

证券特征线的线性模型为：

$$R_i - R_f = \alpha_i + \beta_i(R_M - R_f) + \varepsilon_i \tag{13.12}$$

式中：R_i——i 资产的实际收益率，是一个随机变量；R_M——市场组合的实际收益率，也是一个随机变量；R_f 为无风险资产的收益率，是一个常数；α_i 与 β_i 是待估参数；ε_i 是随机误差，也是一个随机变量，它的数学期望为零，即 $E(\varepsilon_i) = 0$，而且假定 ε_i 服从正态分布，ε_i 与 R_M 无关，即 $COV(\varepsilon_i, R_M) = 0$

式（13.12）又可写成：

$$R_i = R_f + \alpha_i + \beta_i(R_M - R_f) + \varepsilon_i \tag{13.13}$$

（13.13）式告诉我们：资产 i 的实际收益率取决于四个因素：资金的时间价值，其数值为 R_f；投资的风险报酬 $\beta_i(R_M - R_f)$，又称风险溢价，它决定于整个投资市场以及资产 i 与市场组合间的关系；α 系数 α_i，随机误差项 ε_i，它与投资市场无关，是由公司自身因素造成的。

对上面的模型，利用统计学的方法，估计其 α 和 β 系数，则可得到：

$$R_i = R_f + \alpha_i + \beta_i(R_M - R_f) \tag{13.14}$$

（1）α 系数的含义。

处于均衡状态的资本资产定价模型中，每一种资产都位于证券市场线上，即实际收益率就是期望收益率。而事实上，投资市场中，总有一部分资产或资产组合位于证券市场线的上下，这时，实际收益率就与期望收益率不一致。α 系数就是这种不一致性的一种度量。

对证券特征线的线性模型的两端取数学期望，由于 $E(\varepsilon_i) = 0$，故可得：

$$E(R) - R_f = \alpha_i + [E(R_M) - R_f]\beta_i$$

另据资本资产定价模型（$CAPM$）有：

$$E(R_i^e) - R_f = [E(R_M) - R_f]\beta_i$$

式中：$E(R_i^e)$——市场处于均衡时资产 i 的期望收益率。

上边两式相减，得：

$$\alpha_i = E(R_i) - E(R_i^e) \tag{13.15}$$

如果某资产的 α 系数等于 0，则它位于 SML 上，说明其当前的市场价格等于当前的均衡价格，定价合理；如果某资产的 α 系数大于 0，则它位于 SML 的上方，说明其当前的市场价格小于当前的均衡价格，定价偏低；如果某资产的 α 系数小于 0，则它位于 SML 的下方，说明其当前的市场价格大于当前的均衡价格，定价偏高。在资本资产定价模型中，一种资产的 α 系数是由它的位置到 SML 的垂直距离来度量的。

由此可见，α 系数可用来反映资产定价的合理水平。

（2）α 系数和 β 系数的估计。

首先，取 R_i 和 R_M 的 n 组观察值：R_{i1}，R_{i2}，$\cdots R_{in}$

$$R_{M1}，R_{M2}，\cdots R_{Mn}$$

作 $x_j = R_{Mj} - R_f$，$y_j = R_{ij} - R_f$，其中，$j = 1，2，\cdots n$。

其次，根据最小二乘法，求解 α_i 和 β_i。我们记：

$$E_x = \sum_{j=1}^{n} x_j / n，E_y = \sum_{j=1}^{n} y_i / n$$

$$L_{xx} = \sum_{j=1}^{n} (x_j - E_x)^2，L_{xy} = \sum_{j=1}^{n} ((x_j - E_x)(y_j - E_y))$$

则 α_i 和 β_i 的估计值 α_i，β_i 为：

$$\beta_i = L_{xy} / L_{xx}$$

$$\alpha_i = E_y - \beta_i E_x$$

这样便可得回归方程：

即　　　$R_i - R_f = \alpha_i + \beta_i (R_M - R_f)$ 　　　　　　　　　　　　（13.16）

最后，检验回归的有效性。可求出 x 和 y 的相关系数或作残差分析来进行判断。

第二节　套利定价理论

资本资产定价模型揭示了在投资市场处于均衡状态下，资产的期望收益率与风险之间的关系，简洁而又明确地解决了投资风险的合理度量问题以及资产如何定价的问题。但资本资产定价模型也存在一些不足，一方面其所涉及的假设条件较多，另一方面缺少令人信服的经验验证的支持。正是基于资本资产定价模型的缺陷，人们提出了若干新的资本资产定价理论，套利定价理论（Arbitrage Pricing Theory，简记为 APT）就是其中最有影响的一种资本资产定价理论。该理论由美国经济学家斯蒂芬·罗斯于 1976 年首先提出，其基本思想是从套利的角度来考察套利与市场均衡的关系，应用套利原理得出在投资市场均衡状态下资本资产的定价关系。由于套利定价理论具有同资本资产定价模型一样的经济解释功能，而且所涉及的假设条件较少，与现实经济生活更加接近，因此该理论日益受到理论界与实际工作者的重视。

一、因素模型

因素模型假设资产之间存在关联性，但这些关联性存在的原因是由于某种共同的因素对其产生作用，这些共同因素对不同的资产有不同的影响力，所以资产的变动也不相同。因素模型就是试图找出这些系统影响资产收益的因素，并用线性结构模型来描述这些因素对不同资产的影响。

为了理解的方便，下面先介绍最简单的因素模型——单因素模型。

1. 单因素模型

单因素模型是美国经济学家威廉·F·夏普于 1963 年提出的，因此也常称为夏普模型。该模型认为，资产 i 的实际收益率的形成过程只涉及一个因素，这一因素可能是国内生产总值增长率，也可能是通货膨胀率，等等。

假定有一个共同因素 F 对资产产生影响，在第 t 期这种因素对资产 i 的影响可通过如下公式表示：

$$R_{it} = a_i + b_i F_t + \varepsilon_{it} \tag{13.17}$$

式中：R_{it}——资产 i 在第 t 期的收益率；F_t——第 t 期因素 F 的预期值；b_i——资产 i 对因素 F 的敏感性；ε_{it}——为资产 i 第 t 期的残差。

其中，ε_{it} 和 F_t 是不相关的，因为假设中不包含因素的影响，只是对资产 i 的偶然变动影响，而且不同资产之间的 ε_{it} 也是不相关的，资产之间的影响通过共同因素 F_t 来作用。残差对收益的影响是随机的，即它的期望值等于零。

资产 i 的预期收益率为：

$$E(R_{it}) = a_i + b_i(F_t) \tag{13.18}$$

同时，资产 i 的方差也可以用单因素模型来表示：

$$\sigma_i^2 = (b_i)^2 \cdot \sigma_F^2 + \sigma^2(\varepsilon_i) \tag{13.19}$$

式中：σ_F^2——因素 F 的方差；$\sigma^2(\varepsilon_i)$——方差残差。

单因素模型中，资产间的协方差表示为：

$$\sigma_{ij}^2 = b_i b_j \cdot \sigma_F^2 \tag{13.20}$$

因为单因素模型假设资产间的影响通过一个共同因素来反映，所以协方差比较简便，不像 $CAPM$ 那样复杂，这也是其优点所在。

可以看出，前面所讲的证券特征线模型是单因素模型的特例，其市场组合收益率就是一个单一因素。

使用单因素模型确定最优组合风险时，只考虑一个共同因素的影响，因而大大简化了计算量。而在马柯威茨模型中，在确定最优组合风险时，要计算预期收益率、方差、协方差等多个变量，尤其是计算协方差时很多资产之间的协方差计算起来很繁琐，计算前还要估算各个资产的 a_i，b_i，ε_{it} 等。

单因素模型中资产组合的方差为：

$$\sigma_p^2 = b_p^2 \sigma_F^2 + \sigma^2(\varepsilon_p) \tag{13.21}$$

其中

$$b_p = \sum_{i=1}^n \chi_i b_i$$

$$\sigma^2(\varepsilon_p) = \sum_{i=1}^n x_i^2 \sigma^2(\varepsilon_i)$$

以上方程表明：一种资产的风险可以分成两个部分：因素风险和非因素风险。资产组合的因素风险，受共同因素 F 的影响。一个组合越是多样化，每一种资产所占的比例就越小，也就越不会引起明显的变化。而分散化的最终后果是：因素风险趋于平均化，而非因素风险则接近于零。因为组合分散化以后，个别资产的非因素风险降低。这可以通过以下方法证明。

假设投资在每一资产的数量均为 $1/N$，公式可以变为

$$\sigma^2(\varepsilon_p) = \sum_{i=1}^n (1/N)^2 \sigma^2(\varepsilon_i) \tag{13.22}$$

所以，当 N 增加时，资产组合的非因素风险减小，当 N 趋于无穷大时，$\sigma^2(\varepsilon_p)$ 趋于零。即投资组合越分散，非因素风险越小，当分散到一定程度时，非因素风险就几乎可以忽略不计，这时，投资组合的风险就只剩下因素风险了。

2. 多因素模型

很多情况下，一个共同因素不足以反映资产之间的关联性。要想较好的反映影响资产变动的因素，就必须增加共同因素的数量。

通常，资产收益率受到若干个共同因素的影响：F_1，F_2，……，F_k 等。这些因素对资产第 t 期收益的影响可通过如下方程来表示：

$$R_{it} = a_i + b_{i1}F_{1t} + b_{i2}F_{2t} + \cdots + b_{ik}F_{kt} + \varepsilon_{it} \tag{13.23}$$

其中，F_{1t}，F_{2t}，……，F_{kt} 是对资产收益有共同影响作用的 k 个因素第 t 期的预期值；b_{i1}，b_{i2}，……，b_{ik} 是资产 i 对这 k 个因素的敏感性；ε_{it} 为残差项，a_i 为其他因素为零时资产的预期收益率，也称零因素。

在多因素模型下，资产的预期收益率可表示如下：

$$E(R_{it}) = a_i + b_{i1}E(F_{1t}) + b_{i2}(F_{2t}) + \cdots + b_{ik}(F_{kt}) \tag{13.24}$$

因此，要计算资产的预期收益率，先要计算每个资产的 a_i，b_{i1}，b_{i2}，……b_{ik}

等参数，还要估计出这些共同因素的预期值。

资产 i 的方差可以表示为：

$$\sigma_i^2 = (b_{i1})^2 \sigma_{F1}^2 + (b_{i2})^2 \sigma_{F2}^2 + \cdots + (b_{ik})^2 \sigma_{FK}^2 + 2 b_{i1} b_{i2} COV(F_1, F_2) + \cdots$$
$$+ 2 b_{i1} b_{ik} COV(F_1, F_k) + 2 b_{i2} b_{i3} COV(F_2, F_3) + \cdots + 2 b_{i2} b_{ik} COV(F_1, F_k)$$
$$+ \cdots + 2 b_{i(k-1)} b_{ik} COV(F_{(K-1)}, F_k) + \sigma^2(\varepsilon_i)$$
$$= \sum_{i=1}^{k} (b_{ij})^2 \sigma_{Fj}^2 + 2 \sum_{j<s} b_{ij} b_{is} COV(F_j, F_s) + \sigma^2(\varepsilon_i) \qquad (13.25)$$

任意两个资产之间的协方差为：

$$\sigma_{ij}^2 = \sum_{s=1}^{k} b_{is} b_{js} \sigma_{Fs}^2 + \sum_{s<l} (b_{is} b_{jl} + b_{il} b_{js}) COV(F_s, F_l) \qquad (13.26)$$

协方差可以通过它们对每个因素的敏感性以及各因素的方差和因素间的协方差计算得到。

在计算出每个资产的预期收益率、方差、协方差后就可以确定出最有利的资产投资风险组合。

资产组合的预期收益率和方差可以表示如下：

$$E(R_p) = a_p + b_{p1} E(F_1) + b_{p2} E(F_2) + \cdots + b_{pk} E(F_k) \qquad (13.27)$$

$$\sigma^2(R_p) = \sum_{j=1}^{k} (b_{pj})^2 \sigma_{pj}^2 + 2 \sum_{j<l} b_{pj} b_{pl} COV(F_j, F_l) + \sigma^2(\varepsilon_p) \qquad (13.28)$$

且

$$\sum_{i=1}^{n} \chi_i \alpha_i + \sum_{k=1}^{n} b_{pk} F_k + \sum_{i=1}^{n} \chi_i \varepsilon_i = R_p$$
$$X_1 + X_2 + \cdots + X_i + \cdots + X_n = 1$$
$$\sum_{i=1}^{n} X_i b_{ik} = b_{pk}$$

前面已论述了单因素模型下投资组合分散化的作用，在多因素模型下也相同。分散化投资会使因素风险平均化、非因素风险减少，若投资资产的种类足够大，非因素风险就几乎接近于零。

二、套利定价理论

套利定价理论要研究的是，如果每个投资者对各种资产的预期收益率和市场敏感性都有相同的估计，那么各种资产的均衡价格是如何形成的。与资本资产定价理论不同，套利定价理论的假设条件较少。

套利定价理论假定每个投资者都想使用套利组合在不增加风险的情况下增加组合的收益率。但在一个有效率的均衡市场中是不存在无风险的套利机会的。

套利定价模型实质上是一个因素模型。但套利定价模型并不严格地要求其影响因素是什么，有多少个因素，而只假定资产收益率和各因素之间是线性关系。那么当投资者对资产的预期收益率和敏感性有相同的估计时，均衡状态下各种资产为什么会有不同的收益率？回答这个问题首先要对问题本身进行分析：①市场是否已达到均衡；②若市场未达到均衡状态，投资者会采取何种行动；③投资者的行动对市场会产生怎样的影响，并最终使市场达到均衡状态；④均衡状态下，资产的收益率由什么决定？

1. 套利的含义

所谓套利（Arbitrage），是指利用一个或多个市场上所存在的各种价格差异，在不冒任何风险或冒很小风险的情况下赚取较高收益的一种交易活动。也就是说，套利是利用资产定价的错误、价格联系的失常，以及资本市场缺乏有效性等机会，通过买进价格被低估的资产，同时卖出价格被高估的资产来获取无风险利润的一种行为。

一种简单而又明显的套利机会是，某相同资产在两个市场上的价格不同且价格差高于交易成本，此时，投资者只需在价格高的投资市场上将该资产卖空并同时在价格低的市场上买入该资产，这样就可以从这一卖一买中获取一个正的价差收益，而且这种套利基本没有风险。

很明显，上述的套利机会一旦被发现，所有理性的投资者都会利用它进行套利，这样一来，即使是少数几个套利者的套利行为也能最终消除这种价格上的差异。因为这种无风险套利机会的存在，对任何一个投资者而言（无论其是否厌恶风险）都是一个很好的牟利机会，他（她）就会竭力在两个投资市场上通过不断的低买高卖，实现套利收益的尽快增加。而在套利者进行不断买卖的同时，两个投资市场上，对同种资产的供需会发生变化。套利者在 A 市场上不断卖出某资产，必然导致 A 市场该资产的供给增加，从而 A 市场该资产的市场价格下跌；套利者在 B 市场上不断买进该资产，必然导致 B 市场该资产的需求增加，从而使得 B 市场该资产的市场价格上升。当两个投资市场上该资产的价格的下跌与上升调整到使套利机会不再存在时，套利者就会结束其套利行为。如果不考虑交易成本，那么同种资产在 A、B 两个投资市场上的价格最终将处于同一水平。

这种同一资产在不同投资市场上，或同类资产在同一市场的定价水平应相同的原理叫价格同一律。价格同一律的成立，意味着套利机会的消失，表明投资市场处于均衡状态，资产的定价水平处于合理水平。相反，价格同一律的违背，预示着套利机会的存在，显示投资市场处于非均衡状态，资产的定价是不合理的。

一般来说，一个完全竞争、强有效的投资市场总是遵循价格同一律的。

2. 套利组合

套利机会大多存在于资产组合中，投资者不需要额外的资金而只通过买卖不同的资产就可获得无风险的利润。投资者会努力寻找这样一个资产组合，这种无风险的套利组合具备以下三个特征：

（1）设组合中有 N 种资产，x_i 表示投资者对资产 i 持有的权数，则第一个特征可以表述为：

$$x_1 + x_2 + \cdots + x_n = 0$$

（2）套利组合对任何因素都没有敏感性，因为套利组合没有风险：

$$b_{xj} = 0, \quad (j = 1, 2, \cdots, k)$$

若存在多个影响因素则可表示为：

$$x_1 b_{11} + x_2 b_{21} + \cdots + x_{x1} b_{x1} = 0$$
$$x_1 b_{12} + x_2 b_{22} + \cdots + x_n b_{n2} = 0$$
$$\vdots$$
$$x_1 b_{1k} + x_2 b_{2k} + \cdots + x_n b_{nk} = 0$$

为找到上述方程组的解，要求资产的个数大于因素的个数，即 N 大于 K。满足以上方程组的任何一组解都可以构建一个资产组合，其因素风险为零。严格地讲，还需要非因素风险也为零，但资产组合的分散化常使非因素风险很小，接近于零，所以可以忽略不计。但这样的资产组合只能保证无风险，不能保证可以获得利润，所以还需要具备第三个特征。

（3）套利组合的预期收益率为正，即：

$$x_1 E(R_1) + x_2 E(R_2) + \cdots + x_n E(R_n) \geqslant 0$$

满足以上三个特征的资产组合就是无风险的套利组合，但这种组合并不是惟一的。该组合一般会对投资者具有很大的吸引力，因为它不需要任何成本就能获取收益，但这种机会要投资者自己去发现。一旦有投资者发现套利组合就会获得利润，同时套利机会也随之消失，市场达到均衡状态。

3. 套利定价模型

（1）假设条件。套利定价模型尽管没有资本资产定价模型那样严格的假设条件，但仍有一些假设。这些假设有：投资者都有相同的预期；投资者都是追求效用最大化者；市场是完美的；资产收益由一个因素模型决定。

（2）套利定价方程。投资者选择套利组合时，买入一部分资产的同时卖出一部分资产，买入的资产价格会上升，该资产的预期收益率会下降；卖出的资产价格会下降，该资产的预期收益率会上升，这一过程会一直持续到套利机会消失为止。套利组合要满足前述三个特征，投资者就会获得无风险利润。但当资产的预期收益率是敏感性的函数时，上述不等式没有解，即没有套利机会。用数学公式表示如下：

$$E(R_i) = \lambda_0 + \lambda_1 b_{i1} + \lambda_2 b_{i2} + \cdots + \lambda_k b_{ik} \qquad (13.29)$$

式中：λ_0，λ_1，$\cdots\lambda_k$ 为常数。这一方程即为套利定价方程。这就是说，对一个高度多元化的资产组合来说，只有几个共同因素需要补偿，λ_k 是投资者承担一个单位 K 因素的风险补偿额，风险的大小由 b_{ik} 表示。

（3）单因素资产组合。如果市场存在无风险资产，其收益率为 R_f，对因素无敏感性。根据套利定价模型可知：任何对因素不敏感的资产 i 的收益率均为 λ_0，所以，上述公式又可表示为：

$$E(R_i) = R_f + \lambda_1 b_{i1} + \lambda_2 b_{i2} + \cdots + \lambda_k b_{ik}$$

当资产组合 P_1 只对因素 1 有一个单位的敏感度时，即

$$b_{i1} = 1 , \quad b_{i2} = \cdots = \lambda_k b_{ik} = 0$$

则

$$E(R_{p1}) = R_f + \lambda_1$$

$$\lambda_1 = E(R_{p1}) - R_f$$

所以，风险因素补偿可以认为是预期收益率超过无风险收益率的部分，P_1 称为单因素组合。这样，其他的 λ 值也可以类推，所以，套利定价模型也可以改为：

$$E(R_i) = R_f + b_{i1}[E(R_{p1}) - R_f] + \cdots + b_{ik}[E(R_{pk}) - R_f] \qquad (13.30)$$

因此，资产 i 的预期收益取决于以下两个因素：一是系统因素，要估计各个 b 值；二是确定各单因素资产组合的预期收益。

三、套利定价模型的应用

套利定价模型的应用和资本资产定价模型的应用相似，寻找价格被低估的资产或资产组合，并通过买卖获得利润。但套利定价模型的应用更灵活。

若投资者只想被动地避免风险，可以在已确定因素的情况下，建立一个最佳风险资产的资产组合，将某一种因素风险降为零。这种策略对只包含几种不同资产类型的大资产比较适合，因为不同类型的资产对不同因素有不同敏感性。如，债券和股票对利率变化的反应是反向的，它们的组合可以将利率风险抵消；当资产组合很大时，各组合资产的特殊风险就被分散化了。

投资者还可利用套利定价模型找到套利机会，实现非正常的收益。先确定对所有资产都有影响的共同因素及各个资产对共同因素的敏感性，通过计算，证实是否存在套利机会，若存在就可以买卖组合中的资产获得无风险利润。但投资者

必须对资本市场具有敏锐的反应才能抓住瞬间即逝的机会，获得利润。

四、CAPM 与 APT 的比较

APT 与 CAPM 表面上有别，但实际上是相通的。当只有一个共同因素（如市场收益率）在影响证券的收益率时，APT 的数学表达式就可以改写为 $E(R_i) = R_f + b_{i1}\lambda_1$，很显然，这个式子与 CAPM 模式中的 SML 关系式类似。若该因素为市场收益率时，则风险报酬 $\lambda_1 = E(R_m) - R_f, E(R_i) = R_f + [E(R_m) - R_f]b_{i1}$。

由此可见，APT 是比 CAPM 更一般化的资本资产定价模型。

APT 与 CAPM 比较，有如下一些优点：

（1）CAPM 需要假设投资者是风险的规避者，且具有单调凹进向上的无差异效用函数，效用还必须为收益率的函数，而 APT 却不需要这些假设。

（2）CAPM 需要一个有效率的市场投资组合，而 APT 则没有这一要求。

（3）CAPM 要求每一个投资者必须对未来的看法一致，亦即必须有相同的预期，而 APT 则无此要求。

（4）CAPM 假设市场是无摩擦的，即市场没有交易成本、税收等，而 APT 则不需要这种假设。

本 章 小 结

（1）无风险资产是指那些具有确定性收益的资产。一般把一年期的国债近似地看做无风险资产。由于收益的确定性，因而无风险资产的标准差为零。投资者对无风险资产的投资称为无风险贷款；投资者以固定利率借入资金并将其进行投资则称为无风险借款。

（2）资本资产定价模型（CAPM）是根据投资者行为而提出的资本市场理论的假设而建立的。根据这些假设，所有投资者持有的由风险资产构成的有效证券组合相同。这个证券组合叫市场组合。他们仅在持有无风险资产上有所不同。

（3）市场组合由所有资产构成，其中每一种资产的权重是这种资产的总值与市场总值之比。市场组合中的每一种资产的现时价格都是均衡价格。

（4）分离定理表示风险资产组成的有效资产组合的确定与个别的投资者风险偏好无关，或者说它是投资决策从金融决策中分离出来的思想。

（5）资本市场线（CML）表示均衡状态下有效资产组合的预期收益和风险之间的线性关系。

（6）证券市场线表示在均衡状态下一个证券的预期收益和它的 β 值的线性关系。还可以表示为一个证券的预期收益和市场协方差的线性关系。β 值等于市场协方差与市场组合的方差之比。

（7）因素模型是每个证券的预期收益和一个或多个共同影响因素的线性模型。任何两个证券的独有预期收益互不相关。利用因素模型可以大大简化马柯威茨有效边界的计算。

（8）套利定价理论（APT）的假设比CAPM简单。APT和CAPM一样，都是资产价格的均衡模型。

（9）APT假设资产收益由因素模型表示，但没有规定因素的个数。

复习思考题

1. 资本资产定价模型有哪些假设条件？

2. 什么是市场组合？其意义是什么？

3. 什么是无风险资产，引进无风险资产后使马柯威茨的有效边界发生了怎样的变化？

4. 什么是资本市场线和证券市场线？二者有什么联系和区别？

5. 如何利用资本资产定价模型进行资产定价？

6. 什么是套利？在什么情况下可以进行套利？

7. 如何理解和应用套利定价模型？

8. 为什么说套利定价模型是资本资产定价模型更一般化的形式？

9. 套利定价模型和资本资产定价模型有何不同？

证券市场监管模式

本章学习目的和要求

对证券市场的监管是一个国家金融监管的必然内容之一，具有极其重要的意义。本章主要介绍了世界各国证券市场的不同监管模式及其国际发展趋式。在此基础上，着重分析了我国证券市场的监管体系及监管环境，并对我国证券市场监管模式的确立进行了探讨。目前，我国证券市场监管体制中仍然存在一些问题，这都需要在以后的发展道路上逐步地完善。

通过本章的学习，要求学生结合实际，对我国证券市场监管模式进行分析和探讨，并提出其进一步完善的对策。

第一节 国外证券市场的监管模式

一、证券监管模式的国际比较

证券市场是金融市场的重要组成部分，在现代市场经济中发挥着聚集闲置资金、优化资源配置等一系列资金融通与配置功能。证券市场上存在着各种各样的投资者，他们的利益直接与证券市场能否正常、规范运作息息相关。证券市场的脆弱性使得其无法对资源的供给与需求作出及时协调。为了保护各种投资者的利益，证券市场及其从业机构受到包括政府在内的各方面的严格监管。

证券市场监管就是指政府对证券市场的干预，也就是作为社会公共利益和国家利益代表的政府通过建立证券市场监管机制对证券市场运作进行不同程度的干预。

从全球范围看，各国证券市场监管的模式不同、特点各异，这主要取决于以下三个基本因素：一是证券市场的发展阶段、发育状况与自由程度；二是政府对经济运行的调控模式；三是国情状况、历史渊源、法系、地缘政治与经济形态等。概括起来，国际上具有代表性的证券监管模式，大体分为集中型、自律型、中间型三种类型。

1. 集中型证券监管模式

所谓集中型证券监管模式是指政府通过制定专门的证券法规，并设立全国性的证券监管机构来统一管理全国证券市场的一种体制模式。美国是该模式的典型代表，此外还有日本、菲律宾、韩国、印度尼西亚、加拿大、巴西、以色列、中国台湾等国家和地区。

（1）集中型证券监管模式的特点。集中型证券监管模式具有两个特点：①具有一整套互相配合的全国性的证券市场监管法规。②设立由全国性的监管机构负责监督、管理证券市场。这类机构由于政府充分授权，通常具有足够的权威维护证券市场正常运行。

美国根据1934年《证券交易法》设立了证券交易管理委员会（SEC），它直接隶属于国会，独立于政府，对全国的证券发行、证券交易、券商、投资公司等依法实施全面监管。美国的股票市场实行分级监管，形成了一个监管金字塔。最高的证券监管体制是直属联邦政府的"证券交易委员会"（SEC），SEC在证券监管上注重公开原则，它具有行政和半司法性职能。主要职责是依法对证券市场实行全面监督、管理；并在各州设立监管机构，管理其范围内的证券业。在金字塔的中部，自律组织——包括纽约证券交易所、其他交易所、全国证券交易商协会、各清算公司以及州证券规则制订委员会，监测在其各自市场上的交易并监督其成员的活动。成员公司的监督部门构成这一监管金字塔的基础。监督部门监督公司与公众的交易，调查客户申诉以及答复监管机构的询问。SEC作为一个独立的机构，不隶属于总统、国会、最高法院或任何一个行政部门。为了防止SEC擅权专断的弊端，在组织设计上以总统、国会以及最高法院分别加以牵制；同时以联邦行政程序法以及SEC内部规则对其加以规制。这既保证了SEC对全国证券市场的统一、高效和富有权威性的监管，又保证了市场的自由与高效。美国虽然属于集中型的管理模式，但其自律组织的自律管理也相当发达，形成以集中统一管理为主、辅以市场自律的较为完整的证券管理体制。

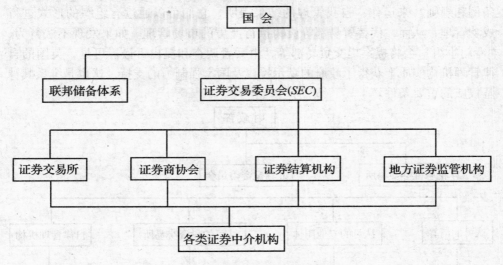

图14—1 美国证券监管框架图

（2）集中型证券监管模式的优、缺点分析。集中型证券监管模式的优点主要表现为：①具有独立于证券市场之外的统一监管机构，使其处于相对超然地位，能较公平、公正、客观、有效、严格地发挥其监管功能，并起到协调全国证券市场的作用，防止出现群龙无首、过度竞争的混乱局面。②具有专门的证券法规，使证券行为有法可依，提高了证券市场监管的权威性。③由于监管主体的超然地位，不与投资者争利，因此比较注重保护投资者的利益。

集中型证券监管模式的缺陷则主要表现在：①证券法规的制定者和监管者超脱于市场，从而使市场监管可能脱离实际，缺乏效率；②对市场发生的意外行为反应较慢，可能处理不及时。

2. 自律型证券监管模式

所谓自律型证券监管模式是指政府不设立专门监管机构，而由证券交易所、证券商协会等组织进行自律监管，它以非独立性的证券立法为基础，以自律组织为中心，以自律监管为特色。英国是该模式的典型代表，此外还有新加坡、马来西亚、新西兰、荷兰、中国香港等国家和地区。

以英国为代表的自律型管理体制，更注重发挥证券市场参与者的自我管理作用，英国政府对证券市场的管理实行以自律管理为主，辅以政府有关职能部门实施监督管理的体制。自律管理系统主要由"证券交易所协会"、"股权转让与合并专业小组"和"证券业理事会"组成，即"专门小组"，其中，证券交易所协会是英国证券市场的最高管理机构，主要根据该协会制订的《证券交易所管理条例和规则》来运作；自我管理的结果表明，它们可以通过有组织的形式进行成功管理，从而，代替贸易部等机构执行严厉的市场管理。如果发现不法行为，"专门小组"会将提案提交贸易部等，由后者调查和提出诉讼。可见，英国的自律管理机构实质上获得了政府的默示授权及国家强制力的支持，这也是维系其神圣权威的重要条件。

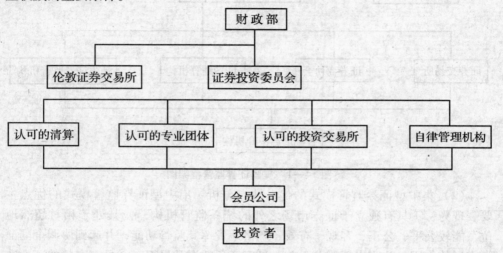

图 14—2 英国"金融大爆炸"后的资本市场管理体制

（1）自律型证券监管模式的特点。自律型证券监管模式的特点主要表现为：①没有制定独立的证券监管法规，而是通过一些间接法规来制约证券市场活动。以英国为例，它没有《证券法》或《证券交易法》，但有一些间接法规，如《1958 年防止欺诈（投资）法》、《1973 年公平交易法》、《1976 年限制性交易实践法》、《1984 年证券交易所（上市）条例》、《1985 年公司法》等等，以此作为证券管理和制约证券市场活动的法规。②没有设立全国性的证券监管机构，而是靠证券市场及其参与者进行自我管理。英国虽然有证券和期货管理局，但只作为行业议事部门，不属于政府法定监管机构，证券市场主要靠自律监管。自律组织在证券法规的制定和执行方面发挥着重要作用，它有权拒绝接受某个证券商为会员，并对会员的违规行为实行制裁直至开除其会籍。目前，自律监管组织由证券业理事会、证券交易所协会和企业收购合并问题专门小组三家机构组成，并承担着不同的证券监管职责。证券业理事会：主要是制定、执行有关证券交易的各项规章制度，如《证券交易商行动准则》、《基金经理个人交易准则》、《大规模收购股权准则》等。该理事会下设一个常设委员会，负责调查证券业内人士的投诉。证券交易所协会：由在交易所内从事营业的证券经纪商和自营商组成，实际上监管着全国的证券交易活动。该协会制定的规章主要有《证券交易所管制条例和规则》、《关于批准证券发行与上市公司须进行连续宣述的规则》等。企业收购合并问题专门小组：负责解释和执行《伦敦城准则》，进行咨询和发布消息等活动。

（2）自律型证券监管模式的优、缺点分析。自律型证券监管模式的优点主要表现为：①它既可以提供比较充分的投资保护，又能充分发挥市场的创新和竞争意识，从而有利于市场的活跃。②它允许证券商参与制定证券市场管理条例，而且鼓励他们模范地遵守，从而使市场管理更切合实际。③由市场参与者制定和修订证券管理条例比由国家制定证券法规具有更大的灵活性，效率更高。④自律组织对现场发生的违法行为能作出迅速而有效的反应。

自律型证券监管模式的缺陷则表现在：①自律型监管通常把重点放在市场的有效运转和保护证券交易所会员利益上，而对投资者提供的利益保障往往不够充分。②由于没有专门的监管机构，难以协调全国证券市场的发展，容易造成混乱状态。③由于没有立法做后盾，监管手段比较软弱。④管理者的非超脱性难以保证监管的公正性。

3. 中间型证券监管模式

所谓中间型证券监管模式是指既强调集中立法管理，又强调自律管理，可以说是集中型管理体制模式和自律型监管体制模式相互结合、相互渗透的产物。由多个监管主体共同对证券市场实施监管，它以国家《公司法》等多种法规为基础，以体现实质性管理为中心，以松散的监管主体为特色。德国是该模式的典型代表，此外还有意大利、比利时、卢森堡、瑞士、瑞典等欧共体国家。

中间型证券监管模式的特点主要表现为：①监管机构表现为松散性。通常没有建立对证券市场进行全面、广泛监管的政府专门机构，而是由官方的、自律性的多个监管主体共同管理市场。以德国为例，该国的《银行业务法》中规定，银行不仅经营商业银行业务，同时也作为机构投资者、交易商和经纪人进行证券业务活动。根据《联邦储备银行法》，联邦储备银行可制定和执行有关法规，有权干预证券市场，政府发行债券也需征询联邦储备银行的意见。除银行的管理外，对证券交易所的管理还有交易所委员会、批准上市委员会、官方经贸人会社、证券交易所理事会等众多机构。从证券市场运作看，证券发行依据《公司法》由工商部门管理，上市交易则按交易所规则由自律组织监督。②证券法规呈现多层次性。通常没有统一的证券立法，有关证券的各种规范散见于多种法律中。在德国，有关股票上市发行和交易的规定，在《证券交易法》、《证券交易条例》、《银行法》、《投资公司法》和《外国投资法》中均能找到；有关证券投资者权益保护的规定，在《贸易法》、《刑法》中均能找到；并且在银行、储蓄机构、抵押银行、保险公司以及房地产等机构经营管理的法律及规范中，也含有关于证券监管的内容。③实行中间型证券监管模式的欧共体国家，其证券业还受到共同体规则条例的约束。目前，共同体内各国有关证券的国内法已由或将由共同体的指令、条例和建议所补充。其中共同体的指令、条例体现为直接适用性，即一旦为共同体委员会所采用，就成为各国的国内法；建议反映或将反映证券市场的惯例和习惯时就具有了对各国证券市场的约束力。现在欧共体的第一、二、三、四、六号公司指令及《关于证券交易惯例和习惯的建议》已经生效。

中间型监管模式试图将前两种模式的可取之处保存下来，并尽可能在施行中符合本国的情况。事实证明，二者不可偏废；由独立的监管主体和包括证券交易所、证券业协会在内的自律监管主体之间合理分工、相互配合的有机统一，前者与后者构成的监管与被监管关系，符合证券市场监管体制发展的必然趋势。

表 14—1　　　　　　　　　证券市场监管体制模式比较

监管模式 比较项目	集中型监管体制	自律型监管体制	中间型监管体制
特点	以立法集中为主，即政府管理为主、自律管理为辅的管理体制	对证券市场的监管主要依靠证券交易所和证券业协会等组织实施自律管理，注重发挥市场参与者的自我管理作用	采用政府严格立法干预和市场参与者自我管理相结合的双重方式
前提条件	政府设立专门的全国性证券监管机构，制定和实施专门的证券市场管理法规	证券交易所有自律传统、自身业务有严格的交易规则、证券从业人员有较高的专业水平和职业道德	政府设立专门的全国性证券监管机构，同时证券市场参与者有自律传统、严格的交易规则和较高的专业水平
监管主体	统一的、全国性的证券管理机构（可能独立于国家其他机关如美国，也可能与其他机关重叠如日本）	证券交易所和证券业协会	证券管理机构和证券交易所、证券业协会并存（各国各有侧重）
代表国家	美国、日本、加拿大、韩国、巴西、埃及等国家和地区	英国、荷兰、爱尔兰、芬兰、瑞典、新加坡等国家和地区	德国、意大利、泰国、约旦等国家和地区

二、证券监管模式的国际发展趋势

世界各国证券监管的实践表明，上述三种证券监管模式并非一成不变，而是相互借鉴取长补短。特别是受一系列金融危机的影响，近年来各国更加重视证券市场的监管，注意吸取他国的成功经验，完善优化各自监管模式。因此，证券监管模式呈现出全球逐渐同化的趋势。

1. 集中型模式在自身完善的基础上逐步重视自律监管作用的发挥

实行集中型监管模式国家在继续巩固自身优势的同时，为克服单纯集中型监管的缺陷，开始注重发挥证券交易所和证券商协会的自律监管作用。如美国，在《1990 年市场改革法》中，一方面，向证券交易委员会增加了两项授权：①在遇有股市异常波动、造成市场混乱和破坏公平秩序的紧急状态下，无须通过《行政程序法》所规定的程序，可直接命令停止相关证券的交易；②对任何人的证券交易金额达到或超过一定限度时，有权调查其全部交易资料，不受任何规则限制。另一方面，该法又对发挥自律组织效率作出规定，授权证券交易委员会对证券自律组织的作用作定期检查，重点对证券交易所的自动监察系统和证券商协会运行效率进行综合评估。同时根据有关规定，要求所有证券自律组织每年必须向证券交易委员会提交一份该组织执行职责的报告。1993 年各自律组织上报的违规查处情况是：纽约证券交易所 172 起、美国证券交易所 42 起、波士顿证券交易所和芝加哥期权交易所 98 起、证券商协会 703 起。由此反映，自律组织对证券市场的自律监管作用明显有效。

2. 自律型模式与中间型模式开始参照集中型模式的做法

鉴于自律型监管模式具有诸多缺陷，实行该模式的国家和地区也在不断吸取集中型模式国家的有益经验，充实完善自身监管体系，朝着政府监管与市场自律相结合的方向发展。如香港，1987 年 10 月香港股灾的爆发，使港英政府深感单一的自律监管模式难以控制整个市场，此后对证券监管体系进行了转折性改革。于 1989 年 5 月通过立法成立了香港证券及期货监察委员会，作为证券业最高权力机构行使统一的证券监管权。这种模式的确立，逐渐放弃了政府不干预政策，开始向集中型与自律型结合的证券监管模式推进。再如英国，1986 年颁布了《金融服务法》，这是英国近代第一次对证券投资业以国家立法形式进行直接监管。该法案提出"立足业者，依靠法规"；作为监管投资业务的新体制，同时成立了证券投资委员会，负责执行该法规则，统一掌管所有证券投资业务，由此先从投资业方面以自律监管与法令制约的结合，开始对原有证券自律型模式进行有效的改革。正如该国证券和期货管理局主席尼克罗·达拉奇在《证券与衍生品公司的监管》一文中所言："现在已越来越需要把监管组织集中为一个单一的指挥结构，以便一个单一的监管机构看到这方面业务活动的全貌。"

以德国为代表的中间型监管模式，因其监管主体和证券法规的分散以及银行在证券业扮演的集权支配角色，使得对投资者提供的保护与该市场发展程度极不相称，所以在监管方面一直受到国内外同行的批评。德国政府近几年在集中型与自律型两种监管模式优势的影响下，开始考虑制定一个独立的证券法律实体并对市场监管作必要的统一规范。

3. 鉴于金融危机的深刻教训，当前世界各国无论采取何种监管模式都普遍重视模式的优化

进入 20 世纪 90 年代后，金融危机和股市动荡此消彼长，先是 1994 年墨西哥金融危机，继而巴林银行、大和银行等多家老牌世界著名机构毁于一旦。特别是 1997 年 7 月又爆发了始于泰国、累及东南亚、震撼全球的金融风暴，使许多国家和地区的汇市、股市轮番暴跌，以至整个社会经济受到严重创伤。此势未息，1999 年初以巴西为导火索的拉美地区的金融险情又起。在全球经济联系日益紧密的今天，这种"金融厄尔尼诺现象"，使世界任何地区都难以安然独处。究其原因，很大程度上是监管问题。江泽民同志在《证券知识读本》一书中批语："这次东南亚发生金融风波，一个重要原因就是他们的资本市场开放过快，对金融、证券监管不力。"由于证券在金融业中的地位越来越重要，且证券市场投机性强、敏感度高，是高风险的市场，而证券市场的风险又具有突发性强、影响面广、传导速度快的特点，因此加强证券监管、完善优化证券监管模式，已成为当今经济生活中的突出问题。当前无论采取何种监管模式的国家，都从未像现在这样认真审视各自的监管体系，在巩固自身优势的同时，积极借鉴其他监管模式之长，弥补现行体系不足，进一步完善和优化本国证券监管体系，以提高防范证券风险能力，发挥监管效用最大化。

正是基于上述共识，证券监管模式优化选择的世界普遍性和不同监管体系之间相互借鉴的广泛性，在近年来表现得尤为突出，进一步推动了各种证券监管模式的相互渗透与融合。由此可见，一个规范的证券市场，如果没有自律管理作基础，政府再强大的监管机构也难以奏效；而如果没有集中监管仅靠自律管理，又容易形成行业垄断和利益集团，所以必须实现两者的兼顾。目前从证券市场国际变化态势和各国证券监管模式的改革来看，集中型与自律型整合的证券监管已成为一个明显的发展趋势。同时由于各国国情不同，在不同时期和不同条件下，表现为对整合的监管模式选择与运用的侧重点不同，有的以集中型为主，有的以自律型为主，通过两者有机结合，以达到规范市场行为、维护市场秩序和保护投资者利益的监管目的。

第二节 我国证券市场监管模式选择

一、我国证券市场的监管体系

自 1990 年上海、深圳证券交易所成立以来，我国证券市场已逐步形成以政府监管为主、自律为辅的监管体制。回顾国内证券市场的发展历程，不难看出我国证券市场监管体制经历了一个从地方监管到中央监管，由分散监管到集中监管的过程，大致可分为以下三个阶段。

第一阶段：20 世纪 80 年代中期到 90 年代初期，这是我国证券市场的起步阶段，股票发行仅限于少数地区的试点企业，1990 年，国务院决定设立上海、深圳证券交易所，两地一些股份公司开始进行股票公开发行和上市交易的试点。1992 年，又选择少数上海、深圳以外的股份公司到上海、深圳两家交易所上市，这一时期证券市场的监管主要由地方政府负责，中央政府只是进行宏观指导和协调。

第二阶段：1992 年 10 月至 1998 年 8 月，国务院在总结区域性证券市场试点经验教训的基础上，决定成立国务院证券委员会和中国证券监督管理委员会，负责对全国证券市场进行统一监管，国务院 1993 年 4 月公布实施的《股票发行与交易管理暂行条例》以法规的形式确立了我国证券管理体系的基本框架。该条例规定证券委是全国证券市场的主管机关，依照法律、法规的规定对全国证券市场进行统一宏观管理；证监会是证券委的监管执行机关，依照法律、法规的规定对证券的发行和交易的具体活动进行管理和监督。证券市场的监管由地方管理为主，逐步走向证券市场集中统一的监管体制。

第三阶段：1998 年至今。1998 年，国务院决定撤销国务院证券委员会的证券监管职能，由中国证券监督管理委员会（中国证监会）全面负责对全国证券、期货市场的监管。中国证监会现下设发行监管部、市场监管部、上市公司监管部、机构监管部、基金监管部、法律部、稽查局、会计部等职能部门。中国证监会按大区设立了九个证券监管办公室和北京、重庆两个直属办事处。并在各大区内有关省市设置证券监管特派员办事处作为证券监管办公室的下属机构，由中国证监会实行垂直领导。各地方证券监管机构具体负责对辖区内的上市公司，证券、期货经营机构，证券、期货投资咨询机构和从事证券业务的律师事务所、会计师事务所、资产评估事务所等中介机构的证券业务活动的监督管理。全国集中统一的证券市场监管体制的建立，为强化监管，规范市场提供了强有力的制度保证。

中国现行证券市场监管属于集中型监管体制模式，具有集中型监管模式的基本特征，同时还有与中国证券市场相关的一些特点：

（1）集中型的证券管理体制。强调政府监管为主，自律监管为补充，即中国证监会积极参与证券市场的管理，并在证券管理中占主导地位。实践证明，这种集中立法监管模式是一个高度科学化的证券市场运作与监督系统，故为许多国家和地区的证券市场所推崇与仿效，由于政府监管具有法律性、强制性及全面性的特点，从而确保了监管的高效运行。简言之，政府监管以《证券法》为依据和保障，凡与证券活动有关的机构、个人及事项，都必须无条件接受中国证监会的监管，换言之，政府监管的内容既包括证券发行，也包括证券交易；既包括上市公司，也包括所有的证券经营机构及其他证券从业机构和投资者的交易行为，包容了所有与证券活动相关的方面，具有广泛性、全面性。

（2）监管体制的构架呈"金字塔"状。最高一层是中国证监会，负责对全国证券市场的监督管理。并在全国设立九大派出机构，执行证监会授予的权力；在金字塔的中部是自律组织——包括上海、深圳两个证券交易所和中国证券业协会及各地证券业协会，对证券市场实施一线监管；会同具有证券资格的会计事务所、证券登记结算公司等证券中介机构对证券市场进行监管。成员公司的监督部门构成这一监管金字塔的基础。监督部门监督公司与公众的交易，调查客户申诉以及答复监管机构的询问。

（3）外部监管和内部监管高度统一。相对于证券市场、证券经营机构及投资者而言，政府监管、自律监管皆属外部监管，这是我国证券管理体制重要的一面。同时，我国借鉴国外证券市场监管的成功经验，要求证券公司在内部建立"防火墙"制度，即要求"综合类证券公司必须将其经纪业务和自营业务分开办理，业务人员、财务账户均应分开，不得混合操作"，"客户交易结算资金必须全额存入指定的商业银行，单独立户监管"。"严禁挪用客户交易结算资金"。这样使证券公司内部的自营、代理及资产管理等业务部门之间，从人员、财务等方面严格隔离，建立起严格的券商内部自律监管制度，有利于提高证券业务安全水平，防止内幕交易、欺诈客户、操纵市场等违法行为的发生。再有国家各级审计机关对证券交易所、证券公司、证券登记结算公司、证券监管机构，依法进行审计监管。

二、我国证券市场监管环境分析

我国证券市场的建立和发展是与市场经济体制在我国的逐步确立和完善分不开的。众所周知，现代市场经济以市场作为资源配置的基础方式，国家（政府）

则以宏观调控的方式保持对市场适当干预，以保证资源配置更加优化。一般而言，证券市场的运行系统应包括评估体系、发行体系、交易体系、投资者和监督管理体系五个部分。其中，完善的监管体系能够促进和提高证券市场的运行效率，消除证券市场的无序性，是证券市场健康发展的保证。这是因为证券市场被动性强、敏感度高，是一个高风险的市场，而这种风险又具有突发性强，影响面大，传导速度快的特点，因此必须建立有效的监管制度来防范和化解证券市场的风险。特别在当前我国上市公司内部控制制度不健全，证券发行与交易过程中还存在诸多不规范的情况下，任何对于证券市场监管的松懈，以及对市场违法违规行为查处不力，都会严重地影响我国市场经济体制的完善，而实施有效的监管则有赖于监管环境的改善。我国证券市场监管环境主要包括体制环境、法律环境和舆论环境三个方面。

1. 体制环境

证券市场中存在着多个利益主体，难免会有矛盾和冲突，因此需要理顺监管体制，通过监管机构的集中统一监管来规范市场行为，维护市场秩序。我国在1992年以前，对证券市场没有集中统一的监管。当时，主要由中国人民银行金融管理局主管，原体改委等其他政府机构和上海、深圳两地政府也参与管理。1992年10月，国务院证券委员会和证券监督管理委员会的成立，标志着我国证券市场监管进入了新的阶段。经过近十年的监管实践，已初步建立起一套比较适合我国证券市场运行的监管体制，但依然存在着一些问题。比如监管机构法律地位不确定，监管手段过于刚性，监管时常流于"政策化"等等，随着证券市场的发展，这种体制的弊端已逐渐暴露出来，从而导致其监管职能难以充分发挥。我国《证券法》第166条规定："国务院证券监督管理机构依法对证券市场进行监督管理，维护证券市场秩序，保障其合法运行。"但该法对国务院证券监督管理机构未做明确规定。根据国务院机构改革方案，国务院证券监督管理机构应是证监会，但从现行管理体制看，国务院证券委员会依然作为一个协调机构在起作用，其主要职责是：负责组织拟订有关证券市场的法律、法规草案；研究制定有关证券市场的方针政策和规章，制定证券市场发展规划和提出计划建议；指导、协调、监督和检查各地区、各有关部门与证券市场有关的各项工作等。除国务院证券监管机构外，还有一些部门从其管理职能角度出发，参与管理证券市场，比如国家债券的发行和流通由财政部管理，金融债券的审批发行由中国人民银行管理。可见证券市场的监管体制，客观上仍然存在着监管机构法律界定不明确和监管主体多元化的问题，所以要实现集中统一的监管还需要体制环境的进一步改善。

2. 法律环境

我国《证券法》第一条规定："证券法规范证券发行和交易行为，保护投资者的合法权益，维护社会经济秩序和社会公共利益，促进社会主义市场经济的发展。"证券监管机构对证券市场的监督管理，应当依据《证券法》的宗旨，对诸如证券发行、证券交易、信息公开、上市公司收购等事项行使监管权力，在发现违反证券法的行为时，有权予以制止，并且拥有相应的行政处罚权。然而，《证券法》的颁布实施却使我国证券立法者和执法者面临着一个两难选择的状况：即要么严格执法，有法必依，借助法律的强制力整顿治理证券市场，强行构建一个有规范的市场，但由此则可能暂时导致证券市场低迷，交易不振，进而影响国有大中型企业的上市，会影响证券市场的发展以及政府政策功能的实现；要么对证券市场违法、违规行为给予一定程度的容忍，放宽政策、促进交易，由此可能使国有大中型企业顺利上市融资，政府政策功能亦可实现，但这是以牺牲法律的尊严及降低民众对法律的信仰为代价的。在这种发展与规范的两难选择中，证券监管机构的指导思想不够明确，监管决策也常常畏首畏尾，对一些违法违规行为查处不力，仅仅给予"谴责"，这无异于隔靴搔痒。在《证券法》颁布后半年多时间内，证券监管机构对该法的一些禁止性规定作出限制性解释，其做法在某种程度上便是这种困境在实践中的反映。证券监管机构在法律调控不力的情况下，不是下决心严格执法，而是借助限制法律禁止性规定的适用来实现短期效用最大化，从长远的角度看，更加剧了证券市场潜在的不稳定性。

3. 舆论环境

在我国目前证券市场监管体制下，监管手段表现为政府以行政命令的方式过多地干预证券市场，以行政管理代替市场的选择功能，所以我国证券市场的发展与公众舆论的关系极其微妙。每当市场低迷，交易不振，投资者信心不足时，政府总会站出来发出声音：中国证券市场前景美好，证券市场需要投资者呵护等等，民众以此作为监管层启动市场的承诺信号，放心入市，全然不顾证券市场的固有风险。而每当遭遇市场震荡时，监管层也总会采取一定的措施予以调整，这时民众舆论便会认为当局监管是在干预市场，于是市场信心不足，股指就会跌下来，这种不正常的心理互动造成的后果就是中国证券市场只能上不能下。政府尤其是证券监管机构在市场上承担了过多的责任和压力，以至于其"监督管理"的定位反而模糊了，由于害怕作出"逆违民意"的监管决策，却失去了挤压市场泡沫的机会，导致监管环境进一步恶化，而市场累积的风险只会越来越大。基于以上分析，我们不难看出，当前我国证券市场监管环境状况不容乐观，在一定程度上影响了证券市场的进一步发展。而证券市场监管从本质上讲具有管理和服务双重性质，即监管并不遏制发展，监管也不妨碍规范，而是为市场发展提供高层次的服务。为此，监管机构需要转变观念，明确监管指导思想，并确立可行的监管模式。

证券管理机构成立以来，走过了从分散双重管理到集中统一管理的过程，不断地从实际出发，健全法规、制度，使正规制度占据主要地位，强化了市场监管，规范了市场运作，有效地控制了市场风险。从我国证券市场管理的内外环境看，当前进一步加强市场管理时机比较有利。这主要表现在：①证券监管部门的权责进一步扩大，集中统一管理体制已经形成，为证券监管提供了体制上的保证。②证券监管部门成立以来，大力推进我国证券市场的制度化进程，目前，我国证券市场法规比较健全，特别是《证券法》的实施，为监管工作提供了法律武器。③证券监管部门经过长期的实践，监管队伍不断充实，积累了不少经验，特别是涉及证券市场重大案件的处理，日趋成熟。④经过两次证券市场的风险教育，再加上 1997 年下半年亚洲金融危机，人们对市场的风险认识加深，更深刻地认识到了市场管理的重要性，对于市场风险防范工作，提上议事日程。⑤证券市场被赋予为国有企业改革与发展服务的新使命，市场管理工作容易得到各方面的支持和配合。

三、我国证券市场监管模式的确立

需要指出的是，一个国家究竟应当架构怎样的证券监管体制，并没有固定不变的绝对标准。相反，各国都需根据本国经济、文化、历史等具体情况，制定出适合自身特点的证券市场监管模式。这就要求我们在架构证券市场监管体制时，要考虑如何为实现充分的投资保护、竞争与创新提供最大的体制保障，不仅让证券交易商参与制订和执行证券市场管理规则，而且鼓励其严格遵守这些规则，使他们对有可能发生的违法行为既要有充分的准备，又要严格、公平、有效地发挥监管作用。在这里，政府管制与市场自律相结合是发展方向，中间型证券市场监管体制是比较适中的选择。

根据近十年正反两方面经验，我国证券市场监管新体制的架构，首先应明确三大原则。一是促进证券市场效率与秩序协调发展原则。要充分发挥证券市场的经济功能，就必须提高它的运行效率和秩序。证券市场的效率表现在两个方面：一是能够形成均衡价格，且能正确反映价值。二是能够按照均衡价格迅速成交，手续简便。证券市场的秩序是指其参与主体按照市场规则有序的行为。秩序与效率是相互依存的，应当把这一条作为建立中国证券市场监管新体制的首要原则。二是有效保护投资者合法利益原则。规范与监管证券市场的一个主要目的，是防止人们利用信息优势从事欺诈，促进证券市场的公开、公平与公正。政府应从这一角度出发去建立有效的反欺诈、反操纵、反内幕交易的制度。其中最重要的是公开信息披露制度，即在证券发行中，发行人必须向投资者及时、准确和真实地公开有关证券发行的全部资料，如公司情况介绍、生产经营情况、财务状况、其他与证券发行直接相关的情况等。在证券交易过程中，承销商、经纪人、交易所及其他有关机构所提供的资料必须真实、准确而又全面，不得有虚假内容。同时，要控制内幕人士的交易和防止他们传播内幕消息，防止他们利用其特殊地位牟取暴利，从而损害其他投资者利益的不公平交易。三是监管成本最小化与收益最大化原则。证券市场监管是要花成本的：不合理的监管行为（监管不足或监管过度或监管权滥用）会对证券市场的规范发展造成重大损害；政府监管本身要耗费大量的人力、物力和财力。我国证券市场监管机制应当遵循监管成本最小化与收益最大化原则，合理设计证券市场监管组织体系的结构，制定行之有效的监管制度，建立一支既精通证券市场专业技术知识又具有高度敬业精神及职业道德的高级监管队伍，这是充分发挥和提高证券市场监管功能和效率、降低运行成本的必要条件。

与此相适应，体制特征应该是：其一，集中但非集权。一方面，证券市场的管理只能由一个主管部门去进行，在体制上杜绝权力摩擦、责任推诿、市场割据、法出多门、行为失范等弊端；另一方面，国家证券监管部门不参与证券市场具体经营活动的审批。也就是说，国家证券监管机关应当是证券市场重大政策的决策者、市场运作的监督者、各种利益冲突的协调者、市场纠纷的仲裁者和对破坏市场行为的制裁者，但不能直接代替行为者决策。总之，政府管理机构完全超脱于市场，对具体业务不加干涉。其二，充分发挥证券市场自律功能。建立健全证券协会和证券交易所双重自律机构，并以法律形式确认自律机构的法律地位，赋予其制定运作规则、监管市场、执行规则的权力，充分发挥自我监管、自我发展、自我约束的功能。其三，进入与退出并行不悖。统一上市标准，企业直接向证券交易所申请上市。证监会根据国家经济发展情况确定上市规模，并根据市场的变化有权作相应修改。深沪两地交易所只接受资本规模在一定数量以上、接受了特定评级机构评级、信用等级在一定标准以上的企业的上市申请。建议在西部建立与深沪两地功能相同的证券交易所，直接为该地区经济社会发展服务，同时要明确制定并严格执行上市公司在市场运作中的淘汰机制。有进有出，方可"流水不腐"。不仅如此，在制度保障上，中央各部委和地方政府应逐步退出证券市场监管体系。证监会应吸纳市场自律组织的代表参与管理，证监会在制订和执行政策时既要代表政府的意志，又要反映市场的要求，协调政府干预市场的行为与市场运行内在要求之间的矛盾。这样既可以减少政府监管行为的随意性和刚性，促进证券市场按规律运作，又可以培育和发挥市场机制的自律作用，为立法和政府的监管留有充分选择的余地。在新的监管体制中，证券主管机构是最终的管理者，行使监管职能，但它应把日常的业务管理交由自律组织承担，自律组织要接受其指导、监督和管理，并有权制定日常业务管理规则，并行使惩戒职能。具体的实施可以通过证券业自律组织资格授予、工作考核，以及自律组织管理规则审批、授权、仲裁等方式去进行。

总而言之，应根据我国证券业的发展阶段和证券市场的发育程度，确立我国证券市场的监管模式——宏观上放松管制，微观上加强监管，偏重政府监管，监管与自律并举。宏观上放松管制是政府基于发展证券市场，增强金融竞争力的考虑而对证券业的体制、市场架构、审批制度以及经营手段作出调整，以满足市场发展的客观要求。但是，在宏观上放松管制，决不意味着放松微观证券市场的监管。

第三节　我国证券市场监管改革

一、我国证券市场监管体制存在的问题

我国证券市场发育于 20 世纪 80 年代初期，经过这些年的发展，目前已形成了初具规模的监管体制。但是，由于证券市场起步晚，立法和实践经验不足，所以目前的监管体制还存在一些问题。

1. 监管机构的法律地位不明确

（1）证券管理机构缺乏权威性和统一性。国务院证券委员会是国家对全国证券市场进行统一宏观管理的主管机构，但由于它没有专职人员，难以成为一个独立的机构，出现了多部门管理中的权力相互摩擦和责任相互推诿，很难有效履行其管理职能。国务院及有关部委都可制定涉及证券的政策、法规，这样就出现了证券业立法、政策制订和执行过程中"政出多门"、"部门保护主义"和"地方保护主义"的弊端。我国制定的《证券法》中没有明确国务院证券委员会的法律地位和职责，因此，证券委员会的管理缺乏权威性。同时，《证券法》对国务院监督管理机构也未作明确指定，根据国务院机构改革方案，国务院证券监督管理机构应是证监会，但它不是国务院的正式机构，而是国务院直属事业单位，其职能与证券法规定的国务院证券监督管理机构的行政部门职能的精神不相协调。所以，证监会监管的权威性缺乏存在的法律和行政依据，而且证监会没有设立地方办事机构，地方监管机构只对地方政府负责，因此证监会不能进行垂直领

导，难以发挥统一的、全国性的监管作用。对于证券委与证监会之间的关系以及证券委如何管理证监会，在《证券法》中也没有明确规定。从现行管理体制来看，国务院证券委依然作为一个协调机构在起作用。此外，国家债券、金融债券的发行仍由财政部和人民银行管理。可见，证券市场的监管机构客观上仍存在法律界定不明确和监管主体多元化的问题。

（2）证监会在履行监管职能时缺乏必要的法律依据。按照《证券法》规定，国务院证券监督管理机构的职责之一是依法制定有关证券市场监督管理的规章、规则，但证监会属于国务院的事业单位，根据我国《宪法》第90条规定，"各部、各委员会根据法律、国务院的行政法规、决定、命令，在本部门的权限内，发布命令、指示和规章。"《宪法》并未把相应权力授权于非部、委机构或事业单位，所以证监会履行制定规章、规则职责时，与《宪法》规定相违背。我国《行政诉讼法》第53条规定："人民法院审理行政案件中，参照国务院部、委根据法律和国务院的行政法规、决定、命令制定、发布的规章。"人民法院在审理证券行政案件时，对证监会制定的规章、规则也缺乏参照依据。

（3）证券监管中的法律责任不明确。由于证监会没有被《证券法》明确指定为国务院证券监督管理机构，其现实中的权力来源于国务院授权或委托。这样，若按《行政诉讼法》第25条第4款规定，"由法律法规授权的组织所作的具体行政行为，该组织是被告。由行政机关委托的组织所作的具体行政行为，委托的行政机关是被告"，国务院就有可能被推断为证券行政诉讼的被告。此外，《国家赔偿法》第7条第4款还规定，"受行政机关委托的组织或个人在行使委托行政权力时侵犯公民、法人或其他组织的合法权益造成损害的，委托的行政机关为赔偿义务机关。"证监会如遇诸如此类的问题，其监管职能难以得到充分的释放。

上述情况表明，一个监管主体的确立，首先必须从法律上确定，否则难以形成真正集中统一的监管体系。

2. 证券监管的法律制度缺乏配套性和时效性

（1）证券监管的法律制度不完备。证券市场是由上市公司、证券经营机构、投资者及其他市场参与者组成，由证券交易所的有效组织而得以正常运行的。在这一系列环节中，都应具有与之相适应的法律规范。目前。我国《证券法》虽已出台，但与之相配套的实施细则和相关法律，如《证券交易法》、《证券信誉评级法》等还未制定，因此在法律手段运用上，表现为可操作性差、执法力度弱，不能形成完整的证券法规体系，影响了这一重要手段的有效实施。

（2）现有法律法规之间衔接性差。如《证券法》与《公司法》之间不衔接，《证券法》规定的法律责任，也没有考虑对《刑法》、《行政诉讼法》等法律作出相应补充规定。在缺乏相关法律的配合下，证券监管的法律手段在实际运用中将难以奏效。

3. 证券监管体制中的监管方式缺乏科学性

目前的证券监管体系和监管手段，主要表现为政府以行政命令的方式过多地干预证券市场，并为此承担了很大的风险，其表现为：

（1）用行政管理代替市场的选择功能。主要表现为，企业股份制改造，企业发行、上市和交易股票要经过各级政府部门的审批，未能完全摆脱政府审批的模式，尽管《证券法》已将股票发行的审批制改为核准制，但相应的具体政策和措施却未出台；在以行政干预为主导的监管模式下，人为地控制市场扩容速度，使公开发行和上市的股票成为一种稀缺资源，从而人为地抬高了股票的发行价格，使得一级市场供求处于失衡状态。

（2）政府干预二级市场价格。由于市场的非协调性发展，股市经常出现剧烈波动，严重背离企业的生产和经营实际，管理者为了"市场稳定"和"保护投资者的利益"，采取行政手段干预市场价格，其结果却不尽人意。股市作为准确传递综合经济信息、反映宏观经济运行态势的"晴雨表"，因政策的朝令夕改而大起大落，极不利于证券市场健康发展。

（3）政府过多地干涉证券市场。在目前市场经济条件下，政府如果过多干预证券市场运行，则会给证券市场带来严重危害。正如国务院发展研究中心"资本市场课题组"的一份研究报告中指出："由于监管部门对应由市场力量决定的事情介入过深，而对于政府应当管好的事情未能管好，使得各种违规现象十分突出，严重损害了证券投资者利益。"

4. 证券自律主体行为缺乏健全性和规范性

随着我国证券市场的成熟，自律组织的作用将越来越重要。《证券法》第162条规定，"证券业协会是证券业的自律组织，是社会团体法人。证券公司应加入证券业协会。证券业协会的权力机构为全体会员组成的会员大会"，同时规定了证券业协会的职责，如拟定自律性管理制度、组织会员业务培训和业务交流、处分违法违规会员及调解业内各种纠纷等等。

但是目前证券交易所、证券业协会等证券行业自律的主要承担者，其自律组织建设和自律手段运用还存在许多不足，难以发挥其应有的职能作用。中国证券业协会早在1991年8月就已成立，但其作为全国最大的行业自律组织，并没有充分发挥应有的自律功能。尤其是在制定全国性行业自律管理规则、开展证券从业人员的培训、对证券经纪人员执业资格的考核、认定和管理等方面显得比较滞后。目前，我国证券市场日常管理性的自律管理主要由上海和深圳两个证券交易所进行，而各交易市场之间为了自身的利益竞争激烈，监管规则和力度相差甚大，未能达到统一、协调、强化的自律管理效果。而忽视证券交易所作为一线监管部门的功能，等到证监会对违法、违规行为进行查处时，事态可能已经到了非常严重的地步。

5. 证券交易所的一线监管作用不够

作为证券市场的组织者，上海、深圳交易所不仅管理机制不同，对市场监管力度也存有差异。由于市场竞争以及交易所与各自会员之间的千丝万缕的联系，致使证券交易所在执行仲裁和惩罚职能时，常会出现偏袒与其亲近的会员的倾向。这一点可在1995年上半年接二连三的国债期货违规问题处理方法上得到印证。

6. 信息披露制度尚不规范

信息披露制度是证券市场发展的基石。一个有效、规范、成熟的证券市场的最大特征就在于信息披露的充分性、有效性和及时性，以及信息在投资者中分布的均匀性。而我国目前在这一领域存在许多问题。第一，信息披露的滞后性导致了频繁的内幕交易及小道消息弥漫市场；第二，信息披露的有效性原则未得到贯彻；第三，信息披露不够充分，许多公司为了粉饰自己的经营业绩，在年报上做手脚，故意回避一些对自己不利的重大问题，致使投资者无法真正了解公司的经营管理能力，也就难以作出理性的投资决策。

二、完善我国证券市场监管体制的对策

针对我国目前证券市场监管体制存在的问题，应该根据实际情况，并借鉴各国证券监管模式的精华来完善我国的证券监管体制，使之更为合理、科学和规范。

根据我国的证券市场起步较晚、起点低、缺乏证券市场管理经验、证券市场有效运转和防范风险机制还不健全、市场参与者自身发育还不够良好和缺乏实行自律监管体制的基础条件的特点，目前的证券市场必须依靠政府的强力推动和法律的严密体制才能使其迅速发育成熟并有序地运作。

1. 改革现行多头管理体制，建立集中统一的管理体制

应理顺监管体制，通过立法明确国务院证券委的法律地位和职责及权限，确定证券委是直属政府的专门机构，将国务院各部委和政府管理证券市场的职能收归证券委，以保证证券委集中独立行使监管权；明确证券委的人员组成、产生办法和任期，以及内部机构的设置，证券委可以设立兼职代表席位，由中央各部委派人出席，兼职代表的职责是向证券委传递其所在部门的意见并反馈意见。证券

委在立法和制订政策中具有仲裁的独立地位和权威，它是代理政府管理证券市场的最高权力机构，主要从事全局性的有关证券法规、宏观政策、计划的制订，其监管职能主要涉及证券业管理的外部框架，尽可能减少对证券业直接地、实质性地管理及干预，对证券市场的直接管理权应委托其执行机构——证监会来负责，使证券委对证券市场的管理间接化。

从立法上明确证监会的性质及其与证券委之间的关系，证监会作为证券委的执行机构应是国务院的行政部门，它接受证券委的领导和授权，在不与证券委颁布的法律、政策、指令等相冲突的前提下独立开展工作，它具有独立的行政权、部分司法权和完善的监督权，依法作为独立专门管理机构对证券市场实行集中统一监管。应从法律上明确，证监会主席及主要负责人由证券委确定或委派，同时吸收证券商协会、投资者、证券交易所代表参与决策和管理。使其管理在一定程度上是建立在从业者的基础上，靠自律机制发挥作用。证监会在制订和执行政策时既要代表政府的意见，又要反映市场的要求，使政府干预市场的行为与市场运行的内在要求之间的矛盾得以协调。证监会在各地设立办事机构——派出机构，实行垂直领导。派出机构只对证监会负责，主要职责是对各证券交易中心和证券交易所进行监管。地方政府可以派代表参加，但无权决定证券监管部门的行政执法事宜，地方政府若对证监会地方派出机构工作不满，可申请证监会出面协调。

2. 改革现行的监管手段，综合运用法律与市场调节手段进行监管

作为监管者的政府必须在法律规定的职权范围内依法管理。政府依法对证券市场进行管理时，其身份是国家权力的行使者，与市场主体之间的关系不是一种平等主体之间的市场交易关系，所以管理者在市场中必须保持中立，不能直接或间接以经营者的身份参与具体的市场交易活动，以确保所有的市场主体在平等的基础上进行公平的竞争，确保证券市场参与者的行为符合证券法的要求。证券监管机关应是证券市场重大政策的决策者、市场运作的监督者、各种利益的协调者，不能直接代替行为者决策，应运用法律通过核准管理和保证足够的重大信息披露，为公众投资者提供及时、准确、可靠的信息，保持市场相对独立，改变管理机构，对具体业务不应干涉。同时应改变以行政命令方式过多地干预市场的做法，政府应通过调整经济政策，如利用利率杠杆、税收杠杆及产业政策的导向等措施，实现影响证券市场的行为。

3. 加强自律管理，完善市场机制

由于证券市场的复杂性、法律的滞后性、兼之证券管理机构超脱于证券市场之外，不能及时明察证券市场的发展变化，很难实现既要保持市场稳定有序，又要促进市场高效运作的管理目标。

所以，我国在对证券市场实行全面监管的同时，应借鉴英国式的自律型监管体制的做法，加强自律组织的建设，以法律形式确认自律机构的法律地位，赋予其制定运作规范，规划、监管市场，执行市场规则的权力。应明确规定，自律组织承担日常业务管理，有权制定、执行日常业务管理规则，并行使惩戒职能。建立我国证券业自律管理体系，这种体系由证券业协会和交易所组成的证券交易所协会组成，但自律组织并不是完全脱离证券主管机构，而应接受其指导、监督和管理。具体可以通过自律组织资格授予、工作考核，以及自律组织管理规则审批、授权、仲裁等方式进行。政府监管机构应采取措施，促使各证券交易所和证券公司建立市场监察部，加强内部管理。政府应扶持证券业协会的发展，使其在对从业人员的资格认定、市场交易活动的监视、市场参与者的管理、信息披露及专业技能培训等方面发挥重要作用。应改变目前证券业协会大多属于官办机构和机构负责人多是由政府机关负责人兼任的做法。同时应明确各地方证券业协会的隶属关系，建立统一的自律组织体系，统一证券交易所的管理机制，以便更好地发挥各自的职能作用。

　　（1）适当有序地逐步增大证券交易所的监管权力，充分发挥其一线监管职能。现阶段，受发行监管制度的内因与发行和上市联动机制的制约，交易所上市选择权的弱化在短期内无法改变，但在未来阶段，由于监管成本的原因，应该进一步细化规则，在明确证监会、交易所、证券协会和结算公司的责权分配的基础上，让交易所在以下方面更多地发挥其政府监管所不能替代的作用，从而提高监管效率：一是依靠交易所建立全面、细致的监管机制和操作方案，强化对上市公司信息披露的监管；二是扩大交易所对交易市场运行与异常波动的实时监控权和调查权；三是从会员管理入手，建立交易所对会员公司的常规检查和定期检查制度。

　　（2）加强证券业协会的组织建设和功能建设。在证券中介机构逐步进入自主经营、产权明晰、运作规范的市场化运行轨道后，逐步强化协会对会员机构和行业内部的自律监管以及协会对券商间关系的协调作用，使其成为政府监管的有效补充。

　　4. 加强证券市场主体及相关机构的自律能力，减少证券业协会的行政色彩

　　我国的证券业协会成立于1991年，受当时环境的影响和条件的限制，协会的领导班子由有关部委的负责人组成，行政色彩浓厚，不能算是真正意义上的自律组织，而且它在证券监管中发挥的作用有限，因而有必要借鉴其他国家证券业协会在市场监管中成功的经验，对我国的证券业协会加以改造：第一，将证券业协会逐步办成非官方的民间机构，协会的领导成员由其会员大会通过民主选举在

会员中产生，使证券业协会成为真正意义上的自律组织，而不是政府部门的附属物；第二，制定切实可行的协会规章和规则，监督会员遵守国家证券法规和协会的自律规则，对违法违规行为给予处罚（包括警告、罚款、停业等）；第三，在授权范围内，负责协调和仲裁会员之间的证券交易纠纷；第四，协会应充分发挥其在证券市场与证券主管部门之间的纽带作用，促进证券市场的规范发展。证券市场发展不仅是监管部门的事情，更是广大证券市场参与者的事情。为了强化行业自律，可以由证券业协会对各类市场参与主体（如上市公司、证券经营机构、中介机构等）的市场表现进行考核和评分，公布考核结果。对考核好的机构，其业务经营在同等情况下享有优先权，这样不仅证券市场的自律行为有了比较坚实的基础，而且维护了证券业协会在行业自律中的重要地位。强化证券交易所的自律功能。我国沪、深两个交易所都属于会员制的自律组织，他们处于证券市场监管一线，已部分承担证券市场的监管任务，但同时在日常监管中也存在不少问题。应当进一步强化证券交易所作为一线监管部门的地位和职能，明确其在因监管不力而造成或加剧的违规违法行为中所应承担的责任，从而督促其加强对上市公司和投资者监管的力度。减少证监会在监管中的行政干预色彩，增强其对上市企业以及证券市场各参与者的监管手段和能力。

尤其要注意的是，在监管过程中，要加强对行为和过程的监管，而不仅仅是对结果的监管，对监管者而言，行为本身比结果更值得关注。所以必须在以下几个方面加以改进和完善：第一，在现有的基础上不断改进和完善交易所的组织机构和规章制度，逐步形成会员大会、理事会和交易管理人员的合理分工，建立规范化的注册和监管程序。第二，交易所要能真正贯彻公平、公正和公开的"三公"原则，保护投资者的正当利益和合法利益。第三，完善上市公司信息披露制度，规范上市公司行为，增强市场透明度，以有效地保护投资者的利益。持续的信息公开制度有利于消除证券市场信息的不完全和不对称，抑制内幕交易行为和欺诈行为，实现证券市场的透明与规范。我国也即将采取季度披露制度，这是一个很大的进步。目前一方面要进一步完善企业会计制度，使我国会计制度进一步向国际会计制度靠拢；同时要加大上市公司信息披露监管的严格程度及处罚力度。最后，在上市公司信息披露制度中引入民事责任，促进上市公司信息披露的及时性、完整性和规范性。建立和完善证券交易即时控制系统，保证市场高效、安全地运行。明确各监管部门的职责，搞好监管部门的协调。

5. 完善信息披露制度

我国目前的信息披露制度尚不健全，需从以下几个方面加以完善：

第一，加强对上市公司信息披露的监管。年度报告和中期报告是上市公司披露信息的重要方式，临时报告是上市公司的信息渠道，故应对上市公司上述三种报告的真实性、完整性和及时性加以严格的审查。

第二，加强对交易所信息披露的监管。交易所的信息披露主要指向市场公开的行情与公布信息。交易所目前通过卫星通讯的方式从网络发布信息。在信息披露方面反映较多的问题是联网挂牌信息公司不够规范，交易所对在网上发布的信息的内容缺乏监管，这应该引起监管部门的重视。

第三，加强对媒体信息披露的监管。媒体信息披露存在的主要问题是：信息内容缺乏权威性和可靠性，而且往往误导投资者；信息内容一般没有深度加工，信息大量重复，价值不高；缺乏系统性和完整性。这种状况应该尽快得到重视并改善。

第四，保证信息披露的时效性和信息公布的均匀性。证监会和交易所在加强对上市公司信息披露监管的同时应建立信息即时公布制度，并保证信息传输的通畅性。

第五，证监会应筹备建立全国性的中央信息发布系统，以保证信息披露的统一性、准确性和均匀性。

本 章 小 结

（1）证券市场监管就是指政府对证券市场的干预。从全球范围看，各国证券市场监管的模式不同、特点各异。概括起来，具有代表性的证券监管模式，大体分为集中型、自律型、中间型三种类型。

（2）世界各国证券监管的实践表明，这种证券监管模式并非一成不变，而是相互借鉴，取长补短。近年来各国更加重视证券市场的监管，注意吸取他国的成功经验，完善优化各自监管模式。因此，证券监管模式呈现出全球逐渐同化的趋势。

（3）我国证券市场监管体制大体上经历了一个从地方监管到中央监管，由分散监管到集中监管的过程，大致可分为三个阶段。此外，我国证券市场的建立和发展是与市场经济体制在我国的逐步确立和完善分不开的。我国证券市场监管环境主要包括体制环境、法律环境和舆论环境三个方面。

（4）我国证券市场应在政府集中监管的同时，着力培养市场的自律功能，走监管与自律并举之路。

（5）我国证券市场经过多年的发展，目前已形成了初具规模的监管体制。但是，由于证券市场起步晚，立法和实践经验不足，所以目前的监管体制还存在一些问题，因此需要不断对其进行完善。

复习思考题

1. 解释重要概念：证券市场监管、集中型证券监管模式、自律型证券监管模式、中间型证券监管模式

2. 具有代表性的监管模式大体上有几种？试比较各种不同监管模式的优缺点。

3. 证券监管模式的国际发展趋势表现在哪些方面？

4. 我国证券监管体系具有哪些特点？

5. 结合实际分析我国证券市场应确立怎样的监管模式。

6. 我国目前的证券市场监管体制中存在怎样的问题？试讨论如何对其进行完善。

第十五章

证券市场的法制化

本章学习目的和要求

　　市场经济是法制化经济。作为市场体系重要组成部分的证券市场，不可避免地具有不完全性和投机性，这就决定了该市场更容易出现"市场失灵"。因此，对证券市场进行权威、稳定的法律监管，具有特别重要的意义。美、日、英三国的证券市场是当今全球最发达的证券市场，其成熟、典型的市场监管法律机制值得我们去借鉴。

　　通过本章的学习，要求学生了解国外证券市场法律监管体系及其经验，以及我国证券市场法制化建设的情况，并进一步思考我国证券市场法制化的完善与进一步发展的思路。

　　证券市场法律管理是证券市场监管的基本方法和重要手段。加强法制建设是引导资本资源优化配置的重要前提，是保证证券市场稳定健康发展的重要基础，是制止、制裁证券市场违法违规行为和保护投资者利益的有力武器。因此，要重视证券市场的法制建设，加强监管，使其在规范中得以加速发展。

第一节 国外证券市场法律监管的体系

一、国外证券市场监管的法律机制

美、日、英三国的证券市场是当今全球最发达的证券市场，它们发达的一个重要表现就在于其成熟、典型的市场监管法律机制，对于我国证券市场立法和加强执法等方面都具有重要的借鉴价值。

1. 美国的证券市场法律监管

人们普遍认为美国的证券市场法规体系是世界上最完善、最有效率的证券市场法规体系。与其联邦制的政治体制相适应，美国证券市场法律监管除了统一的联邦法律外，各州也分别制定了本州范围内适用的证券法律，形成了独具特色的二重立法监管体系。

1929~1933 年大危机之前，美国证券市场基本上处于放任自流状态。除了各州制定的复杂而内容不一致的证券法律外，没有统一的联邦法律。这与当时迅速发展的证券市场显然不适应。1929 年 10 月 29 日美国证券市场全面崩溃，并由此引发了历史上最严重的经济危机。这一事件给美国以很大震动，国会很快对证券市场进行调查。发现证券交易中存在严重的人为操纵、欺诈等投机行为，大量确凿的事实引发了严格监管市场的呼声，迫使美国政府从法律上对证券市场加以严密监管，制定了一整套切实可行的对证券市场进行监管的法律法规。主要有针对证券发行市场的《1933 年证券法》和主要针对证券交易市场的《1934 年证券交易法》。这两项法案构成了美国证券监管法律体系的基石。以后，作为对这两项法案的补充或发展，美国国会又先后制定了《1935 年公用事业持股公司法》、《1938 年马尼洛法》、《1939 年信托合同法》、《1940 年投资公司法》和《1940 年投资顾问法》以及后来的《1970 年投资者保护法》和《1989 年政府证券交易法》。这些法律包括其后的一些修正案共同构成了美国证券市场法律监管体系的主干，基本上对美国证券市场的方方面面都做出了具体规定，形成了一个严密的法律监控网。

美国州一级的证券立法早于统一的联邦立法。这种法律最早可追溯到 1911 年堪萨斯州制定的一项有关管理证券的法律。在其后的两年内，美国先后有 23 个州分别制订了各自的证券管理法，目的在于防止以欺诈手段发行证券。从内容上看，各州的法律不尽一致，为了使各州证券法律趋于统一，1956 年美国各州银行监督官会议通过，并由证券交易委员会（SEC）批准了《统一证券法》。该法主要分为四大部分，即关于禁止欺诈性行为的规定，有关证券交易参加各方注册登记的规定，关于证券注册的规定和对各种违规行为的处罚条例。目前，美国大多数州都以《统一证券法》为准，根据各州的情况对本州证券法规进行了适当的增删，各州的证券法规已趋于统一。

为了有效地贯彻联邦证券法规，根据《1934 年证券交易法》，美国成立了证券交易委员会，简称 SEC。它是一个独立行使职权、拥有准司法权的全国证券业的最高管理机构。在实际的执法活动中，SEC 承担的主要职能是：解释法律，根据法律制定具体的法规、制度，调查和检查各种违法的证券活动并对违法行为行使处罚权。SEC 的存在是美国证券法律能够被严格贯彻执行的坚强后盾。

从实际运行状况看，美国的这种联邦立法和州立法并行的二重立法监管体系，在发展和稳定美国证券市场的过程中发挥了关键的作用。美国证券市场 60 多年来能保持迅速发展和相对稳定，很大程度上得益于其健全的证券市场法规体系及其严格、有效的执法保障。

2. 日本的证券市场法律监管

日本政府一向重视证券市场的法制建设，认为证券法规是证券市场的行为准则和管理依据，发展证券市场必须立法先行。早在 1874 年。明治政府就以英国伦敦证券交易所规则为蓝本制定了《证券交易所规则》。1893 年，日本又颁布了《证券交易法》。可见日本证券市场从一开始就处于法律监管之下，是先有法律后有证券市场的。这与美、英两国证券法律的形成明显不同，体现了后发展国的特色。

二战后，日本证券市场法律监管有了重大改变。1948 年 5 月，日本通过了新的《证券交易法》，该法基本上是以美国的《1933 年证券法》和《1934 年证券交易法》为蓝本制定的，是日本规范、监管证券市场最重要、最系统的法律。为适应市场的种种变化，这部法律至今已进行了 40 多次修订。日本的《证券交易法》以保护投资者利益及维护市场秩序为宗旨，规定发行证券必须向广大投资者提供必要的信息；规定证券交易商和各证券交易所的业务范围；禁止各种欺诈性活动等。可以说它涵盖了证券发行和交易的全部过程。作为对《证券交易法》的补充，1951 年和 1971 年又分别制定了《证券投资信托法》、《外国证券公司法》。这三部专门的证券法律，再加之其他涉及到证券市场的法律，如《商法典》、《民法典》、《外汇和外汇管理法》、《担保债务信托法》、《合格公共会计师法》以及针对证券市场不同发展时期出现的具体问题，颁布的若干行政法规，共同构成了日本证券市场的法规体系。

证券执法方面，战后初期，日本也是仿效美国成立了证券交易委员会，一俟美军撤离，日本即废止了这一机构，改为大藏省直接管辖。几经演变，到1964年正式成立了大藏省证券局，这一体制延续至今，并得到了法律上的确认。

日本证券市场监管中这样一种立法和执法安排，在战后很长一段时间内促进了日本证券市场的快速发展。但在当前金融自由化和全球化浪潮下，日本的这种体制已显得不能适应形势发展的需要了，这也正是当前日本进行大张旗鼓进行金融体制改革，当然也包括证券市场改革的根本原因之所在。

3. 英国的证券市场法律监管

英国证券业长期处于按习惯形成的强调自我管理的体制下，政府对证券业很少干预。到了20世纪30年代，情况开始有了改变，由于股票交易丑闻的发生和单位信托的发展，英国政府开始加强了对证券业务的立法管理。1939年制定了《防止诈骗投资法》，1944年颁布了《投资业务管理法》，此后，又先后通过了《1973年公司法》、《1976年限制性交易实践法》、《1984年股票交易年上市管理法》和《1985年公司法》等，针对证券市场出现的具体问题．对证券市场作了局部的、不系统的调整。这些法律的主要管理领域限于惩罚证券犯罪，对证券业进行宏观上的引导。

受20世纪80年代各国出现的金融改革浪潮和美、日证券业优势的竞争威胁，英国于1986年对其证券市场进行了一次"大爆炸"式的全面改革。作为改革的一个成果，出台了《金融服务法》，建立了英国证券市场新的管理体制。这一法案取代了既存法案中的一些过时的规定，主要目的在于保护投资者，对金融服务业进行有效地规范，促进国际竞争。根据《金融服务法》建立起的新的立法监管体系，加大了政府对证券市场的干预力度。另一方面，《金融服务法》又对英国证券业传统的自律监管予以了法律上的确认。从根本上看，这部法律还不是一部完整的证券市场监管法律，它还没有能够真正撼动英国证券市场自律管理的传统，但英国证券市场立法监管逐渐加强的趋势还是明显的。已建立起来的法律体系，对于保护投资者的利益，维护证券市场的稳定，促进英国证券市场繁荣发展起到了积极的作用。

为了更好地实现《金融服务法》的目的，英国专门成立了一个机构——证券与投资委员会，简称SIB。根据《金融服务法》的规定，SIB并不是政府机构，它只是一个"有保证限制的私人公司"，但在执法实践中，SIB却行使了政府监管证券市场的大部分职能，这里面存在一种复杂而微妙的权力转让机制。SIB的主要目标是取得高水平的投资保护，以促进证券市场高效率地发展。它在执法过程中的主要任务是按照法律规定的要求制定法规实施细则，以便使法律上阐明的投资保护条款转化为实际执行的准则来指导投资行为。SIB对违反其规则的成员可以进行纪律处分，但与美国的 SEC 和日本的大藏省证券局相比，SIB 所拥有的权限要小的多。而且在实践中，SIB 很少单独依靠自身完成某项监管工作，它往往是通过一些行业自律机构来实现自己的意图。英国证券监管中的这种立法、执法结构，既照顾到自律管理的传统，又迎合了当代证券监管的新潮流，很符合英国的国情，实际运转状况良好。

二、国外证券市场法律监管的经验

从对美、日、英三国证券市场法律监管的分析中可以看出，它们在立法的内容、形式以及执法实践方面都表现出各自鲜明的特色。下面我们来分析美、日、英证券市场法律监管长期实践中的一些基本经验或规律。

1. 证券市场法规体系应与本国的历史传统和现实国情相适应

一国采用什么样的证券法律体系，并不是理论家或政治家头脑中的"设计"，也不是证券市场发展的自然产物。作为经济生活中的"存在物"，它不可避免地受到这个国家历史传统和现实国情的影响。美国之所以能够建立起二重立法监管体系，根本原因在于其联邦制的国家政体。而独立性很强的执法机构——SEC 的建立也直接决定于其三权分立的政治体制。与此不同，日本的证券市场是由政府建立的，证券立法本身就带有很重的模仿的色彩，开始学英国，战后学的则是美国。此外，日本还是一个中央集权的国家，战后长期实行政府指导下的经济发展战略。这就注定日本不可能建立一个类似美国 SEC 那样独立性很强的证券执法机构，而且在证券执法过程中难免会带有较浓的行政色彩。英国证券市场具有长期的自律传统，而 20 世纪 80 年代世界证券业的发展又迫使英国必须加强证券市场的法律监管。英国现今的证券市场监管体制就是这种矛盾冲突的折中方案。每个国家独有的历史传统和现实国情，很大程度上决定了该国证券市场的监管模式，当然也包括其法律监管。

2. 要有一两部根本性的证券大法，并以此为依据建立证券监管的法律体系

这样的法律，在美国是《1933 年证券法》和《1934 年证券交易法》；在日本是《证券交易法》；在英国则是《金融服务法》。这样的法律应保证相当的权威和稳定。其权威表现在其他的证券法规应以它为根据而制定，决不允许有与其冲突的现象发生；至于稳定性，指的是其基本的原理和规定应具有较强的适应性。以美国和日本的证券大法为例，它们制定到现在都已过了半个世纪，其间，这些法律本身都作过大量修改，但基本原理却没有变化而保留至今。为适应证券市场不断变化、发展的新情况，立法当局需要做的是适时对旧有的法律进行修改，或制定出新的法律，并以此与证券大法形成一个完整的法律体系。美、日、英三国正是在向这一目标努力。这一方面，比较落后的是英国，因为严格说来，

英国所依据的《金融服务法》还不是一部完全意义上的证券法律，这其后有英国证券市场长期的自律传统和良好的自律机制作支撑。而且，发展地看，英国不断加强证券市场法律监管的趋势还是明确的。

3. 应设立一种机构保障法律的执行，其权限应在立法中明确规定

为了有效地贯彻法律，美、日、英都分别设立了相应的执法机构，它们是：*SEC*、大藏省证券局和 *SIB*。它们的存在及活动，对实现法律的目的、维护法律的权威方面所发挥的作用是非常显著的。所不同的是，这些机构的性质和职权范围却有着很大差别，它们在各自的立法中都有着明确规定。美国的 *SEC* 拥有相当的独立性和对证券市场绝对的权威。虽然人们对 *SEC* 的作用有很多争论，但大多数人还是认为 *SEC* 积极有效地监督法律的执行，保护了公众的利益。有一个评语说："*SEC* 是联邦政府中最诚实、最有效的一个机构，这主要是由于它强有力的执法部。"日本的大藏省证券局在执法过程中难免会带有一些行政色彩，它一度推动了证券市场的快速发展，但泡沫经济之后，这一体制显示了其落后性。1996 年 11 月，日本政府提出了改革证券监管体制的计划。随着改革的进展，日本证券执法中的行政色彩会逐渐淡化。英国的 *SIB* 作为证券执法机构，其性质和法律方式都比较复杂，我们可以把它看做是政府行为与证券市场之间的缓冲带，是英国证券间接管理体制的有效工具。它的存在，是英国证券法律能在以自律为主的证券市场得以贯彻的有效渠道。对于证券市场，有了法还是不够的，还要有一个相应的执法部门来监督、贯彻法律的执行，这一执法部门的权限，在立法时应予明确的规定。

三、国际证券市场法律规范方式的创新

20 世纪 90 年代以后，国际证券市场法律规范方式的创新引起了各国证券管理当局和金融证券业内人士的广泛关注，这是因为这些创新集中反映了经济全球化条件下国际证券市场发展的新特点，并对国际证券市场法律规范的理念和实践产生了深远的影响。

1. 放松管制的形式和国际证券市场法律规范的理念发生了明显变化

虽然放松管制依然是国际证券市场法律规范方式的总体趋势，但是如今放松管制的形式和国际证券市场法律规范的理念已经发生了明显的变化。20 世纪 80 年代中后期，在国际证券市场付诸实施的放松管制和倡导的法律规范理念主要集中在这样几个方面：

（1）由于买卖指令驱动型的全电子化证券交易、清算与监管方式逐步发展为国际证券市场的主流模式，为此许多国家证券市场的管理当局对原有的公司法、证券法、上市交易规则和信息披露要求都作了适应性修订。

（2）在许多的国家里，银行业、证券业和保险业的混业经营模式及其日益广泛的跨业兼并活动取代了原有的银行业、证券业和保险业的分业经营模式，它所直接产生的影响是各类投资基金、保险基金和养老年金的证券市场准入条件得到了放宽，全球范围内各国家的货币、证券、外汇、债务及衍生工具市场间的信息传输和信息共享等有了明显的改善。

（3）在许多的国家里，证券市场管理当局都废除了固定佣金比率和在证券商间引入了业务竞争机制，结果是市场参与主体结构趋于合理化，投资人的权益也得到了较好的保护。

总之，上述放松管制的举措对降低证券交易成本和增强证券交易的流动性起到了积极的作用。但是从 20 世纪 90 年代中后期以来，经济全球化进程日益加快，国际证券市场法律规范方式与创新理念又有了新的特点，这主要表现在：

（1）过去的放松管制比较注重的是降低证券交易成本，强调的是国内证券法规在管制内容上的尽量统一，以及对证券商的业务经营与竞争方式的适当放松。而在 20 世纪 90 年代中后期，国际证券市场法律规范方式的创新突出强调的则是鼓励证券业务创新和强化证券信息的充分性披露相结合的监管理念；并且，国际证券界对业务创新的重视程度还远远地超过了对降低交易成本、推动证券行业竞争和服从现行证券法律法规的重视程度。

（2）20 世纪 90 年代中后期国际证券市场法律规范方式的创新实践也表明鼓励业务创新和强化交易信息的充分披露要远比单纯增加证券法律条款来进行管制更容易得到国际证券业的广泛认同。例如，美国纳斯达克（Nasdaq）市场和许多国家的证券交易所在设立创业板市场时一方面降低了上市门槛而另一方面又强化了交易信息充分性披露的做法就说明了这一点。

2. 各国政府对证券市场的管制在不断增强

在国际证券市场法律规范形式和创新理念发生变化的同时，澳大利亚、英国、美国和诸多国家政府对证券市场的管制也在不断增强，并且这种状况在全球不少国家还有进一步漫延的趋势。

例如，澳大利亚在 1991 年前是依照联邦政府和州政府共同制订的法规来管理所有的公司、证券和期货事务的。通过实施放松管制后，政府的直接管制开始逐步退出市场。澳大利亚证券委员会开始依据《证券委员会法》单独承担对公司法、公司行为、证券期货市场事务以及对各类市场参与主体的集中统一监管，并确定了直接向联邦司法部和议会负责的、不受政府直接行政干预的管理体制。但是从 20 世纪 90 年代中后期起，澳大利亚证券委员会将原先代表司法部对证券市场实施管制组合转变为代表财政部来对促进经济增长实施管制组合。这意味着证券市场惟一职能就是保护投资者的观点已经被既要保护投资人权益，又要兼顾促进经济增长观念所取代。由于这种政府管制是建立在鼓励业务创新和强化证券交易信息的充分披露基础之上的，所以它并不是由现有的、相对独立证券监管的司法制度向国家政府行政监管制度的完全复归，因此证券市场应具有多种职能的创新理念与实践也得到了广泛的认同。

在英国，政府在强化对证券市场的管制过程中也较好地体现了将保护投资人权益、完善市场运作效率和促进经济增长等职能结合起来的特点。一个较为典型的例子则是在 1994 年时，英国的电子化监管官员斯蒂芬·雷特切德（*Stephen lif-flechild*）就曾在种种压力下提出要将伦敦证券交易所的场地交易方式改革为全电子化交易监管方式的建议。当时赞成和积极推动这项改革动意的交易所总经理麦克·劳伦斯，由于无法说服董事会去实施这项改革，愤然在 1996 年 1 月提出了辞职。如果不实施这项改革，英国伦敦证交所在全球证券市场的竞争力就会下降，如果不改变证券商可以利用原有的特殊地位来人为扩大经营利润的制度缺陷，伦敦交易所就会陷入难以吸引国外投资者参与英国股票市场交易的被动局面，英国经济的可持续性增长也会因此而受到一定的影响。直到 1997 年，布莱尔政府在大选获胜之后，英国政府才通过市场管制促成了这项改革在 1997 年 10 月 20 日的实施。英国政府为了兼顾证券市场多种职能而对市场行为进行的管制不能简单地说是违反了市场调节机制。1999 年英国的经济增长率首次超过欧洲诸多国家经济增长率，可以说与其在资本市场创新发展是具有重要联系的。

美国政府对证券市场的加强管制主要表现为，通过颁布各项法律改善了证券市场与高科技产业风险投资的融合机制，强化了证券市场信息披露和对证券市场的司法管制等，并使美国在 20 世纪 90 年代居然出现了连续 8 年的经济增长和所谓的"高科技神话"。这些具体的措施主要包括美国政府在 1990 年批准了证券司法修正案，推动了在本土范围内区域性证券市场间的合并，允许了银行业、证券业和保险业之间的跨行业兼并。在 1994 年实施的《小企业股权投资促进法》以及风险投资行业依托纳斯达克（*Nasdaq*）市场实现的一系列制度创新等。除此之外，美国政府不仅赋予证券委员会实施经济制裁的授权，而且可以在行政判决前处理许多案件，可以代表外国管理机构实施必要的行政和司法调查权，而不是像过去那样只能在联邦法庭上审判案件。美国证券市场法律规范方式和创新较好地兼顾保护投资者权益、规范市场环境与促进经济增长的要求，所以也是基本符合市场运行规则的。除此之外，香港政府在 1998 年 8 月对股市的干预，日本政府动用公款向大的商业银行的注资，以及中国政府在稳定人民币汇率和拓展证券市场职能方面所进行的努力也都得到了认同。

3. 证监会国际组织加强与其他组织在国际证券市场法律规范方面的合作

证监会国际组织与巴塞尔银行监管委员会以及各主要国家中央银行与证券委员会之间，将会成为 21 世纪国际证券市场法律规范方式创新的重要形式。在经济全球化条件下，银行业、证券业和保险业的混业经营及其它们在跨业兼并基础上形成的金融集团，将会对今后衍生工具的广泛应用、资本的有效配置和经济的增长发挥更重要的作用。但是今后国际证券市场动荡所传导的金融证券经营制度风险也会明显扩大。在这种条件下，如果没有一个可以涵盖国际证券市场法律规范的组织形式，那么即便在一个监管完善和运作有效的证券市场里也可能会再次发生 1993 年巴林银行倒闭那样的情况，1997 年间爆发的东南亚金融危机也有可能再次发生。国际证券市场法律规范的基础就会因各国证券监管机构在立法时出现的地域性特征，导致了全球证券市场监管的分裂化。尽管 1994 年后证监会国际组织与巴塞尔银行委员会曾发布过 4 篇关于衍生产品活动的管理报告，它们还通过建立银行、证券和保险监管者三方小组的方式强化了对金融集团的监管合作，并共同制订了进行合作监管的 8 项原则。依据国际证券市场法律规范方式的创新要求，主要国家的中央银行与证券委员会也加强了对银行和证券公司衍生产品信息的披露与评估，对市场风险与会计政策的评估，以及对大量重复性的报告和烦琐的公司法运行程序等都进行了减化。所以今后由证监会国际组织与巴塞尔银行委员会颁布的联合法数量将会迅速地增长。它们在这种领域的合作将充当一个类似"WTO"那样的权威性的国际证券市场立法监管组织的角色。

第二节　我国证券市场的法制建设

一、证券市场法制建设的重要性

市场经济是法制化经济。市场经济体制的完善过程，正是管理和约束市场经济法规的完善过程。作为市场体系重要组成部分的证券市场，不可避免地具有不完全性和投机性，这就决定了该市场更容易出现"市场失灵"。各国的经验教训充分说明，加强证券市场的法制建设，做到有法可依、有法必依、执法必严、违法必究，是保证市场健康稳定发展的重要基础。我国的证券市场还刚刚起步，亟须制定法制建设规划，在实践基础上制定新的法规，修改完善已有的法规，同时加强执法与检查工作，逐步建立适合我国证券市场长期、稳定发展的法制体系。我国证券市场法制建设的重要性在于：

（1）法律制度是证券市场各参与主体的行动指南。法律制度对于行为主体具有指引作用，它规定行为主体可以做什么、不可以做什么。行为主体的任何行为都不能与法律制度相抵触；否则要受到相应的制裁。

（2）法制建设是证券市场赖以存在和健康发展的基础。世界各国证券市场发展的历史表明，证券市场法制建设搞得好，证券市场中违规事件就少，对投资者的保护就完善，投资者对证券市场的信心就强，证券市场就能健康发展。反之，证券市场中欺诈、操纵市场、内幕交易等案件就多，对投资者保护不力，常常引起证券市场的不稳定。美国 1929 年的股市大崩溃，部分原因就是因为没有认真进行证券市场的法制建设。

（3）法制建设是制裁证券违法犯罪行为，保护投资者利益的有力武器。证券市场中严重违法犯罪行为主要包括：内幕交易、操纵市场、证券欺诈以及其他涉及证券市场的经济犯罪。这些违法犯罪行为严重侵害投资者利益，特别是中小投资者利益，损害证券市场声誉，阻碍证券市场健康发展，必须使用法律手段予以坚决打击。

二、中国证券市场的法制建设

1981 年 1 月 28 日颁布的《中华人民共和国国库券条例》，可以说是新中国证券立法的开端。1981～1984 年间，国务院每年都颁布一次国库券条例，但每年的条例内容都大致相同，都专门强调"国库券不得当做货币流通，不得自由买卖"。1985 年，条例中的这一规定有所改变，规定"国库券可以在银行抵押贷款，个人购买可以在银行贴现"。1988 年国库券市场转让的试点工作开始进行，中国人民银行、财政部于 1988 年 3 月转发了《关于开放国库券转让市场试点实施方案的请示报告》。1993 年更进一步试行《中华人民共和国国债一级自营商管理办法》，国债进一步开办了二级市场交易、国债回购、国债期货等，国债期货交易于 1995 年 5 月 17 日被暂停。

涉及股票的立法活动应该以 1988 年中国人民银行颁布的《关于企业股票、债券以及其他金融市场业务管理问题的通知》为最早。虽然它的法律效力不算很高，但仍是一份具有规章性质的文件。其中对股票发行、票面格式、发行主体、转让、经营权限等，都有一些原则性规定，在当时的情况下，也算是中国证券法制的"萌芽"和基本内容。同年 7 月 16 日，中国人民银行对设立证券公司又颁布了一份《关于设立证券公司或类似金融机构须经中国人民银行审批的通知》，同年国家财政部也颁布了一份《关于各地财政部门可以继续办理财政证券公司的通知》。可见，这就是最早对证券市场管理的双重体制。到了 20 世纪 90 年代初又多了一个证监会，即中国证券监督管理委员会。直到《证券法》出台，才正式从法律上明确由证监会统一管理证券市场。

对股票发行、上市及交易方面的具体立法，是由各类地方性法规开始的。其中比较重要的有1990～1991年制定的《上海市证券交易管理办法》、《上海市人民币特种股票管理办法》、《关于证券经营机构交易纪律的暂行规定》（上海）、《深圳市股票发行与交易管理暂行办法》、《深圳经济特区证券管理暂行办法》、《深圳证券交易所营业细则》、《深圳市有关股票管理的一些规定》等。这些法规所构成的新中国证券立法体系的雏形，为以后完善证券立法体系打下了一定的基础。

1993年4月22日，我国发布了我国证券市场首部法规性文件——《股票发行与交易管理暂行条例》（以下简称《暂行条例》），这标志着新中国的证券立法工作跃上了一个新台阶，全国统一的证券管理法律体系开始形成。《暂行条例》共有9章84条，分总则、股票发行、交易、上市公司收购、保管清算和过户、上市公司的信息披露、调查和处罚、争议的仲裁、附则。该《暂行条例》在充分吸取了原有地方性证券法规和条例经验的基础上，又参考了国外证券法规的有关法律原则，以建立全国统一的市场为宗旨，第一次对股票市场的各个相关环节作出了比较详尽的规范和界定。

《暂行条例》颁布后，由于证券监管不断从分散走向统一，国务院证券委和中国证监会又相继发布了一些全国性的证券管理规章，如《公开发行股票公司信息披露实施细则》及《公开发行股票公司信息披露的内容与格式准则》、《禁止证券欺诈行为暂行办法》、《证券市场禁入暂行规定》、《证券交易所管理办法》、《证券期货投资咨询管理暂行办法》等，同时还根据实际情况发布了一些法规性意见、通知等，成为在《证券法》出台前中国证券立法体系的重要组成部分。

1998年，我国证券市场法制建设取得了突破性的进展，证券市场监管架构得到了明确。历时六载、易稿十余次并经过全国人大五次会议审议的《中华人民共和国证券法》于1998年12月29日获得第九届全国人民代表大会常务委员会第六次会议通过，标志着我国证券市场依法监管进入了一个崭新的阶段。该法于1999年7月1日正式生效。《证券法》共有12章214条，分别规定了证券发行、交易（其中包括一般规定、证券上市、持续信息公开及禁止的交易行为）、上市公司收购、证券交易所、证券公司、证券登记结算机构、证券交易服务机构、证券业协会、证券监督管理机构及法律责任等。《证券法》的出台使得原有的零零散散、甚至互相矛盾的250多个关于证券的行政法规得到了统一，规范了市场秩序，保护了投资者的利益，因而成为中国证券市场规范发展的大事，是中国证券市场法制建设的重要里程碑。